ELSINOR
VERLAG

John Mair

Es gibt keine Wiederkehr

Ein Klassiker des Polit-Thrillers

Herausgegeben von
Martin Compart

Elsinor

Titel der englischen Originalausgabe
John Mair: *Never Come Back* (1941)

Bibliografische Information der Deutschen Nationalbibliothek
Die Deutsche Nationalbibliothek verzeichnet diese Publikation in der
Deutschen Nationalbibliografie; detaillierte bibliografische Daten sind im
Internet über www.dnb.de abrufbar.

Übertragung ins Deutsche von Jakob Vandenberg

Herausgeber und Verlag haben sich vergeblich darum bemüht, Inhaber
eventuell bestehender Rechte an den im Nachwort verwendeten
Abbildungen ausfindig zu machen. Berechtigte Ansprüche können beim
Verlag geltend gemacht werden.

2. Auflage 2021

Satz und Umschlaggestaltung: Elsinor Verlag, Coesfeld
Umschlagbild: © iStockphoto.com/Mimadeo
Printed in Germany
ISBN 978-3-942788-56-4

INHALT

Var. Und was sagen diese Magier oder Weisen
über jene wilden Geister, welche in den Einöden hausen?
Luc. Von ihnen schweigen sie; nur dieses eine sagen sie:
Dass jene, die sie aufsuchen, sei es durch Zufall
oder aus freien Stücken, niemals wiederkehren.

Nicholas Ryam: *A Brief Discourse upon the
History, Polity and Religion of the Golden Tartars,*
London 1697

ERSTES KAPITEL

A. phalloides, allgemein bekannt als «weiße» oder tödliche Amanita bzw. als Grüner Knollenblätterpilz, und die verwandte Art Amanita verna (der «Todesengel» von Bulliard – ach, der poetische alte Bulliard!) *sind verantwortlich für die allermeisten tödlich verlaufenden Pilzvergiftungen. A. phalloides ist strahlend weiß, wenn man von der Haube absieht, die ins Bernsteinfarbene spielen kann. Seinen Namen verdankt der Pilz der Ähnlichkeit mit einem Phallus, allerdings ist die Analogie bei weitem nicht so evident wie im Fall des Phallus inpudicus* (sic!). *Die Giftigkeit ist jedenfalls hoch ausgeprägt, und schon kleine Portionen können den Tod herbeiführen* (gut!).

Symptome: Ein Prodromalstadium von sechs bis zwölf Stunden ohne manifeste Symptomatik weicht einer Phase heftigster Schmerzen im Unterleib, begleitet von Erbrechen und Durchfall, wobei das Erbrochene Blut und Schleim enthält. Auf Phasen abklingender Beschwerden folgen krampfartige Schmerzattacken mit erneutem Erbrechen; im Französischen heißt der charakteristische Ausdruck «la face voltueuse» (klingt wie eine der Beschreibungen von Bulliard). *Ein Nachlassen der Kräfte, Erschöpfung, Zyanose, Gelbsucht und eine Kälte der Haut* (hat sie ohnehin schon) *stellen sich rasch ein, und im Zustand der Bewusstlosigkeit folgt der Tod binnen weniger Tage* (zu langsam). *Die Heilungschancen sind schlecht* (gut), *die Sterblichkeit liegt bei sechzig bis hundert Prozent* (hervorragend).

Opiumvergiftung: Im postmortalen Zustand gibt es keine charakteristischen Hinweise, abgesehen vom Opiumgeruch des Mageninhalts. Häufig kommt es zu einem Blutandrang in der Lunge (noch nachschlagen!) *und zu extremer Blässe der Haut. Der Magen befindet sich in der Regel in gutem Zustand. Opium selbst lässt sich nicht nachweisen, nur der Geruch und einige physikalische*

Eigenschaften, die leicht zu verbergen sind (gut). *Toxizität: Fünf Samenkapseln sind für die meisten Menschen tödlich.* (Klingt sehr vielversprechend. Weiter prüfen.)

*

Obwohl er sich an einem Ecktisch des Lesesaals akribisch Notizen machte, wusste er nur zu genau, dass er Anna Raven niemals töten würde. Nicht, dass ihn sein Gewissen beschwert hätte (es sei denn, seine moralische Haltung hätte sich ins Gewand der Trägheit gehüllt). Es fehlte ihm einfach an Entschlossenheit zu einem Werk, das einen wirklich hohen Aufwand an Planung, Vorbereitung und Sorgfalt in der Durchführung erforderte, zumal er nicht die Nerven besaß, die Angst vor allmählicher Entdeckung und übler Strafe zu ertragen. Sein Entschluss, Anna zu töten, entsprang seiner Schwäche, er war ein letzter Versuch, einem öden und endlosen Unglück zu entfliehen.

Deprimiert begriff er, dass all seine sorgfältigen Nachforschungen auf dem Gebiet der kriminalistischen Chemie ebenso töricht und selbstvergessen ausfielen wie die Exzerpte der übrigen Besucher. Eigentlich war er ein Bruder im Geiste jenes alten Knaben am Tisch E17, dessen wirr wuchernder grauer Bart für alle Ewigkeit über ein riesiges Faksimile des *Codex Vaticanus* kratzte, welchen er dem Vernehmen nach in ein umgangssprachliches Aramäisch übersetzte – als Vorstufe zu einer sorgsamen Übertragung ins historische Hochhebräisch. Das Los dieses Alten war umso beklagenswerter, als er der Cousin jener fülligen kleinen Dame am Tisch K11 war, die eine zweifellos fingierte wissenschaftliche Arbeit vorschob, um sich ohne Unterlass in leicht anstößige französische Romane des 18. Jahrhunderts zu vertiefen. In ferner Zukunft wäre er vermutlich selbst vollkommen verrückt, und Besuchern gegenüber würde man mit respektvollem Spott auf einen alten Mann weisen und ihnen zuflüstern, er plane den Giftmord an einer Frau, die bereits vor fünfzehn Jahren an Altersschwäche gestorben sei.

Viertel nach zwei. *International Features* verlangte nach ihm. «Aber selbstverständlich», so hatte es Mr. Poole oft genug ausgedrückt, wobei er seinen Kopf zur Seite legte und sich wie ein großherziger, schüchterner Trotzki über den kleinen Bart strich, «selbstverständlich erwarte ich von meinen Redakteuren nicht die gleiche strikte Pünktlichkeit, die unser Unternehmen bei den jungen Mitarbeitern voraussetzt, und ich weiß ja auch, wie sehr Ihnen, Thane, Ihre, nun ja, demokratischen Freiheiten am Herzen liegen, hehe!» (Er kicherte immer bei diesen dezenten Abschweifungen, die er für kultivierten Humor hielt.) «Aber Sie wissen ja Bescheid, unsere Direktoren machen die Regeln, nicht ich, und sollten sie uns dabei ertappen, wie wir, hm, uns verspäten, möchten sie vielleicht unsere – hehe – Angelegenheiten und Affären näher begutachten!»

Nein, heute wäre er der eisernen Faust des Mr. Poole in ihrem rüschenbesetzten Handschuh durchaus gewachsen; und während er die Bahnhofshalle durcheilte, die Treppe hinab Richtung New Oxford Street, ordnete er im Kopf bereits sein Arbeitspensum für den Nachmittag. Unterschwellig jedoch kreisten seine Gedanken unablässig und zwanghaft von einem Punkt seines Dilemmas zum nächsten: Wie könnte er bloß über Anna Raven hinwegkommen, sie besitzen und wieder loswerden?

*

Er war sich später niemals wirklich sicher, ob sein anfängliches Interesse an ihr sich tatsächlich rein zufällig ergeben hatte. Das Café Royal war gut besucht, aber auch nicht so voll, dass der leere Platz an ihrem Tisch der einzige freie Stuhl gewesen wäre. Und ihr Äußeres war keineswegs von herausragender Attraktivität. Eine dunkelhaarige, kräftige Frau Anfang dreißig; besonders ins Auge fielen ihre schlanken Finger und ihr schnelles Mundwerk – Eindruck machte sie erst ganz allmählich und nicht auf den ersten Blick. Je länger Desmond sie kannte, desto weniger hätte er ihre körperlichen Eigenschaften beschreiben können. Wenn er später über seinen allerersten Eindruck nachdachte, war es eine freudige

Überraschung, dass eine Dame, die allein an einem Tisch saß, einen wirklich guten Burgunder trank.

Nachdem er den Raum zweimal umkreist hatte, blieb er vor ihrem Tisch stehen.

«Dürfte ich mich setzen? Oder erwarten Sie eine Freundin?»

«Ich erwarte niemanden. Ich habe keine Freunde.»

Erst jetzt nahm er sie zum ersten Mal wahr.

Es war die Zeit zu Beginn des Krieges, als man Fremde noch ansprechen konnte, ohne mit Argwohn betrachtet oder als Trunkenbold abgetan zu werden. Desmond jedenfalls imponierte die direkte Art dieser Frau, die sich später als Anna Raven vorstellte, und so begann er ein Gespräch. Sie behauptete, aus dem Süden Englands zu stammen; und obwohl ihr Englisch nach jener unnatürlichen Übergenauigkeit des gebildeten Ausländers klang, hätte er – außer auf diesem intuitiven Weg – keine Einwände gegen ihre englische Herkunft vorbringen können. Jedenfalls wusste sie sich auszudrücken, und sie war ohne Frage ungewöhnlich intelligent. Dabei fehlte es ihr aber offenbar an speziellen Interessen und Neigungen, oder sie wusste diese gut zu verbergen; jedenfalls vermittelte sie den Eindruck einer selbstbewussten Person von unbegrenzter Kompetenz auf ihrem speziellen Arbeitsgebiet. Sie war stark. Sie war ungewöhnlich. Sie zog ihn an.

Desmond selbst wusste ziemlich genau, dass er eine außerordentlich gute Figur machte. Seine Eloquenz ließ ihn klüger erscheinen, als er tatsächlich war, er konnte sich rasch auf jeden Zuhörer einstellen, und er beherrschte die schwere Kunst, zu schmeicheln und gleichzeitig distanziert zu wirken. Seiner Eitelkeit zum Trotz war er klüger, als die meisten Leute glaubten (wenn auch weniger klug, als er selbst annahm), und als er sich an diesem Abend in Positur setzte, um nach Bekannten Ausschau zu halten, in Wirklichkeit aber, um sein eindrucksvolles römisches Profil zu präsentieren, wusste er nicht nur ganz genau, was er da tat, sondern es war ihm dabei auch vollkommen klar, dass Anna sein Manöver ebenfalls durchschaute und sein Gehabe als Kompliment auffassen würde. Tatsächlich beherrschte Desmond in der Regel die Technik derartiger Zufallsbegegnungen.

Die Kontrolle verlor er nur dann, wenn seine Gefühle das Ruder übernahmen.

Eine ganze Stunde lang plauderten sie beiläufig und unpersönlich. Schließlich blickte sie ihm direkt in die Augen und sagte: «Es ist spät. Ich muss gehen.»

«Darf ich Sie vielleicht nach Hause begleiten?»

Sie schwieg einen Augenblick. «Ja», erwiderte sie dann ganz langsam in ihrem pedantischen Englisch, «ich wäre Ihnen wirklich sehr verbunden.»

Desmond verspürte plötzlich das Flackern eines Zweifels: nicht das flüchtige Gefühl von Langeweile und ermüdenden Selbstzweifeln, die er schon so oft in vergleichbaren Situationen erlebt hatte, sondern eine blitzartige Vorahnung künftiger Komplikationen, so wie ein Kopfschmerz dem nahenden Gewitter vorauseilt. Er schob seinen Stuhl geräuschvoll zurück und half ihr in den Mantel.

Im Taxi schwiegen beide. Sie rückte nicht nahe an ihn heran, lehnte sich aber auch nicht zur Seite, sondern saß ganz einfach und ungezwungen neben ihm. Ihre Hand ruhte auf dem Sitz zwischen ihnen, und nach einer Weile legte er die seine darauf und streichelte ihre Finger. Sie blieb vollkommen desinteressiert und unbeteiligt, sodass Desmond, der diese Haltung passiven Widerstands gelegentlich selbst angewandt hatte, aber von Frauen nicht gewohnt war, sich zunächst ein wenig ärgerte und schließlich wirklich ratlos schien. Anna war nicht kalt, sondern ruhig; nicht distanziert, sondern eher gedankenverloren. Ihm war, als habe er Buddha anstößige Avancen gemacht. Er räusperte sich und sagte:

«Ich glaube, der Taxameter beweist als einzige Uhr tatsächlich, dass Zeit Geld ist. Wenn Big Ben nach dem gleichen Prinzip funktionierte und den Staatshaushalt in Tausenderschritten zählte, würde sich die Wählerschaft vermutlich viel mehr für die Politik der Regierung interessieren.»

Sie schwieg weiter, und er fühlte sich so unbeholfen und lächerlich wie schon seit vielen Jahren nicht mehr.

Sie hielten an einem Platz in Bloomsbury vor einem großen Haus, dessen Inneres man in kleine Apartments unterteilt hatte.

Der Wein, den Desmond getrunken hatte, war inzwischen vollständig verflogen, und während er nach Geld suchte, um den Fahrer zu bezahlen, hatte er das Interesse an diesem vermeintlich vielversprechenden Abenteuer bereits verloren, und er war entschlossen, sich auf der Außentreppe zu verabschieden. Doch als er sich umwandte, hatte Anna bereits die Haustür geöffnet und wartete im matten blauen Licht der Vorhalle auf ihn. So verzog er nur das Gesicht und folgte ihr nach oben.

Ihr Apartment war klein und nach konventionellem Geschmack komfortabel ausgestattet. In dieser Art hätte man das Mobiliar auch gut telefonisch bei irgendeinem teuren Laden in Auftrag geben können: Die Möbel wirkten ansehnlich, deuteten aber in keiner Weise auf persönliche Vorlieben hin. Diese Ausstattung verhielt sich zu wirklich gutem Geschmack wie das Menü eines großen Hotels zu einem wirklich guten Essen: Alles schien einfach und ordentlich für eine gut situierte Person arrangiert zu sein, die für Häuslichkeit absolut nichts übrig hatte. Das einzige markante Objekt im Raum war ein großer schwarzer Schreibtisch am Fenster, der auf merkwürdige Weise vom femininen Regency-Stil aller übrigen Stücke abstach. Der Tisch störte auf irritierende Weise, wie eine Bühnenrequisite, die sich ins falsche Stück verirrt, oder wie ein Zimmermannshammer, den jemand in einem fertig dekorierten Schaufenster vergessen hat.

Anna wandte sich nach ihm um. «Möchten Sie einen Brandy?»

«Danke, sehr gern.»

Sie reichte ihm ein Glas und ließ sich auf dem Sofa am Kamin nieder, wo sie sich eine Zigarette anzündete.

«Nehmen Sie selbst keinen?»

«Nein, hier trinke ich nie. Ich habe ihn nur für meine Gäste.»

Die Antwort verwirrte ihn, doch ihr Ton verwehrte weitere Fragen. Nach kurzem Zögern nahm er neben ihr Platz, legte seinen Arm um ihre Schultern und küsste sie auf den Mund. Ihre Lippen waren so kalt, dass die Wärme ihrer Zunge beinahe etwas Obszönes hatte; und als sie sich zurücklehnte, wobei sie ihn weder von sich stieß noch seine Küsse erwiderte, schien sie wie unter Drogen oder schlafend. Er ließ seine Hand den Rücken ihres Kleides hinabgleiten, dann berührte er ihre kleinen Brüste. Ihre Brustwarzen wurden unter seinen Fingern fester, sie selbst bewegte sich aber nicht, und ihr Atem blieb unverändert. Als er ihre Lippen wieder freigab, nahm sie erneut einen Zug aus ihrer Zigarette.

Er fühlte sich wie der ratlose Fachmann, der sich vorsichtig an eine ganz neue Art von Bombe herantastet und nach der Zündkapsel sucht. Ein Blindgänger womöglich, dachte er und unterdrückte ein Kichern. Sein Arm lag unbequem und verkrampfte sich, aber da Anna ihre Haltung ein wenig geändert hatte, konnte er die Hand nicht zurückziehen, ohne sie dabei nach vorn zu stoßen. Zum zweiten Mal an diesem Abend fühlte er sich unwohl, und so etwas mochte er nicht. Keiner von ihnen sagte ein Wort, und schließlich erhob er sich rasch.

«Wo habe ich eigentlich mein Glas abgestellt?»

Auf dem Weg zum Kaminsims blickte er in den Spiegel und sah, wie Anna ihn mit einem neugierigen Lächeln betrachtete, doch als er mit dem Glas in der Hand umkehrte, hatte sie sich wieder zurückgelehnt und ihren abwesenden Gesichtsausdruck angenommen.

Ein Spiel also, oder etwa nicht? Oder eine Gefühlsperversion, eine höhere Form von Masochismus – Vergnügen durch Passivität zu verhindern? Sogleich spürte er, überrascht, eine Welle der Zuneigung: Er hatte sein Selbstvertrauen wiedergefunden. Aber nun war sie am Zug: Wollte sie spielen, musste sie jetzt einen Zug anbieten. Er blieb vor ihr stehen, schaute auf sie herab und schwieg entschlossen.

Sie erhob sich.

«Ich bin müde und muss ins Bett», sagte sie und zog einen Vorhang zurück, der zunächst nur eine Bettnische abzutrennen schien, doch dann betrat sie ein großes Schlafzimmer.

Erneut war Desmond verunsichert, zögernd bewegte er sich auf die Tür zu.

«Ja, es ist ziemlich spät. Ich bin selbst sehr müde, ich muss morgen früh zur Arbeit.»

Sie antwortete nicht, kehrte ihm aber den Rücken zu und streifte ihr Kleid ab. Sofort kehrte Desmond um und fasste sie bei den Schultern. Kaum hatte er sie berührt, wandte sie ihm das Gesicht zu, sie schlang einen Arm um seinen Hals und zog seinen Mund zu sich herab. Mit der freien Hand fingerte sie an seinen Hemdknöpfen.

«Zündkapsel», sagte er.

Beide lachten.

*

Während der ersten Monate verlief ihre Beziehung so zufriedenstellend, wie ein abgeklärter Genussmensch sie sich nur wünschen konnte. Sie teilten gemeinsame Vorlieben, sie erhoben keinerlei Ansprüche auf den anderen, und als Geliebte erwies Anna sich als einfühlsam und raffiniert und von einer stets anziehenden Sinnlichkeit, die ohne Leidenschaft auskam. Desmond jedoch, trotz aller intellektuellen Wertschätzung einer solchen Affäre, wurde dieser vollendeten und doch kalten Erotik rasch überdrüssig; ihm fehlten jene Gefühle, die er nach außen hin verabscheute. So wuchs in ihm, wonach er sich sehnte: Während die Lust dahinging, keimte die Zuneigung, und er verliebte sich in eine Frau, deren körperliche Reize er nicht mehr empfand. Nun interessierte er sich für Annas Leben und ihre persönlichen Dinge; was er dabei erfuhr, missfiel ihm zwar, doch das änderte nichts an seinem Verlangen, sie voll und ganz zu besitzen. Man hört gelegentlich von jenem Typus von Mann, der alles zerstört, was er liebt – doch gibt es auch jene, die zwanghafte Liebe empfinden, wo sie mit voller Absicht zerstören.

Anna blieb stets reserviert, und ihre Offenheit war oberflächlich; nur in sehr seltenen und verwirrenden Momenten zeigte sie ihre Empfindungen.

Eines Abends, es war kurz nach ihrem ersten Zusammentreffen, bemerkte sie seine ungewöhnlich kräftigen, dunkel behaarten Handgelenke und Unterarme. Ihm schmeichelte ihr Interesse an dem einzig bemerkenswerten Teil seiner physischen Ausstattung, und so prahlte Desmond und rühmte sich der Kraft seiner Arme: er könne sein gesamtes Gewicht an einer einzigen Hand hinaufziehen und sogar einen Stapel Spielkarten zerreißen. Dazu aufgefordert, hatte er einer Vorführung zugestimmt, und ohne sonderliche Mühe verbog er einen beachtlichen Schürhaken.

Anna schien diese sinnlose Demonstration fasziniert zu haben, sie umfasste seine Hände und zog sie gegen ihre Brust. «Ich bewundere Kraft», sagte sie und küsste seine Handgelenke.

Er reagierte seltsam gereizt und entzog ihr seine Hände.

Sie lachte. «Amer Liebling! Soll ich dich lieber auf den Kopf küssen?»

«Warum denn nicht?»

«Das Leben gehört den Starken.»

«Sentimentaler Unfug! Es gehört den intellektuell und psychisch Starken, wenn du so willst – jedenfalls nicht muskulösen Tölpeln.»

Sie legte ihm die Hand auf die Lippen und zog den halb Widerstrebenden an sich. Seit sie miteinander schliefen, hatte er sie noch nie so leidenschaftlich erlebt.

Aus Gründen, die er nicht durchschaute, blieb diese kleine Begebenheit wie ein störender Fleck in seinem Gedächtnis haften. Und noch etwas brachte ihn aus der Fassung. Sie hatten auf ihre übliche und wenig konkrete Weise über den Tod gesprochen, als Anna sagte:

«Ich habe noch niemals einen Toten aus der Nähe gesehen, obwohl ich das schon immer gern wollte.»

«Wenn ich jetzt ein mittelalterlicher Ritter wäre, würde ich einfach den nächsten Passanten anhalten und dir einen zum Geschenk machen. Aber wie die Dinge heutzutage liegen, werden bald überall in Europa Leichenberge herumliegen, du brauchst dir also keine Sorgen zu machen – warte einfach ab, bis die Luftangriffe beginnen.»

«Aber ich meine es ernst. Ich möchte wirklich gern einen Toten sehen.»

«Nun, nichts leichter als das. Schau dir einfach die Anschlagtafeln vor den Polizeiwachen an, bis irgendwo ein unbekannter Leichenfund gemeldet wird. Dann gehst du hin und erklärst, die Beschreibung passe auf deinen verschollenen Onkel Ben, und bitte sie, dir den Leichnam zu zeigen. Wahrscheinlich gibt es ein paar Formalitäten, aber allzu kompliziert dürfte es nicht werden.»

«Kluger Desmond, er denkt immer sofort an solche Sachen! Komm, wir suchen eine Polizeiwache.»

«Ich glaube, eine liegt gleich um die Ecke.»

Sie schlenderten durch Covent Garden und blieben im bläulichen Schimmer eine Lampe in der Bow Street stehen. Desmond beugte sich zum Schwarzen Brett herunter.

«Tatsächlich, sie hatten kürzlich eine ziemlich gute Ernte. Ich glaube, wir dürften stolz sein auf die Bekanntschaft mit ‹Körper: männlich; Alter: um die sechzig; drei Goldzähne im Oberkiefer; doppelreihiger blauer Anzug; Filzhut; dunkelblaues Hemd; rot gepunktete Krawatte; Lederschuhe; keine Unterwäsche›. Oder wie wäre es mit ‹Körper: weiblich; etwa vierzig Jahre; Muttermal auf der linken Gesichtshälfte bis zum Nacken; Linsentrübung am rechten Auge; grüner Mantel, brauner Glockenhut›? Der Glockenhut klingt wirklich traurig – vielleicht ist es unsere ältere Schwester, die vor vielen Jahren auf die schiefe Bahn geraten ist?»

In diesem Ton plapperte er eine Weile weiter, bis Anna ihn unterbrach. «Entscheide dich einfach, und wir gehen hinein und fragen nach.» Sie schritt auf die Treppe zu.

«Anna! Wo willst du hin?»

«Ich möchte eine Leiche sehen! Worüber haben wir denn die letzten zehn Minuten geredet? Komm mit und halt den Mund.»

Desmond war bestürzt. Er hatte nicht einen Moment daran gedacht, dass sie es ernst meinen könnte, und glaubte auch jetzt noch an einen ihrer spontanen Scherze.

«Ach komm, sei doch nicht albern!»

Sie blickte ihn kalt an.

«Mein lieber Desmond, ich bin nicht wie du. Ich verschwende meine Zeit nicht mit klugen Plänen, die ich niemals umsetzen möchte; ich sage, was ich denke, und tue, was ich will. Ich habe dich nicht um deine Begleitung gebeten: Wenn du zimperlich bist, kannst du ja nach Hause gehen.»

In ihrer Zurechtweisung steckte genügend Wahrheit, um ihn zunächst zum Schweigen zu bringen, und er antwortete ihr nicht.

Ohne sich weiter umzuschauen, ging sie die Treppe zur Polizeiwache hinauf. Desmond zögerte einen Augenblick, dann schritt er die Straße hinunter, gleichermaßen ärgerlich auf sie wie auf sich selbst.

Bei ihrem nächsten Zusammentreffen einige Tage später fragte er: «Hast du also deine Leiche gesehen?»

«Ja. Es war schwieriger, als du angenommen hast, aber am Ende ist es gelungen. Es hat mich aber nicht wirklich befriedigt», fügte sie nachdenklich hinzu. «Er war zu alt und schien zu friedlich gestorben zu sein.»

Er starrte sie an und bemerkte, dass sie vollkommen ernsthaft blieb.

«Du ekelhafte kleine Schlampe.» Er schlug ihr ins Gesicht, durchaus heftig. Er erwartete eine Szene, aber sie sagte nur:

«Warum bin ich nicht wie andere Menschen?» Ohne ihr Gesicht mit den Händen zu bedecken, weinte sie leise und bitterlich. Er versuchte, sie zu umarmen, doch sie stieß ihn zurück.

«Geh jetzt», forderte sie ihn mit erstickter Stimme auf, «und komm auf keinen Fall zurück, bevor ich dich anrufe.»

Er ging. Sie meldete sich drei Wochen lang nicht. Beide erwähnten den Vorfall später mit keinem Wort.

Es waren kurze Einblicke in eine seltsame und unerfreuliche Seite ihres Wesens, die ihn durchaus verunsicherten; Eifersucht und Misstrauen aber führten schließlich dazu, dass er sie zu hassen begann.

*

Schon zu Anfang ihrer Beziehung war ihm bewusst, dass er allenfalls einen begrenzten Ausschnitt ihres Lebens ausfüllte, und die Freiheit von jeglicher Verantwortung, die eine solche Position verleiht, hatte ihm zunächst zugesagt. Vermutlich hatte er anfangs sogar geglaubt, er könne mühelos alles Wissenswerte über sie in Erfahrung bringen und sie, wie alle früheren Damenbekanntschaften, rasch einer der wenigen und belanglosen Kategorien zusortieren. Tatsächlich aber verstand er sie umso weniger, je länger ihre Bekanntschaft währte; und aus anfänglicher Neugierde erwuchs eine Obsession. Sie glich keiner Frau, der er je begegnet war; und der bloße Gedanke daran, dass sie noch ein ganz anderes und weiter gespanntes Leben führen könnte als das ihm bekannte, bereitete ihm ein wachsendes Missvergnügen. Und so erlag er der unter Männern weit verbreiteten, ihm selbst aber bislang fremden Täuschung, dass keine Frau auf Erden der Geliebten das Wasser reichen könne und dass, sollte er Anna jemals verlieren, dieser Verlust niemals zu ersetzen sei. Er wollte sie gar nicht mehr und konnte doch nicht ohne sie sein; er empfand sämtliche Gefühle eines eifersüchtigen Liebhabers, nur nicht die Liebe selbst. Kurzum, er war von ihr besessen, er verabscheute sie und brauchte sie, so wie der Süchtige seine Droge braucht.

Er hatte fast nichts über Anna herausgefunden. Ihm gegenüber hatte sie niemals, ob nun direkt oder indirekt, einen ihrer Freunde erwähnt, gerade so, als verfalle sie in seiner Abwesenheit in eine Art Winterschlaf. Ihre gemeinsamen Treffen fanden in unregelmäßigen Abständen statt, und Ort und Zeit bestimmte ausschließlich sie. Nur ein einziges Mal hatte er sie außerhalb ihrer Verabredungen besuchen wollen, doch obwohl er überzeugt davon war, ihr Gesicht im Fenster erkannt zu haben, hatte sie auf sein hartnäckiges Klopfen nicht reagiert. Ein anderes Mal hatte er versucht, ihr nach einem gemeinsamen Mittagessen zu folgen, doch war sie mit erstaunlicher und ärgerlicher Gewandtheit in der Menge untergetaucht, so wie eine Schlange im hohen Gras verschwindet. Eine Stunde später rief sie ihn an: «Heute nachmittag hast du versucht, mir zu folgen. Solltest du das noch einmal probieren, werden wir uns nie wiedersehen.» Sie legte auf, ohne seine Entschuldigungen abzuwarten, und ihre Stimme verriet ihm, dass sie Wort halten würde.

Sie schien viel Geld zu besitzen, das sie mit kalter und sorgloser Extravaganz ausgab, doch weigerte sie sich stets, ihn in teure Restaurants oder West-End-Theater zu begleiten. Von Anfang an hatte sie es zudem strikt abgelehnt, auch nur einen einzigen seiner Freunde zu treffen (seine eigene Verschwiegenheit billigte diese Haltung), und ihre gemeinsamen Stunden verbrachten sie an einer seltsamen Mischung verschiedenster Orte, von Kew bis

Box Hill, in Baudenkmälern, riesigen Hotelkomplexen, für die beide eine seltsame Vorliebe hegten, und auf Hunderennbahnen, wo sie sich als kaltblütige und erfolgreiche Spielerin entpuppte.

Sie ging irgendeiner Beschäftigung nach, und er registrierte, dass die Lederauflage auf ihrem Schreibtisch abgenutzt war, als würde dort regelmäßig gearbeitet. Hinweisen und Fragen wich sie allerdings aus, und etwas in ihrer Art warnte Desmond, dass sie ihn auf der Stelle verlassen würde, falls er sie weiter bedrängte. Mit wachsender Eifersucht fiel ihm das Schweigen immer schwerer, und er befürchtete, sie sei womöglich die Geliebte eines sehr wohlhabenden Mannes oder sogar eine Art Edelhure. Schließlich gelang es ihm, eine Szene zu provozieren und ihr einige seiner Mutmaßungen an den Kopf zu werfen. Zum ersten Mal schien sie wirklich erregt, sie attackierte ihn wütend, sie musste schlucken, und er bemerkte sogar einen Speicheltropfen in ihrem Mundwinkel.

«Wie kannst du es wagen, mich eine bezahlte Geliebte zu nennen! Ich bin niemandes Hure! Meine Arbeit ist zu wichtig, als dass du sie verstehen könntest! Ich habe mich nie in dein Leben eingemischt – wie kannst du dich nur erdreisten, in meinem herumzuwühlen? Du scheinst zu glauben, du hättest irgendwelche Rechte an mir, nur weil ich dich ausgewählt habe, mit mir zu schlafen. Du solltest aber wissen, dass du nur ein sehr kleiner Teil meines Lebens bist, den ich jederzeit zurücklassen kann. Mir scheint, dieser Tag ist nicht mehr fern, und wenn es soweit ist, werde ich dich verlassen und dich niemals wiedersehen und auch nie wieder an dich denken.»

«Um Himmels willen, schrei nicht so laut und behalte deine schlechten Manieren für dich», hatte er matt erwidert; wütend stolperte er die Treppe hinunter und schwor sich, dieses Mal tatsächlich nicht mehr wiederzukehren. Natürlich kam er dann aber doch zurückgekrochen, und Anna schien beschämt und betrübt über ihren Ausbruch. Ihre Beziehung aber hatte von da an ihre Leichtigkeit verloren. Das war alles vorbei.

Obwohl ihr intimes Einvernehmen nun praktisch ausgelöscht war, schleppte die Beziehung sich noch elend dahin, einem unheilbar kranken Krebspatienten gleich, der, von den Ärzten narkotisiert und aufgeschnitten, sein schreckliches Leben noch um ein paar weitere nutzlose Monate in die Länge zieht. Anna, die Desmond als Liebhaber mochte und ihn auch als Person zu schätzen schien, war genügsam und abgehärtet genug, seine wechselnden Launen zu entschuldigen; offenbar bereitete sie sich darauf vor, das öde Finale nach ihren eigenen Wünschen zu gestalten.

Desmonds Fall war anders gelagert. Ihm war jetzt klar, dass er Anna niemals wirklich besitzen oder auch nur begreifen würde, und er ahnte, dass ihr Tod ihn zutiefst befriedigen musste. Sie am Leben zu wissen und außerhalb seiner Sphäre, einen anderen Mann liebend oder, schlimmer noch, ohne an ihn zu denken, in fremder und angenehmer Gesellschaft, zu der ihm der Zutritt verwehrt war – diese Vorstellung wucherte wie eine Geschwulst in seinem Seelenfrieden; wie eine Entzündung, die niemals heilte, die man nie vergaß und die man herausschneiden musste.

So rann ihre Affäre noch ein wenig dahin, bis vor genau einer Woche. Als er sich früh am Morgen von Anna verabschiedete, erzählte sie ihm, sie werde London innerhalb von zehn Tagen verlassen und sie sollten sich besser nicht mehr sehen. Sie war sehr freundlich und rücksichtsvoll, und auch er reagierte mit vollendeter Höflichkeit und gut gelaunt. Er küsste ihr die Hand und zitierte lächelnd «*Sprach der Rabe: Nimmermehr*», sachte schloss er die Tür und bog draußen ohne Hast um die Ecke des Platzes. Erst dort, außer Sichtweite, lehnte er sich erschöpft gegen eine Wand und plante den Mord.

Ihm blieben noch drei Tage. Er musste sie aufhalten. Er vermochte es nicht, und er wollte es auch nicht, selbst wenn er gekonnt hätte. Er wollte sie töten. Aber er war doch ein Narr; er hatte nicht das Naturell zum Mörder. In ein paar Wochen würde er schon darüber hinwegkommen. Er musste sie wiedersehen! Wenn sie doch nur tot wäre. Er musste ein wenig verrückt sein.

Zwei Uhr dreißig. Hinter ihm schloss sich die Tür von *International Features*.

*

An jenem Nachmittag war eine ganze Menge Arbeit zu erledigen. Captain McCulloch, der vor einiger Zeit einmal einen Beitrag von zweihundert Wörtern über Torffeuer auf den Hebriden im Blatt untergebracht hatte, bombardierte die Redaktion inzwischen mit einer vierzigtausend Wörter zählenden Rückschau auf seine Erlebnisse im Lande der Yogis; er hatte schriftlich mit einem persönlichen Anruf gedroht und musste nun taktvoll, aber endgültig abgewürgt werden. Einer der Freunde von Mr. Poole hatte einen vollkommen unbrauchbaren Artikel eingereicht, den man komplett umschreiben musste, da man ihn nicht ablehnen durfte. Und zu allem Überfluss hatte Mr. Poole selbst schon zum dritten Mal an jenem Tag ein brillanter Geistesblitz ereilt, weshalb er Desmonds sofortigen Einsatz verlangte.

«Ah, Thane, hier sind Sie ja! Was halten Sie von einer Artikelreihe, die wir … hm … vielleicht ‹Warum ich meinen Mann liebe› nennen könnten – natürlich ist das nur ein Arbeitstitel», fügte er eilig hinzu und lief ein wenig rot an. Mr. Poole schien sich immer ein wenig für die Niveaulosigkeit der Beiträge zu schämen, die seine Firma produzierte, andererseits widersetzte er sich hartnäckig sämtlichen Versuchen, daran etwas zu ändern.

Desmond bestätigte ihm, dass es sich seines Erachtens um einen sehr hübschen Titel handelte.

«Ich könnte mir vorstellen, dass die Bekenntnisse von, nun ja, einigen jungen Frauen stammen, die mit unterschiedlichen Typen aus unserer Leserschaft verlobt sind – also sagen wir, einem Arzt, einem Architekten, einem Immobilienmakler …» Er stockte und rieb sich den Schnurrbart; ihm schien sonst niemand einzufallen, der die unzähligen Journale tatsächlich lesen mochte, die seine Redaktion mit Beiträgen versorgte.

«Warum sollte eine der Damen nicht mit einem Journalisten verlobt sein?»

«Nein, nein, wir müssen da sauber bleiben.» Mr. Poole kicherte, stolz auf seine klare Haltung.

«Aber wer soll das alles schreiben?» fragte Desmond, der die Antwort schon ahnte.

Mr. Poole wischte die Frage mit schuldbewusster Nonchalance vom Tisch.

«Oh, ich dachte, Sie hätten dafür Zeit, Thane; das ist genau Ihr Stil – ich kenne niemanden, der das besser könnte. Die Korrekturfahnen auf Ihrem Schreibtisch haben keine Eile – Sie können sie leicht übers Wochenende durchsehen. Ich würde die Fahnen ja selbst mit nach Hause nehmen, aber wie es aussieht, habe ich gerade Arbeit für zehn unter den Händen.»

Diese zehn kamen Desmond bekannt vor. In den Gesprächen seiner Vorgesetzten tauchten sie regelmäßig auf – vermutlich die zehn faulsten und inkompetentesten Vertreter ihrer Zunft. Mr. Poole plapperte weiter:

«Bei den Artikeln lasse ich Ihnen natürlich freie Hand, aber bringen Sie bitte einiges … ähm … aus dem Leben mit hinein.»

«Sie meinen, etwas leicht Anrüchiges? In Ordnung, überlassen Sie das mir.»

«Nein, nein, nichts in dieser Art», unterbrach Mr. Poole hastig, «Sie erinnern sich doch an den Ärger mit dem Beitrag ‹Ist Abtreibung Sünde?›, den wir dem *Familienjournal für Johannesburg* geschickt hatten, auf Ihren Rat, möchte ich hinzufügen. Es hieß, sie hätten daraufhin fünfhundert Abonnenten verloren.»

«Okay, aber ich vermute mal, dass sämtliche Mitglieder der Familien, die ihr Abo gekündigt haben, die Hefte jetzt heimlich im Buchhandel kaufen. Sie dürften im Gegenzug Hunderte von Lesern gewonnen haben.»

Mr. Poole war sich nicht sicher, was er von dieser Bemerkung halten sollte. Dann hellten sich seine Züge auf.

«Sie sind ein Witzbold, Thane, und ein Zyniker! Sie haben Miss Prestwood erschreckt! Nicht wahr, Miss Prestwood?»

Die Sekretärin kicherte, Desmond lächelte pflichtschuldig, und Mr. Poole ließ ihn gehen, unter vergnügtem Glucksen, weil alles sich so heiter und demokratisch-informell gelöst hatte.

Zurück am eigenen Schreibtisch, atmete Desmond tief durch und begann zu schreiben:

«*Mein Liebhaber ist Arzt, und er macht mich glücklich, weil er meinen Leib ebenso versteht wie mein Herz.* (Ob P. das mag?) *Ich glaube, nur wenige Mädchen haben ihre Männer auf so eigenartige Weise kennengelernt wie ich. Ich brachte meine kleine Schwester zur Ambulanz von St. Margaret's, und ich erinnere mich noch, wie überrascht und ein wenig skeptisch ich reagierte, weil der Doktor noch so jung war ...*»

(Es half nichts; er musste Anna wiedersehen und dazu bringen, ihre Pläne zu ändern – oder sie musste ihm zumindest verraten, wohin sie reisen würde. Diese verdammte eiskalte Schlampe. Nein, seine eigene dumme Vernarrtheit sollte verdammt sein. Nicht, dass er sich das Geringste aus ihr machte, natürlich nicht ...)

«‹*Ich bin nicht gekommen, um mir die Hämorrhoiden Ihres Vaters anzuschauen*›, *flüsterte er sanft.* ‹*Ich bin wegen etwas viel Interessanterem hier – um mit Ihnen zu reden!*› *Mein Herz pochte so laut, dass ich glaubte, er müsse es hören, aber als ich antwortete, klang meine Stimme so ruhig und spöttisch, dass ich sie selbst kaum erkannte.* ‹*Oh Doktor*›, *sagte ich, wobei ich mich zum Spiegel wandte und mir übers Haar strich, wie ich es bei Claudette Colbert im Kino gesehen hatte.* ‹*Ist das nicht ziemlich unprofessionell? ...*›»

Um viertel nach vier konnte Desmond es nicht länger ertragen. Er konnte sich aber nicht dazu durchringen, Anna persönlich anzurufen; eine kindische Hoffnung riet ihm, dass ein Telegramm mit seiner dringlichen Aufrichtigkeit Eindruck machen würde. Er gab also telefonisch ein Telegramm auf, wobei er sich gleichzeitig albern und verzweifelt vorkam: KOMME HEUTE ABEND SIEBENDREISSIG VORBEI – SOLLTEST MICH IM EIGENEN INTERESSE EMPFANGEN – DT.

Schon als er den Hörer auflegte, war ihm bewusst, dass der Text auf dümmliche Weise melodramatisch klang, und er überlegte, wie er diese Worte ihr gegenüber rechtfertigen sollte. Die Kälte eines solchen Fernschreibens jedoch dürfte selbst Anna ein wenig imponieren, und die passenden Worte würden ihm bei der Begegnung schon noch einfallen. Es musste doch *irgendetwas* geben, womit man sie anrühren konnte! Liebe womöglich, aber die empfand er ja gar nicht: Hass und Entschlossenheit mussten deren Stelle einnehmen. Was, wenn sie anrief und ihm absagte? Er wandte sich an seine Sekretärin: «Miss Hedley, falls irgendjemand – egal wer – mich heute nachmittag anruft: Ich bin außer Haus und komme heute auch nicht zurück. Bitte seien Sie sehr bestimmt, egal, wer am Apparat ist und wie dringend die Angelegenheit auch klingt.»

Sofort fühlte er sich entspannter, und instinktiv war er sich sicher, dass er mit seiner Redegewandtheit, die ihn noch nie im Stich gelassen hatte, Anna zu irgendeinem Kompromiss verleiten könnte. Inzwischen wollte er sie gar nicht mehr bei sich behalten, er wollte sie einfach nur ganz allmählich verlassen, nach seinem eigenen Zeitplan. Beinahe euphorisch wandte er sich wieder seiner Arbeit zu:

«‹Aber das darfst du nicht, Liebling! Das – das ist ungehörig.› Er lachte und presste mich noch enger an sich. ‹Du herrliches kleines Ding›, flüsterte er. ‹Ich werde dich niemals verlassen, ganz gleich›, was die bärtigen alten Herren der Medizinischen Fakultät davon halten. Zerbrich dir nicht dein süßes kleines Köpfchen; es ist wahr, Liebe findet immer einen Weg, und für eine Stunde in deinen Armen würde ich mich mit dem alten Hippokrates höchstpersönlich anlegen.› Seine Küsse durchzuckten mich wie flüssiges Feuer, und die grauen Wände der Krankenhausapotheke lösten sich auf, bis die bunten Medizinflaschen sich in tropische Früchte verwandelten, und es schien mir, als seien wir zwei ganz allein auf einem Atoll inmitten des Pazifik ...»

ZWEITES KAPITEL

Als er Anna an jenem Abend aufsuchte, fiel ihm nichts ein, was er ihr hätte sagen können. Ihn überraschte das gar nicht – er kannte ihre Gabe, ihn vollkommen verstummen zu lassen, so wie das Rampenlicht einem nervösen Schauspieler die Sprache raubt. Ungewöhnlich war lediglich seine eigene Gleichgültigkeit ihr gegenüber; während er auf der Schreibtischkante saß und mit den Beinen wippte, fühlte er sich unbeteiligt und überlegen wie ein Biologe, der das natürliche Verhalten seiner Versuchstiere beobachtet. Nach einer kurzen, beiläufigen Begrüßung schwieg er; in blasierter Selbstzufriedenheit summte er leise die Melodie eines altmodischen Tanzliedes.

Anna beendete die Stille.

«Warum bist du hergekommen?»

«Ach, nur eine gesellschaftliche Pflichtübung. Manche Leute haben religiöse Verpflichtungen, ich habe gesellschaftliche, und denen komme ich in angemessener Demut nach.»

«Was hatte dein Telegramm denn zu bedeuten?»

«Nichts, überhaupt nichts. Findest du nicht auch, Postämter sollten Schmuckblätter für schlechte Nachrichten bereithalten, ähnlich wie für Grußtelegramme? Die Todesnachrichten aus dem Kriegsministerium kämen dann auf einem Papier in Schwarz und Silber, an den Rändern eine Girlande aus Totenköpfen, Kreuzen, Urnen und geborstenen Säulen. Ich bin mir sicher, Witwen und Waisen wären begeistert über eine künstlerische Wertschätzung ihres Opfers, die sie einrahmen und an die Wohnzimmerwand hängen können.»

Anna unterbrach ihn ungeduldig.

«Wenn du mir etwas zu sagen hast, sag es bitte jetzt. Ich werde in ein paar Tagen ins Ausland reisen und wahrscheinlich nicht zurückkehren.»

«Ins Ausland? Wie schön für dich. Aber bitte nicht mit einer Reisegruppe: Habe ich mal mitgemacht, aber es stellte sich heraus, dass zu viele Hähne im Korb waren und zu wenig Hennen.» Er kicherte aufdringlich.

Anna fuhr scharf dazwischen:

«Wenn du dich weigerst, vernünftig zu reden, tu, was du nicht lassen kannst. Ich habe jedenfalls gleich einen Termin. Bitte entschuldige, ich muss mich umziehen.»

Er entließ sie mit gnädiger Handbewegung, als sie sich resolut umdrehte und im Schlafzimmer verschwand. Durch einen Spalt im Vorhang über der Tür sah sie sein selbstzufriedenes Lächeln, während er seine Fingernägel begutachtete. Sie fühlte sich ein wenig unbehaglich. Sie hatte ihre Erfahrungen mit Männern und glaubte auch Desmond zu durchschauen; in dieser Stimmung hatte sie ihn freilich nie zuvor erlebt. Ihr fiel auf, dass seine Gesten auf eine fast unmerkliche, aber doch spürbare Art außer Kontrolle schienen, als wäre er betrunken. Seine Beine wippten ein klein wenig zu kräftig, er sprach laut, und Kopf oder Hände blieben unablässig in Bewegung. Dabei wusste sie, dass er vollkommen nüchtern war, denn seine Augen blickten kalt und unbeteiligt und etwas angestrengt, als starre er auf einen weit entfernten Punkt. Erneut schaute sie zu ihm herüber, und jetzt erst, zum ersten Mal an diesem Abend, sah auch er sie an, als wolle er sich ihr Gesicht in Erinnerung rufen oder ihr Gewicht abschätzen. Während er zu ihr herüberschaute, knetete er weiterhin seine Hände und tastete seine Fingernägel ab. Das erschien geradezu unnatürlich; sein Körper wirkte auf unangenehme Weise wie ein wachsames Tier, das ein eigenes Leben führt, losgelöst vom Verstand.

Desmond musterte Anna mit jener aufdringlichen Neugierde, die man normalerweise nur Eingeborenen entgegenbringt. Wie sie da halb entblößt vor ihrer Ankleidekommode kauerte, schien sie ihm älter als sonst, und die Struktur ihrer Kehle und der Gesichtshaut wirkten mit einem Mal rau gegenüber der Zartheit ihrer Schultern. Ihr Nacken schien allmählich kräftig zu werden, und Desmond vermutete jetzt sogar, die aufrechte Haltung des Rückens müsse das Ergebnis bewusster Anstrengung sein. Kaum erinnerte er sich noch daran, dass sie zu alledem auch Verstand und Persönlichkeit besaß: Für ihn war sie jetzt eine klug konstruierte Puppe, gekrönt mit einer hübsch glänzenden Perücke. Seine Gedanken nahmen eine Wendung ins Hämische, und er überlegte, wie er sie wohl verletzen könnte.

Es war jetzt acht Uhr abends, die Dunkelheit brach an. Anna trat ins Zimmer. Sie strich sich übers Haar und drängte:

«Ich muss bald aufbrechen. Zum letzten Mal: Hast du mir irgendetwas zu sagen?»

«Nichts, was dich interessieren könnte.»

Sie hob ihre Stimme: «Sag jetzt, was du zu sagen hast; ich werde dich nicht wieder fragen.»

«Sprich nicht so laut. Geh, wenn du willst: Ich halte dich nicht auf.»

Seine Ferse stieß gegen den Rand des Tisches und brach einen Splitter aus dem polierten Holz, aber er schien das nicht zu bemerken. Gegen das schwindende Licht im Fenster nahmen sich seine Konturen mit den hängenden Schultern und dem vorgestreckten Kopf aus wie die Silhouette eines bizarren Vogels. Abermals verspürte Anna eine Unsicherheit, einem Zucken im Körper vergleichbar; sie beschloss, sofort aufzubrechen, früher als geplant. Und so trat sie an den Schreibtisch und schob Desmond zur Seite.

«Entschuldige, ich muss hier etwas einstecken.»

Sie öffnete eine der Schubladen und zog ein kleines, in Leder geschlagenes Büchlein heraus, das mit einem Metallschloss versehen war. Desmond riss es ihr aus der Hand und sprang vom Tisch.

«Ah, ein Tagebuch! Wer hätte gedacht, dass du so etwas führst!»

Er schob es sich in die Tasche und näherte sich demonstrativ der Tür. Anna erbleichte und fauchte ihn an:

«Lass diese Albernheit! Gib es mir auf der Stelle zurück!»

«Nicht, bevor ich gelesen habe, was du über mich schreibst. Ich schicke es dir morgen zurück.»

Ihm war klar, wie kindisch er sich aufführte, und doch schämte er sich nicht. Anna zitterte förmlich vor Wut, und er genoss das – jedenfalls in Bezug auf Anna seltene – Gefühl der Überlegenheit. Dann aber griff sie blitzschnell in ihre Handtasche und zog eine kleine Pistole hervor, die sie auf ihn richtete.

«Nun gib mir das Buch zurück!»

Desmond konnte ein spontanes Lachen nicht unterdrücken. Die Szene wirkte so lächerlich und unwirklich wie in einem schlechten Film, und von der Waffe fühlte er sich so wenig bedroht wie von einer Steinzeitaxt im Museum. Scherzhaft riss er die Hände in die Höhe und schlenderte auf sie zu.

«Meine liebe Anna, jetzt siehst du aber albern aus! Die Rolle des Flintenweibs steht dir überhaupt nicht. Bist du sicher, dass du sie auch geladen hast?»

«Gib mir das Buch, oder ich werde schießen.»

Da überkam ihn Zorn auf dieses melodramatische Getue, mit einem raschen Griff schlug er ihr die Pistole aus der Hand, dann packte er sie an ihrem seidenen Halstuch. Er riss kräftig daran und zischte:

«Sei doch keine verdammte Idiotin!»

Sie presste ihn von sich und rammte ihm ein Knie mit aller Gewalt in die Leisten. Er stolperte und riss Anna mit sich auf den Boden. Blind vor Wut rollte er das Halstuch zusammen, bevor er mit aller Kraft daran zog. Erneut traf ihn Annas Knie. Um den Schmerz zu betäuben, zerrte er an der Seide, bis die Adern seiner Handgelenke hervortraten. Und während ihr Leib sich unter seinem Griff wand, fragte er sich in einem sehr entlegenen Winkel seines Hirns, wie lange ihr Kampf wohl noch andauern würde. Auch als sie sich nicht mehr regte, lag er noch auf ihr und drehte das Halstuch fester und fester. Da wusste er schon, dass sie tot war.

Als Desmond vom Boden aufstand, war es vollkommen finster. Er spürte keinerlei Empfindung, griff zur Pistole und nahm wieder auf der Ecke des Schreibtisches Platz, verharrte dort vollkommen regungslos. Es dauerte ein wenig, dann erfüllte ihn Stolz auf seine eigene Kälte; er wanderte im Zimmer auf und ab, stolperte über Möbelstücke und führte Selbstgespräche. Dabei mied er die Ecke, in welcher der Leichnam lag.

«Gut, gut, wer hätte das gedacht! Ich vermute, dafür wird man mich hängen. Glück gehabt, dass wir nicht in Amerika leben: Beim elektrischen Stuhl dauert es eine halbe Stunde, und am Ende stirbt man bei der Autopsie, heißt es jedenfalls. Wer war das gleich nochmal mit der Vermutung, dass der Kopf nach der Enthauptung noch ein paar Minuten lebt und etwas wahrnimmt? Man hört ja sogar, man könne zu Tode gekitzelt werden oder am Niesen sterben. Ein Tyrann könnte das an seinen Feinden ausprobieren, ihr lächerlicher Todeskampf würde ihre Ansichten öffentlich diskreditieren. Wenn jemand beim Hängen zu tief fällt, wird der Kopf abgerissen – man sagt ja, die Leute fallen zu tief, wenn der Henker zu tief ins Glas geschaut hat … Arme alte Anna! Anna wie? Annabell mit dem Totenglöckchen … Vielleicht sehe ich ganz anders aus, jetzt, da ich ein Mörder bin? Mal nachschauen.»

Er zog den Vorhang zur Seite, schaltete eine Leselampe ein und betrachtete sein Abbild im Spiegel, während er sich wie ein Mannequin verrenkte und posierte.

«Wie immer, fürchte ich – sehe halt nicht aus wie ein grober Kerl. Wenn ich mich präsentiere, sehe ich aus wie ein Römer … der schändlichste Römer von allen: Einer, den man auf seinem Schild nach Hause trägt, das Gesicht nach unten, und alle Wunden auf dem Rücken, dazu ein paar Stiche in die Seite vom Zickzacklaufen.»

Er probierte verschiedene Gesten aus und schnitt passende Grimassen, wobei er Annas Pistole auf imaginäre Gegner richtete oder durch seine Tasche hindurch zielte wie ein amerikanischer Gangster. Dann aber fiel er schlagartig in die Wirklichkeit zurück; vor sich sah er eine bleiche, zerzauste Gestalt, die sich auf groteske Weise im Spiegel eines nur schwach erleuchteten Zimmers angrinste, während ein erstarrender Leib halb verdeckt hinter dem Sofa lag.

«Mein Gott!» stöhnte er und erschrak jetzt wirklich.

Er schaltete sämtliche Lampen ein, nahm vorsichtig Platz und versuchte, seine Lage zu überdenken. Kein Gewissen regte sich, auch kein Mitleid mit Anna – wie erwartet hatte der Tod seine Zuneigung ausgelöscht –, doch er fürchtete sich jetzt vor den schmutzigen und langsam näher rückenden Konsequenzen, die ihm drohten, sobald die Polizei eingeschaltet würde. Einige Minuten lang atmete er tief, um sich zu beruhigen, bis sein Verstand wieder halbwegs normal funktionierte.

Zunächst einmal hatte ihn niemand kommen sehen, und bei der Dunkelheit draußen konnte er nahezu sicher sein, das Haus auch wieder ungesehen verlassen zu können. Tatsächlich war ihm niemals irgendjemand in diesem Haus begegnet, möglicherweise war Annas Etage sogar die einzige bewohnte im gesamten Gebäude. Wenn er es recht bedachte, gab es zudem keinerlei Möglichkeit, Anna mit ihm in Verbindung zu bringen. Er hatte sie keinem seiner Freunde gegenüber erwähnt, denn er schätzte Männer nicht sonderlich, die mit ihren Liebschaften prahlten. Er glaubte ohnehin, dass ein eisernes Schweigen in diesen Dingen ein sehr viel größeres Renommee einbrachte als selbstgefällige Anekdoten, jedenfalls wenn man so töricht war und es darauf anlegte.

Anna, da war er sich sicher, war von ähnlicher Diskretion; und selbst wenn sie eine enge Vertraute besessen haben sollte, schien es unwahrscheinlich, dass die Zeit ausgereicht hätte, dieser von seinem angekündigten Abendbesuch zu erzählen. Er hatte Anna nie geschrieben, ihr nie signierte oder anderweitig zurückverfolgbare Geschenke überreicht, und sie hatte ihn keinem Menschen vorgestellt. Scotland Yard konnte ihn eigentlich gar nicht ausfindig machen. Am besten also, er verließ unverzüglich die Wohnung.

Desmond sprang auf, wischte mit dem Taschentuch über den Türgriff und alle Dinge, die er berührt hatte, soweit er sich erinnerte. Leise trat er auf den Treppenabsatz und zog die Wohnungstür sachte hinter sich zu.

Das Telegramm!

Er drückte gegen die Tür, aber sie gab nicht nach. Verzweifelt versuchte er es mit seinen eigenen Schlüsseln, einen nach dem anderen, doch die Tür besaß ein Sicherheitsschloss, und seine Schlüssel passten dort nicht einmal hinein. Er wühlte in seinen Taschen nach irgendetwas Brauchbarem, fand aber nur Annas Pistole. Ratlos wiegte er sie in der Hand. Irgendwo hatte er gelesen, dass man Türen aufschießen kann, und selbst diese kleine Waffe dürfte das Schloss zerschmettern, falls er einen oder zwei Schüsse direkt auf Schloss und Schlüsselloch abfeuerte. Andererseits war das Haus finster und bedrohlich still: In der Wohnung darunter musste der Knall wie ein Donnerschlag hallen. Sollte er abdrücken, würden die Menschen aus allen Türen herbeiströmen, so wie in den Straßen bei einem Unfall: Machte er sich aber klammheimlich aus dem Staub, würde die Polizei das Telegramm unweigerlich finden, die Rufnummer, von der er es aufgegeben hatte, ermitteln, ihn ausfindig machen und verhören, bis er alles gestand. Vielleicht befand sich aber auch sonst niemand im Haus, und im schlimmsten Fall könnte er versuchen, sich den Weg freizuschießen und als Löwe vor den Henker treten und nicht als Schaf.

Er zog seinen Mantel aus, wickelte ihn um die Waffe, um den Schall zu dämpfen, dann presste er die Mündung wenige Zentimer links vom Schlüsselloch aufs Holz und feuerte zweimal.

Der Schuss donnerte wie ein Erdbeben, und noch bevor das Echo verklungen war, warf er sich mit dem Gewicht seines Körpers gegen die Tür. Beim ersten Versuch zersplitterte der Holzrahmen, beim zweiten gab das Türblatt nach, und er stürzte hinein. Während er sich aufrappelte, vernahm er, wie sich in der Etage darunter eine Tür öffnete und das Licht angeknipst wurde. Lautlos huschte er aus der Wohnung, er legte sich flach auf den Boden und richtete die Pistole, wo die Treppe nach oben eine Kehre machte, durchs Geländer. Sofern niemand nach oben kam, blieb er unsichtbar, und falls Menschen heraufkämen, würde er sie zuerst sehen.

Einen Moment herrschte Stille, dann rief eine nervöse mittelalte Männerstimme:

«Hallo, ist da oben alles in Ordnung?»

Stille. Nun nörgelte eine Frauenstimme:

«Komm endlich herein, Jack, und schließ die Tür. Was oben passiert, geht uns nichts an.»

«Liebes, ich bin mir sicher, einen Knall gehört zu haben. Ich sollte wohl besser einmal nachschauen, was los ist.»

«Du willst also nachschauen, ob es Miss Raven gut geht? Ich kenne dich doch! Glaubst wohl, ich hätte nicht bemerkt, wie du ihr die letzten Monate im Treppenhaus schöne Augen gemacht hast? Komm sofort rein und denk dran: Du bist ein verheirateter älterer Mann.»

«Ich bin kein *älterer* Mann! Ich bin in den besten Jahren!»

«Beste oder nicht, komm sofort zurück und schließ die Tür; der Durchzug ist unerträglich.»

«Es dauert keine Minute, Liebes, aber ich meine, ich sollte doch kurz nach dem Rechten sehen.»

Desmond hörte, wie Pantoffeln in Richtung Treppenabsatz schlurften. Er lag angespannt da und schob die Waffe nach vorn. Da durchbrach die Frauenstimme sehr entschieden die Stille:

«In Ordnung, wenn du nach oben gehst, komme ich mit! Wir *beide* können Miss Raven fragen, wie es ihr geht.»

Die Pantoffelschritte hielten inne, und die Männerstimme resignierte:

«Also gut, meine Liebe, ich denke, du hast recht. Ich bin sicher, oben ist alles in Ordnung; in ein paar Minuten beginnen die Nachrichten, und die wollen wir doch nicht verpassen.»

Die Tür fiel ins Schloss. Desmond schlich zurück ins Apartment, er schloss die Tür und schob den Riegel vor. Jetzt erst stand ihm die Gefahr, die er soeben überstanden hatte, in aller schockierenden Deutlichkeit vor Augen, und ihm wurde übel. Er torkelte ins Bad und kniete minutenlang würgend vor der Toilettenschüssel. Sobald er sich wieder besser fühlte, kehrte er ins Wohnzimmer zurück, er streifte sich die Handschuhe über und begann mit einer systematischen Durchsuchung. Der Papierkorb? Leer. Der Schreibtisch? Die Schubladen waren verschlossen, doch die Schlüssel lagen oben auf der Tischplatte, wo Anna sie hingelegt hatte. Also zog er die Schubladen auf und schaute den Inhalt flüchtig durch, wobei er ihn auf dem Fußboden ausbreitete. Alles war ungemein ordentlich – Bündel mit Briefen, zusammengehalten von Bindfäden in verschiedenen Farben; quittierte Rechnungen, Notizbücher voller Zahlen, offenbar Listen mit Ausgaben. Einige Dinge überraschten Desmond ein wenig: Anna besaß einen amerikanischen Pass; und sie musste polyglott gewesen sein, denn sie verwahrte Dokumente in den verschiedensten Sprachen – aber Desmond fehlte die Zeit, seine Neugierde zu stillen. Einen Augenblick hielt er sich noch bei einer Schublade auf, die mit Buchkatalogen gefüllt war; ihn überraschte, dass eine Dame, deren Buchbestand aus einem halben Dutzend Nachschlagewerken bestand, all diese Kataloge offenbar sehr sorgfältig durchgesehen und mehrere Einträge angestrichen hatte. Nur sein Telegramm fand er nirgends.

Er suchte nach weiteren Verstecken und erinnerte sich an ihre Handtasche. Darin fand er einen Lippenstift, einen Spiegel, eine goldene Puderdose und ein großes Bündel abgenutzter Ein-Pfund-Noten. Grob geschätzt waren es mehrere Hundert, und so weit er das beim hastigen Durchblättern beurteilen konnte, stammten sie alle aus unterschiedlichen Serien; vielleicht waren sie sorgsam ausgewählt worden, damit man einen eventuellen Diebstahl nicht zurückverfolgen konnte. Diesen Schatz stopfte er sich in die eigenen Taschen, und schlagartig fühlte er sich kühner. Nie zuvor hatte er so viel Bargeld besessen, und er verspürte jetzt das gleiche Gefühl von Macht und Sicherheit, das einen Wilden ausfüllen mag, der nach einer gut gearbeiteten Waffe greift. Er dachte: «Ich wüsste doch nur zu gern, was Anna mit all dem anfangen wollte? Vielleicht war sie ja spielsüchtig.»

Er empfand ein seltsames Hochgefühl, und während er seine Suche fortsetzte, summte er vergnügt einige Melodien. Irgendwo hatte er gelesen, dass Frauen ihren geheimsten Besitz gern zwischen der Unterwäsche verstecken, und so durchwühlte er Annas Schlafzimmer besonders gründlich. Unter ihrer unscheinbaren Oberfläche hatte sie einen geradezu exotischen Geschmack kultiviert, und obwohl Desmond sich stets im Stillen über ihre Vorliebe für außergewöhnliche und teure Unterwäsche amüsiert hatte, die eher in ein Pariser Schaufenster gehörte als an einen menschlichen Körper, erstaunte ihn jetzt wieder der Gegensatz zwischen der Strenge ihrer Kleider und dem üppigen Luxus darunter. Ganz zum Schluss ertastete er hinten in ihrer Nachttischschublade etwas Festes und zog es hervor. Es war ein Buch: eine preiswerte lateinische Ausgabe der *Aeneis*, in der einige Zeilen unterstrichen waren. Irgendwie schien ihm dahinter ein bedeutsames Geheimnis zu stecken, deshalb riss er den Buchblock aus dem Einband und zog das Vorsatzpapier ab, hinter dem etwas versteckt sein mochte. Er fand aber nichts.

Also schlenderte er zurück ins Wohnzimmer. Neben dem Kamin blieb er stehen und kaute an seinen Fingernägeln. Plötzlich überkam ihn eine große Erleichterung, und er lachte hysterisch.

«Da habe ich mir aber etwas Schönes eingebildet», dachte er. «Warum zum Teufel sollte sie mein Telegramm denn überhaupt aufbewahren? Und es womöglich noch im Schreibtisch einschließen oder zu ihrer Unterwäsche legen? Sie wird es gleich nach dem Lesen ins Feuer geworfen haben.»

Desmond kniete nieder und stocherte in den verglimmenden Kohlen, entdeckte aber keine Spur von Papier, sondern nur reichlich Asche. Was immer sie hineingeworfen hatte, musste längst verbrannt sein. Er erhob sich also wieder, um noch ein allerletztes Mal rasch durchs Apartment zu schauen und dann so leise wie möglich zu verschwinden.

Mit lang anhaltendem und unregelmäßigem Summen klingelte das Telefon.

Desmond verharrte regungslos, sein Herz hämmerte, und in seinem Schädel pochte eine Ader. Er hoffte, das Summen werde enden, doch der Ton blieb hartnäckig. Desmond überkam die schreckliche Vorstellung, Anna könne aufstehen und ans Telefon gehen, falls es nur lange genug läutete. Ein unwiderstehlicher Zwang drängte ihn, den Hörer abzuheben, nur um das Läuten zu beenden, und wie unter Hypnose näherte er sich bereits dem Schreibtisch, als der Ton schlagartig verstummte.

Jetzt war keine Zeit mehr zu verschwenden. Er wusste, dass ein unregelmäßiger Ton auf ein Ortsgespräch schließen ließ: Der Anrufer konnte also durchaus in einer Telefonzelle draußen vor dem Haus stehen und hinaufkommen, um nach dem Rechten zu sehen, da niemand an den Apparat ging.

Er löschte das Licht, zog die Wohnungstür hinter sich zu und ging behutsam die Treppe hinab, die Pistole in der Hand. Als er den Treppenabsatz im Erdgeschoss erreicht hatte, klingelte das Telefon wieder. Selbst draußen auf der Straße, eingetaucht in Dunkelheit, glaubte er den Ton noch ganz leise zu hören, immer und immer wieder.

DRITTES KAPITEL

Draußen im Dunkeln fühlte Desmond sich mutterseelenallein. Hinter ihm lag die Erinnerung an etwas, das er nicht an sich heranlassen wollte; vor sich sah er nur Angst, quälendes Warten und Rechtfertigungsversuche. Ginge er jetzt nach Hause, fände er dort einen gemütlichen Sessel und allerlei Bücher, die Tröstungen der Schönheit, Vernunft und Philosophie bereithielten. Nach kurzem Zögern schob er sich durch die Pendeltür ins *Jolly Conscript*.

Die Stimmung in der Kneipe war so heiter wie stets. In einer Ecke verteidigte ein junger Unteroffizier den Wert der Keuschheit gegen den derben Humor einer älteren Dirne, und er sah nicht gut dabei aus. In einer anderen Ecke hockten drei Männer in schwarzen Mänteln, die ihnen bis zu den Knöcheln reichten, sie tranken Whiskey und warfen sich aus den Mundwinkeln bedeutungsschwere Worte zu. Am Flipperautomat redeten ein indischer Student und seine hochschwangere blonde Frau auf einen begriffsstutzigen tschechischen Flüchtling ein und ließen ihn wissen, Freud, Marx und Einstein seien eigentlich nur verschiedene Ausprägungen der einen Lebenskraft – und ein italienischer Bauer sei klüger als alle drei zusammen. Ein Glatzkopf spielte Klavier, und zwei lesbische Frauen würdigten einen bedauernswerten Angestellten keines Blickes, der soeben versucht hatte, sie auf einen Drink einzuladen. Ein Besserwisser dozierte über den entscheidenden Sieg im Krieg: Man müsse lediglich ins Zentrum Chinas vorstoßen und dort die weltweit einzige Lagerstätte eines bestimmten unverzichtbaren Minerals in Besitz nehmen. Für all diese Menschen war die Kneipe Heimat, Wahrheit und Schönheit. Dafür war man bereit, in den Kampf zu ziehen.

Kaum war Desmond eingetreten, geriet er in einen kleinen Strudel bekannter Gesichter.

«Hallo Thane, wo haben Sie nur die ganze Zeit gesteckt?»

«Ach, ich hatte zu arbeiten. Wie geht's euch? Gibt's was zum Lästern?»

Die wohlkalkulierte Bitte sollte dem Fragesteller Ruhe verschaffen – und den anderen eine Menge einfacher Vergnügungen bieten. Wie erwartet brach ein Sturm von Gerüchten über Desmond herein.

Offenbar hatte Milly Peter verlassen, und Tony war jetzt mit Susan liiert; Matthew war ins Beschaffungsministerium der Streitkräfte übergewechselt und Paul hatte sich nach Frankreich versetzen lassen; John war bei einem Luftwaffeneinsatz gefallen, und von Nancy hieß es, sie sei in einen Fahrer ihrer Rettungswache verliebt; Mark widersprach irgendeiner Ansicht, weil die Deutschen brutale Bestien seien, er selbst aber Mitglied in der *Königlichen Gesellschaft zur Verhütung von Grausamkeiten an Tieren*; und irgendjemandes Cousin hatte tatsächlich vor den Schranken des Gerichts ausgerufen: «Ich bin eine Feuersäule!» Und so ging es fort und fort. Desmond, der diesen Tratsch normalerweise goutierte, dachte nur: Stünde mir ein Engel mit Flammenschwert zur Seite, bräuchte er sich nicht über einen Mangel an Aufgaben zu beschweren.

Als endlich Ruhe einkehrte und man sich auf allgemeines Geplauder verlegte, blieb Desmond einsilbig; er suchte nach einem Vorwand, um sich wieder zu entfernen.

Weit hinten in der Kneipe bemerkte er ein großes blondes Mädchen, dessen schrille Stimme und grelle Kleidung die Ansehnlichkeit ihrer Figur ebenso wenig zu beeinträchtigen vermochten, wie die vollendeten Formen den Ausdruck einer großen Leere überspielen konnten. Sie war ein wenig angetrunken und damit ein Problem für ihre dunkelhaarige Freundin und den jungen Unteroffizier mit dem Zahnbürstenschnäuzer, der die beiden offenbar angeschleppt hatte. «Herunter, herunter bis zum Boden», dachte Desmond. «Wer kein Gewissen hat, hat auch kein Recht auf guten Geschmack.» Er entschuldigte sich etwas schroff, trat zu den dreien hinüber und klopfte dem Offizier auf die Schulter.

«Na sowas! Dass wir uns hier wiedertreffen! Schätze, Sie erkennen mich gar nicht mehr – wir sind uns vor dem Krieg in Cowes begegnet. Darf ich Sie und Ihre Freundinnen vielleicht auf einen Drink einladen?»

Nach Desmonds Berechnungen musste gerade dieser snobistische Tonfall den Schnurrbart gefügig machen, der offenbar niemals in Cowes gewesen war und der sich offensichtlich gern vor den Frauen in Szene setzte; etwaige Zweifel zerstreute man am besten mit Großzügigkeit.

«Äh, ja, danke», stotterte der Schnurrbart zögernd.

Desmond setzte nach.

«Lassen Sie doch einfach stehen, was Sie gerade trinken, und gönnen wir uns einen Champagner. Ich glaube, dieses Lokal hat einige sehr anständige Flaschen auf Lager, auch wenn es gar nicht danach aussieht.»

«Oh ja, aber gern», bat die Blonde.

«Das wäre wirklich sehr nett», sagte die Dunkelhaarige.

«Aber hallo», bekräftigte der Schnurrbart.

Geschafft. Während Desmond dem Barkeeper mit den Fingern ein Zeichen gab, spürte er förmlich die erstaunten und missbilligenden Blicke seiner Freunde, und er ahnte den Tadel in ihrem Geflüster. Ihn kümmerte das nicht im Geringsten; er fing an, sich großartig zu amüsieren.

∗

Der Mann, der neben dem Leichnam gekniet hatte, erhob sich wieder. «Sie ist kaum länger als drei Stunden tot», sagte er, «vermutlich weniger.» Er schrieb etwas in sein Notizbuch. Einer der anderen durchsuchte das Zimmer, fachkundig und ohne Hast, während der dritte den Türknauf und glatte Oberflächen auf Fingerabdrücke hin untersuchte.

∗

Alles, was Desmond über seine neuen Bekannten wissen wollte, fand er im Nu heraus. Die Blondine, deren Beitrag zur Konversation vornehmlich aus Kichern bestand, war, so versicherte ihm die Dunkelhaarige, in einer «waaahnsinnig verantwortungsvollen Position – *Privat*sekretärin bei einem wichtigen Manager in der Werbebranche». Desmond vermutete, das «privat» beziehe sich wohl eher darauf, dass die Frau des Managers von dieser Sekretärin nichts wissen durfte, und das sei dann auch schon alles. Die Dunkelhaarige war Kanadierin und im gleichen Unternehmen beschäftigt, zeichnete sich aber durch ein höheres Streben aus: «Sie machen sich ja überhaupt keine *Vorstellung* davon, Mr. Tisket» (Desmonds Pseudonym für diesen Abend), «in welch wundervollen *Frieden* Sie eintauchen, wenn Sie sich erst einmal ins astrale Denken vertiefen.» Der Schnurrbart war auf Wochenendurlaub vom Regiment («Darf nicht sagen, wo wir stationiert sind, oh nein, nein! Der Feind hört mit und so weiter, Sie kennen das ja, alter Knabe!») und sehr darum bemüht, als Offizier und Gentleman zu imponieren – zwei Rollen, die immer weniger miteinander in Einklang zu bringen waren, je betrunkener er wurde.

Ursprünglich hatte Desmond geplant, die Blondine von der Party wegzulotsen, doch schon bald zeigte sich, dass dies äußerst knifflig würde; deshalb beschloss er, stattdessen den Schnurrbart loszuwerden. Die einfachste Methode bestand darin, ihm beim Abfüllen bis zur Bewusstlosigkeit zur Hand zu gehen – beim Blick in seine bereits glasigen Augen vergleichsweise unkompliziert. Leider besaß der Offizier einen robusten Magen, wenn ihm schon der Kopf fehlte, und Desmonds Großzügigkeit steigerte allenfalls seine Streitsucht und sein Misstrauen.

Die Blondine wurde fröhlicher und fröhlicher.

«Tisky, Liebling, ich glaube, ich bin beschwipst! Glaubst du nicht auch, dass ich ein ungezogenes Mädchen bin?»

«Ich werde dich verhauen!» rülpste der Schnurrbart und grabschte ungeschickt nach ihr. Desmond schob ihn beiseite.

«Also bitte, denken Sie immer daran, dass Sie für die Freiheit kämpfen, nicht für die Freizügigkeit. Möchten Sie noch einen Drink?»

Der Schnurrbart schwankte auf ihn zu.

«Ich kämpfe für mein Land, jeder kämpft für sein Land. Was tun Sie denn so?»

«Nun, ich dürfte Ihnen das eigentlich gar nicht verraten, aber ich arbeite in der Propagandaabteilung des Rüstungsministeriums.»

«Oh bitte, verraten Sie mir doch ein Staatsgeheimnis», kreischte die Blondine und schüttete ihm ihr Glas über den Ärmel.

«Tja, das sollte ich wirklich nicht tun, fürchte ich, aber ich weiß ja, dass ich mich auf euch verlassen kann.» Er lehnte sich vertrauensvoll nach vorn. «Ich habe in letzter Zeit an einem eigenen Projekt gearbeitet, einem Propagandageschoss.»

Der Schnurrbart blinzelte misstrauisch.

«Wassndas?»

«Das werden Sie gleich erfahren. Eigentlich eine ganz einfache Konstruktion, sie basiert auf dem Prinzip der Pfeifenorgel. Wir bohren ganz spezielle Löcher in ein Metallgeschoss, und wenn der Luftstrom nach dem Abfeuern durch diese Löcher entweicht, entsteht ein Propaganda-Ton. Gerade haben wir zehn Millionen angefertigt, die ‹Freieieieieieieieiheit› pfeifen, wenn sie hinter den Linien des Feindes zu Boden gehen. Stellen Sie sich vor, was das für die Moral der Nazis bedeutet, wenn sie beim Klang unserer herrlichen Parole vor die Hunde gehen!»

Die Dunkelhaarige vertiefte sich in diesen Gedanken. «Aber müsste das Wort nicht auf Deutsch erklingen, damit sie es verstehen?»

«Da haben Sie vollkommen recht. Sie haben die Schwachstelle dieses Programms erkannt. Ein Fehler der Bürokratie – keiner im Ministerium hat auf diesen Punkt geachtet, bis die Geschosse fertig waren, und nun möchte man sie den Japanern verkaufen, die sie gegen Amerika einsetzen könnten. Wir bräuchten mehr Leute wie Sie; ich könnte Ihnen eine Stelle in meiner Abteilung besorgen.»

Der Schnurrbart kam ins Grübeln. Beinahe konnte man die schweren Panzerketten seiner Gedanken hören, wie sie der Spur hin zu einer Idee folgten.

«Aber ich meine ...», setzte er an.

Desmond fuhr hastig fort.

«Ein weiteres Projekt, das wir kürzlich abgeschlossen haben, betrifft einen Giftgaszylinder, der das Gas in Form von Wörtern ausströmen lässt – so wie Himmelsschreiben mit Rauch. Das Kabinett ist sich aber noch nicht einig; sie können sich nicht entscheiden, ob sie schreiben wollen: ‹Wir lieben die Deutschen, ehrlich› oder ‹Geschieht euch recht, ihr Faschisten-Bande›.»

*

Einer der Männer sagte: «Ihre Kontaktliste ist verschwunden, Sir, und auch von dem Geld für spezielle Ausgaben ist nichts zu finden. Alles andere scheint am Platz zu sein.» Ein Zweiter ergänzte: «Ich finde keine Fingerabdrücke, aber ich habe eine der Kugeln aus der Tür.» Der Dritte, ein hochgewachsener Mann mit breitem Kreuz in elegantem Anzug, forderte scharf: «Geben Sie mir die Kugel. Durchsuchen Sie die Wohnung gründlicher, und machen Sie weiter, bis Sie etwas Brauchbares gefunden haben. Aber keinen Lärm! Ich berichte an die Zentrale.» Er wandte sich zum Telefon, doch der erste Mann unterbrach ihn, respektvoll, aber bestimmt: «Bitte rühren Sie das Telefon nicht an, Sir, es könnte angezapft sein. Fünfzig Meter die Straße herunter gibt es eine Telefonzelle.» Der große Mann nickte wohlwollend. «Gut. Also machen Sie weiter.» Lautlos wie eine Katze glitt er durch die Wohnungstür.

*

Das Gespräch hatte sich der Politik zugewandt, und der Schnurr-bart reagierte gereizter.

«Die Roten? Kann die Roten nicht ausstehn. Hab einen in der Offssiersmesse ... Mieser Typ, trinkt nix, liest dauernd Bücher. Will sich bei den Kamraden einschleimen, aber die mögen ihn nich. Oh nein! Sie lieben Offsiere, die sie re...spektieren kön-nen ... natürliche Autorität ... sowas in der Art. Dieser Rote ...

alles eine Sorte, denkt nur ans Geld. Schwatzt immer von Lohn und Lehmshal…tungskostn, denkt an nix andres.»

Er rülpste, erschöpft von seinem Vortrag. Desmond pflichtete ihm bei.

«Ich weiß. Die Arbeiterklasse ist schlicht und einfach furchtbar. Hätten sie Badezimmer, würden sie darin Kohlen lagern, wenn sie denn Kohlen bekämen. Was haben sie getan, als sie nach dem letzten Krieg im Geld schwammen? Nun, sie kauften sich Konzertflügel, zündeten darunter ein Feuer an und nahmen darin ihr Bad.»

Der Schnurrbart schob sein Gesicht nahe an Desmonds heran, sein Atem war Alkohol.

«Sie sind ein Roter. *Ich* weiß es. Ich kann sie riechen.»

«Die Roten würden *Sie* überall riechen, glaube ich.»

«Wollen Sie mich beleidigen, heh? Sie wollen Prügel?»

Er versuchte, sich aufzurichten, und wäre beinahe vornüber gestürzt. Seine Stimme klang breiig und wütend. Der Wirt gab seinem zweiten Barkeeper, einem stämmigen jungen Mann mit der Statur eines versoffenen Bauern, ein Zeichen, und der Mann steuerte ihre Ecke an. Desmond fand, es sei an der Zeit, sich zurückzuziehen.

«Mag keine Roten», wiederholte der Schnurrbart. «Mag *Sie* nich!» Sein Schluckauf war unüberhörbar.

Desmond fühlte, wie die Dunkelhaarige ihn sanft am Arm zog. Er beugte sich zu ihr.

«Geben Sie ihm einen Stoß», verblüffte sie Desmond, «er kann nichts vertragen, das ist mit ihm los. Er braucht einen kräftigen Stoß.»

Desmond hatte eine bessere Idee. Er fasste den Mann an der Schulter und drehte ihn herum.

«Schauen Sie, da drüben steht einer Ihrer Freunde. Ich glaube, er will Ihnen einen Drink spendieren.»

Der Schnurrbart torkelte und starrte mit glasigen Augen ins Durcheinander, während Desmond die beiden Mädchen an den Armen fasste und nach draußen zog.

«Wo ist Jimmy? Wir haben Jimmy verloren!» kreischte die Blonde.

«Keine Sorge; gehen wir anderswo hin. Taxi!»

«Oh ja, Tisky, gehen wir! Ich hole Jimmy!»

Ein Taxi hielt. Desmond schob die beiden rasch hinein und bat den Fahrer, sie zu einem netten und lauten Ort zu bringen.

«Armer Jimmy! Er wird beleidigt sein», sagte die Blonde.

«Erst durch Ferne wächst die Liebe», entgegnete Desmond.

«Sie hätten ihm einen kräftigen Stoß geben sollen», sagte die Dunkle. «Er denkt nicht kreativ.»

Die Vorstellung des Taxifahrers von etwas Nettem und Lautem entpuppte sich als ein Keller in der Nähe des Leicester Square, der wie ein Münchner Bierpalast aufgemacht war. In Friedenszeiten war man hier stolz aufs deutsche Ambiente, auf den Tisch kamen Frikadellen und zweierlei Arten Gemüse unter dem Namen *Königsbürger Klops mit Brat Kart. und Wirsingkohl*. Der Name machte das Gericht zwar nicht schmackhafter, rechtfertigte aber offenbar eine Verfünffachung des Preises. Seit dem Krieg jedoch gab man sich alle Mühe, das Dekor als austro-tschechisch durchgehen zu lassen; und das Tiroler Orchester intonierte gelegentlich den *Sambre-et-Meuse*-Marsch und die *Marseillaise* als Verneigung vor kontinentaler Feierkultur. Die Speisekarte hatte man ein wenig zu gründlich reformiert, sie enthielt jetzt Delikatessen wie *Mitteleuropäische Wurst mit Sauerkraut à la Danubienne*. Die Stammgäste des Lokals waren überwiegend sehr junge Offiziere der Luftwaffe, die offenbar gut miteinander bekannt waren.

Die Blonde hatte ihren Jimmy inzwischen vergessen; sie demonstrierte jetzt ihr erstaunliches Vermögen beim Herunterkippen von Bier und beim Flirten mit Gruppen junger Männer aus fünfzehn Meter Entfernung. Ihre Freundin dagegen wollte übers Ewige reden.

«Wissen Sie», erklärte sie sehr ernsthaft, «ich habe eine große Gabe, ins *Innere* der Menschen vorzustoßen.»

«Mir geht es ähnlich. Mitunter müssen wir in andere Menschen eindringen.»

Sie lehnte sich vor. «Ich spüre das Innere meiner Freundin, sie hat wirklich eine so liebenswerte Seele. Sie weiß, dass das Leben ein Geben ist, kein Nehmen – und sie gibt und gibt und gibt.»

«Das habe ich gleich vermutet, als ich sie sah.»

«Oh, da haben Sie eine Intuition! Sie haben die Augen eines Sehers! Was war denn Ihr erster Eindruck von mir?»

Desmond betrachtete sie nachdenklich.

«Sie sind hochsensibel und musisch veranlagt. Sie hatten eine unglückliche Kindheit, weil Sie vieles intensiver empfunden haben als andere. Sie besitzen ein sehr gesundes Selbstbewusstsein, scheuen sich aber, das zu zeigen aus Sorge, Sie könnten andere verletzen. Und Sie haben eine große Schwäche – manchmal hindert Ihre Großzügigkeit Sie daran, Ihren eigentlichen Zielen im Leben nachzugehen. Mehr habe ich, glaube ich, nicht gesehen.»

Sie starrte ihn an.

«Aber Mr. Tisket, das ist ja wunderbar! Ich bin noch nie einem Menschen begegnet, der mich so gut verstanden hat.»

Er wischte sich die Nase im Taschentuch ab.

«Ich habe bei Duleepsinghi Astrologie studiert. Vielleicht ist das die Erklärung.»

Er zog sich in ein behagliches Wachkoma zurück und lauschte den weitschweifigen und zweifellos hochinteressanten Schilderungen aus dem Leben der Dunkelhaarigen.

Um Mitternacht packten die Tiroler ihre Instrumente zusammen, und Kellner umkreisten die Tische und brachten alle Bierkrüge an sich, die nicht mehr verteidigt wurden. Mittlerweile war Desmond wieder mit sich und der Welt im Allgemeinen versöhnt, und so stimmte er gern zu, als die Blonde vorschlug, man möge noch irgendwo hingehen. Draußen auf der Straße streifte ihn noch ein letzter Gedanke, der zur Vorsicht mahnte: Kaum ratsam, womöglich auf eine Bottle-Party zu gehen – mit mehreren Hundert Ein-Pfund-Noten in der Tasche. Wo konnte er die verstecken? Vergnügt lächelte er über seinen eigenen schlauen Einfall, er dirigierte das Taxi zum Postamt am Leicester Square und bat die Mädchen, im Wagen auf ihn zu warten, weil er noch einen wichtigen Brief abzuschicken hätte. Drinnen besorgte er sich den größten verfügbaren Umschlag, schloss sich in eine Telefonzelle ein und zählte sein Geld. Es waren fast dreihundert Pfund-Noten, zweihundertfünfzig davon steckte er in den

Umschlag. In einer seiner Taschen fand er Annas Tagebuch, er schaute flüchtig hinein. Die Seiten – so dünn, dass sie fast beim Umblättern zerrissen – waren mit Ziffern bedeckt, vielleicht eine Art Geheimcode. Beim Betrachten des Buches drängte sich die Erinnerung daran, wie er es an sich gebracht hatte, langsam durch die Schutzfilter seiner künstlichen Heiterkeit. Desmond schüttelte sich und steckte auch das Buch in den Umschlag. Aber wohin sollte er den Brief senden? Nicht an seine eigene Anschrift jedenfalls, denn sollte die Polizei ihn *tatsächlich* verdächtigen, könnten sie auch seine Korrespondenz abfangen, ja, der Brief käme womöglich – so seine vom Alkohol entflammte Fantasie – genau in dem Moment bei ihm an, da ein Kommissar ihn befragte, und er spürte förmlich, wie seine Hand zitterte, als sie den Umschlag unter den kalten Augen des Verdachts in seine Tasche schob. Besser, dachte er, schicke ich alles postlagernd an einen falschen Namen, und so adressierte er den Umschlag in sorgfältigen Druckbuchstaben an: Walter Tisket, Esq., Poste Restante, Hauptpostamt … in? Ihm fiel ein Dorf ein, wo er als Kind einmal gewohnt hatte und das er gern wiedersehen würde: Missenden, Buckinghamshire.

Erleichtert kehrte er zum Taxi zurück.

«Fahren Sie uns bitte zum besten Nachtclub ohne Dresscode», bat er den Fahrer. So geschah es.

The Snake and Ladder war ein Club, der sich wenig von anderen Partytreffpunkten dieser Art unterschied. John Bull, der Geschäftsmann, versorgte eine Dame mit platinblondem Haar mit Champagner, die so fügsam war, dass sie gehorsam jedem Mann zu jeder Zeit an jeden Ort gefolgt wäre, jedenfalls solange kein zweiter Mann sie am Arm hielt. Neural Gender, der Poet, ließ das alte Athen mittels fünf hübscher junger Männer und einer Papiermütze wiederauferstehen. Ein Fähnrich saß allein für sich und stellte eine gespielte Gleichgültigkeit zur Schau, die nur zu deutlich durchscheinen ließ, dass seine Vergangenheit in der Zukunft lag. Und viele andere Gäste gaben sich alle Mühe, zu vergessen, dass jede Form von Zukunft, die sie haben mochten, längst einer fernen Vergangenheit angehörte. Desmond wünschte, sie wären anderswo hingeraten, und er spendierte allen Umstehenden einen Drink. Die Blonde wurde gesprächig.

«Oh», sagte sie, «Sie sind aber sehr spendabel!»

«Es ist aber auch ein besonderer Anlass. Ich feiere zu Ehren einer sehr lieben Freundin, die mich zu ihrem Todesvollstrecker gemacht hat.»

«Sie meinen Testamentsvollstrecker», warf die Dunkle ein.

«Oh ja, natürlich. Wie auch immer, sie hat Geld für eine Totenfeier zu ihrem Gedenken hinterlassen. Bevor sie einschlief, sagte sie noch, sie könne nicht in Frieden ruhen, wenn sie nicht geweckt würde. Die Arme! Immer diese Paradoxien!»

Desmond seufzte mehrmals tief und bemerkte, wie ein Kellner ihn eigenartig musterte. Offenbar wurde er betrunken; besser gleich etwas nachschütten. Die Band dröhnte, eine Frau sang, ein Mädchen legte einen Striptease hin, ein Herr erzählte schmutzige Geschichten. Vermutlich war das alles sein Geld wert; jedenfalls schienen viele Leute gern bereit zu sein, dafür zu bezahlen. Plötzlich brüllte eine laute, deutliche Stimme fast in sein Ohr:

«Hallo Anna, wo warst du denn nur? Ich dachte schon, du bist tot.»

Desmond fuhr herum und bemerkte zwei Fremde, die sich am Nebentisch unterhielten. Stumm lachte er über sich selbst, und dennoch hatte er all seine Fassung verloren; jetzt fühlte er sich betrunken und elend, sein Atem ging hastig, wie bei einem Asthmatiker. Er wandte sich an die Dunkle.

«Es tut mir sehr leid, aber ich muss sofort aufbrechen. Hier ist das Geld für die Rechnung, es dürfte problemlos reichen. Für den Rest kaufen Sie sich und Ihrer Freundin bitte ein Geschenk. Ich hoffe, Sie verzeihen mir, aber ich fühle mich gar nicht gut.»

Er schob ihr eine Handvoll Geldscheine zu und eilte nach draußen auf die Straße. Der Vollmond hatte schon seinen halben Weg über den Himmel zurückgelegt, und die flachen Gesichter der Häuser wirkten wie Kulissen eines kubistischen Balletts. In der Ferne schlug eine Turmuhr die halbe Stunde, und ein Zug schob sich über den Fluß. Desmond wusste, dass er sich in einem Netz verfangen hatte, aus dem es kein Entrinnen gab.

＊

*Der Mann, der den Aschebehälter in der Küche durchsuchte, erhob
sich mit einem zusammengeknüllten Papier in der Hand. «Hier
ist etwas», sagte er, «ein Telegramm mit einer Verabredung für den
Abend.» Der Große riss es ihm aus der Hand. «Hervorragend!
Beenden Sie Ihre Suche so schnell wie möglich und vernichten Sie
alle Papiere, die ich nicht mitnehme. Verlassen Sie den Ort leise
und einzeln, und sprechen Sie mit niemandem darüber, bis ich es
Ihnen gestatte. Bleiben Sie zu den üblichen Zeiten daheim und
warten Sie auf meine Anweisungen. Gute Nacht.» Er ging. Eine
Stunde später lag die Wohnung still und dunkel da. Das Feuer war
heruntergebrannt, und es hatte den Anschein, als habe hier niemals
etwas gelebt.*

＊

Zu Hause wanderte Desmond vor seinen Bücherregalen auf
und ab und quälte sich mit der Berechnung, wie viel Zeit und
Geld das Lesen ihn gekostet haben mochte. Selig der Mensch, so
dachte er, ohne geistige oder körperliche Leidenschaften, der mit
gleicher Verachtung an Buchhandlungen, Bordellen und Reisebüros vorbeizugehen vermochte. Eigentlich schade, dass man
sich heutzutage nicht mehr dem Teufel verschreiben konnte; der
allgemeine Niedergang des Glaubens hatte diesen Markt ruiniert
und den Verderbten lediglich die Rolle des verachteten Proletariats zugewiesen; zu verkaufen blieb denen nichts als ihre ohnehin verlorenen Seelen. Faust hatte Juristerei, Medizin, Logik und
Philosophie immerhin noch gegen vierundzwanzig Jahre voller
Macht und Herrlichkeit eingetauscht; inzwischen steckten alle
Hauptstädte randvoll mit Gelehrten, die diese vier Disziplinen
und allerlei weiteres Wissen liebend gern für ein paar Schilling
und gelegentliche Vortragsreisen hingegeben hätten. Laster unterlagen einer Überproduktion, wie anderes auch.
    Desmond hielt inne, er schwankte ein wenig und starrte seine
Bücher traurig an.

«Ach, Platon! Habe ich früher einmal gelesen. Mal schauen, wie er sich gehalten hat.»

Er zog einen Band aus dem Regal und schlug ihn an irgendeiner Stelle auf:

«Wenn einer umgekehrt die Größe des Abstandes des königlichen Individuums von dem Tyrannen hinsichtlich der gediegenen Wahrheit seines Vergnügens mathematisch ausdrücken wollte, so würde er nach angestellter Multiplikation finden, daß Ersterer siebenhundertundneunundzwanzigmal vergnügter, der Tyrann aber um eben diesen Abstand unglücklicher lebe.»

Glücklicher König Georg! Siebenhundertneunundzwanzigmal glücklicher als ein Diktator. Armer Josef, armer Adolf! Desmond begann weiterzulesen, doch die Buchstaben zerliefen ihm in ein Durcheinander. Außerdem war da noch etwas in seinem Kopf. Was konnte das sein? Nach einigem Nachdenken fiel es ihm wieder ein, und er griff nach einem anderen Band. Was mochte da über Mord geschrieben stehen?

«Gerät jemand aber in einen derart wütenden Zwist mit seinen Eltern, dass er es über sich bringt, in seinem wahnhaften Wüten Vater oder Mutter zu töten, dann verfällt dieser Täter gleich mehreren Gesetzen: Dieser Greueltat wegen treffen ihn die härtesten Strafen, zu denen noch hinzutreten Strafen für Gottlosigkeit und Tempelraub, da er seinen Eltern das Leben raubte.»

Was für ein Haufen Unfug! Warum ihn nicht gleich wegen Brandstiftung anklagen, hat er seine Eltern doch ins Höllenfeuer geschickt, oder wegen Behinderung, da er den Herzschlag der Eltern anhielt, oder wegen betrügerischer Umnutzung, hat er doch die Körper der Eltern in Leichen verwandelt?

«… wenn es also menschenmöglich wäre, hundert Tode zu sterben, so wäre es nur allzu gerecht, denjenigen, der Vater oder Mutter im Zorn erschlug, diese hundert Tode sterben zu lassen.»

Hätte er kaltblütig gehandelt, verdiente er vermutlich zweihundert Tode – oder vielleicht auch nur vierzig; bei diesem Platon wusste man es nie so genau. Sollte es der medizinischen Wissenschaft jemals gelingen, Menschen nach einem unangenehmen Tod, sagen wir durch Ersticken, wiederzubeleben, könnte man den Täter wahrhaftig hundert Tode sterben lassen und ihn nach jeder Hinrichtung wieder aufwecken, außer nach der letzten. So ließe sich eine Art Tarifkatalog erstellen, von einem Tod für Taten im Affekt bis zu fünfhundert Toden für vorsätzlichen Raub, Unzucht und Vatermord, begangen an einem hohen Offizier, der gerade im Feld dem Feind ins Auge blickte; sollte die Berufung scheitern, wäre die Strafe zu verdoppeln.

«Wenn ein Sklave einen freien Mann in Selbstverteidigung tötet, unterliegt er den gleichen Gesetzen wie jener, der seinen Vater erschlägt.»

Desmond wurde zornig. «Verfluchter Platon! Und ich habe Jahre darauf verschwendet, einen ungerechten alten Bastard wie ihn zu bewundern!» Er begann, eine Seite nach der anderen aus dem Buch zu reißen, wobei er auf jeder einen Satz las, dann in ein spöttisches Lachen ausbrach und die Blätter ringsum im Zimmer verstreute. Schließlich stieg Übelkeit in ihm auf wie Blasen im Treibsand, und er stolperte ins Bad und übergab sich. Sobald sein Magen sich beruhigt hatte, warf Desmond sich aufs Bett, um zu schlafen, bevor die Übelkeit wieder einsetzte.

Als er am Morgen erwachte, fühlte er sich steif und ermattet wie ein gescheiterter Bergsteiger. Nase und Rachen waren verschleimt, und sein Hemdkragen schnürte ihm den Hals zu. Er stand auf, immer noch ein wenig unsicher, und tappte ins Wohnzimmer hinüber, wo Teppiche verrutscht schienen, ein Tintenfass umgestoßen lag und die ausgerissenen Seiten der wunderschönen Platon-Ausgabe den Boden bedeckten. Warum er dies angerichtet hatte, fiel ihm nicht mehr ein, er war noch zu erschöpft; auch an Anna erinnerte er sich erst, als er den Wasserhahn der Badewanne aufdrehte. Die Erinnerung belastete ihn freilich kaum: Sie war fern und bereits verblasst, so als gehörte sie zu einer längst abgetanen Epoche der Geschichte.

*

Der Tag im Büro verlief rundum unerfreulich. Desmond, kränklich und von heftigen Kopfschmerzen gequält, hielt sich nur mit

48

Mühe wach, und seine Sekretärin war dermaßen erkältet, dass sie unablässig schniefte, da sie es nicht wagte, ihre Nase mit jenem wenig damenhaften Nachdruck freizuputzen, welchen der Grad der Verschleimung erfordert hätte. Alle paar Minuten sammelte sich ein kristallklarer Tropfen am Rand eines Nasenlochs, und jedesmal beobachtete Desmond ihn mit der matten Angespanntheit eines Spielsüchtigen und wettete gegen sich selbst auf das weitere Anwachsen des Tropfens und dessen vermutete Verweildauer. Druckfahnen wurden hereingereicht, das Telefon läutete und die zehn Stockwerke dieses intellektuellen Produktionsbetriebs liefen auf Hochtouren. Desmond dachte sehnsüchtig an seine Reise nach Missenden am kommenden Wochenende; ein wenig spielte er mit dem Gedanken an einen nervösen Zusammenbruch und ein paar herrlich entspannte Wochen in Irland oder Südfrankreich. Schließlich schüttelte er die Träumereien ab und holte sich ein Glas Wasser.

Nach dem Mittagessen fühlte er sich schon besser, und nun durchsuchte er die Morgenzeitungen sehr gründlich nach einer Meldung über Anna. Er fand nichts; und obwohl der gesunde Menschenverstand ihm nahelegte, dass eine Verzögerung keinen Unterschied ausmachte, sagte ihm ein Instinkt, seine Chancen stünden besser, je länger der Leichnam unentdeckte bliebe, und so hob sich seine Stimmung. Die Rückkehr der Lebensgeister erfolgte im rechten Moment, denn um drei Uhr kehrte Mr. Poole aus seinem Club zurück, in sehr pedantischer Laune.

«Also wirklich, Thane, ich wünsche einfach nicht, dass Sie sich sarkastisch über ernsthafte Dinge auslassen! Was sollte dieser alberne Untertitel in Captain Thompsons Beitrag über die Offensivkraft der deutschen Armee?»

Er wühlte in einem Stapel mit Druckfahnen und fischte triumphierend ein Blatt heraus. «Hier ist es! ‹Träumt nicht den Traum von Maginot›. Was soll das heißen? Heute morgen bekam ich einen Aktenvermerk von Mr. Pink, und der ist ganz meiner Meinung: ‹Was soll das heißen?›»

«Ich dachte nur …», begann Desmond, doch er fühlte sich zu müde für eine Debatte. «In Ordnung», lenkte er erschöpft ein, «ich ändere das. Wie wäre es mit ‹Hitlers Militärmaschine: die wahren Fakten›?»

Mr. Pool schien zufrieden. «Das ist besser, das ist ein guter Titel. Ich mache noch einen echten Journalisten aus Ihnen, wenn Sie nur dieses intellektuelle Zeug hinter sich lassen. Als junger Mann war ich genau wie Sie; ich wollte immer besonders *clever* sein, aber ich war nicht *vernünftig*. Und dann erkannte ich eines Tages, dass ich mich für ein fröhliches Bohemienleben entscheiden müsste oder für den Neun-Uhr-Zug jeden Morgen und einen anständigen Beruf. Meine Entscheidung habe ich nie bereut. Sie haben das Zeug dazu, Thane; ich weiß, dass Sie tief drinnen ganz vernünftig sind.»

‹Der Morgen und der Morgen und der Morgen … Das Märchen eines Narren voller Lärm und ohne Wut, und es bedeutet nichts›, dachte Desmond.

Mr. Poole schwatzte weiter.

«Ihr jungen Männer seid doch alle gleich – versucht immer clever zu sein. Nehmen wir mal die Rezensionen, die Sie früher geschrieben haben, sehr kluges Zeug natürlich, keine Frage, aber scharf und unausgewogen. Als ich noch Redakteur beim *Montreal Chronicle* war, sagte ich meinen Rezensenten immer: ‹Ist ein Buch schlecht, rezensieren Sie es nicht. Wenn Ihnen das Buch, das ich Ihnen schicke, keine Freude bereitet, schreiben Sie gar nichts darüber. Denken Sie immer daran: Schweigen ist die stärkste Form von Verachtung.› Ich habe ihnen beigebracht, dass der Rezensent das Bindeglied zwischen Autor und Leser darstellt, und je weniger eigene Vorurteile er zeigt, desto besser.»

«Das schwächste Glied wäre demnach eines, das den Autor und den Verleger nicht in Frieden lässt?» bemerkte Desmond.

«Thane, Thane, was machen wir nur mit Ihnen! Immer zynisch, niemals ernsthaft! Ich denke da an meinen alten Freund Max – Lord Beaverbrook –, der sagte zur mir …» Desmond schaltete ab. Wer wie ein tibetanischer Heiliger oder ein schlechter Soldat im Stehen schlafen konnte, brauchte Langeweile nicht zu fürchten, wenn Mr. Poole in Fahrt kam.

Desmond lehnte sich gegen ein Bücherregal und ignorierte Mr. Pooles Vortrag über die eigene Großartigkeit. Plapperte dieser Mann von den Geisteswissenschaften, schien das so absurd und provokant wie ein kurzsichtiger Professor mit dünnen Ärmchen, der seinen Kollegen das altnordische Schwingen einer Axt demonstriert – oder wie ein offensichtlich im Sterben liegender Schwindsüchtiger, der die politischen Fragen des kommenden Jahres bespricht. Desmond fand Mr. Pooles Unfähigkeit derart offensichtlich, dass Poole selbst sich darüber im Klaren sein musste; jeder Kommentar zu seinen Ausführungen käme daher einer herablassenden Kränkung gleich. Desmond kannte diese Ratlosigkeit von gelegentlichen Versuchen, einer unattraktiven Frau zu schmeicheln; er war dann errötet beim bloßen Gedanken an die Peinlichkeit, falls sie ihn als Heuchler und Lügner zurückgewiesen hätte. Allerdings wissen Menschen dort, wo sie Stärken haben, auch um eigene Grenzen und Unzulänglichkeiten; was ihnen vollkommen abgeht, ist ihnen selten bewusst. Wenn also jemand in ernstem Ton versichert hätte, er, Desmond, besitze die Augen eines Mystikers oder die Waden eines Marathonläufers, hätte Desmond ihm wahrscheinlich geglaubt – und den Schmeichler deshalb besonders geachtet.

Um vier Uhr öffnete ein Junge die Tür und warf die Abendzeitung hinein. Desmond verrenkte seinen Hals, bis er die Überschriften lesen konnte:

DEUTSCHES FLUGZEUG VOR SHETLAND ABGESTÜRZT; VORLÄUFIGES SCHEIDUNGSURTEIL FÜR BARONIN; FRAU TOT IM APARTMENT. Desmond erstarrte und beugte sich vor:

FRAU TOT IM APARTMENT

Am heutigen Morgen wurde der Leichnam einer Frau, deren Name vermutlich Anna Raven lautet, in einem Apartment am Bedford Square aufgefunden. Der Tod trat vermutlich infolge einer Strangulation ein. Der Polizei liegen eine Reihe von Hinweisen vor; im Zusammenhang mit dem Verbrechen bittet man eine männliche Person, sich für eine Befragung bereitzuhalten.

Desmond spürte, wie er erbleichte, und stützte sich mit der Hand auf den Schreibtisch. Natürlich, sie schrieben immer etwas in dieser Art; sie konnten ihn unmöglich aufgespürt haben. Das half aber nichts; der elende Pressetext hatte ihm den Mord wieder vor Augen geführt – die Tat war nun «amtlich», und er wusste, dass sie sich wirklich zugetragen hatte. Er fürchtete plötzlich eine nahende Ohnmacht. Da wurde auch Mr. Poole aufmerksam.

«Fehlt Ihnen etwas, Thane? Sie sind ja bleich wie ein Gespenst.»

«Alles in Ordnung, vielen Dank; ich fühle mich nur ein wenig schwach, ich glaube, ich hole mir etwas Wasser, wenn Sie nichts dagegen haben; es ist wirklich alles in Ordnung.»

«Setzen Sie sich hin, Miss Prestwood wird Ihnen Wasser bringen. Beugen Sie Ihren Kopf nach unten – nein, noch tiefer –, dann werden Sie sich gleich besser fühlen.»

Mr. Poole rang mit sich; seine natürliche Freundlichkeit kämpfte gegen seine Pflichten als Arbeitgeber. Die Freundlichkeit siegte.

«Da, trinken Sie. Sie sollten lieber heimgehen und sich hinlegen; wir werden den Rest des Tages auch ohne Sie schaffen. Schlimmer, falls Sie hinfällig bleiben, wenn der Abgabetermin näher rückt. Ich bitte Miss Prestwood, Ihnen ein Taxi zu rufen.»

Desmond protestierte nur halbherzig, denn zu seinem eigenen Schrecken fühlte er sich tatsächlich krank, und er war froh, als man ihn in ein Taxi setzte. Ein paar Minuten später ging es ihm wieder besser, und als er zu Hause ankam, war er nahezu vollständig wiederhergestellt. Ähnlich wie Anna bewohnte auch er eines von mehreren Apartments in einem umgebauten Wohnhaus. Während er die Treppe hinaufstieg, schien ihm, als sei seine Wohnungstür ins Schloss gefallen. Er eilte die letzten Stufen hinauf und traf auf einen großen, kräftigen Mann, der eine Hand auf den Türklopfer legte.

«Wollen Sie mich sprechen?»

Der Mann wandte sich langsam um. Sein Gesicht wirkte weich, als rasiere er sich dreimal täglich; die Augen spielten ins Grünliche und standen ungewöhnlich weit auseinander. Seine Stimme klang belegt.

«Wohnt hier Mr. George Williamson?»

«Nein, tut mir leid.»

«Dann entschuldigen Sie mich; ich werde mich in der Adresse geirrt haben.»

Der Mann lüftete seinen schwarzen Hut und stieg die Treppe hinab, ohne eine Spur von Enttäuschung. Desmond zuckte die Achseln und trat ein.

Mrs. Fletcher, seine Haushaltshilfe, hatte an diesem Morgen offenbar sehr gründlich geputzt, denn Desmond fiel auf, dass alle Dinge, selbst seine Bücher, ein klein wenig anders standen als sonst. Zum Glück lag Annas Tagebuch an einem sicheren Ort; als Nächstes musste er die Pistole loswerden. Er inspizierte die Taschen des Anzugs, den er am letzten Abend getragen hatte. Ja, sie war immer noch da.

Bei Dunkelheit nahm er die Pistole an sich, er eilte zur Waterloo Bridge und warf sie über die Brüstung. Das war's, so Gott will!

VIERTES KAPITEL

1.0.

NIEDERSCHRIFT EINER AUSSERORDENTLICHEN SITZUNG
DES ZENTRALKOMITEES FÜR WESTEUROPA

Anwesend: A (Vorsitzender); B, C (für die Sektion Osteuropa);
D, E, F, G (Schriftführer)
Ort: Londoner Zentrale
Termin: 22.30 Uhr am 17. dieses Monats

*Die Teilnehmer verständigen sich darauf, dass die Sitzung in
englischer Sprache abgehalten wird. B wird für D übersetzen;
E übersetzt für F.
Auf Vorschlag des Sitzungsleiters wird die Niederschrift der
letzten Sitzung als bekannt vorausgesetzt.*

Vorsitzender: Ich habe diese außerplanmäßige Sitzung so kurzfristig einberufen, weil ein Ereignis eingetreten ist, das die Zukunft unserer gesamten Organisation gefährden könnte. Ich will mich kurz fassen. Anna Raven, unsere wichtigste Agentin und Kontaktperson in diesem Land, wurde von Unbekannten ermordet, und man hat ihre Kontaktliste entwendet.

B: Oh Gott, war das die Gestapo? Was sollen wir tun?

E: Gestapo? Vermutlich eher der britische Geheimdienst. Ihr Deutschen denkt immer nur an eure Gestapo.

B: Sie würden die Gestapo nicht so leichtfertig abtun, wenn Sie sie so erlebt hätten wie ich! Ich habe mitangesehen, wie sie die Menschen abholen; ich war selbst bei einem Verhör zugegen. Sie werden auf meinen Namen stoßen und mich fassen. Ich muss sofort aufbrechen.

C: Haltet ihn auf, sonst gefährdet er uns alle!

Es entwickelt sich eine hitzige Debatte, die auf Anweisung des Vorsitzenden aus dem Protokoll gestrichen wird. Der Vorsitzende ruft die Versammlung zur Ordnung.

Vorsitzender: Meine Herren, meine Herren, bitte fassen Sie sich; die Situation ist nicht ganz so hoffnungslos, wie Sie vielleicht glauben. Mr. Foster, ein Kontaktmann von Mrs. Raven, hat die Angelegenheit untersucht und wartet draußen, um Ihnen zu berichten. Ich schlage vor, ihn anzuhören, bevor wir weiter beratschlagen.
Mehrere Stimmen: Einverstanden.

Mr. Foster wird hereingebeten und gibt folgende Erklärung ab.

Mr. Foster: Am Montagabend sollte Raven mich um neun Uhr aufsuchen, um letzte Details wegen der Übertragung ihrer Aufgaben auf mich zu besprechen; anschließend wollte sie abreisen, um ihre neue Position einzunehmen. Um viertel vor zehn war sie noch immer nicht eingetroffen, daher rief ich sie in ihrer Wohnung an. Weil sich niemand meldete, wurde ich unruhig; ich fuhr höchstpersönlich mit zwei Assistenten dorthin, um nach dem Rechten zu sehen. Ins Haus gelangte ich mit meinem Duplikatschlüssel, im Treppenhaus ist mir niemand begegnet. Ich fand die Wohnungstür offen; jemand hatte das Schloss mit zwei Schüssen zerstört. Im Wohnzimmer entdeckte ich Ravens leblosen Körper auf dem Boden; sie ist mit ihrem eigenen Halstuch erwürgt worden, offenbar nach einem kurzen Handgemenge. Bei meinem Eintreffen war sie noch nicht lange tot. Jemand hatte das Apartment durchsucht, alles war in Unordnung; die Kontaktliste und ein Geldbetrag waren verschwunden, ansonsten war noch alles an seinem Platz. Ich habe einige Beweisstücke an mich genommen und die Wohnung in den frühen Morgenstunden wieder verlassen.
Vorsitzender: Gibt es dazu Fragen?
C: Woraus genau besteht diese Kontaktliste?
Mr. Foster: In diesem Fall enthält sie eine kurze Darstellung unserer Ziele, Hinweise auf besondere Eigenheiten unserer britischen Kontaktpersonen, detaillierte Instruktionen zur

Kontaktaufnahme mit führenden Vertretern unserer Organisation in anderen Ländern und gewisse Bemerkungen über die Mitglieder dieses Komitees.

B: Gütiger Gott, wir sind verloren!

Mr. Foster: Das Buch ist allerdings in einem speziellen Code abgefasst, und ich habe Grund zu der Annahme, dass die Personen, die es entwendet haben, bislang nicht in der Lage sein dürften, ihn zu entschlüsseln.

D: Woher wollen Sie das wissen?

Vorsitzender: Beantworten Sie diese Frage bitte nicht. Es tut mir leid, meine Herren, aber im Augenblick liegt es, glaube ich, in unser aller Interesse, so wenig wie möglich in diese Details einzusteigen. An Tagen wie diesen ist es nötig, selbst unter …

B: Was unterstellen Sie da? Wie können Sie es wagen, uns mit dieser Art von Anschuldigungen zu behelligen!

Vorsitzender: Herrr B.! Nichts, was ich sagte, war auf eine der anwesenden Personen gemünzt; ich wollte lediglich andeuten, dass diese ganze Angelegenheit äußerst verdächtig wirkt und dass es bis zur vollständigen Aufklärung am sichersten scheint, niemandem mehr anzuvertrauen als absolut unumgänglich. Und ich denke, daran sollten auch Sie sich halten, auch wenn Sie hier unter Freunden sind, die den Grund für Ihre Erregung verstehen.

B: Es tut mir leid. Verzeihen Sie mir. Ich weiß nicht, was in mich gefahren ist. Es ist manchmal schwer, zwei Herren zu dienen.

E: Mr. Foster, haben Sie denn irgendeinen Hinweis auf den Mörder gefunden?

Mr. Foster: Im Aschebehälter in der Küche habe ich ein Telegramm entdeckt, das auf den gleichen Nachmittag datiert war und in dem eine Person, die mit D.T. unterzeichnet hat, ein Treffen um halb acht abends fordert. Meine Recherchen ergaben, dass der Anruf aus den Büros von *International Features* kam, einer wichtigen Nachrichtenagentur. Ich konnte nur zwei Angestellte mit diesen Initialen ermitteln, über beide habe ich Erkundigungen eingeholt. Über den einen erfuhr ich nichts von Belang; im Apartment des anderen fand ich eine vollautomatische Pistole, die zum Kaliber der Kugeln passt, die ich aus Ravens Tür entnehmen konnte. Selbstverständlich habe ich mich sofort über diesen Herrn informiert und ein kleines Dossier angelegt.

Vorsitzender: Bitte lassen Sie hören.

Mr. Foster: «Desmond Thane; um die dreißig; blasse Gesichtsfarbe, dunkles Haar, etwa einsachtzig groß. Bei *International Features* als Redakteur angestellt. Verheiratet, lebt aber von seiner Frau getrennt. Interessen und Vorlieben außerhalb seiner Arbeit sind nicht bekannt, er scheint aber mehrere Sprachen zu beherrschen. Während der letzten Monate hat er offenbar viel Zeit außerhalb seiner Wohnung verbracht, er ist allerdings sehr verschwiegen, was seine Aktivitäten betrifft, und seine Kollegen wissen kaum etwas über ihn.» – Meine Herren, Sie müssen bedenken, dass mir die Zeit für gründlichere Ermittlungen fehlte und dass ich bei der Befragung seiner Bekannten äußerst behutsam vorgehen musste. – «Eine sorgfältige Durchsuchung seiner Wohnung förderte nichts Relevantes zutage, von der bereits erwähnten Pistole abgesehen. Sein Geschmack betreffs Kleidung und Bücher ist extravagant, und ausweislich einer Streichholzschachtel verkehrt er offenbar im *Snake and Ladder*, einem teuren Nachtclub. Seine Papiere bestehen überwiegend aus unbezahlten Rechnungen, und ich könnte mir vorstellen, dass sein Lebensstil über seiner Gehaltsklasse liegt. Mir war es nicht möglich, ihn mit irgendeiner politischen Organisation in Verbindung zu bringen.»

C: Die Kontaktliste haben Sie aber nicht gefunden?

Mr. Foster: Nein, leider nicht.

G: Wie schätzen Sie persönlich Thane ein?

Mr. Foster: Da möchte ich mich ungern festlegen. Bei früheren Anlässen habe ich ja bereits ausgeführt, dass ein Mann, der geistig beweglich, verschwiegen und nicht an seiner Arbeit interessiert ist, in der Regel noch einer weiteren Beschäftigung nachgeht, für die er die beiden erstgenannten Eigenschaften benötigt. Thane scheint zu dieser Sorte von Menschen zu gehören, die ich selbst gelegentlich einsetze, und könnte deshalb gefährlich werden.

Vorsitzender: Hat jemand noch weitere Fragen an Mr. Foster? Falls nicht, schlage ich vor, dass er sich verabschieden darf, denn er fliegt morgen früh nach Paris und hat noch einige Vorkehrungen zu treffen.

E: Nur noch eine Frage. Wie eng war Ihre Beziehung zu Raven?

Mr. Foster: Sehr eng. Wir waren Kollegen.

E: War Ihre Beziehung rein beruflich?

Mr. Foster: Ja.

E: Hat sie Thane jemals erwähnt oder einen anderen Namen, der mit ihm in Verbindung stehen könnte?

Mr. Foster: Nein. Sie hat immer behauptet, keine Freunde zu haben. Ich war ihr engster Vertrauter.

Mr. Foster verlässt den Raum. Die Diskussion wird fortgesetzt.

Vorsitzender: Höchst vertrauenswürdig. Er ist unser wichtigster Mann in Großbritannien und hat bislang alle Aufgaben hervorragend ausgeführt. Seine Loyalität steht ganz außer Zweifel.

E: Ohne seine Loyalität in Zweifel zu ziehen – aber könnte er nicht aus persönlichen Gründen verwickelt sein? Er ist zielstrebig und rücksichtslos; und ich schließe aus der Art seiner Ausführungen, dass sein Verhältnis zu Raven womöglich nicht rein beruflich war. Wäre es nicht denkbar, dass er sie aus, sagen wir, Eifersucht getötet hat, die Kontaktliste verschwinden ließ, um den Verdacht auf andere zu lenken, und dass er nun versucht, das Verbrechen Thane in die Schuhe zu schieben, der womöglich sogar ein erotischer Rivale war?

G: Ich glaube, wir können ganz sicher sein, dass Foster in einem solchen Fall so gründlich vorgegangen wäre, dass wir keinerlei Beweise gegen ihn in die Hand bekämen. Und ich möchte Sie alle daran erinnern, dass er ein sehr wertvoller und gefährlicher Mann ist, dessen Arbeit stets untadelig war und auf den wir derzeit gar nicht verzichten können. Ich denke, wir vertagen diese Verdächtigungen erst einmal und entscheiden lieber, was wir in Sachen Thane unternehmen.

E: Mir ist schon seit einigen Monaten unwohl dabei, wie abhängig wir von diesem Herrn sind. Mit seinem Wissen und seinen Fähigkeiten könnte er hochgefährlich werden, und ich glaube, es ist an der Zeit, ihn zu stoppen. Fürs Erste plädiere ich dafür, dass die Untersuchung dieser wichtigen Angelegenheit nicht ausschließlich in seinen Händen liegt.

G: Ich schlage vor, dass wir die Gesamtverantwortung bei Foster belassen, aber ihm jemanden an die Seite stellen – nach außen hin zur Unterstützung, aber tatsächlich als Beobachter.

Vorsitzender: Das wird er ablehnen, fürchte ich.

G: Nicht, wenn wir es behutsam angehen. Ich kenne einen exzellenten Mann für diesen Job, einen Iren, der sich O'Brien nennt. Foster kennt ihn nicht, er ist absolut verlässlich und unbestechlich, und er ist zu dumm, als dass Foster ihn ernst nehmen und gekränkt sein könnte.

E: Wenn er dumm ist, was nützt er dann?

G: Ein dummer Beobachter ist oft am besten, da er einfach nur berichtet, was er gesehen hat. Und er ist vertrauenswürdiger als ein kluger Mann.

Vorsitzender: Sehr gut, ich werde Foster diese Person bei seinen Untersuchungen zur Seite stellen. Aber lasst uns zum Fall Raven zurückkehren. Wie lautet die Meinung des Plenums?

B: Die Details dieser Angelegenheit scheinen mir belanglos, wir wissen bereits mehr als nötig. Eine unserer wichtigsten Agentinnen wurde ermordet, und einige unserer Namen befinden sich in den Händen des Gegners. Falls wir nicht unverzüglich fliehen, werde ich in Dachau enden, Sie in einer Salzmine, Sie mit einer Kugel im Hinterkopf, Sie in einem tropischen Sumpf und Sie, Herr Vorsitzender, in einem behaglichen Schloss, wo ein netter fairer Prozess auf Sie wartet und ein netter neuer Strick um Ihren Hals – sofern man Ihnen das Genick nicht mit einer Seidenkordel bricht, aus Rücksicht auf Ihre Stellung.

D: B. hat recht; wir sind erledigt, ganz gleich, wer die Liste besitzt. Wir sollten uns besser schnellstens verdünnisieren und keine Zeit mit Rumreden vertrödeln.

Vorsitzender: Meine Herren! Die eigene Schwäche zu übertreiben ist ebenso gefährlich wie das Überschätzen der eigenen Stärke, und sich die Niederlage auszumalen führt sie nur umso sicherer herbei. Bitte gestatten Sie mir eine nüchterne Darstellung unserer Lage.

Zunächst eine Mahnung! Oben auf der Tagesordnung finden Sie die Buchstaben I. O. Die stehen, wie Sie wissen, für «Internationale Opposition». Wir stehen für eine in der Geschichte gänzlich neue Bewegung: einen engen internationalen Zusammenschluss all jener, die, unabhängig von ihren politischen Zielen und Strategien, gegenwärtig nicht am Ruder sitzen – wir sind, wenn Sie so wollen, ein Bund der Entrechteten. Wir repräsentieren die großen ideologischen Minderheiten Europas – angefangen bei C, der den ursprünglichen Bolschewismus wiederherstellen möchte, über B als Vertreter des reinen und unverfälschten Nationalsozialismus bis zu F, der einem anderen Duce anhängt. Ich selbst wünsche mir für Großbritannien eine wohltätige Autokratie – anstelle unserer hartherzigen Oligarchie. Kurz, wir sind das Schattenkabinett eines großen Teiles dieser Welt – eine temporäre Einheitsfront all jener, die zeitweise Not leiden. Heute steht unser Sieg unmittelbar bevor; wir stehen kurz vor den Revolten in allen Hauptstädten unserer Zielländer, Macht und Rache sind nahe. Anschließend werden wir Gegner sein; jetzt aber sind wir Bundesgenossen, die zusammenstehen oder zusammen fallen; und in unserem Bund liegt eine größere Kraft, als einige von Ihnen zu ahnen scheinen.

Während wir uns verbündet haben, sind unsere Gegner verfeindet; das ist unsere Stärke. In Friedenszeiten haben sie oft zusammengearbeitet, das ist wahr. C wird sich noch daran erinnern, wie die Gestapo Radek und Bucharin an Stalin verriet, weil Krupp eine Dritte Internationale fürchtete; und B dürfte nicht vergessen haben, dass der französische Geheimdienst Ernst Röhm an Hitler verriet im Glauben, ein deutscher Staatskapitalismus sei leichter zu ertragen als nationaler Sozialismus. Heute dagegen führen diese Mächte Krieg gegeneinander, und die Kontakte zwischen ihren Geheimdiensten sind weitgehend abgerissen. Ihre herrschenden Klassen bekämpfen einander, ihre Geheimagenten spionieren einander aus, und sollte eine Regierung Wind von unseren Machenschaften bekommen, wird sie uns vermutlich eher zur Seite springen, als uns zu verraten. Wir sind die einzige schlagkräftige Internationale!

Nun zum Fall Raven. Sie hat in unserem Auftrag gegen die britische und die deutsche Regierung gearbeitet, und jeder dieser beiden Geheimdienste könnte sie beseitigt haben. Allerdings hätten sie dabei niemals kooperiert oder Erkenntnisse ausgetauscht – und so wären wir selbst im schlimmsten Fall nur halb verraten und nur halb vernichtet. Das wäre der schlimmste Fall; ich bin aber recht zuversichtlich, dass unsere Lage gar nicht so ernst ist, wenn wir alles in Ruhe betrachten und nichts überstürzen. Ich möchte noch einmal betonen, dass die Liste auf eine Weise kodiert ist, dass sie ohne Schlüssel unlesbar bleibt; den aber besitzen unsere Feinde bisher nicht, wer immer sie sein mögen. B, Sie gehören doch der Gestapo an. Glauben Sie, die Gestapo hatte hier ihre Hand im Spiel?

B: Ich kann es nicht sagen. Ich weiß es nicht. Seit fünf Jahren gehöre ich zu ihnen, und ich weiß immer noch nicht alles, was dort vor sich geht, nicht einmal in meiner eigenen Abteilung. Vielleicht verdächtigen sie mich bereits und verbergen manches vor mir; vielleicht planen sie schon, mich zu beseitigen. Da bin ich mir sogar sicher!

Vorsitzender: Bitte beruhigen Sie sich und antworten Sie mit Bedacht. Glauben Sie, die Gestapo wusste von Ravens Aktivitäten?

B: Ich weiß es nicht. Ich glaube nicht. Mit Sicherheit stand sie nicht auf der allgemeinen Liste, aber das will nichts heißen. Vielleicht stand sie ja auf einer kleinen Spezialliste.

Vorsitzender: Passt das, was Sie über diesen Vorfall gehört haben, zu deren üblichen Methoden?

B: Nein – nein. Man hätte sie nicht erwürgt; man hätte sie erschossen, totgeschlagen oder entführt. Mag sein, dass sie diesen Thane engagiert haben; sie verwenden diese Sorte von Leuten hier in England ganz gern für spezielle Aufträge außerhalb der üblichen Agententätigkeit.

Vorsitzender: Mr. G – glauben Sie, der britische Geheimdienst war hier am Werk?

G: Es riecht nicht sehr nach unserem Geheimdienst, auch wenn Thane einer dieser Leute sein könnte, die sie von Zeit zu Zeit für belanglose Aufgaben einsetzen. Nur – warum sollten sie Raven töten? Sie befinden sich hier im eigenen Land, sie hätten Raven also leicht verhaften können, wenn nötig. Vielleicht war es ja ein ungeplanter Mord oder einer aus rein persönlichen Motiven?

F: Sicher nicht. Öffnet ein Dieb in einem bewohnten Haus eine Tür mit der Schusswaffe? Hätte ein gewöhnlicher Krimineller ein verschlüsseltes Notizbuch an sich genommen und Silberschmuck und wertvolle Steine zurückgelassen? Welches Motiv könnte sonst dahinter stecken? Mord aus Leidenschaft? Aber würde ein Mann eine Tür aufschießen und seine Geliebte erdrosseln und anschließend noch ihren Schreibtisch durchsuchen, dabei ihre Briefe ungeöffnet lassen und ausgerechnet das einzige Notizbuch mitnehmen, das er gar nicht lesen kann? Stammt das Telegramm von einem Liebhaber? Und welchen Beweis haben wir denn dafür, dass Raven überhaupt Liebschaften pflegte oder dass sie Thane kannte?

G: Das Telegramm setzt doch eine Bekanntschaft voraus.

F: Sicher, aber nicht zwingend eine persönliche und intime. Wir müssen davon ausgehen, dass Thane die Kontaktliste an sich genommen hat, egal aus welchen Gründen; solange wir sie nicht zurückhaben, gibt es weder Ruhe noch Sicherheit. Ich für meinen Teil glaube nicht an Zufälle, und nach allem, was wir gehört haben, bin ich überzeugt, dass dieser Mord aufs Konto unserer Gegner geht. Es ist jedenfalls von äußerster Wichtigkeit, dass wir unverzüglich nach dieser Prämisse handeln.

B: Ich schlage vor, Thane sofort zu töten, bevor er uns weiter schadet.

C: Ich bin strikt dagegen. Er ist unsere einzige Verbindung zur Kontaktliste, die wir, verschlüsselt oder nicht, zurückbekommen oder zerstören müssen. Außerdem ist es von äußerster Dringlichkeit, den Urheber dieser Liquidierung zu ermitteln, damit wir angemessene Schritte zu unserem Schutz unternehmen können.

E: Ich schlage vor, Thane zu einer Befragung abzuholen und ihn anschließend zu beseitigen.

Vorsitzender: Ich schließe mich meinem Vorredner an. Ich schlage vor, wir überlassen Foster diese Angelegenheit, der in ein paar Tagen nach London zurückkehrt. Wir sollten Thane aber sofort ergreifen und an einen sicheren Ort bringen.

B: Müssen wir auf Foster warten? Können wir diesen Herrn nicht selbst befragen? Überlassen Sie mir die Befragung, und ich quetsche die Wahrheit schnell aus ihm heraus.

Vorsitzender: Es ist immerhin denkbar, dass das Telegramm absichtlich im Apartment hinterlassen wurde und dass unsere Gegner, da sie die Liste nicht entziffern können, Thane als eine Art Köder benutzen in der Hoffnung, uns aufzuspüren, sollten wir versuchen, ihn zu entführen. Wenn wir seine Entführung also einigen rangniederen Agenten überlassen, zwingen wir unseren Gegner, sich zu offenbaren: Selbst der britische Geheimdienst dürfte es kaum zulassen, dass wir einen aus seinen Reihen längere Zeit festhalten. Und da Foster den Fall Raven nun schon einmal übernommen hat, scheint es das Beste, ihm diese Angelegenheit anzuvertrauen – und ich möchte hinzufügen: Jemand anderem in diesem Stadium die Verantwortung zu übertragen wäre ein Beweis mangelnden Vertrauens, der ihm gar nicht gefallen dürfte. Wobei wir alle Herrn B natürlich sehr dankbar dafür sind, uns seine Expertise zur Verfügung zu stellen.

E: Ich stimme zu. Wir können es uns noch nicht leisten, Foster zu verärgern.

Vorsitzender: Darf ich also davon ausgehen, dass wir alle einer Meinung sind? Mit Ihrer Zustimmung werde ich selbst alles Notwendige veranlassen, um Thane unverzüglich in Gewahrsam zu nehmen.

G: Und dafür zu sorgen, dass O'Brien seine Instruktionen erhält.

C: Sollte der Code, der in Ravens Kontaktliste verwendet wurde, nicht unverzüglich aufgehoben werden?

Vorsitzender: Das ist bereits geschehen. Meine Herren, habe ich Ihre Zustimmung?

B: Mir gefällt das nicht, aber ich glaube, Sie haben recht.

B, C, D, E, F und G stimmen dem Vorschlag des Vorsitzenden zu. Die Sitzung ist beendet.

FÜNFTES KAPITEL

Als er am Donnerstagmorgen auf dem Weg zur Arbeit um eine Straßenecke bog, traten zwei Männer hinter einem großen schwarzen Wagen hervor und versperrten ihm den Weg.

«Sie sind Desmond Thane?»

«Ja, das bin ich.»

«Wir sind von der Polizei. Sie sind wegen des Mordes an Anna Raven verhaftet.»

Die Welt schien urplötzlich stillzustehen; mit der unbewussten Klarheit einer Kamera registrierte Desmonds Hirn die Risse im Pflaster und das Schild des Immobilienmaklers auf der gegenüberliegenden Straßenseite. Der zweite Mann trat an seine Seite und fasste ihn unauffällig, aber fest am Arm.

«Besser, Sie kommen ohne Aufsehen. Besser, Sie machen keinen Ärger.»

Desmond leistete keinen Widerstand, als sie ihn in den Wagen schoben, der sofort losfuhr. Nach kurzem Schweigen begann Desmond: «Das ist absurd. Ich kenne niemanden namens Raven.»

Die Männer, zwischen denen er saß, antworteten nicht. Desmond wurde lauter.

«Das hier ist vollkommen lächerlich, Sie werden dafür zahlen müssen. Ich vermute, es ist nicht Ihr Fehler, aber ich protestiere aufs Schärfste. Das ... das ist einfach absurd.»

Er bemerkte plötzlich, dass die Scheiben matt waren, und aus der Geschwindigkeit des Wagens schloss er, dass sie keineswegs zur nächsten Polizeiwache fuhren.

«Wo bringen Sie mich hin? Das ist ja ungeheuerlich! Ich verlange meinen Anwalt!»

Keine Antwort. Er fuhr hysterisch fort:

«Wo ist eigentlich Ihr Haftbefehl? Ich bestehe auf einer formellen Anklage. Und ich möchte eine Aussage machen.»

«Klappe halten», sagte der Mann zur Linken.

Desmond, gewöhnt an ein höfliches, wenn nicht unterwürfiges Auftreten von Beamten, verlor gleichzeitig seine Furcht und seine Nerven.

«Was zur Hölle soll das heißen? Ich verlange, dass man mich auf eine Polizeiwache bringt und Anklage erhebt. Die Polizei hat keinerlei Recht, so vorzugehen!»

Der Mann zur Rechten fuhr ihn an:

«Wir sind keine Polizei, also halt die Fresse. Noch ein Wort, und ich ziehe Ihnen eins über.»

Er holte einen kleinen lederbezogenen Schlagstock aus der Tasche und tätschelte Desmond damit das Kinn. Der Wagen musste Londons Zentrum inzwischen verlassen haben, denn er fuhr nun schnell und wechselte seltener die Gänge.

Nach dem ersten Schrecken verspürte Desmond vor allem Erleichterung, denn entgegen dem verbreiteten Klischee wirkt das Unbekannte weniger bedrohlich als das Bekannte. Ein verurteilter Mörder dürfte demnach ein gewisses Vergnügen empfinden, falls Marsbewohner mit Tentakeln ihn in seiner Zelle heimsuchen sollten. Desmond war immer noch eingeschüchtert, aber seine Angst hatte nachgelassen; das unausweichliche Faktum der Gefangennahme erlebte er als unangenehme, aber unvorhersehbare Fiktion. Vorsichtig wandte er den Kopf und musterte seine Entführer.

Bedroht hatte ihn jener Mann, der auch die Verhaftung vorgenommen hatte; oberflächlich betrachtet ähnelte er einem Polizisten. Er war stämmig, mit dichtem Haar, ein Typ, der gelegentlich als «reifer Herr» tituliert wird. Zumindest auf den ersten Blick schien er geradezu prädestiniert für eine Art derber Jovialität, und für die Rolle des Vaters eines proletarischen Genies hätte er die ideale Besetzung abgegeben. Daneben aber steckte in ihm noch etwas Boshaftes und Abnormes; es war eher die durchtriebene Dreistigkeit der harten Burschen von der Pferderennbahn als die freche Anmaßung des selbstzufriedenen Raufbolds. Ganz offensichtlich mochte er seinen Gefangenen nicht sonderlich, und Desmond hoffte, nicht mit ihm allein gelassen zu werden.

Der zweite Mann verkörperte einen vollkommen anderen Typus. Jung, jüdisch,[1] elegant in blauem Hemd mit gelber Seidenkrawatte, passte er in die Wardour Street oder zu den großen Bekleidungsmagazinen im Londoner East End. Seine Eitelkeit war nicht zu übersehen; selbst hier schlug er die Beine sorgfältig übereinander und zupfte an seiner perfekt gebügelten Hose, sodass seine teuren Socken sichtbar wurden. Sein Gesicht jedoch wirkte klug und asketisch. Gut denkbar, dass er seine Angestellten ausbeutete und seine Sekretärin den ganzen Tag mit anzüglichen Witzen traktierte, während er sich bei Nacht in sein Zimmer zurückzog, um dort verstohlen den Talmud oder den dialektischen Materialismus zu studieren. Nach einiger Zeit versuchte Desmond, ihm Fragen zu stellen, dieses Mal jedoch höflich und beinahe im Konversationston.

«Wohin bringen Sie mich eigentlich? Sind Sie sicher, dass Sie sich nicht geirrt haben?»

Der Jude lächelte ihn an.

«Bitte schweigen Sie. Später werden Sie reden. Es ist besser für Sie, wenn Sie jetzt ganz ruhig sind.»

Das klang freundlich, doch Desmond wusste, dass er es nur mit einer aufgesetzten Redeweise zu tun hatte und dass hinter der vermeintlichen Gutmütigkeit dieses Mannes die gleiche Rücksichtslosigkeit steckte, die auch seinen ordinären Kumpanen auszeichnete. Höflichkeit war nie zu trauen; ohne Zweifel schmückten «Bitte» und «Nach Ihnen, Sir» den Weg zum Galgen. Er schwieg.

Die Fahrt schien etwa anderthalb Stunden zu dauern, dann verlangsamte der Wagen sein Tempo und bog in eine kurze Kiesauffahrt. Beim Anhalten hörte Desmond die Signalpfeife eines

---

1 Dieser Entführer tritt im weiteren Verlauf des Romans häufig nur noch als «der Jude» auf, eine Verkürzung, die im Deutschland des 21. Jahrhunderts befremden mag. Die Übersetzung bleibt der Vorlage dennoch treu, zum einen, weil hier keine antisemitisch gezeichnete Figur vorliegt, sondern allenfalls einige zeittypische Stereotype bedient werden, zum anderen, weil eine Tilgung einen fragwürdigen Eingriff in einen 80 Jahre alten Text dargestellt hätte. (Anm. d. Übers.)

Zuges und die Geräusche rangierender Waggons: Offenbar befanden sie sich in der Nähe eines Bahnhofs oder Abstellgleises. Der Fahrer schob die Trennscheibe hinter seinem Sitz zur Seite und wandte sich an den Juden. Sein Gesicht war bleich und rundlich, und er sprach mit nervöser Beflissenheit.

«Soll ich den Wagen zurück nach London bringen, Chef?»

Der Jude dachte einen Augenblick nach.

«Nein. Sie bleiben hier. Jackson kann ihn zurückfahren.»

Er stieg aus und befahl Desmond mit einem Wink, ihm zu folgen. Dieser gehorchte, und der dicke Mann schob ihn ins Haus, bevor Desmond mehr als ein viktorianisches Vordach und ein paar Bäume wahrgenommen hatte. Eine Minute später hörte er, wie der Motor ansprang und der Wagen davonfuhr.

«Kommen Sie», sagte der Jude.

Desmond blickte sich um; er stand in einem Zimmer, das der Diele eines Landarzthauses ähnlich sah. Ein kleiner, glatt polierter Tisch, übersät mit Briefen und Formularen, eine altmodische Hutablage, ein guter, wenn auch etwas schäbiger Teppich und irgendeine gerahmte Urkunde passten nicht recht zu der aalglatten Gestalt im Raum und zu dem etwas dicklichen Herrn vom Typus eines Geschäftsreisenden, der sich im Hintergrund hielt. Plötzlich ahnte Desmond, dass sie in diesem Haus ganz allein waren und dass die Gelegenheit zur Flucht nie günstiger sein würde als jetzt. Der Jude war schmal, mit schlanken Händen; und die schlaffe Plumpheit des anderen flößte noch weniger Furcht ein. Sie mochten bewaffnet sein, aber zumindest hatte er davon nichts bemerkt, und er war überzeugt, es körperlich mit beiden aufnehmen zu können. Ein Schlag vor den Kiefer, ein Tritt in den Magen, ein Sprint durch die Haustür und aufs nahe Bahngelände, und er war frei. In Filmen hatte er oft genug gesehen, wie so etwas funktioniert.

Er spannte die Muskeln, und als sie den Treppenabsatz betraten, schlug er mit aller Kraft von der Seite her nach dem Kopf des Juden. Der Mann duckte sich flink wie ein Berufsboxer, sodass die Faust über seine Schulter hinwegfuhr. Desmond setzte nach, doch sein Gegner parierte den Hieb mit der Linken, während die Rechte ihr Ziel traf. Desmonds Kiefer schien zu bersten, und er ging zu Boden. Er wollte sich noch aufrappeln, doch da hatte ihn auch schon der fette Mann von hinten am Kragen gepackt und ihm ein Messer an die Kehle gesetzt, sodass Desmond keine Bewegung mehr wagte. Der Jude wischte sich den Staub von den Händen und grinste ihn an. Zu spät bemerkte Desmond jetzt die breiten und keineswegs ausgepolsterten Schultern seines Bewachers, dessen elegante Bewegungen den Athleten verrieten.

«Also benehmen Sie sich», sagte er, «oder ich muss Sie fesseln. Jetzt darf er aufstehen; ich glaube, er wird brav sein.»

Vollkommen eingeschüchtert erhob sich Desmond und ließ sich in ein Zimmerchen führen, das mit nichts als einem einfachen Bett und einem Stuhl möbliert war. Hoch oben an der Wand gab es ein kleines, schwarz übermaltes Fenster, und eine Glühbirne an der Decke verbreitete kaltes, unangenehmes Licht. Der jüdische Aufpasser ließ ihm den Vortritt, wie ein altmodischer Wirt einem Gast das beste Zimmer präsentiert, dann lehnte er sich gegen den Türrahmen.

«Wenn Sie keinen Ärger wollen, bekommen Sie auch keinen; wenn doch, gibt es mehr, als Ihnen lieb ist. Machen Sie bloß keinen Lärm, denn ich werde der Erste sein, der ihn hört.»

Er schaute zum Fenster.

«Auch wegen des Fensters können Sie ganz unbesorgt sein – es ist vergittert. Und keine Spielchen mit der Verdunkelung in der Nacht, denn falls die Polizei sich bei mir beschwert, muss ich diese Beschwerde an Sie weiterreichen, fürchte ich.» Sein Grinsen wurde breiter, und der dicke Mann hinter ihm kicherte. «Und jetzt», fuhr er fort, «schauen wir uns eben noch an, was er in den Taschen hat. Durchsuch ihn.»

Der Dicke trat vor und tastete Desmond ab, wobei er den Taschen Füller, Brieftasche, Scheckbuch, Taschentuch und einige Briefe entnahm und alles hübsch auf dem Bett ausbreitete.

«Das ist alles, Chef.»

«Das Taschentuch darf er behalten. Den Rest legen Sie Mr. Foster in den Schreibtisch; er wird sich das ansehen wollen, wenn er kommt.»

Beide verließen den Raum. In der Tür hielt der Jude noch einmal inne.

«Unter dem Bett finden Sie einen Nachttopf, den mein Freund gelegentlich ausleeren wird. Das tust du doch gern, Dicker, oder nicht?»

Der Dicke grinste anzüglich und kicherte wie ein vierzehnjähriger Knabe.

«Alles, was Sie wollen, Chef.»

Die Tür fiel hinter ihnen ins Schloss und der Schlüssel wurde umgedreht. So weit sein schmerzender Kopf dies zuließ, versuchte Desmond, sich vor Augen zu führen, was genau eigentlich mit ihm geschehen war.

Ganz offensichtlich hatten diese Leute mit der Polizei rein gar nichts zu schaffen; ihr Verhalten war einfach zu unorthodox, selbst für Hilfspolizisten in Kriegszeiten. Anna war eine Ausländerin; vielleicht kamen diese Leute also vom Geheimdienst, oder sie hatten sonstwie mit feindlicher Spionage zu tun. Oder handelte es sich lediglich um Gangster und Kriminelle – wobei sich kaum feststellen ließ, in welcher illegalen Branche sie sich betätigten. Doch wie auch immer: Was wollten sie ausgerechnet von ihm? Was könnte irgendjemand, von Scotland Yard abgesehen, mit ihm vorhaben? Nun mochte es sich vielleicht auch um Freunde von Anna handeln, denen es um Vergeltung ging – aber passte das zur Vielzahl der Beteiligten? Er hatte bereits drei Leute gesehen, und es musste zumindest noch ein weiterer im Spiel sein – jener wichtige Mr. Foster, der offensichtlich ein Anrecht auf den Inhalt seiner Taschen besaß. Und wie hatten sie ihn überhaupt ausfindig gemacht? Hatte Anna ihnen etwas erzählt, hatten sie in ihrem Apartment womöglich sein Telegramm oder ein anderes Indiz entdeckt, oder folgte alles einem unglaublichen Zufall, wie er sich jenseits aller Logik durchaus ereignet, etwa wenn die Kugel beim Roulette zehnmal hintereinander auf die gleiche Zahl fällt? Jetzt fürchtete er sich nicht mehr; Schrecken und Überraschung hatten auf seine Gefühlswelt eingewirkt wie Kokain auf die Nerven, und er war bereit, alles hinzunehmen. Resigniert seufzend legte er sich aufs Bett und schlief nach wenigen Minuten ein.

Als er erwachte, war das Zimmer mit seinem gleißenden Licht noch immer das gleiche wie zuvor, doch spürte er jetzt den späten Nachmittag. Er blieb liegen, starrte die Decke an und dachte an gar nichts. Er spürte den Zugriff einer Macht, von der er nichts wusste und die außerhalb seiner Kontrolle lag, und er empfand beinahe ein Glücksgefühl, weil ihm erstmals seit frühester Kindheit die Entscheidungsgewalt vollkommen aus der Hand gerissen war. Gegen sechs Uhr brachte der dicke Mann ein Glas Wasser und einen Teller mit grob geschnittenen Broten; vier oder fünf Stunden später erlosch plötzlich das Licht; im Zimmer selbst befand sich dafür kein Schalter. Desmond blinzelte nicht einmal, er lag einfach ganz still und spürte, wie die Wirklichkeit davontrieb.

So begann ein seltsames Leben in einem Zwischenzustand, das tagelang währte, bis Desmond sein Zeitgefühl verloren hatte. Das Licht brannte jedesmal etwa zwölf bis sechzehn Stunden, dann wurde es abgeschaltet, vermutlich während der Nacht. Zweimal täglich brachte einer der Männer eine einfache, aber ausreichende kalte Mahlzeit, und manchmal hörte er ihre Schritte im Nebenzimmer oder im Stockwerk darüber. Einmal klingelte das Telefon – ein Ereignis, das sein Herz schneller schlagen ließ; und ein oder zwei Mal vernahm er Tanzmusik aus dem Radio. Immer aber, wenn auch mit Unterbrechungen, rangierten Züge, Lokomotiven pfiffen, und alle paar Stunden ratterte eine lange Kette von Eisenbahnwaggons am Haus entlang, einem unbekannten, doch beneidenswerten Ziel entgegen. Ihm war, als sei er begraben oder als liege er in einer Zelle im untersten Keller einer Anstalt für die unheilbar Wahnsinnigen, und als er einmal nachts inmitten tiefster Finsternis erwachte, hielt er sich für tot; er biss sich so fest in die Hand, bis sie blutete, um nicht laut zu schreien. Als der Jude ihm am nächsten Tag das Essen brachte, fasste Desmond ihn am Arm und verlangte eine Kerze, andernfalls würde er verrückt. Der Mann blickte ihn misstrauisch an und verließ eilends das Zimmer, kehrte aber einige Minuten später mit einer elektrischen Taschenlampe zurück.

Desmond versuchte, sich mit seinen Wächtern anzufreunden. Der Dicke sprach niemals, außer zu seinem Kollegen, und wirkte so schüchtern wie Desmond selbst als kleiner Junge gegenüber einem fremden Erwachsenen. Sein jüdischer Bewacher war redegewandt und gesellig und deshalb zugänglicher; er gewöhnte es sich bald an, ein paar Minuten zu verweilen und zu plaudern, wenn er mit dem Herbringen des Essens an der Reihe war. Anfangs beschränkte Desmond sich strikt auf unverfängliche Themen, denn während sein Gegenüber gern über Filme oder den Krieg redete, brach er das Gespräch schlagartig ab, sobald Persönliches berührt wurde. Am dritten oder vierten Tag jedoch versperrte Desmond dem anderen den Weg zur Tür und bat ihn eindringlich, ihm doch zu verraten, was mit ihm geschehen solle. Der Wärter wich zunächst nervös aus, nahm aber schließlich auf dem Stuhl Platz und redete hektisch.

«Ich kann Ihnen nicht alles verraten, und ich werde das auch nicht tun, aber ich gebe Ihnen einen guten Tipp. In ein oder zwei Tagen wird ein Mann kommen und Ihnen Fragen stellen. Wenn Sie heil davonkommen wollen, erzählen Sie ihm einfach die Wahrheit. Und erwähnen Sie um Gottes willen nicht, dass ich mit Ihnen geredet habe.»

Nun schien er der Ansicht, dass er zu viel ausgeplaudert habe, und er erhob sich rasch, doch Desmond griff nach seinem Ärmel.

«Gehen Sie nicht; ich schwöre, dass ich nicht verraten werde, dass Sie mit mir gesprochen haben. Können Sie mir nicht einfach sagen, wer Sie sind? Sind Sie deutsche Spione – oder was sonst?»

«Spionage für die Nazis? Für wen zur Hölle halten Sie mich eigentlich? Glauben Sie, ich würde für diese Schurken arbeiten, nach allem, was sie getan haben?»

«Gut, aber wer *sind* Sie dann?»

«Das kann ich Ihnen nicht sagen.»

«Wer ist dieser Herr, der mich befragen wird? Was will er?»

«Er nennt sich Foster. Über ihn spreche ich nicht.»

«Aber um Gottes Willen, erzählen Sie mir doch, worum es hier überhaupt geht!»

«Ich kann es Ihnen nicht erzählen, und es nützt auch nichts, wenn Sie weiter danach fragen. Sie dürfen allenfalls so viel wissen: Es ist eine verdammt große Sache – so ungefähr die größte, die es gibt –, und wenn Sie der in die Quere kommen, gnade Ihnen Gott. Ich weiß überhaupt nicht, wer Sie sind oder was man mit Ihnen vorhat, aber Sie glauben wahrscheinlich, dass Ihre Chefs sie beschützen können. Falls Sie das glauben, vergessen Sie's; wir sind die Größten von allen, sage ich Ihnen, und Sie haben keine Chance.»

«Ich habe keine Chefs. Ich weiß gar nicht, wovon Sie reden.»

Der Jude lächelte ungläubig.

«Halten Sie es damit, wie Sie wollen, aber ich sage Ihnen, bei Foster werden Sie damit nicht durchkommen, der erwartet schon etwas mehr, und er wird es bekommen. Ich mag seine Methoden nicht, aber sie funktionieren.»

«Aber wollen Sie mir nicht wenigstens ...»

Der Wächter hatte genug und öffnete die Tür. Wieder hielt Desmond ihn auf.

«Schauen Sie, Sie haben mein Scheckheft, und ich habe eine Menge Geld auf der Bank. Wie viel wollen Sie, um mich rauszulassen?»

Der Mann schüttelte den Kopf.

«Dafür reicht Ihr Konto nicht.»

«Und wie viel, um mir einfach nur zu verraten, worum es überhaupt geht? Ich gebe Ihnen einen Inhaberscheck – und wenn Sie wollen, stelle ich Ihnen ein Schreiben an einen Freund aus, der Ihnen Bargeld aushändigt.»

Sein Gegenüber schüttelte ihn ab und antwortete ernst und unmissverständlich.

«Wie viel wäre Ihnen ein Messer in der Brust wert?»

Er schloss die Tür. Es dauerte eine ganze Weile, bis Desmond sich imstande fühlte, seine Brote zu essen.

Am folgenden Tag verrieten Geräusche, dass im Haus etwas vor sich ging. Das Telefon klingelte mehrmals, dann klang es so, als würden am Ende des Flures Möbel verschoben, und schließlich näherte sich ein Auto der Haustür. Der Dicke, der seine Aufregung kaum zu unterdrücken vermochte, schaute wiederholt herein und brach sogar sein Schweigen, um Desmond zu fragen, ob er vielleicht einen Apfel oder ein Glas Rotwein wünsche.

Desmond nahm beide Angebote an und überredete den Dicken, ihm die ganze Flasche zu überlassen – mit dem Ergebnis, dass er den geheimnisvollen Inquisitor ein wenig angeheitert und geradezu begierig erwartete. Er war immer noch ein wenig gelöst, als der Jude ihn eine Stunde später in einen Raum am Ende des Flures führte.

«Hier ist er, Mr. Foster.»

SECHSTES KAPITEL

Desmond betrat einen großen, hell erleuchteten Raum, den in der Mitte ein langer Mahagonitisch ausfüllte und von dessen Decke ein viktorianischer Kronleuchter flammendes Licht sandte. An beiden Enden des Tisches standen schwere antike Stühle, und auf dem Platz gegenüber saß jener Herr mit grünen Augen, dem Desmond vor einer Ewigkeit an seiner eigenen Wohnungstür begegnet war. Hinter dem Mann stand der Dicke gleich einem kränklichen Seraph; in der Ecke spielte ein Radio dezente Tanzmusik. Der gesamte Raum wirkte, als habe ihn ein Akademie-Maler auf altmodische Weise ausstaffiert, und Desmond, der ein wenig ratlos am Eingang stehengeblieben war, fühlte sich wie ein nervöser Bewerber auf eine unerreichbare Anstellung. Der Mann auf dem Stuhl betrachtete ihn schweigend, so wie eine geschmeidige Katze gelangweilt einen Fremden mustert, bis Desmond sich unbeholfen, tölpelhaft und deplaziert vorkam. Wurde er nervös, redete er oft laut und patzig:

«Sie sind also Foster, nicht wahr?» sagte er und schob die Hände in die Taschen. «Also dass ich Sie hier wiedertreffe! Jetzt haben Sie sich bestimmt nicht mehr in der Adresse geirrt!»

Fosters ruhiger Blick blieb unverändert.

«Bitte nehmen Sie Platz. Beantworten Sie meine Fragen vollständig und wahrheitsgemäß. Versuchen Sie nicht, Zeit zu schinden, denn ich werde wenig Geduld mit Ihnen haben.»

Die heisere Stimme verriet eine bedrohliche Entschlossenheit, und Desmonds anfängliche Aggressivität legte sich. Er nahm auf dem Stuhl gegenüber Platz, und der jüdische Wächter stellte sich hinter ihm auf. Das Arrangement wirkte wie eine Konferenz unter Fürsten oder wie eine Szene aus jenen Romanen des 19. Jahrhunderts, in welchen Mann und Frau, die Bediensteten in ihrem Rücken, allabendlich an einer unendlich langen Tafel miteinander speisen und in zwanzig Jahren kein einziges Wort miteinander wechseln. Foster strich über die Papiere, die vor ihm lagen, dann griff er zu einem Füllfederhalter und beugte sich ein wenig nach vorn.

«Wer hat Ihnen befohlen, Anna Raven zu töten?»

(Auf keinen Fall irgendetwas gestehen. Wenn du etwas zugibst, wirst du am Ende hängen; selbst diese stiernackige Bestie dürfte das hinbekommen.)

«Ich weiß gar nicht, wovon Sie reden; ich habe nie von dieser Frau gehört. Ich verlange eine Erklärung für Ihr bizarres Verhalten. Was zur Hölle ...»

Der andere unterbrach ihn.

«Haben Sie dieses Telegramm schon einmal gesehen?»

(Sie hat es also am Ende doch nicht verbrannt! Vermutlich lag es die ganze Zeit über gut sichtbar irgendwo herum.)

«Nein, habe ich nicht! Das ist alles kompletter Unfug! Wenn Sie mir etwas vorwerfen wollen, gehen Sie zur Polizei.»

«Dieses Telegramm trägt Ihre Initialen und wurde von Ihrem Arbeitsplatz aufgegeben. Die Kugeln, mit denen jemand das Türschloss an Ravens Wohnung zerschossen hat, stammen von der Waffe aus Ihrem Besitz. Es hat keinen Sinn, mir gegenüber etwas abzustreiten, Thane, und sollten Sie das versuchen, macht das Ihre Lage nur noch schlimmer. Wer also hat Ihnen befohlen, Raven zu töten?»

(Ich werde nichts gestehen. Jetzt, da diese Leute die Beweisstücke haben, kann die Polizei nichts mehr ausrichten.)

«Ich habe diese ... diese Ihre Raven nicht getötet! Ich kann nicht mit Ihnen reden, wenn Sie bei dieser absurden Vorstellung bleiben! Ich werde keine weiteren Fragen mehr beantworten, bevor ich mit meinem Anwalt gesprochen habe.»

«Warum haben Sie Raven getötet?»

Schweigen.

«Warum haben Sie Raven getötet?»

Schweigen.

«Zum letzten Mal: Warum haben Sie Raven getötet?»

Stille. Foster schnippte mit den Fingern, und der Jude trat vor und schlug Desmond mitten ins Gesicht. Wütend sprang Desmond auf, bemerkte jedoch eine Pistole in Fosters Hand. Das runde, schwarze Loch der Mündung, bedrohlich wie das Wundmal einer tödlichen Seuche, dämpfte seinen Zorn, und er sank in den Stuhl zurück, zum allerersten Mal tatsächlich eingeschüchtert. Sein Verstand blieb ruhig, doch sein Körper spürte bereits den Einschlag der Kugel, die Knochen und Muskeln zerfetzte, und er reagierte auf diese neue Welt aus Grauen und Tod so rasch und richtig wie ein junger Sperling beim Anblick einer streunenden Katze. Diese Leute, so dachte er mit einem letzten Aufflackern seiner gewöhnlichen Heiterkeit, diese Leute hatten erreicht, was acht Jahre einer christlichen Erziehung nicht vermochten: ihn zu lehren, auch die andere Wange hinzuhalten.

Ungerührt fuhr Foster fort.

«Warum haben Sie Raven getötet?»

Schweigen. Der Jude schlug ihn.

«Warum haben Sie Raven getötet?»

Schweigen. Der Jude schlug ihn so heftig, dass ihm der Schädel brummte. Desmond aber schlug die Arme übereinander und sagte kein einziges Wort. Foster blickte den Juden an.

«Wenn er beim nächsten Mal immer noch nichts zu sagen hat, zielen Sie aufs Kinn und schlagen Sie ihm ein paar Zähne aus. Also, Thane: Warum haben Sie Raven getötet?»

Der Jude trat zurück und schätzte die Distanz ab. Desmond lenkte ein.

«Ich habe sie nicht getötet, aber ich gebe zu, dass ich am Abend ihres Todes in ihrer Wohnung war.»

«Schon besser. Jetzt erzählen Sie mir alles ganz genau.»

Der Tonfall war wenig aufmunternd, doch Desmond fuhr flüssig fort, und am Ende des dritten Satzes glaubte er bereits den eigenen Worten.

«Ich weiß, das klingt unwahrscheinlich, aber es ist die Wahrheit. Ich traf Anna ganz zufällig, sie sprach mich in einem Café an. Wir hatten eine Affäre, und ich war schon bald sehr eifersüchtig, weil ich sie im Verdacht hatte, neben mir noch etwas mit anderen Männern zu haben. Ich fürchte, ich habe mich deshalb ziemlich unmöglich benommen, und nachdem sie eine Verabredung zum Essen versäumte, habe ich ihr letzten Montag ein reichlich albernes Telegramm geschrieben – also jenes, das Sie offenbar gefunden haben – mit dem Inhalt, dass ich sie sehen müsste und am Abend vorbeikäme. Wissen Sie, ich glaubte, sie habe beschlossen, mich für immer zu verlassen, und dieses Telegramm werde sie womöglich umstimmen und sie würde mich noch einmal empfangen. Als ich kam, öffnete mir niemand, aber ich war mir sicher, drinnen ein Lachen und eine Männerstimme gehört zu haben. Da bin ich vollkommen durchgedreht und habe auf das Schloss geschossen, und ich gebe zu, ich hätte vermutlich auch auf sie und ihren Liebhaber geschossen, wenn ich die beiden erwischt hätte. Dann aber war ich entsetzt, als ich sie leblos am Boden liegen sah. Ich war vollkommen verängstigt und habe die Wohnung auf der Stelle verlassen; vermutlich hatte der Täter sich noch im Nebenzimmer versteckt. Ich nehme an, ich wäre besser sofort zur Polizei gegangen, aber ich hatte einfach Angst, dass man mich selbst verdächtigen würde. Ich will Ihnen auch gleich gestehen, dass ich eine Scheidungsklage gegen meine Frau eingereicht habe; da kann ich es mir nicht leisten, vor Gericht zuzugeben, dass ich mit Anna geschlafen habe. Ich habe mich vollkommen dämlich benommen, aber so ist es jetzt eben. Das ist alles, was ich über diese Angelegenheit weiß.»

Die Geschichte war gut, und Desmond war mit sich zufrieden. Foster erhob sich und kam zu ihm herüber; seine Stimme klang ruhig, aber eines seiner Augen zuckte ein wenig.

«Sie behaupten also, Ihre Verbindung zu Raven sei ausschließlich sexueller Natur gewesen, und als Sie am Montag zu ihr kamen, war sie bereits tot?»

Desmond entschied sich für eine dekorative Vertiefung.

«Ja, das war alles. Ich hatte sie vorher schon einmal mit einem anderen Mann angetroffen und gedroht, sie zu töten, falls sich das wiederholen sollte. Und ich will auch nicht leugnen», fuhr er mit gewinnender Offenheit fort, «dass ich an jenem Abend durchaus mit dem Gedanken gespielt hatte, sie jetzt tatsächlich umzubringen. Letztlich war es also mein Glück, dass jemand anderes diesen Job schon erledigt hatte.»

Fosters Auge zuckte heftiger.

«Und wer hat sie Ihrer Meinung nach umgebracht?»

«Oh, doch wohl irgendein Kerl. Ich vermute, dass sie häufiger Männer aufgelesen hat – das musste ja eines Tages übel enden.»

«Das ist eine Lüge!» sagte Foster mit verzerrten Zügen. Schlagartig wurde Desmond jetzt klar, dass er den schlimmsten und vermutlich letzten Fehler seines Lebens begangen hatte und dass nichts, was er jetzt noch sagen würde, ihn retten könnte. Und er war sich plötzlich vollkommen sicher, dass auch Foster Anna geliebt hatte.

Foster richtete sich starr auf, das Gesicht blieb ruhig, aber die Stimme war eisig.

«Dieser Mann lügt: Wir werden schärfere Mittel anwenden müssen. Binden Sie ihn am Stuhl fest.»

Der dicke Mann zog ein aufgerolltes Seil aus einer der Schubladen und band Desmonds Knöchel an die Stuhlbeine; die Enden des Seils schlug er ihm um Hüfte und Arme. Währenddessen kicherte er vor sich hin und fragte zweimal, ob das Seil zu fest gebunden sei. Der Jude schlenderte zur hinteren Wand und betrachtete dort die Reproduktion eines Bildes von Turner. Foster sortierte seine Unterlagen. Plötzlich läutete die Haustürglocke, und alle drei erstarrten. Foster wandte sich an den Juden.

«Das wird dieser Herr sein, den die Zentrale uns aufgenötigt hat. Lassen Sie ihn herein.»

Kurz darauf kehrte der Wächter mit einem stämmigen blonden Mann zurück, der im grellen Licht blinzelte.

«Ich nehme an, Sie kommen aus der Zentrale?» Fosters Stimme klang kalt und feindselig.

«Ja. Ich heiße O'Brien und ich bin erfreut, Sie alle kennenlernen zu dürfen.»

«Haben Sie einen meiner Kollegen vorher schon einmal gesehen?»

«Nein.» Er starrte Desmond neugierig an. «Das ist also dieser Geheimdienstmann, von dem man uns erzählt hat.»

Foster unterbrach ihn scharf.

«Ihre Bemerkungen können Sie für sich behalten, O'Brien; dafür hat man Sie nicht hergeschickt. Nehmen Sie Platz und halten Sie den Mund; Ihre Aufgaben erkläre ich Ihnen später.»

Sofort wich die Freundlichkeit aus dem Gesicht des Iren, als habe man ein Licht ausgeknipst, und seine Augen verengten sich, während er sich geräuschvoll auf einen der Stühle sinken ließ. Die beiden Aufseher traten ein wenig zur Seite und beobachteten den Neuen argwöhnisch, so wie Knaben der zweiten Klasse einen respektablen Neuankömmling begutachten, bevor sie ihn geflissentlich übersehen.

Desmonds Verstand erwachte wieder. Also glaubten sie, er gehöre zum Geheimdienst! Wer waren sie dann aber? Deutsche Spione? Diese Rolle passte auf keinen von ihnen; alle drei waren Briten, und die Abneigung des Juden gegenüber den Nazis war mehr als glaubhaft gewesen. Kommunisten? Lächerlich. Eine Art internationale Gangsterbande? Fosters Stimme riss ihn aus den Gedanken.

«Nun werden wir ja sehen, ob Sie reden; von Ihren Lügen habe ich genug. Wo ist die Kontaktliste?»

Kontaktliste? Was zur Hölle meinte er damit? Er hatte keine Liste gesehen.

«Ich weiß nicht, wovon Sie reden.»

«Gut, dann wissen wir, woran wir sind.» Er blickte den Dicken an. «Fangen Sie an mit Ihrer Arbeit; zunächst ganz langsam.»

Der Dicke schob Desmonds linken Ärmel nach oben und legte ihm eine dünne, geknotete Schnur um den Unterarm; in einem der Knoten steckte ein Eisenstab. Das Gerät ähnelte einer einfachen Aderpresse.

«Was haben Sie vor? Sie können mich doch nicht foltern!»

«Wo ist die Kontaktliste?»

«Ich weiß es nicht. Ich habe nie irgendeine Liste gesehen.»

Der Dicke setzte ein Grinsen auf, er wandt seinen weichlichen Leib, als plage ihn der Durchfall. Foster nickte ihm zu, und er drehte drei oder vier Mal an der Klemme, sodass die Knoten sich ins Fleisch drückten. Desmond ließ einen kurzen Laut hören, und der Ire sprang auf und schob den Dicken zur Seite.

«Aufhören, Sie Ferkel, oder ich mach Sie fertig! Mr. Foster, das dürfen Sie mit einem wehrlosen Mann nicht machen, das ist nicht in Ordnung!»

Foster errötete.

«Setzen Sie sich wieder, O'Brien, und reißen Sie sich zusammen. Leuten, die uns in die Quere kommen, ist schon Schlimmeres zugestoßen.»

Der Ire zögerte, dann schlurfte er widerwillig in seine Ecke zurück und murmelte Unverständliches. Der Dicke trat vor und verkürzte die Schnur abermals.

«Wo ist die Kontaktliste?»

Schmerz fuhr Desmond durch den Körper wie eine Flutwelle.

«Ich weiß nicht, was Sie meinen!»

Der Dicke dreht weiter am Stab. Dabei summte er vor sich hin.

«Wo ist die Kontaktliste?»

Desmond brüllte: «Ich habe keine Ahnung, wovon Sie reden! Lassen Sie mich in Ruhe! Ich gebe zu, dass ich Anna getötet habe! Ich habe etwas Geld genommen, aber ich habe keine Liste gesehen.»

«Ich weiß, dass Sie Raven getötet haben, aber das interessiert mich im Moment nicht. Wo ist die Kontaktliste?»

Dem Dicken rannen Speicheltropfen aus dem Mund, während er die Schnur weiter spannte; der Jude wandte ihnen den Rücken zu und vertiefte sich in die Betrachtung des Bücherregals, und das Radio dudelte leise vor sich hin. Desmond spürte, wie Blut von seinem Handgelenk herabtropfte, und von jedem Knoten der Schnur schoss der Schmerz den Arm hinauf in die Schulter und von dort durch den ganzen Körper. Er sah nichts mehr; vor seinen Augen schwebte ein bronzefarbener Nebel, durch den weiße Listen wirbelten. Fosters Stimme dröhnte wie eine Trommel.

«Wo ist die Liste?»

Der Dicke drehte noch einmal heftig an der Spange, und mit einem Aufschrei sank Desmond in Ohnmacht. Als er wieder zu sich kam, war die Schnur gelockert, und der Dicke schüttete ihm Wasser ins Gesicht. Durch den Nebel des wiederkehrenden Bewusstseins hörte er Fosters unveränderte Stimme.

«Wo ist die Liste?»

«Ich weiß nicht», nuschelte er, «weiß nicht, weiß nicht, weiß nicht.»

«Sein Arm blutet ziemlich übel, Mr. Foster», meckerte der Dicke, «soll ich etwas Jod draufschmieren?»

Ohne die Antwort abzuwarten, zog er eine Flasche aus der Tasche, öffnete die größte der Wunden mit den Fingern und schüttete die antiseptische Flüssigkeit hinein. Erneut wurde Desmond ohnmächtig, erneut weckte man ihn auf, befragte ihn und spannte die Schnur, bis er abermals in Ohnmacht sank. Er verlor jedes Zeitmaß und taumelte durch eine grenzenlose Ewigkeit, angefüllt mit einem gewaltigen Schneegestöber aus sämtlichen Listen, die ihm jemals vor Augen gekommen waren; und er murmelte wieder und wieder: «Ich weiß es nicht, ich weiß es nicht, ich weiß es nicht», bis er den Sinn dieser Worte vergaß. Irgendwann aber kehrte sein Bewusstsein vollständig zurück, und er stellte fest, dass man ihn endlich in Ruhe gelassen hatte; Foster telefonierte.

«Ja … ja, ich befrage ihn gerade … Nein, noch nicht, aber ich denke, er wird bald … ja … jetzt gleich? Ich bin gerade mit Thane beschäftigt, Sir, und ich denke … Ja, sehr gut; ich verstehe vollkommen. Ich erledige das sofort und rufe Sie dann zurück. Auf Wiederhören.»

Er legte auf und trat zu Desmond.

«Ich gebe Ihnen ein oder zwei Stunden, um die Sache zu überdenken. Wenn Sie dann nicht reden, verschwende ich keine Zeit mehr auf die weiche Tour, dann breche ich Ihnen die Finger, verbrenne Ihnen die Füße und zerquetsche Ihnen die Hoden.» Vorgetragen wurde jede dieser Drohungen mit der bedächtigen und boshaften Aufrichtigkeit eines Mannes, der einen feierlichen Racheschwur ablegt. Foster zog ein in Leder eingebundenes Büchlein aus der Tasche und tippte mit den Fingerknöcheln darauf. «Solange Sie mir nicht verraten, was Sie mit dem Duplikat dieser Liste angestellt haben, werde ich Sie Stück für Stück in Streifen schneiden und verbrennen. Nun schafft ihn fort.»

Während der Jude ihn durch den Flur zurückführte, erkannte Desmond benommen, dass die «Kontaktliste» nichts anderes war als Annas Tagebuch und dass seine falsche Vorstellung ihn vorübergehend zum Helden gemacht hatte. Er ließ sich aufs Bett fallen und lachte leise. Der Jude betrachtete ihn mit Hochachtung.

«Ich bewundere Ihren Mut», sagte er, «aber machen Sie um Gottes Willen reinen Tisch, wenn er Sie das nächste Mal holen lässt. Der Mann ist ein Teufel, und was er und der kleine fette Bastard mit Ihnen anstellen werden, wenn Sie nicht reden, wird mir den Magen umdrehen.»

Er schloss die Tür, kam aber kurz darauf noch einmal vorbei.

«Hier haben Sie einen Drink», sagte er. «Sie werden ihn brauchen.» Er warf eine Flasche Whiskey aufs Bett und verschwand. Dieses Mal drehte sich der Schlüssel im Schloss.

∗

Desmond lag ausgestreckt auf dem Bett, und sein Verstand ratterte wie eine Maschine, die sich selbstständig gemacht hat. «Ich bin Desmond Thane, und ich arbeite in einem Büro im London des 20. Jahrhunderts, man hat mich entführt, eingesperrt und gefoltert, und sofern ich ihnen nicht etwas erzähle, wovon ich nichts weiß, werden sie ...» Dann fiel ihm ein, dass er es ja tatsächlich *wusste*; dass er Foster nur von jenem postlagernden Brief berichten musste, um in Frieden gelassen zu werden. Er wankte zur Tür und rüttelte wie besessen an der Klinke.

«Hierher!» rief er. «Holen Sie Foster! Ich gebe Ihnen die Liste, ich gebe Ihnen ...»

Schlagartig war er wieder bei Sinnen. Was würde denn geschehen, wenn er ihnen das Buch übergab? Nach allem, was sie ihm angetan hatten, konnten sie ihn ja kaum wieder laufen lassen: Sie müssten ihn schon beseitigen. Sollte er sich allerdings weiterhin widersetzen, würden sie ihn ohne Zweifel so lange foltern, bis er einlenkte. Er setzte sich aufs Bett und trug gründlich zusammen, was er über seine Kidnapper wusste.

«Sie halten mich für einen Geheimdienstmann, also sind es keine gewöhnlichen Kriminellen – außerdem gehörte Anna offenbar zu ihnen, und die war mit Sicherheit kein Gangster. Es muss um Politik gehen; vielleicht um so etwas wie eine Fünfte Kolonne in England, allerdings hat der Jude bestimmt nichts für die Nazis übrig ... Diese Kontaktliste muss für sie ungeheuer wichtig sein, wenn sie dafür diesen enormen Aufwand betreiben – zumal sie mich offenbar für einen Agenten der Regierung halten: Die Liste könnte mir also viel Geld einbringen, wenn ich nur irgendwie von hier wegkäme. Ich darf ihnen auf keinen Fall verraten, wo das Tagebuch liegt, denn solange ich es besitze, bin ich in einer Verhandlungsposition, und sie können mich offensichtlich nicht umbringen. Auf seltsame Weise bin ich also gerade in einer starken Position, und da diese Leute das Telegramm besitzen, kann die Polizei mich nicht mit Annas Mord in Verbindung bringen. Wenn ich diesen Leuten entkomme, bin ich sicher!»

Desmond geriet in eine Art Hochstimmung, bis die stechenden Schmerzen ihn in die Wirklichkeit zurückholten. Vorsichtig zog er sich den Mantel aus; der Ärmel des Hemds war durchweicht vom Blut. Sein Arm trug vier tiefe Einkerbungen, an den Rändern hellrot zerfranst, in der Mitte tropfte das Blut aus der Tiefe. Er pfiff unwillkürlich vor Selbstmitleid und Ekel, dann riss er sich einen Streifen vom Hemd und wickelte ihn als Behelfsverband um die Wunden. Kaum war er fertig, wurde ihm übel; er ging im Zimmer auf und ab, bis der Anfall vorüber war. Draußen ertönte das Pfeifen eines Zuges.

«Ich habe zwar keine Ahnung, wer diese Leute sind, aber sie haben sich definitiv ins falsche Zeitalter verirrt. Schusswaffen, Messer, Knotenstricke und diese gesamte anachronistische Maschinerie der Diktaturen gehören nicht ins 20. Jahrhundert, Hitler und Stalin zum Trotz. Diese Werkzeuge wirken in unserer Gesellschaft nicht mehr effizient, und trotz ihrer Grausamkeit haben die Leute das Gewünschte nicht von mir bekommen, weil es ihnen an Realitätssinn mangelt. Jeder andere hätte mit einer Prise Alltagspsychologie erkannt, dass ich jedenfalls nicht zu den Menschen zähle, die unter Folter standhalten und dass deshalb irgendein Fehler vorliegen muss. Diese Typen aber leben fern von der normalen Wirklichkeit der einfachen Leute in England und sind blind dafür, dass ich einfach nur die Wahrheit gesagt habe, und nun bewundern sie mich für die Tapferkeit eines mittelalterlichen Ketzers!»

Zwar verachtete Desmond unvernünftiges Handeln, dennoch fühlte er sich gegen alle Logik geschmeichelt von dieser Fehleinschätzung.

«Und doch sind es keine Narren: Dieser Foster hat schon etwas auf dem Kasten, und der Jude ist alles andere als begriffsstutzig. Trotzdem dürften sie ein wenig verrückt sein, wie alle klugen Leute, die absichtlich außerhalb der Gesellschaft ihrer Zeit leben wollen – Leute von Fosters Intelligenz, die sich mit Waffen und Folterinstrumenten befassen, müssen emotional zurückgeblieben oder sonstwie pervers sein, sonst würden sie ihre Zeit ja nicht damit verschwenden, die Tagträume von Schuljungen auszuleben. In den Tagen der Volksschulbildung und Kinderzeitschriften ist er hoffnungslos aus der Zeit gefallen, und wie fähig und rücksichtslos er auch immer sein mag, er muss untergehen. Er und seine Kumpane sind wie Tiger, die man in Piccadilly freilässt: einen Augenblick lang und an einem überschaubaren Ort wirklich furchterregend, aber dann doch unweigerlich todgeweiht, weil sie nicht hierher gehören. Ich selbst weiß doch jetzt schon, dass Foster in seinem eigenen Metier nicht unfehlbar ist, denn in meinem Fall hat er zwei lächerliche Fehler begangen, und er wird gewiss weitere begehen. In seiner Welt muss jeder sein wie er, und alle stecken sie in einem albernen Wechsel aus Verfolgung und Verfolgungswahn. Aber gut, ich gehöre nicht zu dieser Sorte, auch wenn sie das offenbar vermuten; aber solange sie nicht ahnen, wie langweilig und vernünftig ich tatsächlich bin, bin ich ihnen einen Schritt voraus. Sie sind leichtgläubig, weil sie in ihren festen Vorstellungen verfangen sind. Womöglich würden sie mir kein Wort glauben, wenn ich ihnen die Wahrheit gestehe, höchstwahrscheinlich schlucken sie aber selbst die allerlächerlichste Geschichte, wenn sie nur zu ihren eigenen Ideen passt. Ich habe irgendwann einmal behauptet, ein Mensch von heute könne selbst die Spanische Inquisition in Grund und Boden reden und überstehen. Jetzt habe ich die Chance, das zu beweisen.»

Obwohl Desmonds Verstand sich beruhigt hatte, steckte ihm der Schrecken in allen Gliedern, und während er die Schmerzen der überstandenen Folter empfand und sich die Qualen der bevorstehenden ausmalte, zitterte er unwillkürlich. Schon spürte er förmlich aufgerissenes Fleisch und brechende Knochen und als letzten Höhepunkt den langsamen Stoß des Messers in die Magengrube, und er musste einige Minuten lang tief atmen und an Algebra, Politik und erotische Abenteuer denken, um endlich wieder Ruhe zu finden. Sein Blick fiel auf die Whiskeyflasche; er öffnete den Verschluss, um etwas zu trinken, hatte dann aber eine bessere Idee: Er nahm einen kleinen Schluck, verteilte einige Spritzer wie Rasierwasser im Gesicht, dann entleerte er die Flasche in den Nachttopf unter dem Bett und ließ sie auf den Fußboden mitten im Zimmer fallen. Sie glaubten also, er sei vom Geheimdienst, oder etwa nicht? – Zeit verstrich.

Minuten oder Stunden später öffnete der Jude die Tür.

«Kommen Sie, Foster fragt nach Ihnen.»

Desmond erhob sich und taumelte gegen die Wand.

«Okay, okay, ich komme schon mit zu eurem *Führer*!»

Er salutierte auf groteske Weise. Der andere starrte ihn an und hob die leere Flasche auf. Desmond kam sich furchtbar albern vor, er plapperte undeutlich und hastig.

«Verdammt guter Whiskey, alter Knabe, verdammt guter! Hab' Ihnen nicht viel übriggelassen, fürchte ich; Foster soll Ihnen eine neue spendieren. Also, worauf warten wir?»

Er ließ seinen Begleiter stehen, durchmaß den Flur, sichtlich um Standfestigkeit bemüht, und trat in den großen Saal. Foster saß immer noch am Kopfende des Tisches, der Dicke ihm zur Seite; der Ire lehnte finster in einer Ecke.

«Hallo Foster», grüßte Desmond laut, «ich habe nachgedacht und bin zu einem Ergebnis gekommen. Ich mache Ihnen ein Angebot.»

Er nahm umständlich Platz, der Jude trat hinter ihn. Desmond spürte, wie der Mann in seinem Rücken Zeichen gab, doch Foster ließ sich nichts anmerken.

«In Ordnung. Lassen Sie hören.»

Desmond holte tief Luft, er krampfte seine Zehen zusammen und begann:

«Ich habe Anna Raven getötet, aber das Ganze beruhte auf einem Irrtum. Ich weiß, wo die Kontaktliste liegt, auch wenn sie sich nicht in meinem Besitz befindet. Ich gehöre zum Britischen Geheimdienst.»

Der Jude schmatzte mit den Lippen.

«Weiter», sagte Foster ruhig, «erzählen Sie die ganze Geschichte von Anfang an.»

Desmond wünschte nun, er hätte die Whiskeyflasche wirklich geleert, und redete hastig. Angst trieb seine Stimme in die Höhe und erzeugte ein Stottern, was den Effekt der Trunkenheit viel glaubwürdiger hervorrief, als er es willentlich vermocht hätte.

«Ich gehöre dem Britischen Geheimdienst schon seit Jahren an. Ich bin eigentlich kein ganz reguläres Mitglied – ich erledige Sonderaufträge. Sie rufen mich an, wenn sie einen intelligenten Kerl benötigen oder eben jemanden, der ein bisschen anders tickt als ihre pensionierten Offiziere oder Beamten. Natürlich sind sie ziemlich knauserig, was Geld angeht, aber darum geht's mir nicht, es ist so eine Art Ehre für mich, wenn ich für sie arbeiten darf.»

Im Raum herrschte eisiges Schweigen. Desmond fuhr rasch fort.

«Also sie baten mich, diese Raven im Auge zu behalten und sie kennenzulernen; sie glaubten, Raven habe irgendetwas vor, aber man wollte sie nicht festnehmen, da sie einen amerikanischen Pass besitzt. Sie kennen ja die Amis», warf er kumpelhaft ein, «glauben immer, sie lebten noch im 19. Jahrhundert – würden doch glatt ihre Flotte schicken und Bristol beschießen, wenn wir Anna irgendetwas antun. Bringt gar nichts, die Amis so schlecht zu behandeln wie die eigenen Leute.»

Er fing an zu lachen.

«Weiter», bat Foster.

«Also wie auch immer, mein Job war es, die Dame zu observieren und etwas über sie herauszufinden. Nach einer Weile habe ich dann ihre Bekanntschaft gemacht … hab sie im Café Royal angesprochen … in solchen Dingen bin ich ganz gut, wissen Sie; hätte ich gern als Vollzeitjob.»

Er grinste selbstgefällig. Foster deutete ein Nicken an.

«Ich wurde also ziemlich vertraut mit ihr, wenn auch nicht so eng, wie ich das gern gewollt hätte – sie muss frigide gewesen sein oder etwas in dieser Art.» (Er beobachtete Foster, um zu sehen, wie er diese kleine Entschuldigung aufnahm, doch das breite Gesicht seines Gegenübers blieb unbewegt.) «Als ich hörte, dass sie fortziehen würde, hatte ich noch nichts Brauchbares in der Hand – sehen Sie, ich werde nach Ergebnissen bezahlt, von den Spesen abgesehen, und da sind sie verdammt geizig … Ich schickte ihr also das Telegramm, das Sie gefunden haben, und wollte noch einen letzten Versuch unternehmen. Als sie im Schlafzimmer verschwunden war, um sich umzuziehen, schaute ich mir ihre Schreibtischschubladen an; es war die erste Gelegenheit überhaupt. Ich hatte gerade ein verschlüsseltes Notizbuch entdeckt – diese Kontaktliste vermutlich –, als sie ins Zimmer trat und eine Waffe auf mich richtete. Es kam zu einer Rangelei, und dabei habe ich sie versehentlich getötet. Ich war ziemlich erschrocken, denn ich hatte die Grenzen meines Auftrags überschritten und wusste, dass mein Chef mich höchstwahrscheinlich nicht schützen würde. Dummerweise habe ich mich dann ausgesperrt, ohne das Notizbuch mitzunehmen. Ich habe also die Tür mit der Waffe geöffnet, das Buch an mich genommen, bin fortgegangen, und da bin ich nun.»

Das klang recht dünn, vor allem die Teile, die mehr oder weniger der Wahrheit entsprachen. Foster trommelte auf die Tischplatte; Desmond sah, wie er die Geschichte analysierte, und fand, er hätte vielleicht besser einfach bei der Wahrheit bleiben sollen. Die allerdings hätten sie ihm auch nicht abgekauft, und vor allem würden sie ihn nicht am Leben lassen, sobald sie die Liste in Händen hielten.

«Was haben Sie mit der Kontaktliste gemacht?»

«Ich habe sie meinem Chef im Innenministerium übergeben und erklärt, ich hätte sie in Ravens Apartment entdeckt und entwendet, weil ich sie nicht auf Anhieb entschlüsseln konnte. Vom

Mord habe ich ihm nichts erzählt, das müssen sie sich schon selbst zusammenreimen. Ich glaube aber nicht, dass ich mit einer Mordanklage rechnen muss, in dem Fall würde ich nämlich beschwören, ich hätte auf ihren Befehl hin gehandelt. Selbst in Kriegszeiten gäbe das einen ziemlich unschönen Skandal, deshalb wird man mich vermutlich in Ruhe lassen.»

In genau diesen Bahnen verliefen Fosters eigene Gedanken, und Desmond sah förmlich, wie er nur noch leicht zögerte, beinahe überzeugt. Desmond beeilte sich, den einzig möglichen Ausweg ins Spiel zu bringen.

«Schauen Sie, ich mache Ihnen ein Angebot. Ich betreibe dieses Geschäft nur für Geld und wegen des Nervenkitzels; es ist mir aber egal, ob ich für die deutsche Regierung oder meine eigene arbeite. Wenn Sie mich anständig bezahlen, bin ich auf Ihrer Seite, und obwohl ich gerade ein klein wenig in der Klemme stecke, kann ich Ihnen versichern, dass ich in meinem Job ziemlich gut bin. Und vielleicht», fuhr er fort, «finde ich sogar einen Weg, Ihnen die Kontaktliste wieder zu beschaffen.»

Kaum hatte Desmond diesen Satz ausgesprochen, sah er, dass er einen Fehler begangen hatte. Denn nachdem er von sich das Bild eines Freiberuflers und Söldners gezeichnet hatte, musste Foster aus seinem letzten Satz folgern, dass er entweder noch im Besitz der Liste war und hoch pokerte oder dass er im Geheimdienst hohes Vertrauen genoss, sollte er tatsächlich ausgehändigtes Material zurückfordern können; in diesem Fall aber könnte er durchaus noch im Sinne seiner Auftraggeber handeln und womöglich eine ausgeklügelte Falle stellen. Desmond bedachte allerdings nicht, dass die Fosters dieser Welt nie die einfache Lösung in Betracht ziehen, weil sie in jeder Raffinesse eine weitere vermuten, ähnlich den ineinander geschachtelten russischen Puppen. Seine Befürchtungen erwiesen sich jedoch als berechtigt. Foster nahm eine starre Haltung ein, seine Fragen folgten im Stakkato.

«Warum haben Sie nicht früher geredet?»

«Weil ich Schmerzen ganz gut ertragen kann, aber Verstümmelungen mag ich nicht. Ich habe nachgegeben, sobald mir klar war, dass Sie es wirklich ernst meinen.»

«Wer ist Ihr Vorgesetzer beim Geheimdienst?»

«Das weiß ich nicht. In meinen Berichten rede ich ihn mit A.5 an.» *(Das kann er unmöglich glauben.)*

«Wohin schicken Sie diese Berichte?»

«Ich übergebe sie ihm persönlich. Wir verabreden uns zu festgesetzten Zeiten zum Mittagessen.»

«Wie sieht er aus?»

«Wie ein typischer Beamter der indischen Kolonialverwaltung. Aber es nützt nichts, wenn Sie von mir mehr über ihn wissen wollen; keiner von uns unteren Chargen weiß etwas.»

Foster schnippte mit den Fingern und bellte:

«Uns? Wer ist ‹uns›?»

Desmond spürte, wie sein Herz pochte, und er blickte in einen gähnenden Abgrund.

«Also», stotterte er, «nur ein paar Kollegen, niemand Besonderes.»

Foster lächelte ihn an.

«Das genügt nicht ganz, Mr. Thane. Ich hätte gern die Namen Ihrer Kollegen.»

«Ich kenne ihre Namen nicht! Ich …»

«Nein, Mr. Thane, das genügt nicht! Wenn Sie uns nicht einige dieser geheimnisvollen Personen nennen können …» Er klatschte in die Hände und grinste. Mit panischer Angst bemerkte Desmond, wie der Dicke, offenbar mit allen Zeichen vertraut, bereits in seine Richtung schlurfte.

«Ich darf nichts sagen!» schrie er verzweifelt. «Sie bringen mich um, wenn ich rede.»

Fosters Grinsen verschwand.

«Ich bringe Sie um, wenn Sie schweigen.»

Desmond wusste, dass er es ernst meinte, sein Geist rotierte fieberhaft auf der Suche nach einem Namen. Mr. Poole? Absurd. Einer seiner Freunde? Ebenfalls lächerlich. Verzweifelt tanzten seine Blicke durchs Zimmer, dann erinnerte er sich plötzlich an alte Kriminalromane, an die Person, mit der wirklich niemand gerechnet hat, und mit melodramatischer Geste deutete er auf O'Brien.

«Das ist einer von ihnen, dieser Herr, den Sie O'Brien nennen! Sein wirklicher Name ist Stanhope und er ist Offizier im Militärischen Abschirmdienst!»

Der Jude schnappte nach Luft, Fosters Kinnlade klappte nach unten, und der Ire brüllte wie ein Stier beim epileptischen Anfall.

«Du verfluchte Lügensau du!» bellte er. «Ich werde dir das Maul stopfen!» Er stürzte sich auf Desmond, beide gingen zu Boden, und O'Briens Daumen bohrten sich in die Kehle seines Opfers. Die Fäuste des Mannes waren wie von Eisen, und das Trommeln des Blutes in Desmonds Ohren übertönte fast die Stimme Fosters:

«Lassen Sie ihn los, O'Brien, oder ich schieße.»

Der Ire löste seinen Griff und erhob sich.

«Tut mir leid, Sir, hat mich gepackt wie der Teufel, aber dieser Bastard ...»

Sein Satz brach ab, während die anderen ihn immer noch anstarrten. Foster legte seine Waffe nicht nieder.

«Wir müssen reden», sagte er. Er nickte dem Dicken zu. «Bringen Sie Thane aufs Zimmer und kommen Sie gleich zurück.»

In der Tür wandte Desmond sich um.

«Tut mir leid, Stanhope, ich habe es verdient. Und danke, dass Sie versucht haben, mir die Folter zu ersparen. Ich wünschte, ich hätte Ihren Mut.»

Er folgte dem Dicken in den Flur, wo dieser auf halbem Weg einen Schalter drückte, vermutlich für das Licht in Desmonds Zelle. Dann fiel die Tür hinter ihm ins Schloss, und er war allein.

Desmonds glänzende Stimmung verflog allmählich, und ihm dämmerte, dass er einen schrecklichen Fehler begangen hatte. Mit seiner Attacke hatte der Ire ihm in die Karten gespielt, aber es konnte nicht lange dauern, bis Foster sich mit der geheimnisvollen Zentrale in Verbindung gesetzt und O'Briens Personalien überprüft hatte. Und selbst wenn O'Brien noch eine Zeitlang unter Verdacht stünde, hätte er, Desmond, am Ende nichts davon – allenfalls vielleicht ein paar weitere Stunden oder Tage in Gefangenschaft. Im Gegenteil: Sollte Foster herausfinden, dass er in diesem Punkt belogen wurde, würde er auch den Rest der Geschichte anzweifeln. Er würde ihn zwingen, das Versteck der

Liste preiszugeben, und ihn anschließend töten. Mit der Anklage gegen O'Brien ging es ihm wie mit vielen seiner Einfälle: glänzende Idee, aber schwach in der Umsetzung.

Da jetzt sowieso nichts mehr zu verlieren war, konnte er ebenso gut kämpfen; mit einem Schuh zertrümmerte er die kleine Fensterscheibe. Wie der Jude gesagt hatte, war das Fenster von außen vergittert, aber das Licht könnte bald Aufmerksamkeit wecken, und immerhin war es besser, auf anständige und gesetzliche Weise gehängt zu werden als nach der Folter an irgendeinem dubiosen Ort ums Leben zu kommen. Desmond stellte sich unter der zerbrochenen Scheibe auf den Stuhl und rief leise um Hilfe.

Im Flur wurden Schritte hörbar. Eilends schob Desmond den Stuhl an seinen Platz zurück, bevor er sich an der Tür niederkniete, so als habe er versucht, durchs Schlüsselloch zu lauschen; als der Dicke die Tür öffnete, stürzte ihm Desmond unbeholfen entgegen.

«Sie horchen?» fragte der Mann. «Sie werden nicht viel hören. Stehen Sie auf und kommen Sie mit; Mr. Foster braucht Sie.»

Wie Desmond gehofft hatte, drehte der Dicke sich um, ohne ins Zimmer zu schauen und die zerbrochene Scheibe zu bemerken. Als sie am Lichtschalter vorbeikamen, drückte der Dicke ihn herunter, und Desmond, der hinter ihm ging, schaltete das Licht wieder ein. Mehr konnte er nicht tun.

*

Der Ire, so stellte Desmond erfreut fest, hatte offenbar noch nichts Entlastendes vorbringen können; er stand am Ende des Tisches, ballte nervös die Fäuste und öffnete sie wieder, wie ein Häftling auf der Anklagebank. Kaum hatte Desmond den Raum betreten, begann Foster ohne Vorgeplänkel.

«Wann haben Sie diesen Mann zum ersten Mal gesehen?»

Desmond beschloss, auf Zeit zu spielen.

«Ich werde Ihre Fragen nur beantworten, wenn Sie mir vollkommene Verschwiegenheit und Diskretion zusichern.»

O'Brien knurrte etwas Unverständliches, und der Jude gebot ihm mit einer Geste zu schweigen. Foster reagierte scharf: «Wenn Sie die Wahrheit sagen, werden wir für Sie sorgen. Wann haben Sie ihn zum ersten Mal gesehen?»

«Was werden Sie mir dafür geben? Ich bin gutes Geld wert, wissen Sie, und ich helfe nicht für nichts. Wie wär's, Sie engagieren mich für ein paar Hunderter und bezahlen mich dann pro Auftrag?»

«Hören Sie sich nur die geldgeile Frechheit dieses Scheißkerls an!» schrie der Ire. «Überlassen Sie den Lügner mir, Mr. Foster.»

«Halten Sie den Mund», sagte der Jude giftig. Er nickte zum Dicken herüber, der die Hand an seine Hosentasche legte, und der Ire nuschelte etwas vor sich hin und verstummte. Foster fuhr sehr geduldig fort.

«Mr. Thane, ich glaube nicht, dass Ihnen Ihre Lage vollkommen bewusst ist. Beantworten Sie meine Fragen schnell und einfach, oder ich sorge dafür, dass Sie es tun. Haben wir uns verstanden?»

Desmond hatte verstanden. «Also», setzte er verzweifelt an, «es war folgendermaßen …»

Jemand klopfte sehr bestimmt und unüberhörbar gegen die Haustür.

«Gute Arbeit, Stanhope!» rief Desmond. «Die Polizei!»

Sofort drehte der Jude sich zu ihm um, die Pistole in der Hand; Desmond schwieg. Die teigartige Gesichtsfarbe des Dicken erbleichte ins Graue, und er schlug die Hand vor den Mund. Foster lächelte zögernd.

«Ich werde mich darum kümmern. Schalten Sie das Radio an und achten Sie darauf, dass unsere Gäste sich ruhig verhalten. Sollte geschossen werden, flüchten Sie durch den Hinterausgang.» Er blickte zu Desmond und dem Iren herüber.

«Diese beiden brauchen Sie nicht mitzunehmen.»

Erneut wurde geklopft, und Foster schlüpfte zur Tür hinaus. Sie hörten, wie er langsam die Treppe hinabstieg; Desmond bemerkte, dass seine Schritte dabei in ein Schreiten verfielen, das die von der Gicht gepeinigte Würde eines Gutsherren verriet. Das Radio trällerte lautstark.

«Alle Kerle lieben Susi,
Unser demokrat'sches Gschpusi,
Für alle Burschen gilt da gleiches Recht ...»

... krähte eine nasale Stimme sehr unpassend. Erst jetzt begriff O'Brien plötzlich, was Foster mit seinen letzten Worten gemeint hatte; um seine Loyalität zu beweisen, wandte er sich zur Tür.

«Ich werde Mr. Foster unterstützen», rief er heftig. «Ich erledige diese verdammten Bastarde für ihn.»

Der Jude stellte sich ihm in den Weg.

«Aber nein! Sie bleiben hier.»

Der Ire trat von einem Fuß auf den anderen wie ein wütender Affe.

«Und wer soll mich wohl aufhalten? Du etwa, du kleines dreckiges Jüdlein?»

Ohne ein Wort zu sagen, trat der Dicke neben den Iren, in seiner Hand lag ein schmales Messer. So verharrten die drei in ihren Posen wie Wachsfiguren, nichts anderes nahmen sie wahr als die Augen des Gegenübers und Fosters Schritte durch die Diele. Das Radio holte tief Luft.

«Sie liebt die Freiheit und Genüsse,
Keine Kinder, heiße Küsse,
Und jeder Kavalier wird bestens hier bedient.»

Unten hantierte Foster bereits mit dem Riegel, und Desmond wusste, dass dies seine allerletzte Chance war. Verzweifelt schlug er nach dem Juden, dass dieser taumelnd zu Boden ging, dann sprang er zur Tür hinaus. Fluchend eilte O'Brien ihm nach.

«Halt ihn auf!» schrie der Jude, und der Dicke, im Glauben, einem Befehl seines Herrn zu folgen, stieß dem kleinen Iren das Messer bis zum Heft in den Rücken.

SIEBTES KAPITEL

Vor der Tür verharrte Desmond einige Sekunden, und in diesem wie gedehnten Augenblick sah er den Flur vor sich, der zu seiner Zelle führte; hinter sich aber vernahm er drei dumpfe Schläge – O'Briens Knie, Hände und sein Gesicht, die wie umgestoßene Säcke auf den Boden schlugen. Die Treppe zur Linken war Desmonds einzige Hoffnung, und so sprang er hinunter und stürzte auf die Haustür zu, wo Foster soeben mit einem Polizisten sprach. Beide drehten sich zu ihm um, und unwillkürlich blieb Desmond stehen. Foster lächelte in gekonnter Selbstbeherrschung, und Desmond bemerkte, dass sein Gegner jetzt einen Zwicker trug und eine gebückte Haltung eingenommen hatte und dass er deshalb viele Jahre älter wirkte.

«Ah, Desmond, eilig wie immer! Dieser Beamte hat mich darauf hingewiesen, dass Sie vergessen haben, Ihr Zimmer ordentlich zu verdunkeln und dass Sie mit einer Vorladung rechnen müssen. Sie sollten wirklich nicht so sorglos in den Tag hinein leben – erinnern Sie sich noch an den Ärger, den Sie sich in Ihrem Leichtsinn wegen des Telegramms eingehandelt haben?»

Er redete im gereizten, aber gutmütigen Tonfall eines verschrobenen Herrn in den mittleren Jahren, seine rechte Hand jedoch fuhr in die Tasche und griff nach irgendetwas, und sein Augenwinkel zuckte. Sanft fuhr er fort:

«Gehen Sie doch einfach hinauf und schalten Sie das Licht aus, und ich bitte inzwischen den Wachtmeister, Ihnen noch einmal zu verzeihen, da es sich ja um Ihren ersten Sündenfall handelt.»

Desmond drehte sich um. Oben, am Ende der Treppe, stand der Jude, die Hand wie Napoleon unter den Mantel geschoben, im Schatten dahinter lauerte der Dicke. Desmond wusste, dass er beim bloßen Versuch, Foster zu denunzieren, auf der Stelle erschossen würde; und sollte ihm die Flucht aus dem Haus gelingen, erwartete ihn draußen der Galgen. Ließe er den Polizisten aber brav von dannen ziehen, bekäme er gewiss keine zweite Chance.

«Zum Teufel mit der Polizei und mit der Verdunklung», rief er. «Ich habe mein Licht einmal angeschaltet, und ich werde es wieder tun. Sie alberner Bauerntölpel können mir gern eine Vorladung schicken, ich stecke sie dann dorthin, wo sie hingehört. Wir leben in einem freien Land und Sie könnten sich verdammt nochmal etwas besser benehmen.»

Das Gesicht des Polizisten lief purpurrot an, und der Mann reagierte genauso, wie Desmond es erhofft hatte.

«Sie sollten lieber nicht so reden, Sir. Ich erfülle hier meine Dienstpflicht, und wenn Sie Ihre Worte nicht mäßigen, muss ich Sie wegen Beleidigung mitnehmen.»

«Scheißen Sie sich doch in den Helm, Sie alberne Schmeißfliege! Wenn Sie es wagen, mich zu verhaften, werden Sie schon sehen, was passiert!»

Der Polizist trat einen Schritt vor, doch Foster begütigte:

«Desmond, Sie sind ja schon wieder betrunken! Gehen Sie bitte sofort auf Ihr Zimmer. Herr Wachtmeister, Sie müssen meinen jungen Freund entschuldigen – er hatte einen schweren Unfall und ist nicht mehr ganz der Alte.» Er zog den Polizisten zur Seite und redete leise auf ihn ein. Desmond schnappte Worte auf wie «Luftwaffe … wahrlich furchtlose Heldentat … mit Verletzung entlassen … Folgen des Schocks … kümmern uns um ihn …»

Der Wachtmeister nickte mitfühlend.

«Ich verstehe, Mr. Foster. Das Viertel hier weiß ja, wie sehr Sie sich um den Luftschutz verdient gemacht haben, ich will die Sache also gern auf sich beruhen lassen, wenn Sie gleich alles in Ordnung bringen und aufpassen, dass es nicht wieder vorkommt. Und nun muss ich meine Runde fortsetzen, ich wünsche Ihnen also eine gute Nacht.»

Der Polizist warf noch einen mitfühlenden Blick auf Desmond, dem jetzt erst bewusst wurde, wie ausgemergelt und kränklich er vermutlich aussah, dann trat er hinaus unters Vordach.

«Das können Sie nicht machen!» brüllte Desmond. «Sie müssen mich festnehmen!»

Der Beamte blickte Desmond irritiert an, und Foster rief die Treppe hinauf:

«Kommen Sie doch her, Cartwright, und bringen Sie Ihren Herrn ins Bett. Ich fürchte, er ist ein wenig überreizt.»

Schon eilte der Dicke die Treppe hinunter; Desmond schob Foster heftig zur Seite.

«Ich brauche frische Luft», schrie er, dann stürzte er hinaus und verschwand hinter der Hausecke.

Zu seiner Verblüffung schien ihm niemand zu folgen; sobald er den Schotterweg verlassen und eine geräuschlose Grasfläche betreten hatte, blieb er stehen, um seine Lage zu überdenken. Die Nacht war mondhell, aber bewölkt, und abseits jener Stellen, an denen die Schatten des Hauses und der umstehenden Bäume dichte Schwärze in die Landschaft warfen, konnte er die Konturen von Sträuchern und die Begrenzungen der Wege ausmachen. In der Stille hörte er die Stimmen Fosters und des Polizisten deutlich, aber ununterscheidbar; Schritte entfernten sich, und ein Tor wurde heftig zugeschlagen. Einen Augenblick später vernahm Desmond den scharfen Befehl Fosters, den der Jude beantwortete. Dann herrschte absolute und schreckliche Stille, als sei eine Glastür ins Schloss gefallen. Desmond zögerte nicht länger; er robbte, so leise er es vermochte, auf die hohe Hecke zu, die den Garten zu begrenzen schien, wobei er offene Flächen mied und sich im tiefsten Schatten hielt. Als der Mond durch eine Wolkenlücke brach, bemerkte er den Dicken am Tor, fünfzig Meter zu seiner Linken, wo er wie eine verängstigte Schildkröte in alle Richtungen spähte; jenseits davon aber schlängelte sich eine weiße Straße in ein Dorf hinein. Auf der anderen Seite vernahm Desmond tappende Schritte, die sich langsam näherten.

Das Beste wäre es wohl, so entschied er, durch die Hecke zu dringen und auf die Häuser zuzulaufen; seine Verfolger würden ihn zwar sofort hören, aber er käme leicht auf einen Vorsprung von fünfzig Metern. Er streckte seine Hände aus und versuchte, die rauen Zweige der Hecke vorsichtig zu teilen, die wie eine

Mischung aus immergrünen Nadeln und Dornen erschien. Als das Mondlicht abermals durch die Wolken brach, entdeckte er zwischen dem Blattwerk etwas Glitzerndes – und erst jetzt erkannte er, dass die Zweige mit einem undurchdringlichen Dickicht aus Stacheldraht durchsetzt waren. Und zwar nicht mit jenen dünnen Strängen, die einfach nur Eindringlinge abschrecken sollen, sondern mit den dicken, mit Widerhaken und messerscharfen Schneiden bewehrten Drähten, die ganze Armeen zum Stillstand zwingen und den Krieg nicht weniger revolutioniert haben als Panzer und Giftgas. Verzweifelt trat Desmond zur Seite und suchte eine Lücke, er fand aber keine. Die Hecke war fast zwei Meter hoch und einen Meter breit, sie ohne schwerste Verletzungen zu überwinden war unmöglich; und da sie von vielen kleinen Büschen eingefasst war, kam auch ein verzweifelter Sprung nicht in Frage. Er war gefangen – und begriff jetzt auch, warum Foster auf eine Verfolgungsjagd verzichtet hatte. Mit einem Mann am Tor und zwei anderen, die den Garten systematisch durchkämmten, war das Gelände so gut gesichert wie ein Gefängnis; ein unbewaffneter Flüchtling hatte nicht den Hauch einer Chance.

Also lief Desmond den Weg zurück, den er gekommen war, dabei hörte er einen Pfiff von der Seite und eilige Schritte. Jetzt gab er sich keine Mühe mehr, leise zu sein; er stolperte durch eine Art Steinbeet, griff sich einen Stein als Waffe und eilte auf das Tor zu, wo der Dicke mit dem Messer in der Hand ihn erwartete. Als Desmond die Biegung des Weges erreichte, leuchtete der Mond abermals hell auf; da sah er, dass Foster neben dem Dicken stand. Verzweifelt schleuderte er seinen Stein in Richtung der Feinde in der absurden Hoffnung, seine Gegner auseinanderzubringen, aber der Stein verfehlte sein Ziel um mehrere Meter und schlug in den Büschen auf.

Bei diesem Geräusch wirbelte Foster herum.

«Dort drüben!» rief er, und der Jude rannte in die Dunkelheit hinein, dorthin, wo sie den Stein geortet hatten. Wie blutgierige Jagdhunde starrten alle drei in die falsche Richtung, als Desmond loslief, zurück zum Haus. Er hatte schon das Vordach passiert, als jemand rief: «Da drüben ist er, los, Ihr Idioten!»

Desmond hatte nur eine Wahl. Er stürzte ins Haus und verriegelte die Tür hinter sich.

Drinnen eilte er durch die Diele und hinein in ein hinten gelegenes Zimmer, wo er die Fensterscheibe nach oben schob – bis er bemerkte, dass sich das Fenster in jenen schrecklichen Garten öffnete, dem er soeben entflohen war. Weiter rechts jedoch erblickte er einen Vorbau, der sich über die Hecke hinausschob, hinein in eine finstere Freiheit. Eilig prägte Desmond sich die Lage dieses Vorbaus innerhalb des Hauses ein, dann kehrte er in die Diele zurück und stürzte die Treppe hinauf. Kaum hatte er den oberen Absatz erreicht, hörte er, wie unten eine Fensterscheibe zersplitterte und wie jemand mit einem dumpfen Schlag in ein Zimmer im Erdgeschoss hineinfiel. Nach seinen Berechnungen musste er sich jetzt links halten und dann abermals links, um in den vorspringenden Flügel des Hauses zu gelangen. Ja, hier war er richtig – in einem Badezimmer! Er öffnete das Fenster und spähte hinaus, wie blind, denn der Schatten des Hauses breitete sich gleich einem tiefschwarzen Teich unter ihm aus. Die Fußtritte der Fosterschen Gehilfen hallten schon durch den Flur, und so gab es nichts mehr zu bedenken: Desmond klammerte sich an die Fensterbank, ließ sich so weit als möglich hinunter und sprang in die Tiefe.

Er landete in einem Kiesbett, rollte sich zur Seite und stieß gegen einen Metallriegel – ein Bahngleis. Rings um sich erkannte er die vermummten Konturen von Güterwagen, dicht zusammengedrängt, als suchten sie Nähe; in der Ferne aber leuchtete ein grünes Signallicht. Desmond richtete sich mühsam auf und stolperte auf das Licht zu.

«Ihr zwei sucht links und rechts; ich nehme den direkten Weg», bellte Fosters Stimme über ihm; gleich darauf ein Aufschlag, wie vom Sprung eines schweren Mannes. Desmond presste sich hinter einen Waggon, er hielt den Atem an und hörte, wie Foster wieder auf die Beine kam. Der Mann verharrte vollkommen regungslos – eine halbe Minute, eine Minute, zwei Minuten, in denen Desmond sich nicht zu rühren wagte. Dann rief Foster:

«Thane! Hören Sie mir zu, Thane. Ich weiß, dass Sie sich zwischen diesen Waggons verstecken. Sie kommen hier nicht heraus, also warum geben Sie nicht einfach auf? Falls Ihre Geschichte stimmt, Schwamm drüber, wir vergessen die Angelegenheit. Kommen Sie raus und reden Sie mit mir.»

Keine Antwort. In der Stille konnte Desmond hören, wie Foster sich leise zum Bahndamm hinunterbewegte. Als er wieder flachen Boden unter den Füßen hatte, ließ er sich erneut vernehmen – mit dem weichen, rauchigen Gurren einer verliebten Frau.

«Ach kommen Sie schon, Thane, ergeben Sie sich. Die anderen suchen das Gelände zu beiden Seiten ab; Sie kommen hier niemals raus. Falls Sie laut werden oder Widerstand leisten, müssen wir Sie erschießen – das verstehen Sie doch, nicht wahr? Kommen Sie, Thane, ergeben Sie sich.»

Jetzt trat der Mond wieder hinter den Wolken hervor, und das Gleis glitzerte in seinem hellen, sterilen Licht. Desmond bemerkte Fosters Schatten auf den Schwellen; der Mann selbst stand unsichtbar hinter einem Schild aus Sandsäcken an der Hauswand. Desmond dagegen war vollständig von der Schwärze verborgen, solange er einfach nur stillhielt; aber nun wurde er kraftlos. Foster hatte ja ganz recht; er konnte nicht entkommen. Nahe an der Bahnlinie dürften sich Haus und Stacheldraht-Hecke auf einer beträchtlichen Länge erstrecken, und vermutlich arbeiteten sich der Dicke und der Jude von beiden Seiten in seine Richtung vor. Auf der anderen Seite der Gleise lagen einige verstreute Häuser und offenes Land; bis dorthin aber waren es, wenn man die Abstellgleise bedachte, fast sechzig Meter – und das alles ohne jede Deckung unter dem nunmehr wolkenbefreiten Mond. Man konnte ihn einholen oder abschießen, bevor er auch nur die Hälfte der Strecke zurückgelegt hätte. Foster nahm einen weiteren Anlauf.

«Seien Sie vernünftig, Thane. Ich kann herüberkommen und Sie holen, wann immer ich will, aber ich wäre vielleicht gezwungen, Sie zu erschießen, und das will ich gar nicht. Sie können nicht lange durchhalten; es wird sich für Sie auszahlen, wenn Sie vernünftig sind.»

Also gut – warum nicht einfach aufgeben und die Sache beenden? Desmond wollte sich schon aufrichten, um sich zu ergeben; dann aber zwang er sich wieder zur Vernunft, wie ein Polarforscher, der beinahe im Schnee eingenickt wäre. Sich Foster ergeben, die offenbar wertvolle Kontaktliste herausrücken, um dann in aller Stille ermordet zu werden? Da würde er sich doch lieber erschießen lassen. Fast ein wenig vergnügt erinnerte er sich daran, dass dieses Schicksal ihm tatsächlich bald bevorstand.

«Zum letzten Mal, Thane, ergeben Sie sich. Wenn Sie sich nicht in dreißig Sekunden ergeben, kommen wir und holen Sie.»

Die Stimme des Mannes klang jetzt scharf, und plötzlich begriff Desmond, dass seine Ergreifung offenbar von höchster Dringlichkeit war; dass hier eine Frist ablief und dass er womöglich in Sicherheit war, falls er noch ein klein wenig länger durchhielt. Einer plötzlichen Eingebung folgend, griff er leise nach einem Klumpen Kohle.

«In Ordnung, ich gebe auf. Wo sind Sie?»

Als Foster mit der Waffe in der Hand hinter den Sandsäcken hervortrat, richtete Desmond sich auf, schleuderte ihm den Klumpen mitten ins Gesicht und verschwand wieder in der Finsternis aus Güterwaggons. Man hörte das leise Ploppen einer Pistole mit Schalldämpfer, dann stürzte Foster vor und fuchtelte wild mit den Händen wie ein Streckenwärter. Kurz darauf waren der Dicke und der Jude bei ihm, und gemeinsam rückten sie gegen die Waggons vor.

Nun begann eine ebenso gnadenlose wie alberne Schlacht. Desmond, mit dem Rücken zur Wand und mit der Finsternis als Schutzschild, drang von Wagen zu Wagen vor, wobei er seine Verfolger mit rohen Kohleklumpen bewarf; diese dagegen, gut sichtbar und ohne Deckung, versuchten, zu ihm aufzuschließen, ihn ins offene Gelände zu treiben und seinem Geschosshagel auszuweichen. Dem Dicken fehlte der Mut zum nächtlichen Nahkampf. Nachdem ein Klumpen ihn am Bein getroffen hatte, mied er die Räume zwischen den Waggons, jedenfalls soweit seine Angst vor Foster das gestattete; Foster selbst aber – und

Desmond erkannte mit Genugtuung, dass er ein Auge geschlossen hielt und dass eine Wange heftig blutete – blieb außer Reichweite der Kohlewürfe, um auf einen Fluchtversuch ins Gelände vorbereitet zu sein. Der gefährlichste seiner drei Gegner war der Jude, der mit ruhiger und gnadenloser Sicherheit vorankletterte und sich duckte und den immer heftigeren Attacken seiner Beute geschickt auswich, bis nur noch ein letztes Hindernis die beiden trennte. Ganz in der Nähe ertönte das Pfeifen eines Zuges.

«Schnell», rief Foster, «schnapp ihn dir – schnell!»

«In Ordnung», entgegnete der Jude und sprang über die letzte Kupplung. Desmond wich zurück.

«Ich habe eine Eisenstange», rief er, «und ich zerschmettere Ihnen den Schädel, falls Sie noch einen Schritt näher kommen.»

Die Jude lachte.

«Den Teufel werden Sie tun!» sagte er und stürmte vor.

Jetzt hatte Desmond die Wahl zwischen den Fäusten seines Verfolgers und Fosters Kugeln, und er zögerte nicht, sondern stürmte über die Gleise und der ungewohnten Gefahr entgegen – denn ein langer Güterzug rumpelte um die Biegung und hielt direkt auf ihn zu. Von hinten knallten die gedämpften Schüsse aus Fosters Waffe; zwei Kugeln schlugen in den Boden, beinahe zwischen seinen Füßen, eine dritte prallte scheppernd gegen die Schienen, direkt auf seinem Weg. «Also will er mich immer noch nicht töten, er zielt auf meine Beine: Er will mich bloß wieder in seine Gewalt bringen. Er würde mich eher entkommen lassen, als mich umzubringen, bevor er seine Liste hat», fuhr es Desmond durch den Kopf. Dann hatte er das Gleis übersprungen, direkt vor der Lokomotive (hatte da nicht der Lokführer etwas gerufen?), und nun rumpelte die unendliche Kette aus Waggons an ihm entlang wie eine bewegliche Mauer. Keuchend kroch er die Böschung neben den Gleisen hinauf und gelangte über einen Zaun auf eine schmale Straße. Links lagen Häuser, rechts führte die Straße einen Hügel hinauf und ins offene Land. Instinktiv schlug er den Weg nach links ein, um Hilfe zu suchen, dann aber fiel ihm ein, dass seine Verfolger genau dies erwarten dürften – und dass die örtliche Polizei nach dem Vorfall mit dem Wachtmeister seine Geschichte mit einem mitleidigen Lächeln quittieren und ihn zurück in Fosters Obhut überstellen würde. Also kehrte er um, er wanderte erschöpft den Hügel hinauf und mitten hinein in die mondgleiche Ödnis und Leere der fremden Landschaft.

Am Gipfel des Hügels blieb Desmond stehen, um Atem zu schöpfen. Vor seinen Augen verlief die Straße viele Meilen weit wie ein Rinnsal aus Wasser, ein weißes Band, nur gelegentlich unterbrochen von einzelnen Baumgruppen oder kleinen Hügeln. Zu beiden Seiten dehnten sich Äcker, und nirgendwo deutete auch nur das kleinste Zeichen auf menschliche Behausungen hin. Nicht zu glauben, dass dies hier die Home Counties sein sollten, kaum mehr als dreißig Meilen vor London: Im weißen Flutlicht des Mondes erschien dieses Land so trostlos wie der Weltraum oder wie das Hochland von Alaska.

Am Rande der Straße warnte eine Tafel, und mit ein wenig Mühe entzifferte Desmond die Botschaft.

ACHTUNG

Fahrzeughalter, die auf dem Weg bergab durch unsachge-mäße Fahrweise ohne Rutschplatte die Straße beschädigen, werden strafrechtlich verfolgt.

Bezirksverwaltung von Hertfordshire

So – jedenfalls wusste er nun, in welcher Grafschaft er sich befand. Doch wie weit war es bis zur nächsten Ortschaft, und wohin führte die Straße überhaupt? Sein Arm schmerzte jetzt wieder und fühlte sich an, als blute er. Desmond ließ sich also auf der Böschung nieder und grübelte gerade darüber nach, was es mit der Rutschplatte auf sich haben mochte, als er plötzlich Fußschritte vernahm, die sehr eilig den Hügel hinaufstiegen, und Angst kroch ihm ins Hirn wie ein Nebel. Dumpf lauschte er den Schritten in der Hoffnung, es möge sich um einen harm-losen Spaziergänger handeln, bis sie die Kurve unterhalb seines Platzes erreichten; erst jetzt übernahmen die Instinkte wieder die

Führung, und er rannte los, mitten auf dem unendlichen weißen Band der Straße. Jedenfalls erwies Feigheit sich jetzt als ein
viel wirkungsvollerer Ansporn, als es Teamgeist jemals gewesen
war, und er hatte fast eine halbe Meile zurückgelegt, bevor ihm
der Atem ausging und er keuchend in einem ausgetrockneten
Graben Schutz suchte. Die Straße lag jetzt wieder im gleißenden Mondlicht, so unübersehbar wie der Riss auf einem Teller,
und nur im schmalen Schatten der Hecke bestand Hoffnung auf
etwas Schutz. Vorsichtig spähte er nach hinten und erkannte eine
dunkle Gestalt, die ihm folgte. Der Mann lief eher langsam und
schaute dabei stetig von einer Seite zur anderen, weil sein Opfer
sich ja im Schatten versteckt haben konnte, seine Schritte verlangsamte er dabei aber nicht, sondern er trabte im unbeirrten
Tempo des geübten Langläufers. Als er näher herankam, erkannte
Desmond den Juden, und wieder verließ ihn die Umsicht, er
rappelte sich auf und jagte wie wild davon. Beim Blick über die
Schulter sah Desmond, dass sein Verfolger nun größere Schritte
machte, sein Tempo dabei aber nicht nennenswert erhöhte: Er
wusste ja, dass er sein Opfer schon bald einholen würde, und er
schonte seine Kräfte für den entscheidenden Schlag.

   Fast am Ende seiner Kraft, stürzte sich Desmond in die schwarzen Wände eines Wäldchens, und als er auf der anderen Seite
wieder hervorkam, stand da am Rande der Straße ein kleines
Häuschen. Hinter sich hörte er, wie der Jude ins Schritttempo
fiel, vermutlich, um das Wäldchen abzusuchen. Desmond stolperte durchs Gartentor und klopfte, so laut er es wagte, gegen
die Haustür. Keine Antwort. Leise wiederholte er das Klopfen,
und jetzt hörte er flüsternde Stimmen von oben, aber immer
noch antwortete niemand. In wenigen Minuten würde sein Verfolger das Wäldchen durchkämmt haben, dann stünde Desmond
direkt in seinem Blickfeld. Also lief er zur Rückseite des Hauses
und drückte dort kräftig gegen die erste Tür. Sie zerbarst, und
Desmond betrat ein mit Gerümpel angefülltes Nebengebäude.
Dort aber fiel das Licht des Mondes genau auf eine doppelläu-
fige Flinte, die gegen die Wand lehnte. Er nahm sie an sich und
schaute sich nach Munition um, fand aber keine. Zurück auf

dem Weg, hörte er Schritte: Sein Verfolger hatte das Wäldchen verlassen und näherte sich dem Gebäude.

Desmond huschte um die andere Seite des Hauses herum und duckte sich inmitten einer Ansammlung von Beerensträuchern. Jetzt sah er, wie sein Verfolger sich langsam an der Baumreihe entlangbewegte, die Pistole in der Hand, wobei er alle paar Schritte innehielt, sich umschaute und aufmerksam lauschte. Als er näher herankam, sah Desmond, dass ihm der Mund offenstand und seine Blicke unablässig in alle Richtungen irrten. Auf einmal rief eine Eule auf einem Zweig direkt über seinem Kopf, und er wirbelte herum, die Waffe im Anschlag; dann entspannte er sich und atmete hörbar auf. Plötzlich begriff Desmond, dass sein Gegner sich fürchtete. Nicht auf eine körperliche Weise; doch der Mann fühlte sich zweifellos in den Gangstervierteln großer Städte heimisch, und die mondbeschienene Leere und die eigenartigen Laute der ländlichen Nacht hatten seine Nerven zermürbt, und der Gang durch die flüsternde Schwärze des Wäldchens hatte ihn beinahe in Panik versetzt. Vermutlich war er gerade zum allerersten Mal nachts allein auf dem Lande; und während er Desmond auf der einsamen Straße gefolgt war, hatte er sich wahrscheinlich ein Dutzend furchterregender Gegner ausgemalt, die ihm selbst auf den Fersen waren.

Schlagartig vergaß Desmond seine eigene Furcht; er robbte von Strauch zu Strauch, bis ihn nur noch fünf Meter von seinem Gegner trennten. Ein Wind war aufgekommen, sodass das Rascheln der Zweige im Wäldchen seine Bewegungen überdeckte. In der Welt des anderen, so entsann er sich, waren Gewehre immer geladen und ihre Träger bereit zum Abdrücken – Anna hatte ja ebenfalls geglaubt, ihn mit dem Anblick ihrer Pistole einzuschüchtern; und der bloße Hinweis auf die Schusswaffe hatte den mörderischen Iren gezähmt. Desmond wartete also, bis der Jude ihm den Rücken zukehrte, dann rief er leise aus den Büschen heraus:

«Bleiben Sie stehen und nehmen Sie die Hände hoch. Ich habe mir im Haus ein Gewehr besorgt, und falls Sie sich rühren, puste ich Ihnen den Schädel vom Hals.»

Der Mann verharrte regungslos, doch ohne seine Waffe fallen-zulassen, und mit einem leisen Unbehagen erkannte Desmond, dass sein Gegner sich wieder sicherer glaubte und sich selbst-bewusster gab. Vielleicht wäre es also besser gewesen, wie ein Gespenst zu heulen oder von einem Schatten zum nächsten zu hüpfen, anstatt ihn durch den Anruf auf vertrautes Terrain zu befördern.

«Los doch», wiederholte Desmond, «lassen Sie die Waffe fallen.»

Sehr gefasst entgegnete der andere:

«Sie werden nicht schießen wegen des Lärms. Sie täten es viel-leicht, wenn ich auf Sie losginge, aber was, wenn ich einfach hier stehenbleibe?»

«Da irren Sie sich. Auf dem Land schießen sie die ganze Nacht, auf Rebhühner und Ähnliches. Wenn ich hier einen Schuss abgebe, denkt sich niemand etwas dabei.»

Wie erwartet war das Wissen seines Verfolgers ums ländliche Brauchtum eher begrenzt, und Desmond sah, dass der andere ihm glaubte. Er fuhr fort:

«Ich möchte Sie nicht töten, weil Sie mich anständig behandelt haben, als ich Ihr Gefangener war. Wären Sie dieser elende Foster, würde ich sofort abdrücken, wie aus der Pistole geschossen, wenn ich das mal so sagen darf.»

Während er noch redete, wurde ihm überraschend klar, dass er die Wahrheit sprach; und dass er sogar den Juden ohne jede Reue erschießen würde, wäre die Waffe nur geladen. Und so bedauerte er seine Heuchelei mehr als seine blutigen Absichten. Gehörte demnach so wenig dazu, einen Menschen zum gewissenlosen Mörder zu machen – oder taugten nur abgeklärte und unvor-eingenommene Menschen wie er selbst als Soldaten im Kampf für ihre wohlverstandenen Interessen? Er prüfte seine eigenen philosophischen Abschweifungen und bemerkte mit wachsender Sorge, dass der andere die Pistole immer noch fest in der Hand hielt und seine Füße ganz vorsichtig bewegte, so als bereite er sich auf eine rasche Drehung vor. Desmond schlug einen Ton an, der scharf und drohend gemeint war.

«Halten Sie die Füße still und lassen Sie die Waffe fallen, oder ich verpasse Ihnen beide Kugeln. Vielleicht bezweifeln Sie ja, dass ich bewaffnet bin – warum drehen Sie sich dann nicht einfach um und schauen nach? Ich möchte Sie trotzdem auf zwei Dinge hinweisen: Zum Ersten werden Sie mit ihrer kleinen Pistole nicht weit kommen – auf diese Distanz zerlegt mein Schuss Sie in zwei Hälften. Und zum Zweiten: Sollte ich keine Waffe haben, brauchen Sie Ihre ja gar nicht, um auf mich loszugehen. Also, wie wär's? Ich gebe Ihnen zehn Sekunden.»

Einen furchtbaren Augenblick lang zögerte der Verfolger, dann schleuderte er seine Pistole wohl zehn Meter weit ins Wäldchen.

«In Ordnung», sagte er, «nun holen Sie sich schon die Pistole. Sie konnten mich dazu bringen, meine Waffe wegzuwerfen, aber Sie haben mich weiß Gott nicht zwingen können, sie Ihnen auszuhändigen.»

Langsam drehte er sich jetzt um, die Hände über dem Kopf, dann grinste er breit.

«Sie haben also doch ein Gewehr! Ich war ein Idiot, daran zu zweifeln – ohne Gewehr hätten Sie nie den Mut gehabt. Okay, was machen wir nun? Falls Sie mich fesseln möchten, habe ich ein paar Schnüre in der Tasche.»

«Aber nein! Bleiben Sie, wo Sie sind, und schauen Sie in die andere Richtung.»

Desmond sprach selbstsicher – und war doch weit entfernt von wirklicher Sicherheit. Was *sollte* er denn jetzt mit seinem Gefangenen anstellen? Der Versuch, ihn zu fesseln, kam nicht in Frage – zu offensichtlich wäre, was geschehen würde, wenn er sich bis auf Armlänge näherte –, aber er konnte den Mann ja auch nicht unbegrenzt bedrohen. Sein Verfolger war jetzt unbewaffnet und weniger gefährlich; am besten wäre es wohl, ihn ziehen zu lassen, um selbst einen ordentlichen Vorsprung zu gewinnen.

«Gehen Sie vor mir her», sagte Desmond, «und gehen Sie zurück zur Straße, auf der wir hergekommen sind.»

Sie wanderten schweigend. Am Ende des Wäldchens blieb Desmond stehen.

«Wenn Sie mir Ihr Wort geben, Foster nicht zu beichten, dass Sie mich gefunden haben, lasse ich Sie laufen. Ich darf hinzufügen, dass Sie ein ziemlich erbärmliches Bild abgeben, wenn Sie gestehen, dass Ihr Opfer Sie überwältigt hat, und ein Mann wie Foster verzeiht keine Fehler. Es liegt also in Ihrem eigenen Interesse, den Mund zu halten. Versprechen Sie mir das?»

«Okay», antwortete der Mann sehr ernsthaft, «mein feierliches Ehrenwort. Glauben Sie etwa, ich würde diesem Bastard davon etwas erzählen? Sehr unwahrscheinlich.»

«Richtig. Also gehen Sie mitten auf der Straße immer geradeaus und halten Sie nicht an und drehen Sie sich nicht um. Ich folge Ihnen ein ganzes Stück, und bei der kleinsten unpassenden Bewegung werde ich schießen. Nun machen Sie schon.»

Sofort marschierte der Jude los, und Desmond blieb stehen und beobachtete ihn. In diesem Moment aber sah er mit allwissender Klarheit, dass sein Gegner selbstverständlich Foster alles haarklein übermitteln würde und dass alle drei ihm binnen einer halben Stunde auf den Fersen wären, vermutlich in einem Auto.

«Halt!» brüllte er.

Der andere blieb stehen, und Desmond folgte ihm, riss die Waffe in die Höhe und schmetterte den Gewehrkolben gegen den glänzenden Schädel. Mit einem leisen Seufzer entwich Luft wie aus einem beschädigten Reifen, dann stürzte der Mann mit dem Gesicht nach vorn auf die Straße, er zuckte ein- oder zweimal und blieb still liegen.

Desmond kniete neben ihm nieder und betupfte die klaffende Wunde auf dem Hinterkopf mit seinem Taschentuch. Anschließend rieb er sich die Finger, packte den Mann an den Handgelenken und zog ihn zurück in die scheckige Dunkelheit am Rande des Wäldchens.

«Er kann nicht tot sein», dachte Desmond, «aber er wird bestimmt ein paar Stunden lang Ruhe geben und auch anschließend nicht imstande sein, allzu viel anzurichten.» Er beschloss, den Mann über den Zaun ins Wäldchen gleiten zu lassen, wo man ihn von der Straße nicht sehen konnte; vorher durchsuchte er noch rasch die Taschen seines Opfers und steckte sich eine

Geldbörse und einige Münzen ein. Dann barg er den Mann in seinen Armen (wie leicht er doch war!) und hob ihn über die Hecke. Jetzt ein Platschen und Gurgeln – und Stille. Der Graben war randvoll mit Wasser und ziemlich tief, dem Geräusch nach zu urteilen; und als er übers Gestrüpp spähte, sah Desmond nichts als das Glitzern gekräuselter Wellen. Und so war aus einem halben Mord ein ganzer geworden.

Desmond dachte:

«Irgendwie glaube ich jetzt doch nicht mehr, dass er Foster etwas erzählt hätte. Ich vermute, er hätte Wort gehalten.»

Er dachte:

«Ich frage mich nur, ob ich ihn wirklich schon von Anfang an umbringen wollte?»

Er dachte:

«Wie dumm von mir! Ich hätte ihn ausquetschen müssen. Ich hätte herausfinden müssen, wo ich eigentlich bin.»

Mehr dachte er nicht, als er durch das Wäldchen wanderte. Sein Haar war zerzaust, die Kleidung verrutscht, sein Gesicht so bleich wie Eis. Wer ihm dort begegnet wäre, hätte annehmen müssen, der Mann habe schon sehr lange in jenem finsteren Wald gehaust.

ACHTES KAPITEL

Als Desmond wieder vor dem Häuschen stand, kehrte die Besinnung zurück, und er spürte, wie vollkommen erschöpft er war. Ohne eine Ruhepause käme er nicht mehr weit, und wenn sein Verfolger zu lange ausblieb, würden Foster und der Dicke gewiss nach ihm suchen. Am klügsten wäre es wohl, die Straße zu verlassen und querfeldein zu stapfen, doch Desmond fürchtete, nach einigen Hundert Metern durch feuchtes Ackerland schlicht und einfach zusammenzubrechen und an Ort und Stelle einzuschlafen. Ermattet beschloss er, die Hausbewohner um ein Nachtquartier zu bitten und die Erklärungen dafür seiner spontanen Eingebung zu überlassen. Er bemerkte, dass er immer noch das Gewehr trug; er wischte den blutverschmierten Kolben im Gras ab, schlich ums Haus zum Nebengebäude und stellte die Waffe wieder dorthin, wo er sie gefunden hatte. Dann begab er sich zur Haustür und klopfte, so laut er konnte.

Nach einigen Minuten wurde über ihm ein Fenster geöffnet, und eine ängstliche Frauenstimme rief zu ihm herunter.

«Wer ist da? Was wollen Sie?»

«Ich hatte einen kleinen Unfall. Ich hatte gehofft, dass Sie mir vielleicht ein Glas Wasser reichen können.»

Er hörte Geflüster, unterbrochen durch verschrecktes Kichern. Dann ließ sich eine zweite Frauenstimme vernehmen, dieses Mal im Tonfall nervöser Arroganz.

«Wie können Sie es wagen, uns so spät in der Nacht zu stören. Wer sind Sie denn?»

«Ich heiße Tisket, und ich bin ganz harmlos. Mir ist ein kleines Missgeschick widerfahren, doch der Priester und der Levit haben mich achtlos sitzenlassen, und so frage ich mich, ob Sie mir nicht mit einem Glas Wasser zur Hilfe eilen können.»

Erneutes Geflüster. Desmond fing ein paar Worte auf: «Tisket … hat einen Freund namens Levit.»

«Ich habe keinen Freund mit dem Namen Levit», rief er, «ich brauche einfach nur ein Glas Wasser.»

Wieder ein unterdrücktes Kichern, dann hörte er die zweite Stimme: «Er klingt wie ein Gentleman.»

«Selbstverständlich bin ich ein Gentleman», unterbrach er sie. «Ich war in Winchester und im Parlament, ich gehe auf die Jagd, ich bin Mitglied im Junior Carlton Club, ich spiele Squash, reise erster Klasse und logiere im Brown's Hotel. Wenn Sie mich einlassen, lade ich Sie beide zum Mittagessen ins Berkeley ein.»

Eine Pause. Dann meldete sich die erste Stimme:

«In Ordnung; warten Sie einen Moment, ich komme herunter.»

In der Tür erschien eine große junge Dame im roten Morgenmantel; eine zweite, mit Lampe und Schürhaken in den Händen, schaute ihr über die Schulter. Als er ins Licht trat, hielten beide die Luft an, und jetzt fiel ihm ein, wie ramponiert und ungepflegt er vermutlich wirkte.

«Ihr Arm blutet ja!»

Er schaute an sich herab und entdeckte Blutspritzer auf seiner Manschette und seinem linken Handgelenk.

«Ja, eine kleine Schnittwunde, aber nichts Ernstes», sagte er tapfer und entschlossen, sich ein Nachtquartier durch einen simulierten Schwächeanfall zu sichern – überzeugend genug, um Mitleid zu wecken und seine Unfähigkeit, Schaden anzurichten, unter Beweis zu stellen, aber auch nicht so stark, um Anlass zu ernster Sorge zu geben. «Wenn Sie mich entschuldigen», fuhr er fort, «würde ich mich gern einen Augenblick hinsetzen, ich fühle mich etwas unwohl.»

Er griff sich an die Stirn und ließ sich in den erstbesten Stuhl sinken, und zu seiner Verwunderung wurde ihm schwarz vor Augen, und in seinem Kopf zuckten Lichtblitze. Einen Moment lang war er ohnmächtig; als er wieder zu Bewusstsein kam, lag sein Kopf zwischen den Knien, und ein kalter Schwamm glitt über seinen Nacken. Er richtete sich auf.

«Vielen Dank, jetzt geht es mir schon besser. Wenn Sie mir den Weg zum nächsten Ort verraten, breche ich auf.»

«Unsinn», unterbrach ihn die größere der beiden jungen Damen, «in diesem Zustand können Sie nicht losmarschieren. Wir schauen uns erst einmal Ihren Arm an.»

Er streifte seinen Mantel ab und rollte den Hemdsärmel nach oben. Das Blut war auf seinem Unterarm in Streifen getrocknet, und die Wunden sahen wirklich ekelhaft aus. Das Mädchen schnalzte mit der Zunge und wandte sich an die Gefährtin.

«Annabel, hol doch die Mullbinde und einen Schwamm. Ich werde den Kessel aufsetzen.»

Während sie den Arm mit dem Schwamm behandelte, begann er mit seinen Erklärungen.

«Ich hatte einen wirklich ganz dummen Unfall. Ich saß im Zug auf dem Weg nach London und lehnte mich aus dem Fenster, um den Mond zu betrachten, aber dabei öffnete sich die Tür, und ich fiel auf die Gleise. Vermutlich war ich benommen, denn ich erinnere mich an nichts mehr, ich weiß nur, wie ich mich plötzlich auf einer einsamen Straße befand, ohne ein einziges Haus in Sichtweite. Mein Arm schmerzte, und ich habe ihn bandagiert, so gut ich es eben vermochte – das war offenbar ziemlich schlecht, wie Sie ja gesehen haben. Zufällig hatte ich etwas Jod bei mir» – er entsann sich schaudernd – «und ich habe es über die Wunde geschüttet. Dann bin ich einfach weitergelaufen, bis ich Ihr Haus sah. Ich habe angeklopft, aber Sie haben mich nicht gehört.»

«Selbstverständlich haben wir Sie gehört», rief das zweite Mädchen, «aber wir haben Sie für einen Landstreicher gehalten. Erzählen Sie doch weiter.»

«Ich bin also weitermarschiert, fühlte mich dann aber plötzlich ein wenig schwach, deshalb hielt ich es für ratsam, umzukehren und es erneut bei Ihnen zu versuchen. Das alles klingt lächerlich, nicht wahr? Wenn ich es so erzähle, mag ich es selbst kaum glauben. Aber das ist auch schon alles; ich bin ja so dankbar, dass der Zug nicht besonders schnell gefahren ist.»

«Gütiger Gott, das ist ja wirklich unbezahlbar!» rief das Mädchen, das soeben Desmonds Arm mit dem Schwamm reinigte. Er war gekränkt, als hätte er das geschilderte Unglück tatsächlich erlebt.

«Ja, ich vermute, es war in gewisser Weise unbezahlbar. Niemand hätte Geld dafür geboten, so etwas mitzumachen. Aber», fuhr er fort, «können Sie mir verraten, wo genau ich eigentlich bin? Ich weiß, dass ich in Hertfordshire bin, aber das ist auch schon alles.»

«Wir sind etwa sechs Meilen von Bishop's Stortford entfernt, und bis zur Bahnstrecke nach Buntingford sind es anderthalb Meilen. Sie sind ja vermutlich auf dieser Strecke gefahren?»

«Ja, ja, die Strecke nach Buntingford – das stimmt. Ich bin nämlich», fügte er rasch hinzu, um weiteren Fragen nach seiner imaginären Reise auszuweichen, «schon wochenlang kreuz und quer über Land gewandert, um Material für einen Gedichtband zusammenzutragen. Deshalb bin ich auch so unrasiert.»

«Oh, Sie sind ein Dichter?» unterbrach ihn das Mädchen namens Annabel. «Vielleicht sind Sie dann schon meinem Verlobten begegnet – Bob Paget. Er veröffentlicht viel in der *New Poetry* und im *Cervix* – Sie wissen schon, die ehemalige *Axis*, was dann im Krieg zu unpatriotisch klang. Stephen und Tom Eliot schätzen Bob sehr.»

«Aber ja», log Desmond, «ich glaube, ich bin ihm schon einmal auf einer Party begegnet. Lassen Sie mich nachdenken … war er nicht der gutaussehende Herr mit dem längeren Haar und einem sehr intellektuellen Gesicht?»

Schon hatte er Annabel gewonnen, und sie nahm Desmond in den Kreis ihrer Freunde auf. Mit ihren schlanken Waden und dem blonden Haar, das ihr ins Gesicht fiel, wirkte sie attraktiv; und Desmond spielte ein wenig mit dem Gedanken, in einen Wettstreit mit Bob einzutreten. Er hatte stets die Ansicht vertreten, man könne warmherzige Frauen verführen, indem man ihre Männer unausgesetzt lobte (*zwei Wochen lang eine liebenswert-selbstlose Bewunderung dieser Kreatur, dann ein ganz sanfter Vorstoß: «Aber nein, das darfst du nicht! Du bist doch Bobs Freund!» – «Aber Anabel, ich bewundere ihn doch so sehr, weil er dich mag. Ich weiß, er würde es verstehen; auch er war oft zärtlich zu Frauen, die ich … Nein, nein, du darfst ihm nichts verraten! Es würde unsere Freundschaft zerstören, wenn er wüsste, dass ich sein Vertrauen missbraucht habe, und ich möchte das nicht erleben, denn trotz der Dinge, die er manchmal über dich verbreitet, bewundere ich ihn mehr als jeden Mann, der mir je begegnet ist …» etc. etc.).*

Allerdings hatte er diese Theorie nie in der Praxis erprobt, denn er verachtete seine erotischen Rivalen stets aus tiefster Seele und wäre nie imstande gewesen, sie zu loben, nicht einmal zu ihrem eigenen Schaden. Ein plötzliches Stechen jedoch, weil der Schwamm über eine offene Fleischwunde schabte, versetzte ihn schlagartig zurück in die Gegenwart und verscheuchte die amouröse Stimmung.

Annabel hockte neben ihm und überließ die Erste Hilfe ihrer erfahreneren Freundin.

«Welcher Dichterschule gehören Sie an?»

«Ich bin ein fahrender Scholast und Jünger aller Schulen. Manchmal versuche ich mich im Stil der …

… Liebe, einer Bombe gleich,
Erschüttert russgeschwärzter Städte Nüchternheit,
Lässt Flammen züngeln auf dem Grabmal der Vernunft.

Oft lasse ich es aber auch gemütlicher angehen. Housman hat mich sehr beeinflusst; ich trage Ihnen gern die erste Strophe eines Gedichts vor, das ich in seinem Stil verfasst habe – *Die erste Sprosse der Leiter* habe ich es genannt:

Ein Knabe liegt drunten in Ludlow,
Den Ball schlägt er nimmermehr auf.
Dieweil das Gericht zusammentrat,
Fuhr er, am Gasherd, zum Himmel hinauf.

Und natürlich habe ich auch eine Menge Fin-de-Siècle-Zeitgeistzeugs probiert:

Der Vogel Rok in der leeren Fabrik, im Nest aus Eisengestängen;
Ein Giftbaum sprießt im Garten des Majors.
Gras wächst auf allen Bänken; und der närrische Vikar,
Er präludiert geschickt auf der geborst'nen Orgel.

Ich bin eben überaus aufgeschlossen.»
Die andere junge Dame lehnte sich zurück.
«Fertig!» sagte sie. «Ich glaube, der Arm ist jetzt in Ordnung –
war nicht so schlimm, wie es schien. Ich kann mir bloß immer
noch nicht erklären, wie Sie sich beim Sturz aus dem Zug solche
Verletzungen zuziehen konnten.»

«Nein», pflichtete er ernsthaft bei, «es ist derart außergewöhnlich, dass ich es mir selbst kaum erklären kann. Aber es
ist fast zwei Uhr nachts, und ich darf sie nicht länger am Schlafen hindern, ich mache mich also auf den Weg nach Bishop's
Stortford – Sie sagten doch, es sind nicht mehr als zehn Meilen,
oder nicht? Ich danke Ihnen herzlich für Ihren Beistand und
Ihre Freundlichkeit; wenn Sie das nächste Mal in London sind,
müssen Sie mit mir zu Abend essen – notieren Sie mir Ihre
Adresse, und ich schreibe Ihnen, sobald ich wieder wohlbehalten
dort bin.»

Desmond erhob sich und trat edelmütig den Weg zur Tür an,
zunächst noch ein wenig schwankend, bevor er am Türrahmen
Halt fand. Das wirkte.

«Aber nein!» rief Annabel, «so kann er doch nicht zu Fuß bis
nach Bishop's Stortford gehen, nicht wahr, Mary?» Sie wandte
sich an ihren Gast. «Sie müssen hier über Nacht bleiben; wir
haben ein Gästezimmer mit Bett.»

«Ja, bleiben Sie», stimmte Mary zu, «Sie sehen nicht aus, als
könnten Sie sechs Meilen zu Fuß zurücklegen. Außerdem würden Sie in Stortford um diese Uhrzeit sowieso kein Nachtquartier
mehr finden, selbst wenn Sie es bis dorthin schafften.»

«Das ist wirklich außerordentlich liebenswürdig von Ihnen;
ich bin Ihnen aufs Äußerste verbunden. Denn um die Wahrheit
zu gestehen, fühle ich mich inzwischen ein wenig unsicher auf
den Beinen; und obwohl es nicht zu entschuldigen ist, dass ich

mich Ihnen auf diese Weise aufdränge, schreckt mich jetzt doch die Aussicht auf eine weitere Nachtwanderung.»

«Gut, das wäre demnach geklärt. Die Bettwäsche wurde erst gestern gelüftet, sie dürfte also nicht klamm sein.»

Sie geleiteten ihn nach oben in eine Kammer mit niedriger Decke und weißen Wänden und ließen ihm eine Kerze. Allein und sicher, durchsuchte Desmond die Brieftasche des Juden und fand darin 30 Schillinge und eine maschinengeschriebene Karte:

DEREK MARCH

Buchhändler für Raritäten und antiquarische Titel
Hampstead Passage
Hampstead
Um auf Ihre jüngste Nachfrage zu antworten: Artikel 87 in meinem aktuellen Katalog ist nicht mehr lieferbar.

Die Karte war an einen «A. Samuels, 1 Charing Cross Hotel» adressiert. Das war alles. Kaum vorstellbar, dass sein Verfolger zum Kundenkreis eines Antiquariats zählte, und Desmond grübelte schläfrig darüber nach, welche Art von Büchern den Mann womöglich interessiert hatte. Artikel 87 war vermutlich ein Handbuch für den Boxsport oder ein Titel in der Art von «Sehr eigentümlich. Wird nur an vertrauenswürdige Mitglieder des medizinischen Berufsstandes abgegeben». Morgen, so beschloss er, würde er nach Missenden fahren und seinen postlagernden Brief abholen – Mr. Poole würde ihn sicherlich noch einen weiteren Tag entbehren können ... und auf dem Rückweg könnte er Mr. March einen Besuch abstatten und sich ein Bild vom literarischen Geschmack seines zweiten Opfers machen. Der gesunde Menschenverstand riet ihm zwar, auf solche Extravaganzen zu verzichten, eine wachsende Gereiztheit legte ihm allerdings nahe, dies sei die Gelegenheit, selbst die Initiative zu ergreifen und etwas über seine geheimnisvollen Feinde herauszufinden. Nach kurzem inneren Ringen beschloss er, zumindest am Laden vorbeizuschlendern und sich das Schaufenster anzuschauen, dann übermannte ihn der Schlaf.

*

Der Morgen brach hell und sonnig herein, und Desmond war allen Vorfällen zum Trotz mit sich im Reinen. Sein Arm fühlte sich erträglich an; die Chintz-Gardinen bauschten sich fröhlich im Wind, die Stoppeln auf seinem Kinn hatten eine ordentliche Dichte erreicht, und er freute sich auf seinen postlagernden Brief mit der sorglosen Begeisterung eines Kindes, das an seinem Geburtstagsmorgen erwacht. Wie immer nahm er die Sorgen anderer nur beiläufig wahr; der Gedanke an den Leichnam des Juden im Graben beschwerte ihn nicht im Geringsten.

«Man wird ihn frühestens in ein oder zwei Tagen finden», dachte er, «vielleicht riechen sie sogar den ganzen Sommer über gar nichts von ihm.» Der Umstand, dass er einen seiner Gegner endgültig beiseitegeschafft hatte, versetzte ihn in eine euphorische Stimmung; er kehrte die Daumen nach unten und ließ sich zu abschätzigen Lauten hinreißen. Er fühlte sich allem gewachsen.

Beim Frühstück verriet er seinen Gastgeberinnen mehr über sich.

«Ich habe einmal für den *Daily Telegraph* gearbeitet, wissen Sie; ich war zweiter Redakteur in der Rubrik «Geburten, Hochzeiten und Sterbefälle». Ich war diesen Job aber schnell leid und habe mich selbst entlassen lassen. Wie ich das angestellt habe? Also, mir fiel auf, dass die Spalte ‹Gefallen an der Front› viel zu öde war, also habe ich irgendwann angefangen, sie aufzuhübschen, indem ich eigene Einträge hinzufügte: ‹Als Posten eingeschlafen und entschlafen›, ‹Auf die andere Seite hinübergegangen› oder ‹Fand seinen Frieden beim Luftangriff›. Am Monatsende fand ich selbst meinen Frieden.»

Annabel blickte von einem Brief auf.

«Sie erwähnten doch, dass Sie ein Dichter sind, nicht wahr? Bob hat geschrieben und mir sein jüngstes Gedicht geschickt – möchten Sie es gern lesen?»

«Unbedingt!»

Sie reichte ihm ein Blatt in Maschinenschrift, und sofort sprangen seine Augen auf der Seite ganz nach oben.

«… wie Baudelaire. Dein schöpferisches Verstehen und Deine glühende Lauterkeit sind mir so lebensnotwendig wie mein Kant. Deine Leidenschaft trägt mich spirituell, so wie das warme Meer die Glieder des Badenden aufnimmt …»

Für den frühen Morgen war das einfach zu salbungsvoll, und auch wenn Annabel ihm das Blatt ja zum Lesen gereicht hatte, blickte er nunmehr fest auf den letzten Absatz.

«Meines Erachtens hat sich der gegenwärtige Waffengang für den schöpferischen Schriftsteller zu einer wichtigen spirituellen Erfahrung ausgeweitet, und ich pflichte der Auffassung bei, dass die Aufgabe des Dichters als Vorreiter des allgemeinen Bewusstseins darin besteht, dieser verbreiteten Empfindung auf eindringliche und glühende Weise Ausdruck zu verleihen. Durch die Beruhigung seiner eigenen widerstreitenden Empfindungen weist er den Weg zu einem beständigen Frieden auf der Grundlage von Gerechtigkeit und demokratischen Rechten. Spender und MacNiece – und auf weniger ausgeprägte Weise auch Dante, Shakespeare, Blake, Goethe und die Dichter aus der Anthologie griechischer Klassiker – erkennen diese grundlegende Wahrheit und nehmen die politische Praxis ihrer Epochen poetisch vorweg. Hier folgt der erste Entwurf eines Sonetts, das ich soeben über meine Liebe zu Papier gebracht habe. Es entspricht meinem üblichen Stil in keiner Weise, aber, wie Stendhal bemerkte, ‹le poète, comme l'amoureux, n'est pas le moins sérieux parcequ'il fait des variations de son technique.›

GEDICHT

Soll Leidenschaft, dem Straußen gleich, den Kopf
Vergraben tief im Sand der Abstinenz?
Vertreibt der Krieg die Liebe aus der Welt,
Wie uns Tolstoi gelehrt, der arme Tropf?

Das Herz am Fleischerhaken – widerlich:
Ein Helm ist keine Kappe aus Metall,
Doch edler als verlor'ne Liebesmüh.
Verbot'ne Lust erscheint mir liderlich.

Statt Lorbeer tragen Düfte wir im Haar
Und sind davon doch keineswegs berauscht.
Gibt's einen Morgen noch? So fragen wir,
Denn unter Feuer liegt jetzt unsre Schar.

Vorbei das Spiel, eh sich der Vorhang hebt?
Drum spute sich ein jeder, der noch lebt.

Kannst Du nächste Woche nach London kommen? Wir könnten durch Clapham Common spazieren und gemeinsam Rim-
baud lesen – er gleicht mir in vieler Hinsicht ...»

«Das ist ein schönes Gedicht», sagte Desmond, «und nach
allem, was ich von Bob weiß, entspricht es genau dem, was man
von ihm erwarten durfte. Man sollte es in eine Truhe schließen
und dort für die Erbauung künftiger Generationen verwahren ...»

Er brach ab, denn draußen auf der Straße schoss ein Wagen um
die Ecke und hielt an. Desmond eilte zum Fenster und sah einen
Mann, der herauskletterte und zu Fuß zum Haus herüberkam,
während der zweite, dessen Gestalt er nicht erkennen konnte, bei
laufendem Motor am Steuer sitzen blieb. Ihm wurde übel, und
er erbleichte; sehr bemüht, seiner Stimme nichts anmerken zu
lassen, wandte er sich inständig an die beiden Frauen.

«Ich kann das jetzt nicht erklären, aber falls dieser Mann nach
mir fragen sollte, behaupten Sie bitte, Sie hätten mich nie gesehen. Es ist nicht die Polizei oder etwas dergleichen, aber es ist
lebenswichtig, und beichten Sie um Gottes willen auch nicht,
dass ich hier war; ich erkläre Ihnen alles, wenn er fort ist.»

Während die jungen Frauen noch starr vor Erstaunen saßen,
schlüpfte er hinter die Tür und kehrte ihr den Rücken zu. Es
klopfte, und Mary öffnete.

«Entschuldigen Sie, Madam, aber haben Sie vielleicht einen
großen jungen Mann gesehen, vermutlich mit verletztem Arm,
entweder spät nachts oder heute morgen?»

Desmond erkannte die Stimme nicht, doch klang sie hart und
etwas unnatürlich, als wollte der Sprecher einen Akzent unterdrücken. Mary zögerte einen Augenblick und musterte ihre

Freundin, die immer noch vollkommen sprachlos am Tisch saß. Dann antwortete sie:

«Nein» – kleine Pause – «Nein, ich glaube, ich habe seit gestern nachmittag überhaupt keinen einzigen Menschen gesehen.»

«Vielen Dank; und entschuldigen Sie die Störung.»

Der Mann kehrte um und ging zurück zur Straße. Mary schaute ihm nach, und als er das Tor erreicht hatte, rief sie:

«Wer ist denn dieser Mann, nach dem Sie suchen? Was wollen Sie von ihm?»

Er blieb stehen und rief:

«Ich komme von der Psychiatrischen Klinik in West Hertfordshire: Einer unserer Patienten ist letzte Nacht ausgebrochen.»

Annabel schluckte, und Mary holte tief Luft, als wollte sie etwas rufen. Desmond schob ihr seine Hand über den Mund und griff zum Brotmesser.

«Bleiben Sie still», zischte er, «oder ich schneide Ihnen die Kehle durch.»

Er trat die Tür zu und blieb dort stehen, bis der Wagen nach einem kurzen Moment, der ihm eine Ewigkeit schien, davonfuhr. Er atmete erleichtert auf.

«Das war knapp. Tut mir leid, dass ich mich so melodramatisch aufgeführt habe, aber die Sache ist sehr einfach …»

Die Mädchen wichen vor ihm zurück und starrten ihn mit ungläubigem Entsetzen an. Die Szene wirkte jetzt wie der Höhepunkt eines spannungsgeladenen Einakters.

«Aber um Gottes willen!» rief er, «Sie glauben doch nicht etwa wirklich …»

Doch, das taten sie. Jetzt standen sie in einer Ecke des Zimmers, sehr pathetisch aneinandergeschmiegt, wie die kleinen Prinzen im Verlies.

«Schauen Sie …», begann er erneut und trat auf sie zu; ihre Augen verrieten schiere Panik, und so blieb er stehen.

«Schauen Sie», fing er an, wobei er friedlich auf einem Stuhl Platz nahm. «Sie glauben doch nicht wirklich, dass ich verrückt bin, oder? Der Mann gehörte nicht zu einer Psychiatrischen Klinik; ihn hat eine Bande geschickt, die mich entführen will …»

Seine Worte verhallten im Schweigen. Natürlich würden sie ihm die Geschichte nicht abkaufen, er glaubte sie ja selbst kaum. Schon unter normalen Umständen müsste sie unglaubwürdig klingen, doch nach seiner Ankunft mitten in der Nacht, seiner absurden Geschichte vom Herausfallen aus einem Zug, seinem fiebrig-überdrehten Witz musste er in ihren Augen das perfekte Exemplar eines Irren im fortgeschrittenen Stadium abgeben. Und an diesem Morgen, mit Marmelade auf dem Tisch und Sonnenschein draußen vor dem Fenster, stimmte er ihnen beinahe zu, und die Erinnerungen an die verstrichene Woche erschienen ihm jetzt als die Täuschungen eines Wahnsinnigen. Im Zimmer war kein Laut zu hören; die Mädchen und er starrten einander an, und alle waren sich der heiklen Lage zusehends bewusst. Ohne große Hoffnung versuchte Desmond einen zweiten Anlauf.

«Wissen Sie, ich bin nicht verrückt.»

Mary holte tief Luft und antwortete mit fester, aber eine Spur zu lauter Stimme.

«Nein, natürlich nicht – ich bin sicher, es handelt sich nur um einen Irrtum. Lasst uns mit dem Frühstück fortfahren.»

Sie war in den besänftigenden Tonfall einer Krankenschwester verfallen, und er wusste, dass sie einen Entschluss gefasst hatte.

«Nein danke», sagte er, «ich bin satt; ich muss aufbrechen. Wo ist das nächste Dorf?»

Ihre Augen flackerten vor Erleichterung.

«Braughing ist das nächste. Wenn sie den Weg durchs Wäldchen und durch die Felder nehmen, brauchen Sie nicht länger als eine halbe Stunde.»

«In Ordnung. Ich werde den Weg nehmen. Vielleicht können Sie mir noch die Richtung zeigen?»

Er öffnete die Tür und bat sie nach draußen. Als sie sich an ihm vorbeizwängten, griff er sie liebevoll, aber fest an den Armen, und er spürte, wie Marys Muskeln sich spannten und Annabels vollständig erschlafften. Er führte sie zum Rand des Wäldchens und blieb dort stehen.

«Nun, wo beginnt dieser Weg?»

Mary deutete nach rechts.

«Er beginnt bei diesem Durchlass in der Hecke und führt von dort nach rechts. Wenn Sie aus dem Wäldchen herauskommen, folgen Sie der Baumreihe, dann können Sie ihn nicht verfehlen.» Er ließ ihre Arme los.

«In Ordnung, ich breche also jetzt auf, und danke für Ihre zauberhafte Gastfreundschaft. Ich bin nicht verrückt, ich habe nur Pech gehabt, eines Tages werde ich Ihnen schreiben und alles erklären. Auf Wiedersehen.»

Er trat in den Wald, ohne sich noch umzudrehen. Sobald er sich außer Sichtweite glaubte, schlich er gebückt zurück und beobachtete das Haus. Die Mädchen standen vor der Tür und zankten miteinander wie empörte Spatzen. Nach ein oder zwei Minuten hatte Mary sich offenbar zu einem Entschluss durchgerungen, und sie marschierte zielstrebig um die Ecke des Hauses, gefolgt von ihrer weniger selbstsicheren Freundin. Gleich darauf kehrten beide mit Fahrrädern zurück, und nach einem letzten besorgten Blick aufs Wäldchen radelten sie auf der Straße davon. Jetzt bei Tageslicht bemerkte Desmond eine Linkskurve etwa hundert Meter vor dem Haus; die Damen fuhren eilends nach links und weiter die Straße entlang, wobei ihre Köpfe über der Hecke auf- und niedertanzten wie die Figuren in einer Schießbude. Sobald die Radlerinnen außer Sichtweite waren, verließ Desmond das Gehölz und wanderte auf der Hauptstraße weiter. Ein Schild an der Biegung wies, wie vermutet, nach Braughing. Er grinste beim Gedanken daran, wie die beiden jetzt bald ganz atemlos der Polizei ihre Geschichte präsentierten – von einem Irren auf dem Weg nach Braughing, der weder dort eintraf noch irgendwo vermisst wurde, sodass die beiden ganz unmittelbar erleben könnten, wie es sich anfühlt, wenn alle einen für verrückt halten. Er winkte in ihre Richtung und blieb auf dem Weg geradeaus – sechs Meilen bis Bishop's Stortford.

Kurz nach elf traf er dort ein, er ließ sich rasieren und kaufte eine Fahrkarte für den Zug um elf Uhr vierzig nach London. Während er auf den Zug wartete, studierte er amüsiert die Anweisungen der London North Eastern Railway: Wer hier mit einem «unangemessenen Fahrzeug» unterwegs war (vermutlich in einer Muschel mit vergoldeter Oberfläche, auf der unangebrachterweise mythologische Figuren posierten), hatte mit einer Strafgebühr von 20 Pfund zu rechnen; für den Pauschalbetrag von 15 Pfund dagegen durfte man wahrscheinlich ohne Fahrkarte reisen, betrunken die Mitreisenden beleidigen, sich entblößen und die Tische mit Stoffen bedecken, die man von der Auskleidung der Waggons heruntergerissen hatte. Als er dieses Spiel schließlich leid war, betrachtete er die Landkarte, um den Ort seiner Gefangenschaft ausfindig zu machen. Plötzlich fiel ihm ein, dass der Polizist Foster ja unter diesem Namen kannte, die Adresse fände sich also vermutlich im Telefonbuch – und sobald er eine Telefonzelle gefunden hatte, schaute er sich die Namen im Ortsnetz an. Verzeichnet waren nur acht Fosters, fünf davon waren Geschäftsleute, und es gab eine Dame. Von den beiden verbleibenden lebte einer in Bishop's Stortford selbst, der andere war ein *A. C. K. Foster, Hill House, Standon.* Ohne zu zögern nahm er den Hörer ab und wählte die Nummer. Beinahe entsetzt vernahm er tatsächlich Fosters Stimme am anderen Ende der Leitung.

«Foster am Apparat. Mit wem spreche ich?»

«Thane. Wie geht es Ihnen?»

Nach kurzer Stille antwortete Foster ohne jede Regung.

«Guten Morgen. Was kann ich für Sie tun?»

«Ich dachte nur, Sie suchen vielleicht nach Ihrem jüdischen Freund. Momentan verweilt er im ersten Waldstück an der Hauptstraße nach Bishop's Stortford. Ich glaube nicht, dass er zu Ihnen zurückkehrt.»

«Deshalb haben Sie mich angerufen?»

«Ja. Ich dachte, Sie würden ihn vielleicht gern heimholen, bevor er den Nachbarn zur Last fällt. Er könnte in ein paar Tagen recht unleidlich werden, und das täte uns beiden leid.»

«Danke. Ich werde mich darum kümmern.»

Am anderen Ende der Leitung wurde geflüstert, so als ob mehrere Leute dort beschäftigt wären, dann erklang eine leise Glocke. Mit schrecklicher Gewissheit wusste Desmond schlagartig, dass Foster ein zweites Telefon besaß und dass gerade irgendjemand bei der Vermittlung anrief, um seinen Standort ausfindig zu machen. Er verfluchte seine Tollkühnheit und dachte rasch nach.

«Ich vermute, sie wüssten gern, von wo aus ich anrufe. Ich stehe am Bahnhof von Bishop's Stortford und mein Zug fährt in fünf Minuten, es dürfte Ihnen also deshalb nicht mehr möglich sein, mich noch zu verabschieden.»

(Sie werden herausfinden, dass ich die Wahrheit sage, und versuchen, mich in Broxbourne Junction oder in London abzufangen.)

«Warum erzählen Sie mir das?»

«Weil ich Ihnen einen Deal vorschlage. Ich kann die Kontaktliste in zwei Tagen beschaffen, und ich bin bereit, sie Ihnen zu verkaufen.»

(Und warum eigentlich nicht? Ich hätte schon viel eher darauf kommen sollen.)

«Wie viel verlangen Sie?»

Desmond betrachtete die Nummer auf der Wählscheibe – Bishop's Stortford 1572.

«Fünfzehnhundert Pfund.»

Foster antwortete, ohne zu zögern.

«Akzeptiert; Zahlung bei Lieferung. Rufen Sie mich unter dieser Nummer an, und ich veranlasse alles, sobald Sie die Liste haben.»

«Auf Wiederhören. Ich darf meinen Zug nicht verpassen.»

Er lief los, als der Expresszug nach London keuchend in den Bahnhof einfuhr. Natürlich könnten sie unterwegs in den Zug gelangen, vielleicht könnten sie sogar jemanden nach Bishop's Stortford schicken, um ihn noch vor der Abfahrt zu erwischen – ein schnelles Auto dürfte die Strecke in zehn Minuten schaffen. Er rannte also wieder aus dem Bahnhofsgebäude heraus und sprang auf einen Überlandbus auf, der sich soeben in Bewegung setzte. Nachdem er eine Fahrkarte nach Hertford bezahlt hatte, nahm er Platz, um seine Lage zu überdenken.

Foster war also bereit, mehr als tausend Pfund für Annas Notizbuch zu zahlen! Keine Frage, er hatte bestimmt nicht die Absicht, ihm das Geld auszuhändigen, und hoffte nur darauf, ihn zu einer erneuten Begegnung zu locken, aber das war gar nicht der entscheidende Punkt. Entscheidend war, dass 1500 Pfund offenbar als realistischer Preis für die Liste galten und dass Foster und seine geheimnisvolle Organisation demnach nicht nur mordlustig, sondern auch reich waren. Die Größe seiner Gegner schüchterte Desmond jetzt doch ein wenig ein, und er war wild entschlossen, den Brief abzuholen, das Geld zu nehmen und das Notizbuch an Foster zu schicken, zusammen mit der wahrheitsgemäßen Schilderung der Art und Weise, wie er in dessen Besitz gelangt war. Allerdings würde Foster nie vergessen, dass er Anna und den Juden getötet hatte, und tief in seinem Herzen wusste Desmond, dass Foster ihm diesen Eintritt in die Außenbezirke seines großen und unglaublichen Geheimnisses niemals vergeben würde. Sie würden ihn nicht verschonen, auch wenn er die Liste zurückgab: Niemand versöhnt sich mit einem verwundeten Tiger.

Wie ein plumper grüner Käfer krabbelte der Bus durch den erwachenden Frühling.

NEUNTES KAPITEL

Von Hertford aus nahm Desmond den nächsten Zug nach London. Und obwohl er sicher war, dass ihm niemand folgte und dass es selbst die Möglichkeiten eines Foster überstieg, an jedem Bahnhof Agenten aufzustellen, fühlte er sich doch nervös und bloßgestellt wie ein ehrlicher Mann, der ohne Fahrkarte reist. So kauerte er denn im Wartesaal, bis der Zug einfuhr, und sprang in einen Waggon erster Klasse, als dieser sich bereits in Bewegung setzte. Zu seinem Ärger war er dort nicht allein, sondern teilte sich das Abteil mit drei Offizieren, die in eine höchst ernsthafte Konversation vertieft waren.

«Warum», fragte der eine von ihnen, «haben die Soldaten gestern Abend eigentlich keinen Pudding bekommen?»

«Was? Sie haben keinen Pudding bekommen? Ich dachte, sie hätten den gleichen Pudding bekommen wie wir.»

«Nein, der Feldwebel hat mir erzählt, sie hatten überhaupt keinen Pudding.»

«Ich finde, das ist ein starkes Stück! Darf nicht wieder vorkommen.»

«Unser Pudding war eigentlich gar nicht schlecht.»

«Kann ich nicht beurteilen … ich habe mir nie viel aus Pudding gemacht.»

«Das sehe ich anders; ich mag guten Pudding. Und das Essen war in letzter Zeit insgesamt nicht so übel.»

«Mit dem Schinken heute morgen war ich überhaupt nicht zufrieden; ich vertrage keinen Heeresschinken.»

«Ja, ich weiß, die meisten mögen den Schinken beim Heer nicht besonders. Aber ich mag ihn trotzdem. Letzte Woche daheim hat man mir Schinken gereicht, und er schmeckte mir weniger gut als unser Heeresschinken. Habe ihnen erzählt, dass der Schinken bei der Armee ein besseres Aroma hat, auch wenn er *tatsächlich* etwas durchwachsen ist. Sie waren sehr überrascht.»

«Ich glaube auch, dass der Schinken beim Heer *tatsächlich* mehr Aroma hat; es hängt alles davon ab, wie man ihn mag.»

«So ist das.»

«Also, sind Sie sicher, dass die Soldaten keinen Pudding hatten? Da muss man nachhaken. Darf nicht wieder vorkommen.»

«Und ich dachte, sie hätten den gleichen Pudding wie wir …»

Desmond war beglückt. Hier, dachte er, lag der feste Grund der britischen Zivilisation, und solange Britanniens Soldaten über Pudding debattierten, hatten Fanatiker und Tyrannen keine Chance. Gern hätte er sich ins Gespräch eingemischt und seine Ansichten über Schinken zum Besten gegeben, aber er hielt sich zurück und versank in ein angenehmes Dösen. Erst als sie in London einfuhren und der trübe Strudel der Liverpool Street ihn umfing, fiel ihm ein, dass er jetzt ein vollkommen neues Leben führte und dass er auf einer anderen Seite der Geschichte gefangen war.

Bei einem langweiligen, aber halbwegs erträglichen Mittagessen bedachte er seine nächsten Schritte und kam zu dem Schluss, dass sein Pessimismus eigentlich unberechtigt war. Er würde nach Missenden reisen, seinen postlagernden Umschlag in Empfang nehmen und das Notizbuch zusammen mit einer vollständigen Erläuterung an Foster senden. Dann würde er bei Mr. Poole seinen Job kündigen – dem der Krieg vermutlich in nächster Zeit ohnehin ein Ende setzen dürfte – und sich drei oder vier Monate lang irgendwo auf dem Land verstecken. Sobald Foster wieder in Besitz der Liste war und feststellte, dass von Desmond keine Gefahr mehr drohte, würde er alle Pläne zur weiteren Jagd fallenlassen, und wenn Desmond sich wieder blicken ließe, hätte Foster die Angelegenheit längst vergessen. Jedenfalls war er vermutlich nicht der Mann, der sich und seine Organisation durch vergebliche und unnötige Rache in Gefahr brächte. Irgendwie reizte Desmond sogar der Gedanke, er könne seine Identität aufgeben und seine Freunde eine Zeitlang verlassen; und so beschloss er, die erzwungene Einsamkeit zu nutzen und eines jener zahllosen Bücher zu schreiben, die er in den letzten zehn Jahren entworfen hatte. Sein angeborener Optimismus und der Brandy zum Kaffee ließen die Aussichten noch glänzender leuchten, und so verließ er das Restaurant beinahe in der Überzeugung, sein Glück sei zurückgekehrt und Annas Tod sowie die daraus resultierenden Ärgernisse könnten sich noch als wichtige Schritte in seiner Karriere erweisen, da sie ihm die Mittel an die Hand gaben und ihn nötigten, all seinen emotionalen und materiellen Verstrickungen zu entkommen. Todesgefahr hatte sein neues Leben eingeläutet; in zehn Jahren, auf dem Höhepunkt seines literarischen Ruhms, würde er gewiss freundlich an Foster zurückdenken, der dann, von Kugeln durchsiebt, in einem jener Gräber modern dürfte, welche Gangster für Ihresgleichen ausheben; er selbst aber würde Jahr für Jahr in der *Times* ein paar Verse zu Ehren jenes Mannes drucken lassen, dem er sein neues Leben verdankte. Er musste nur noch nach Missenden fahren und sein Ticket in die Zukunft lösen.

Desmond rief in der Baker Street an und erfuhr, dass ihm bis zum nächsten passablen Zug noch mehrere Stunden blieben. Seine üblichen Orte aufzusuchen schien zu gefährlich; Foster war gewiss imstande, eine Wache vor seiner Wohnung zu postieren und – sollte er davon wissen – vor seinem Club; ein Kinobesuch oder ein Spaziergang im Park reizten ihn allerdings kaum. Eine Mischung aus Langeweile und Neugierde legten ihm einen Abstecher in die Buchhandlung von Mr. March nahe. Und so nahm Desmond die U-Bahn nach Hampstead, wobei er sich damit beschwichtigte, er könne ja an jeder Station aussteigen und wieder umkehren.

Mr. March betrieb seinen Handel in einer der engen, gewundenen Gassen abseits der Heath Street. Desmond betrachtete den Laden beiläufig und war mehr denn je davon überzeugt, nicht unbedingt vor einem Geschäft zu stehen, welches den Juden zu seiner Stammkundschaft zählte.

Das Schaufenster präsentierte ein Durcheinander aus Büchern aller Sachgebiete, das dem Hirn eines senilen Gelehrten entsprungen sein mochte. Auf dem Ehrenplatz prangte eine gewaltige

Prachtausgabe des *Novum Organum* von Francis Bacon, auf der einen Seite flankiert von einer deutschen Abhandlung über Vulkanismus, auf der anderen von einem illustrierten Handbuch über militärische Uniformen, in dem Offiziere mit Pomade im Haar und gewachsten Schnurrbärten wie launische Pfauen vor Landschaften posierten, in welchen Tausende berittener Soldaten in Rot und Weiß und in perfekter Formation in einem felsenbesetzten und von Kanonenkugeln zerfurchten Gelände zum Angriff übergingen. Rings um diese drei Zentralgestirne wimmelte ein staubiges Durcheinander aus Predigten, obskuren Dryden-Ausgaben, viktorianischen Handbüchern zur Leibesertüchtigung, alten Bänden des *Spectator*, antiken Theaterzetteln, Schmähschriften gegen vergessene Laster und Lobreden auf nicht weniger vergessene geistliche Tugenden. Es handelte sich um eine literarische Müllkippe, die Perlen ebenso enthielt wie Abfall – Strandgut der Grub Street aus vier Jahrhunderten.

Nachdem er ein paar Mal am Laden vorbeigeschlendert war und nichts Verdächtiges bemerkt hatte, öffnete Desmond die Tür, was durch ein leises Bimmeln angezeigt wurde, und trat ein. Der Laden war wesentlich größer, als es von draußen den Anschein hatte; er erstreckte sich wie eine breite, reichlich gefüllte Passage ins trübe Halbdunkel des hinteren Bezirks. Während Desmond sich noch vorsichtig umschaute, trat ein älterer Herr, vermutlich der Besitzer, hinter einem Bücherregal hervor.

«Interessieren Sie sich für etwas Bestimmtes?»

Seine Stimme knarrte wie ein ungeöltes Scharnier, und während des Sprechens warf er den Kopf nach vorn wie ein neugieriger Vogel. Er war klein und gebückt, wobei er die Hände in der dienstbeflissenen Art eines Gastwirts vor dem Bauch gefaltet hielt. Ein Zucken seiner Mundwinkel jedoch und ein Funkeln der kleinen Augen kontrastierten auf geradezu parodistische Weise mit dieser Unterwürfigkeit, und seine Kleidung, die von einem Stutzer aus edwardianischer Zeit entliehen schien, ließ diese Parodie vollends ins Groteske umschlagen.

«Nein», antwortete Desmond, «ich habe keine bestimmten Interessen – oder vielmehr so viele, dass eine Aufzählung sinnlos

wäre. Sie könnten mir aber mit einem Bestandskatalog weiter-
helfen.»

Der Mann wühlte unter einem Stapel alter Folianten.

«Hier ist mein neuestes Verzeichnis. Sollte einer dieser Titel Ihr
Interesse wecken – ich bin dort hinten in meinem Büro.»

Er huschte davon und außer Sichtweite, während Desmond,
zur Seite gekehrt, damit man ihn nicht beobachten konnte, den
Katalog durchblätterte, bis er beim Titel Nr. 87 anlangte.

> *P. VIRGILII MARONIS OPERA. Interpretatione et Notis
> illustravit A. Raven; modernes Pergament; Paris, 1681:
> 2 Pfund 10 Schilling
> Schönes Exemplar dieser Ausgabe. Mit einigen handschrift-
> lichen Anmerkungen auf der ersten Seite der* Aeneis, Buch II.

Irritiert überprüfte Desmond noch einmal die Nummer. Was
mochte seinen Gegner an einer lateinischen Vergil-Ausgabe
gereizt haben? Er las den Eintrag noch ein zweites Mal und war
wie elektrisiert, denn erst jetzt begriff er den Hinweis *«illustravit
A. Raven»*. Aber das war doch einfach lächerlich! Wie hätte Anna
denn an einer Vergil-Ausgabe des 17. Jahrhunderts mitarbeiten
sollen? Hier lag offensichtlich eine Namensgleichheit vor; vielleicht hatte der Jude das zufällig entdeckt und das Buch spaßes-
halber bestellt … Doch noch während er sich diese billige Erklärung zurechtlegte, wusste Desmond bereits, dass dies Unfug war;
es musste einfach mehr dahinterstecken. Auf irgendeine Weise, in
einem entlegenen Winkel seines Hirns, wusste er um eine Verbindung zwischen Anna und Vergil; angestrengt dachte er darüber
nach, ob sie jemals über lateinische Dichtung gesprochen hatten.
Nein; selbst im Bett, wo er zu Kulturgeplauder neigte, hatten sie
niemals … aber dann erinnerte er sich wieder daran, wie er ihr
Schlafzimmer durchsucht und den preiswerten kleinen Band mit
der *Aeneis* entdeckt hatte, der so sorgsam zwischen ihren teuren
Dessous versteckt lag.

Er tat so, als sei er immer noch in den Katalog vertieft, und
bemühte sich unterdessen um die Lösung dieses Problems. Erstens

schien es um die *Aeneis* selbst zu gehen und nicht um eine ganz bestimmte Ausgabe. Zweitens wollte er nicht glauben, dass es dem Juden tatsächlich um Artikel 87 ging, denn in diesem Fall hätte er seine Zeit vermutlich nicht mit einer «Nachfrage» verschwendet; wenn er es gründlicher bedachte, war Desmond sich inzwischen sogar recht sicher, dass das im Katalog beschriebene Buch überhaupt nicht existierte – «A. Raven» wirkte ein wenig zu dick aufgetragen. Er zog die Karte hervor, die er dem Juden abgenommen hatte, und betrachtete sie genauer: Der Poststempel lautete W.1., sie war also nicht von der Buchhandlung aus versandt worden; datiert war sie auf den 16., den Tag nach Annas Ermordung. Handelte es sich womöglich nur um die Übermittlung dieser Todesnachricht? Denkbar; aber das erklärte noch nicht den Zusammenhang zwischen Anna, dem Juden und der *Aeneis*. Der Schlüssel steckte vielleicht in den Anmerkungen am Eingang zu Buch II; in Annas Ausgabe, so fiel ihm plötzlich ein, hatte es eine Reihe von Unterstreichungen mit Bleistift gegeben. Mehr war aus der Sache aber nicht herauszuholen; die einzige – wenn auch vielleicht gefährliche – Chance bestand darin, Mr. March ein paar Hinweise zu entlocken.

Er hüstelte und begab sich geräuschvoll in den hinteren Bereich des Ladens, wo der Buchhändler und ein hochgewachsenes Mädchen, die Augen wie runde Kiesel hinter dicken Brillengläsern, in einem abgetrennten Verschlag an einem mit Papieren übersäten Tisch hockten und ihren Tee aus weißen henkellosen Tassen tranken.

«Mr. March», fragte Desmond, «ist Nr. 87 noch vorrätig?»

Beide blickten sofort auf, die Teetassen in der Hand, und starrten ihn unverwandt an wie überraschte Papageien. Mr. March drehte seinen Stuhl in Desmonds Richtung.

«Nein, ich fürchte, dieser Band ist schon verkauft.»

Desmond fühlte sich wie ein Seiltänzer auf einem verrosteten Kabel, und er beschloss, zu bluffen. Jedenfalls schien ihm das nun einfacher als während seiner Gefangenschaft; zudem befand er sich in einem Antiquariat gewissermaßen auf vertrautem Terrain, und die bizarre Kostümierung des Mr. March verlieh ihm jetzt das Selbstvertrauen eines Schauspielers bei einem Historienspektakel.

«Wenn ich es richtig sehe, erhielt einer meiner Kollegen am 15. die Auskunft, Nr. 87 sei nicht mehr im Bestand. Warum wurde ich nicht informiert?»

Die beiden blickten ihn immer noch an, und Mr. March erwiderte scharf:

«Das hat nichts mit mir zu tun; ich versende die Artikel lediglich an Leute auf meiner Liste. Wer sind Sie?»

«Es *hat* etwas mit Ihnen zu tun, dass ich nicht informiert wurde. Und scheren Sie sich gefälligst nicht darum, wer ich bin; ich erhalte meine Anweisungen von Mr. Foster persönlich und lege keinen Wert darauf, von Ihnen befragt zu werden.»

Kaum war Fosters Name gefallen, klappte dem Buchhändler das Kinn herunter, und sein bleiches Gesicht sackte betrübt in sich zusammen.

«Ich habe meine Anweisungen befolgt, ich habe nichts falsch gemacht», wimmerte er. «Ich habe jeden genau so informiert, wie man es mir aufgetragen hat. Sie können mir nichts vorwerfen! Ich habe immer alle Anweisungen von Mr. Foster befolgt! Meine Tochter weiß das, sie kann es bezeugen.»

Das Mädchen nickte stumm. Ihrem Schrecken nach zu urteilen, musste Desmond Ihnen wie der Henker erscheinen, und mit bösartigem Vergnügen registrierte er, dass es Fosters Angestellen kaum besser erging als Fosters Feinden.

«Halb so wild», erwiderte Desmond kalt, «Mr. Foster wird sich um die Angelegenheit kümmern. Sagen Sie mir nur eines», fuhr er fort, innerlich zitternd, weil er ahnte, dass er nun dem Kern der Sache nahe kam, «was tritt an die Stelle von Nr. 87? Horaz, nicht wahr?»

«Aber nein, aber nein», protestierte der Alte, «es ist jetzt die 164, und der spezielle Code …»

«Still, Vater», unterbrach ihn das Mädchen resolut, mit näselnder Stimme, «du wirst alt; ich glaube, dieser Mann ist ein Feind.»

Sie erhob sich hinter ihrem Tisch und deutete mit einer kleinen glänzenden Pistole auf Desmonds Unterleib.

«Halten Sie die Hände ruhig», kommandierte sie, «und bewegen Sie sich nicht. Vater, ruf doch im Belsize Park an und bitte sie, uns sofort jemanden herzuschicken.»

Murrend und mit gleichermaßen verärgertem Blick auf Desmond wie auf seine Tochter griff Mr. March zum Telefonhörer und drehte an der Wählscheibe. Desmond und das Mädchen schauten einander an; er mit einem freundlichen Lächeln, das die pure Angst überspielte; sie mit zusammengepressten Lippen und strahlenden Augen, den behäbigen Leib hoch aufgerichtet vor Freude angesichts dieses Triumphes über einen Vertreter jenes Geschlechts, welches ihr wieder und wieder mit Missachtung begegnet war. Der alte Mann drehte immer noch an der Wählscheibe, als die Türglocke läutete und schwere Fußtritte hörbar wurden.

«Na, na», donnerte eine kräftige Stimme, «wo steckt Mr. March? Wie immer beim Tee vermutlich.»

«Rasch», zischte das Mädchen, «da kommt Dr. Armstrong; überlass mir das Telefonieren und sieh zu, dass er nicht hier hereinkommt!»

Mit einem Seufzer ließ March den Hörer sinken, er schob sich an Desmond vorbei, eine Entschuldigung murmelnd, und schlurfte in den Laden. Er schien immer noch ein wenig beunruhigt, aber eher wie ein Mann, der in einer gesellschaftlich etwas pikanten Situation ertappt wurde. Entweder, dachte Desmond, hat er seine Angst erstaunlich schnell abgeschüttelt, oder er befand sich bereits in einem Alter, in welchem Freud und Leid gleichförmig an einem entlanggleiten.

«Guten Tag, Herr Doktor», trällerte er, «ich habe schon damit gerechnet, dass Sie noch vorbeischauen. Ich habe unten im Keller einen hübschen Stapel medizinischer Traktate, den Sie sich vielleicht anschauen möchten. Es ist sogar ein Vortrag von Sydenham dabei.»

«Gut, gut», dröhnte der Doktor, «voran, Macduff! Habe ich Ihnen schon vom *Sceptical Chymist* erzählt, den ich in Norwich entdeckt habe? Ganz außerordentlicher Glücksfall! Ich bummelte da so über den Markt …»

Desmond stand direkt an der Tür der kleinen Kammer. Mit einer raschen Bewegung trat er in den Laden, wo Mr. March mit einem rundlichen, weißhaarigen älteren Herrn plauderte.

«Guten Tag!», grüßte er. «Na sowas, ich glaube, das ist doch Dr. Armstrong!»

Der Doktor wandte sich zu ihm um.

«Ja, ich bin Dr. Armstrong, aber ich kann mich nicht an Sie erinnern.»

«Das habe ich auch nicht erwartet; ich war noch ein Junge mit gebrochenem Arm, als Sie mich das letzte Mal vor sich hatten. Ich vermute, Sie erinnern sich eher an meinen Vater, Gerald Robinson?»

«Robinson, Robinson, warten Sie ... ich kann ihn nicht genau zuordnen, aber ich bin ja auch so vielen Menschen begegnet. Jedenfalls», fuhr er jovial fort, «bin ich sehr froh, Sie jetzt unter glücklicheren Umständen anzutreffen. Sie sind ein Büchersammler?»

«Nur ein kleiner, leider – kein *Sceptical Chymist* im Hause, sehr schade.»

Der Doktor war hocherfreut.

«Auch bei mir nicht; es war nur ein sehr bemerkenswerter Glücksgriff. Ich bummelte über den Markt ...»

Desmond bewegte sich langsam in Richtung Tür und ließ immer wieder Bemerkungen fallen wie: «In der Tat ... Erstaunlich! ... Nur achtzehn bekannte Exemplare, sagen Sie?» Dies und Ähnliches warf er ein, wann immer der Arzt seinen Vortrag unterbrach, während Mr. March hilflos dreinblickte und seine Tochter eindringlich ins Telefon flüsterte. Als Desmond schon den Türgriff in der Hand spürte, trat das Mädchen in den Laden, ein Buch in der Linken, um etwas zu verbergen, das sie in der Rechten hielt.

«Hier ist das Buch, das ich Ihnen heraussuchen sollte; vielleicht folgen Sie mir ins Büro, um es sich anzuschauen.»

Desmond blickte auf eine imaginäre Uhr, dann folgte eine hastige Bewegung, und er riss die Tür auf.

«Himmel!» rief er, «ich hatte keine Ahnung, dass es schon so spät ist; ich verpasse noch meinen Zug. Auf Wiedersehen, Dr. Armstrong; auf Wiedersehen, Mr. March!»

Er eilte die Heath Street entlang, fast erwartete er eine Pistolenkugel, die ihn von hinten durchbohrte, dann stürzte er in den

Bahnhof. Dort versteckte er sich in einem Eingang und behielt die Straße nach Belsize Park im Blick. Wenige Minuten später donnerte tatsächlich ein sportlicher Wagen den Hügel hinauf und rutschte förmlich um die Kurve in Richtung Heath. Einem Zeitungsverkäufer gegenüber bemerkte Desmond noch, dass manche Leute heutzutage einfach viel zu rücksichtslos unterwegs seien, und pflichtete dem Urteil bei, dass etwas dagegen unternommen werden müsste; dann spazierte er, außer Atem und doch wie beiläufig, in den Bahnhof hinein und besorgte sich eine Fahrkarte zur Baker Street.

Nachdem er dort noch die Fahrkarte nach Missenden erstanden hatte, kaufte er sich einen preiswerten Koffer und einen Pyjama, da ihm einfiel, dass die Post bei seiner Ankunft bereits geschlossen sein mochte und er über Nacht bleiben müsste; am Ende waren vom Geld des Juden nur noch drei Schillinge übrig. Mit grandioser Geste überließ er sie dem Kofferträger, der ihm die Waggontür öffnete. Wenn man schon ein neues Leben beginnt, kann man das alte schließlich auch mit einem Tusch beenden.

ZEHNTES KAPITEL

Anwesend: A (Vorsitzender); B, C (für die Sektion Osteuropa);
D, E, F, G (Schriftführer)
Ort: Londoner Zentrale
Termin: 20.30 Uhr am 24. dieses Monats

*Die Niederschrift der vorhergehenden Sitzung wird verlesen
und gebilligt.*
Punkt 1 der Tagesordnung: Besondere Angelegenheit.

Vorsitzender: Da mir bewusst ist, dass Sie alle großen Wert darauf
legen, vollständig über die aktuellen Entwicklungen in der Affäre
Raven unterrichtet zu werden, über die wir bereits in unserer
Sondersitzung vor einer Woche gesprochen haben, halte ich es für
wünschenswert, den heutigen Abend mit einem entsprechenden
Bericht zu eröffnen.

Zunächst darf ich Ihnen erfreulicherweise mitteilen, dass der
Mordfall bislang keinerlei spürbare Konsequenzen für uns hatte.
Soweit ich weiß, ermittelt die Polizei, hat aber offenbar weder
über Mrs. Raven noch ihre Mörder irgendwelche Informationen
in der Hand, und keine ihrer Nachforschungen berührt einen
unserer Agenten. Und soweit ich weiß, zeigt das Innenministerium kein Interesse an diesem Fall. G, dessen Abteilung sich mit
diesen Angelegenheiten befasst, wird das bestätigen.

G: Richtig. Nach Aussagen der Fremdenpolizei, der Abteilung für Sonderaufgaben und der amerikanischen Botschaft
behandelt die Polizei den Fall als Routineangelegenheit; meines
Wissens wurden die Ermittlungen aus Mangel an Beweismitteln

sogar schon eingestellt. Sofern die Behörden also nicht außergewöhnlich vorsichtig agieren, dürfen wir davon ausgehen, dass es sich bei diesem Mord um keine Geheimdienstangelegenheit handelt und dass die Kontaktliste sich nicht im Innenministerium befindet.

B: Was ist mit diesem Thane? Wurden unsere Anordnungen in Bezug auf ihn erfolgreich ausgeführt?

Vorsitzender: Ja, bis zu einem gewissen Punkt. Er wurde in Haft genommen und befragt und hat auch gewisse Dinge gestanden. Leider ist er anschließend geflohen und konnte bisher auch nicht wieder eingefangen werden.

E: Um Gottes Willen, wer ist denn dafür verantwortlich? Hat Foster die Sache geleitet?

Vorsitzender: Ja.

B: Dann lassen Sie uns O'Briens Bericht hören.

Vorsitzender: Thane hat O'Brien bei der Flucht getötet.

Verschiedene Anmerkungen, die nicht ins Protokoll aufgenommen werden. Der Vorsitzende ruft die Versammlung zur Ordnung.

Vorsitzender: Lassen Sie uns doch bitte keine übereilten Schlüsse ziehen. Ich habe Mr. Foster gebeten, uns heute abend einen vollständigen Bericht vorzulegen.

Mr. Foster wird hereingerufen und verliest seine Stellungnahme.

Mr. Foster: Meine Männer haben Thane unverzüglich am 18. ergriffen und in mein Haus in Hertfordshire verbracht. Dort wurde er bis zu meiner gestrigen Rückkehr nach England festgehalten. Ich habe ihn unverzüglich verhört, und bei dieser Vernehmung hat er eingeräumt, gelegentlich für den Britischen Geheimdienst zu arbeiten, in diesem Fall mit der Aufgabe, Raven zu observieren, die er für eine deutsche Spionin hielt; er behauptete, ihr Tod sei gewissermaßen ein Unfall gewesen, seine Vorgesetzten hätten davon nichts erfahren. Von unserer Organisation hat er offenbar keine Vorstellung, und er schien erstaunt über seine Festnahme. Nach weiteren Befragungen räumte er ein, dass O'Brien Mitglied des Militärischen Nachrichtendienstes sei, und da ich diesen Herrn nicht kannte, den man mir ohne mein Einverständnis zugewiesen hatte, war ich willens, seiner Anschuldigung Glauben zu schenken. Thane gelang es dann, eine Fensterscheibe einzuschlagen und dadurch die Polizei auf uns aufmerksam zu machen; die entstandene Verwirrung nutzte er zur Flucht, nachdem er zuvor O'Brien getötet hatte, der ihn aufhalten wollte. In der Dunkelheit erwies sich die Verfolgung als schwierig; er hat dann noch einen weiteren meiner Männer ermordet und konnte sich dadurch einer erneuten Inobhutnahme entziehen. Heute nachmittag besuchte er die Buchhandlung von March und unternahm den Versuch, den Verschlüsselungscode zur Kontaktliste an sich zu bringen; auch dort gelang ihm die Flucht, bevor wir ihn hätten einfangen können. Ich bin mir daher sicher, dass sich die Kontaktliste immer noch in seinem Besitz befindet und dass er sie keinem Dritten übergeben hat. Leider habe ich keine Kenntnis von seinem gegenwärtigen Aufenthaltsort.

E: Das ist ungeheuerlich! Wie können Sie es wagen, uns mit einem derartigen Eingeständnis Ihrer Inkompetenz zu beleidigen?

Mr. Foster: Meine Inkompetenz ist ein Ergebnis Ihres eigenen Misstrauens, mein Herr. Indem Sie mir O'Brien aufdrängten, haben Sie ein effizientes Vorgehen vollkommen unmöglich gemacht. Ich kann und will unter solchen Bedingungen nicht länger für Sie arbeiten.

E: Sie wollen nicht? Mr. Foster, es gibt Mittel und Wege, Sie zu zwingen, ob Sie nun wollen oder nicht.

Mr. Foster: Diese Mittel, mein Herr, können auch andere einsetzen, und zwar in mehr als eine Richtung, wie Sie vielleicht eines Tages feststellen werden.

E: Oh Gott, müssen wir uns diese Frechheiten wirklich gefallen lassen?

Vorsitzender: Meine Herren, meine Herren! Bitte unterlassen Sie dieses Gezänk. Mr. Foster, Sie vergessen Ihre Stellung; und Mr. E, Sie vergessen sich. Das Reglement der Sitzung erfordert, dass Sie beide sich entschuldigen.

E: Ich bedaure die Form meiner Bemerkungen, auch wenn ich zu ihrem sachlichen Inhalt stehe.

Mr. Foster: Ich entschuldige mich für meine Taktlosigkeit.

Vorsitzender: Gut. Wollen wir fortfahren. Hat jemand noch irgendwelche Fragen?

D: Glauben Sie denn, dass Thane dem Geheimdienst angehört?

Mr. Foster: Alles in allem – nein. Mag sein, dass er gelegentlich für sie gearbeitet hat, aber ich bin mir sicher, dass seine Verbindung mit Frau Raven rein privater Natur war, dass er die Kontaktliste zufällig entdeckt hat und dass er jetzt versuchen wird, sie an den Höchstbietenden zu verscherbeln.

G: Ist es korrekt, das Thane sowohl O'Brien als auch Ihren eigenen Mann ganz allein getötet hat?

Mr. Foster: Ja, das trifft zu. Die Umstände haben ihn begünstigt.

B: Also Mr. Foster, dieser Thane scheint ja ein ziemlich gefährlicher Bursche zu sein. Glauben Sie denn, dass Sie ohne Hilfe mit ihm fertigwerden?

Mr. Foster: Ich werde mit noch viel gefährlicheren Burschen als Thane fertig.

E: Ich vermute nur, dass Sie keine Gelegenheit finden, das auszuprobieren.

Vorsitzender: Mr. Foster – sehen Sie denn noch irgendeine Möglichkeit, die Liste wieder zu beschaffen?

Mr. Foster: Gewiss. Obwohl ich Thane bislang noch nicht aufspüren konnte, habe ich doch ein paar wertvolle Hinweise erhalten, denen ich – mit Ihrer Erlaubnis – nachzugehen gedenke.

E: Was genau sind das für Informationen?

Mr. Foster: Das möchte ich lieber nicht offenlegen. Eingriffe in meine Methoden haben Thane die Flucht ermöglicht, und Sie werden es mir hoffentlich nicht als Respektlosigkeit ankreiden, wenn ich gestehe, dass ich meine Arbeit in dieser und überhaupt jeder Angelegenheit nur fortsetzen kann mit der verbindlichen Zusicherung, dass ich allein die volle Verantwortung trage und ohne unerwünschte Helfer oder Ratschläge operieren kann.

E: Herr Vorsitzender! Sie werden doch gewiss nicht zulassen …

Vorsitzender: Ich fürchte, mein Herr, dass ich Mr. Foster beipflichten muss. Es scheint mir das Beste zu sein, dass er seine Arbeit auf seine eigene Weise erledigt, und ich möchte ihm auch in Ihrer aller Namen für seinen Bericht danken. Mr. Foster, ich baue darauf, dass das Glück Ihnen schon sehr bald wieder hold ist und dass Ihre Suche zu einem erfolgreichen Abschluss kommt. Sie haben nun wie immer mein vollkommenes Vertrauen.

Mr. Foster: Vielen Dank, Sir. Ich werde mir die größte Mühe geben, Ihr Vertrauen zu rechtfertigen.

Mr. Foster verlässt den Versammlungsraum.

E: Herr Vorsitzender, wieso ergreifen Sie gegen mich die Partei dieses Mannes? Er ist zweifelsohne über alle Maßen arrogant und gefährlich und sollte schnellstmöglich ausgeschaltet werden.

B: Ich fürchte, er wird uns an unsere Feinde verraten, wenn wir ihn nicht sofort zum Schweigen bringen. Er hat doch bereits O'Brien getötet und ist nicht mehr vertrauenswürdig.

G: Ich stimme meinen beiden Vorrednern vom Grundsatz her zu.

F: Ich ebenfalls. Ich bin solchen Typen schon mehrfach begegnet; ihr Geltungsdrang und ihr Ehrgeiz verleiten sie früher oder später zum Verrat.

Vorsitzender: Meine Herren! Ich bin ja durchaus Ihrer Meinung, aber unsere Lage erfordert jetzt eher Taktgefühl als Standhaftigkeit. In der Vergangenheit hat Foster tatsächlich zu unabhängig agiert, und er ist deshalb wohl zu der Einschätzung gelangt, seine unbestreitbaren Talente in der Durchführung von Maßnahmen berechtigten ihn zu einer führenden Stellung in unserer Organisation. Vor einiger Zeit hat er mir gegenüber einige Vorschläge zur generellen Ausrichtung geäußert, und ich musste ihn daran erinnern, dass er nur ein Angestellter ist, von dem außer Gehorsam nichts weiter erwartet wird. Er schien verärgert, und an jenem Tag habe ich mit Bedauern beschlossen, dass er zum frühestmöglichen Zeitpunkt beseitigt werden muss. Trotzdem dürfen wir nicht vergessen, dass er sich gegenwärtig in einer für uns nicht ungefährlichen Lage befindet. Er ist tiefer in die Aktivitäten unserer Bewegung eingeweiht als jeder andere, und sollte er die Absicht haben, uns zu verraten, könnte er einen gründlicheren Schaden anrichten als sogar ich selbst. Schließlich ist er der direkte Kontaktmann unserer untergeordneten Agenten, und er hat, glaube ich, sogar eine Leibwache für sich höchstpersönlich engagiert, die wir nicht einmal kennen. Ich bedaure außerordentlich, dass sich eine solche Machtposition überhaupt herausbilden konnte, doch die politische Lage Englands hat unsere Arbeit hierzulande eben sehr verkompliziert. Weil Großbritannien nun einmal als einzige bedeutende Macht über keine nennenswerte Gruppe politisch unzufriedener Bürger verfügt, aus der wir unser Material rekrutieren könnten, hat es sich als notwendig erwiesen, bei der Umsetzung unserer Projekte gewissermaßen auf professionelle Unterstützung zu setzen. Bei der Rekrutierung und Ausbildung eines geeigneten Teams hat Foster ohne Zweifel Genie bewiesen, und es wäre ungerecht, das zu leugnen. Inzwischen ist seine Arbeit aber nahezu getan, und die Zeit seiner Unentbehrlichkeit geht zu Ende. Sobald diese unselige Affäre ausgestanden ist, werden wir ihn nicht länger ertragen müssen.

E: Sind Sie denn zuversichtlich, was seine gegenwärtige Loyalität betrifft?

Vorsitzender: Aber sicher. Ich habe ihm gewisse Zusagen gemacht für den Zeitpunkt, wenn ich die Macht innehabe, die selbst *seinen* Ehrgeiz befriedigen dürften. Und ich habe mich persönlich verpflichtet, ihn unter allen Umständen zu schützen, selbst gegen den Rest des Komitees.

B: Das meinen Sie doch jetzt sicher nicht ernst?

Vorsitzender: Aber selbstverständlich nicht.

G: Das gefällt mir nicht. Foster ist ein kluger Mann, und er misstraut *uns* sicher so, wie wir *ihm* misstrauen. Sofern wir ihn nicht davon überzeugen, dass seine Interessen mit unseren identisch sind, kann er versuchen, gegen uns vorzugehen.

Vorsitzender: Einspruch! Schließlich gewinnt er nicht viel, wenn er sich gegen uns wendet, aber seine Aussichten sind glänzend, sobald wir reüssieren. Selbst wenn er unsere Absichten ihm gegenüber ahnen sollte, ist es eben nicht mehr als ein Verdacht, und er ist Spieler genug, um beträchtliche Risiken einzugehen. Ich wiederhole aber, dass ich ihm seine Stellung garantiert habe und dass er großes Vertrauen in mich setzt.

G: Mir gefällt das nicht. Ich wünschte, wir könnten ihn auf der Stelle loswerden.

Vorsitzender: Das werden wir auch, sobald er die Liste zurückbringt. Solange wir die nicht haben, sind wir in Gefahr, und unser Streit mit Foster bleibt zweitrangig.

E: Wer soll denn sein Amt übernehmen?

B: Thane natürlich! Bislang hat er sich als der bessere Mann erwiesen.

Gelächter.

G: Hm, nicht auszuschließen, dass Thane überhaupt nicht existiert oder dass er nur Fosters Marionette ist. Ich denke, wir dürfen uns nicht vollständig auf Fosters Bericht verlassen.

Vorsitzender: Diese Möglichkeit habe ich auch schon in Betracht gezogen, ihre Prüfung müssen wir aber auf einen späteren Zeitpunkt verschieben. Ist das Komitee also der Ansicht, dass wir Foster gegenwärtig freie Hand lassen und ihn unmittelbar nach Aufklärung der Raven-Affäre aus dem Weg schaffen?

C: Einspruch! Ich halte ihn für unseren fähigsten Mann, auf dessen Dienste wir nicht verzichten können.

D: Ich pflichte meinem Vorredner bei. Macchiavellismus ist nicht immer die klügste Richtschnur.

E: Aber auch christliche Demut nicht.

Vorsitzender: Ich ziehe meinen Antrag zurück und unterbreite einen Alternativvorschlag: dass wir Foster momentan freie Hand lassen und über seine Zukunft zu einem späteren Zeitpunkt entscheiden.

Dies wurde einstimmig angenommen. Die Versammlung wandte sich Tagesordnungspunkt zwei zu.

ELFTES KAPITEL

Wie Desmond es vorausgesehen hatte, war das Postamt – das gemäß dem liberalen Dogma, wonach privater Nutzen das Allgemeinwohl befördert, den Versand von Briefen mit dem Verkauf von Lebensmitteln kombinierte – bei seiner Ankunft in Missenden bereits geschlossen; deshalb bezog er für eine Nacht Quartier im *Labour in Vain*. Das Hotel war vor allem auf Wochenendgäste ausgerichtet. Die Pagen waren livriert, trugen aber kurze Ärmel; das Festpreismenü kostete sechs Pence. Die Türen waren verzogen, glänzend poliert und schwer zu schließen; und Paaren, die mit dem Auto anreisten, wurden Doppelzimmer angeboten, noch bevor sie sich in die Gästeliste eingetragen hatten. Der hübsche Bau stammte aus dem 17. Jahrhundert, lag günstig an der Kreuzung zweier Hauptstraßen und galt als allerbeste Adresse. Alleinreisende junge Herren zählten zu den seltenen Gästen, und der überraschte Tonfall der Rezeptionistin, die soeben erfahren hatte, dass Desmond tatsächlich allein unterwegs war, verwirrte ihn dermaßen, dass er sich geistesabwesend mit seinem wahren Namen eintrug, den er dann, unter Zuhilfenahme eines Tintenkleckses, in «Thatcher» korrigierte.

Nach dem Essen nahm er in der Lounge die übrigen Gäste in Augenschein und fand sie wenig inspirierend. Die üblichen Herren vom Militär – eine Gruppe junger Unteroffiziere, die sehr beflissen bei jedem der stakkatoartig vorgetragenen Witze eines Vorgesetzten in Gelächter ausbrachen, und ein vornehmer Herr, der allein in einer Ecke saß und im *Punch* las. Die üblichen Paare – ältere Stammgäste beim Kreuzworträtseln; jüngere Gäste, unendlich gelangweilt von ihrer Zeitschrift und der Konversation mit dem Partner, die darüber grübelten, wie früh man wohl wagen dürfe, zu Bett zu gehen. Die üblichen Singles – eine ältere Dame; ein gepflegter Herr vom Typus des

gehobenen Geschäftsreisenden, regungslos hinter seiner Abendzeitung. Dieser Herr allerdings passte nicht ganz so perfekt hierher wie die anderen, und Desmonds gereizte Nerven schöpften
einen Augenblick lang Verdacht. Dann aber entspannte er sich
wieder: Niemand konnte ihm gefolgt sein, niemand kannte seinen Aufenthaltsort, und der Herr schien sich jedenfalls nicht im
geringsten für ihn zu interessieren. Desmond wies sich innerlich
energisch zurecht und bestellte einen weiteren Kaffee. Einen Verfolgungswahn zu entwickeln, während man tatsächlich verfolgt
wurde, war schließlich der sicherste Weg in den Wahnsinn.

Der Abend schien endlos. Gereizt blätterte Desmond in der
Zeitschrift, die er sich für die Zugfahrt besorgt hatte, und erneut
kostete er das beißende Aroma einer Übersetzung von Bob Paget
aus dem Hindi:

> *Im Frühling besaß ich*
> *eine Kuh*
> *ein hölzernes Bhokki[1]*
> *und eine jungfräuliche Tochter.*
> *Oh ja, oh ja!*
> *Dann kam der Regen,*
> *Dann kamen englische Soldaten.*
> *Oh je, oh je!*
> *Jetzt habe ich noch mein Bhokki.*
> *Oh oh oh oh.*

Gelangweilt kritzelte er auf der *Landlust* herum und notierte
Grammatikfehler im Beitrag über «Prächtige Rammler». Ratlos
durchwühlte er seine Taschen, um seinen Hunger auf Lesestoff
zu stillen, der ihn ansonsten genötigt hätte, verschmutzte Fet-
zen der Zeitung vom Vortag in die Hand zu nehmen oder die
Werbesprüche auf einer Zahnpastatube zu begutachten. Mit
Erfolg; er hatte den Bestandskatalog von Mr. March behalten,
und jetzt erinnerte er sich auch wieder an den alten Herrn, der
etwas von einem «Code» gefaselt hatte. Was genau hatte er noch

1 kleiner Talisman

einmal gesagt? «Aber nein, es ist jetzt die 164, und der spezielle Code …» Ohne allzu große Erwartung blätterte er bis zum Eintrag 164.

> FOSTER (Reverend Andrew). Kurze Anmerkungen zum Zweiten Kapitel des Briefes an die Epheser. Schadhafter Einband. London, 1889. 8 Schilling 6 Pence.

Desmonds Herz raste plötzlich vor Aufregung. Erst Anna als Mitarbeiterin an einer Vergil-Ausgabe, jetzt Foster mit einem Kommentar zum Epheser-Brief – das konnte kein Zufall mehr sein. Zweimal die Namen von Mitgliedern der geheimnisvollen Organisation; zweimal ein Hinweis auf ganz bestimmte Stellen in leicht zugänglichen Texten. Falls die Einträge auf Schlüssel hinwiesen, wie der unüberlegte Hinweis von Mr. March vermuten ließ, mussten diese Codes sich auf die Bücher selbst und nicht auf irgendwelche speziellen Ausgaben beziehen. Vielleicht diente die Buchhandlung der Bande ja als eine Art Poststelle, und im Katalog waren Anweisungen versteckt, die sich nicht einfach durch Ziffern wiedergeben ließen. Also begann Desmond, jeden Eintrag sorgfältig zu analysieren, erkannte aber schon bald die Vergeblichkeit dieses Bemühens, da er außer den beiden dürftigen Hinweisen nichts in Händen hielt. Deshalb blätterte er noch einmal zu Artikel 87 zurück – «*Mit einigen handschriftlichen Anmerkungen auf der ersten Seite der* Aeneis, *Buch II …*» Sobald er den postlagernden Brief besaß, würde er sich eine Ausgabe der *Aeneis* besorgen; bevor er das Notizbuch an Foster zurückschickte, konnte er sich ja noch ein paar Stunden gönnen, um Licht in die geheimnisvolle Unterwelt zu werfen, der er soeben entronnen war. Er lehnte sich im Sessel zurück, döste ein wenig und träumte von heroischen Taten, die er während der vergangenen Woche hätte begehen können, bis es nach zwölf war, Zeit fürs Bett. Die Lounge schien menschenleer, doch als er die Treppe hinaufging, bemerkte er, dass der gepflegte Herr immer noch regungslos in seiner Ecke saß und ins Feuer starrte.

Am nächsten Morgen pünktlich um neun wartete Desmond draußen vor dem Postamt. Der Herr, der ihm in der vergangenen Nacht in der Lounge aufgefallen war, hatte offenbar ebenfalls dort zu tun, denn während Desmond die Post betrat, fuhr er in einem eleganten Bentley vor, stürzte bei laufendem Motor in den Raum und drängte sich vor Desmond.

«Guten Morgen», sagte der Fremde, «liegt hier ein postlagernder Brief auf den Namen Tisket?»

Desmond erstarrte, während die Dame hinter dem Schalter den Umschlag mit seinem Vermögen herbeitrug und über die Theke schob; dann trat er vor und schlug die ausgestreckte Hand des Fremden zur Seite.

«Schauen Sie», rief er, «ich bin Tisket und dies hier ist *mein* Päckchen!»

Der Mann erbleichte und blickte sich zur Tür um, dann schien er sich zu besinnen und schob sein Kinn entschlossen vor.

«Das ist unmöglich; dieser Herr lügt. Er hat sich im Hotel als ‹Thatcher› eingetragen, und ich habe ihn nie zuvor gesehen. Ich bin ein enger Freund von Mr. Tisket, und er hat mich höchstpersönlich darum gebeten, den Brief für ihn abzuholen. Ich habe einen Brief von ihm zum Beweis.»

Er zog ein Papier aus der Tasche und entfaltete es hastig. Dies war zu viel für die Schalterbeamtin; sie presste den Umschlag an ihren Pulli und verschwand eilends im hinteren Bereich des Ladens.

«Arthur!» rief sie. «Arthur! Komm doch bitte her! Zwei Herren streiten sich über einen Brief, und ich weiß nicht, was ich tun soll.»

Aus den innersten Bereichen des Ladens ertönte ein ärgerliches Grunzen; ein kleiner stämmiger Mann trat unwillig näher und wischte sich mit der Rückseite seines haarigen Unterarms Frühstücksreste vom Mund.

«Also dann», sagte er, «was ist hier los?»

Die Verwirrung hatte Desmond Zeit zum Nachdenken gegeben. Foster musste also die Quittung über den postlagernden Brief in seinem Notizbuch entdeckt und den Mann auf Tiskets Fährte gesetzt haben in der Hoffnung, auf diese Weise auch den entflohenen Häftling aufzuspüren. Da er niemanden mit diesem Namen in der Gegend finden konnte, wollte er vermutlich nachschauen, ob der Brief sich immer noch im Postamt befand – vielleicht in der Hoffnung, darin nützliche Informationen zu entdecken. Offensichtlich kannte er Desmond nicht, doch hatte er vorsichtshalber die Gästeliste des Hotels überprüft und darin keinen Tisket vorgefunden. Desmond schauderte es kurz angesichts der Gründlichkeit seiner Gegner. Das winzige Anzeichen von Furcht im Gesicht des Fremden flößte ihm jetzt allerdings Mut ein, und ihn beflügelte der Gedanken ans Geld, das auf ihn nicht weniger inspirierend wirkte als auf andere Menschen hohe Ideale; und so beschloss er, dieses Mal so resolut aufzutreten wie sein Gegenspieler. Noch bevor Arthur seinen Satz beendet hatte, unterbrach er ihn ärgerlich.

«Mein Name ist Tisket; Thatcher ist mein Künstlername, unter dem meine Arbeiten in der Presse erscheinen. Ich habe nicht die geringste Ahnung, wer dieser Mensch ist, und ich kann nur vermuten, dass er beabsichtigt, meinen Brief zu stehlen, der einen größeren Geldbetrag enthält – wovon Sie sich leicht überzeugen können, wenn Sie ihn öffnen.»

Der andere schien überrascht, aber dann warf er ein Papier auf den Ladentisch.

«Dieser Mann lügt. Ich selbst habe den Brief beim Postamt Leicester Square aufgegeben, was die Quittung beweist.»

Desmond sah, dass er richtig vermutet hatte – es handelte sich tatsächlich um seinen Quittungsbeleg: «Tisket, Missenden P. O.» Da hatte er eine Eingebung.

«Also gut. Wenn Sie ein Freund von Tisket sind und den Brief selbst aufgegeben haben, nennen Sie mir doch bitte seinen Vornamen. Er steht vorn auf dem Päckchen.»

Arthur hatte diesem Dialog wie ein verstörtes Schaf gelauscht, nun aber entschied er, einzugreifen.

«Hm, hm», sagte er, «so geht das aber nicht. Agnes, hol doch den Polizisten.»

«Aber das ist doch gar nicht nötig», rief Desmond verzweifelt, «sagen Sie ihm einfach nur, er soll Tiskets Vornamen nennen!»

«Sparen Sie sich Ihre Frechheiten!» erwiderte der Fremde mit offensichtlich gespielter Verärgerung. «Ich werde nichts dergleichen tun. Ich verlange, dass man mir den Umschlag aushändigt!»

Seine Hand glitt langsam an die Gesäßtasche, als die Schalterbeamtin sich auf den Weg zur Tür machte und dabei das Päckchen immer noch fest an sich gepresst hielt. Mit einer Entschlossenheit, die ihn selbst überraschte, riss Desmond das Päckchen an sich, er verpasste Fosters Mann einen unbeholfenen Schlag mitten ins Gesicht, worauf dieser in einem Stapel mit Keksdosen landete, und rannte hinaus auf die Straße. Weil die Frau laut schrie und Arthur überrascht losbrüllte, blickten sich zwei Soldaten auf der gegenüberliegenden Straßenseite nach dem Laden um, und irgendjemand öffnete ein Fenster. Desmond sprang in den Wagen, drückte die Kupplung und fummelte nervös an den Gängen herum. Während das Fahrzeug sich in Bewegung setzte, stürzte sein Widersacher, jetzt gar nicht mehr so elegant, aus dem Laden und sprang aufs Trittbrett. Desmond griff nach dem Schraubenschlüssel, der offenbar für genau diesen Notfall dort abgelegt war, und beförderte den Angreifer mit zwei kräftigen Hieben auf die Straße zurück. Nun hatte sein Fuß das Gaspedal ertastet, und der Bentley brauste majestätisch die breite Straße hinab. Binnen weniger Minuten hatte er das Städtchen weit hinter sich gelassen.

Nach einer Viertelstunde bog Desmond in eine wenig befahrene Straße ein, er ließ den Wagen zurück und wanderte zu Fuß über Land. Unterwegs öffnete er den Umschlag und steckte das Geld ein, dabei warf er einen Blick ins Tagebuch. Es bestand ausschließlich aus Zahlen, von denen keine einzige, so stellte er befriedigt fest, über die 26 hinausging. Es gab keine Unterteilung in einzelne Wörter, sondern die Zahlen bildeten umfangreiche Blöcke. Nur der Titel stellte ein einzelnes Wort dar.

«Zwölf Buchstaben», dachte er, «also die gleiche Anzahl wie im Wort ‹Kontaktliste›!» Er wurde geradezu euphorisch, und während er munter durch die wohlgeordneten Felder von Buckinghamshire spazierte, summte er selbst komponierte Psalmen und bedachte die ernsten und klugen Schafe mit eigenwilligen Grußformeln.

Nach einem Fußmarsch von einer Stunde erreichte er eine Hauptstraße, und per Bus gelangte er von dort nach Aylesbury. Bei einem Glas Brandy im Pub sann er über die nächsten Schritte nach. Eigentlich war alles sehr einfach, dachte er erleichtert. Er hatte das Geld, niemand kannte seinen Aufenthaltsort, und ihn banden keinerlei persönliche Verpflichtungen. Er würde Mr. Poole eine Kündigung schicken, seiner Bank einen Brief mit einigen fingierten Erklärungen, bei der Post würde er eine Nachsendung seiner Briefe veranlassen und sich schließlich in eine ländliche Künstlerexistenz zurückziehen, bis Armut oder Militärdienst seinem Ruhestand ein Ende setzten. Für Foster wäre es praktisch unmöglich, ihn aufzuspüren, und sobald der seine kostbare Liste zurückerhielt, würde er sich diese Mühe wohl auch nicht mehr machen.

Zunächst einmal musste Desmond freilich zurück nach London, um seine Wohnung aufzulösen und seine Kleidung abzuholen. Höchstwahrscheinlich hatte Foster eine Wache vor seinem Haus postiert, und es war wohl am besten, einen Freund ums Zusammenpacken zu bitten und anschließend das Gepäck zu übernehmen – oder besser noch, da Fosters Leute auch dem Freund folgen konnten, das Gepäck unter seinem Namen an einem Schalter aufzugeben. Einen passenden Abgesandten zu finden schien nicht ganz leicht, doch nach kurzem Nachdenken fiel Desmond sein alter Freund Shadwell ein, eine ideale Wahl: verschlossen, intrigant und bereit, jegliche Unannehmlichkeit auf sich zu nehmen, wenn es galt, in den Geheimnissen von Bekannten zu schnüffeln. Er wäre sicherlich gern zu einem solchen Botengang bereit, wenn man ihn absolutes Stillschweigen schwören ließ und wenn man beispielsweise andeutete, er, Desmond, verstecke sich vor Privatdetektiven, die seine Frau auf ihn angesetzt habe. Selbstverständlich konnte Shadwell eine solche Geschichte nicht lange für sich behalten, egal wie hoch und heilig er Diskretion gelobte, doch das war eigentlich noch besser. Seine Frau würde kochen vor Wut, sobald sie davon hörte, Shadwell wäre auch für künftige Botengänge ein williger Gehilfe, und das Ganze ergäbe sogar eine plausible Erklärung für sein plötzliches Verschwinden.

Selbstverständlich würde die einfachste Recherche dieses Karten-
haus zum Einsturz bringen, doch wusste er aus Erfahrung, wie
gern seine Freunde an Geschichten glaubten, wenn das Motiv
dahinter erotisch, schmutzig und ein wenig albern erschien.

Nun aber musste das Tagebuch zunächst einmal zu Foster
zurück. Während er in Richtung Bahnhof schlenderte, wog er
es gedankenverloren in der Hand. Ein Versuch zur Entzifferung
würde doch gewiss nicht schaden …? Er spazierte am Rande des
breiten Hauptplatzes entlang, entschlossen, den gefährlichen
Inhalt nicht weiter zu ergründen und das Buch seinem recht-
mäßigen Eigentümer zurückzusenden, sofern er keine Gelegenheit fand, vor dem Erreichen der Post eine Vergil-Ausgabe zu
erwerben. Er erreichte nun aber die Post, ohne an einer einzigen
Buchhandlung vorbeizukommen; dann aber fiel ihm doch noch
eine ins Auge, nur wenige Häuser entfernt. Also rechtfertigte er
seine Inkonsequenz mit dem freien Willen und seine Neugierde
als Kampf gegen den Aberglauben – und betrat den Laden. Ja, sie
hatten eine Ausgabe der *Aeneis* – das gebrauchte Exemplar einer
Schulausgabe. Nein, Tintenkleckse und Eselsohren störten ihn
nicht. Ja, es war ein schöner Tag und er brauchte weiter nichts.
Guten Tag!

Desmond wanderte weiter und musterte seinen Einkauf, mit
dessen Hilfe man gewiss viele klassische Platittüden in wider-
spenstige Kinderschädel hineingepresst hatte. A. Thompson, IIIb,
hatte seine Fehlübersetzungen auf den ersten Seiten über jeden
Vers geschrieben und dann schlagartig davon abgelassen; Edward
Pritchard, obere vierte Klasse, hatte seine belanglose Persönlichkeit in den Vordergrund geschoben, indem er seinen Namen wohl
ein Dutzend Mal auf der Titelseite verewigte; eine ganze Reihe
weiterer Besitzer des Buches hatten sich an diesem Wettstreit
um Unsterblichkeit beteiligt und ihre Namenszüge hinterlassen.
Unfähig, dem Vorbild so vieler Vorgänger zu widerstehen, öffnete
Desmond den Füllfederhalter des Juden und schrieb in großen,
geschwungenen Lettern «D. Thanc», und dann ergänzte er noch:
«obere Mittelklasse». Er grinste noch immer über seinen kindi-
schen Einfall, während er bereits den Bahnhof betrat.

Als er Shadwell in Marylebone anrief, war dieser gerade außer Haus und wurde nicht vor dem Abend zurückerwartet; und so fand Desmond sich wie schon am Vortag ohne Kaffee in London – und es gab keinen Ort, den er aufzusuchen wagte oder der ihn gereizt hätte. Der helle und warme Nachmittag gehörte bereits zu einem Frühsommertag, und wieder schien ihm Hampstead der geeignete Ort, sich die Zeit zu vertreiben. Dort, in der urbanen Ländlichkeit von Hampstead Heath, würde er auf die Innenstadt im Tal hinabblicken und versuchen, Annas Tagebuch zu entziffern. Mit einem Notizblock von Woolworth ausgerüstet und entschlossen, Ärger sowie die Buchhandlung von Mr. March zu meiden, gönnte er sich die Extravaganz einer Taxifahrt nach Highgate Hill.

Hampstead Heath war für einen frühen Nachmittag ungewöhnlich belebt, und zu seiner Freude hörte Desmond bald das ferne Lärmen eines Jahrmarkts. Dies war viel besser als Arbeit – eine Arbeit zumal, an die er immer noch mit einem leisen abergläubischen Widerwillen dachte. Er steckte das Tagebuch in die Gesäßtasche, knöpfte diese zu, dann eilte er den Hang hinab und mitten hinein ins Gewimmel, wo die Räder sich drehten, die Menge sich um die Buden drängte und die Dampforgel unablässig dröhnte. Aufgesogen vom Kichern, Staunen und Lachen der lebenslustigen Londoner fühlte er sich sicher vor Foster, sicher vor dem Krieg, vielleicht sogar vor seiner eigenen Persönlichkeit.

Alles einmal ausprobieren! Den schweren Hammer schwingen und in den freundlichen Jubel einstimmen, auch wenn der erste Schlag den Pflock verfehlt. Korkartige Bälle auf vernagelte und mit Gewichten beschwerte Kokosnüsse werfen und am allgemeinen Staunen teilhaben, wenn eine davon, auf wundersame Weise gelöst, herunterfällt, eine ungeliebte Trophäe. Eine Schachtel Pralinen erobern, indem man gekonnt nach außen zielt. Vergeblich zwei Pence einsetzen, um mit Geschick gegen ferngesteuerte Rennpferde anzutreten. Neugierig sechs Pence bezahlen, um die Martern der Indianer zu bestaunen, aber nicht den Mut haben, den Anblick der fettesten Dame der Welt zu ertragen. Alles wenigstens einmal ausprobieren. Einen Nachmittag frei nehmen.

Mit staubbedeckten Schuhen und einem unfreiwillig erworbenen Wecker in der Hand ließ Desmond sich von der Menge auf eine mit Papier übersäte, aber relativ offene Anhöhe treiben. Dort setzte er sich, um ein wenig auszuruhen, bevor er die zweite Hälfte des Jahrmarkts in Angriff nehmen würde, und er tauchte in eine angenehm-nostalgische Stimmung ein. Wie oft war er doch in jungen Jahren mit einigen brillanten Freunden stundenlang über diese baumbestandenen Höhen gezogen; in ihren Gedanken durchdrangen sie das gesamte Universum, und scheu gestanden sie einander, wie sehr sie die Genialität des anderen bewunderten. Wie oft hatten sie damals von einem der Hügel auf die Stadt herabgeblickt und deren Niedergang beschworen – ohne Zweifel mit den Worten von Karl Marx auf den Lippen, doch in ihrem Inneren brannte das Feuer vieler großer Propheten. Und wie oft hatte er, Desmond, damals junge Frauen auf endlosen Wegen durch Kenwood geführt und sie mit vierstündigen Vorträgen über politische Anthropologie gelangweilt – als eine Art Präludium zum Versuch einer eher konventionellen Verführung. Die gute alte Zeit! Und die öde alte Zeit, korrigierte er sich rasch und stellte ärgerlich fest, wie sehr er sich bereits jenem Alter näherte, in dem einen jeder Blick in die Vergangenheit sentimental stimmt, einfach weil diese Zeit inzwischen entschwunden war.

Abrupt beendete Desmond seine Grübeleien und erhob sich, wobei er fast über ein liegendes Pärchen gestolpert wäre, das auf geheimnisvolle Weise hinter ihm aufgetaucht war. Obwohl es kaum später als halb vier sein mochte, war die Wiese bereits übersät mit schweigenden Paaren, die reglos und eng umschlungen am Boden lagen wie riesige behäbige Tiefseeschnecken. Vermutlich trieb sie die Leidenschaft, doch schien es ebenso denkbar, dass viele dieser Paare sich einfach nur abgrundtief langweilten und das auf keinerlei Weise zum Ausdruck zu bringen wussten, von einem verlegenen Über-die-Stirn-Streichen abgesehen: Und so erinnerten sie weniger an Liebende in inniger Umarmung als an sterbende Polarforscher, die sich der Wärme wegen aneinander klammern. Jedenfalls schien es unglaublich, dass so viele Menschen ganz ungeniert so weit gingen, ohne noch weiter zu gehen.

Nie zuvor und in keinem anderen Land, dachte Desmond, gab es so viel Freizügigkeit und so wenig Lust, so wenige Konventionen und so viel Verklemmtheit.

Im Zustand vornehmer Entrüstung schlenderte er weiter, wobei er eine attraktive Blondine in grünen Hosen, die zu seiner Linken in die gleiche Richtung spazierte, geflissentlich ignorierte. In der guten alten Zeit hatte er gelegentlich versucht, Mädchen in Hampstead Heath aufzugabeln, doch mit derart bescheidenem Erfolg, dass er sich damals geschworen hatte, von diesen würdelosen Versuchen abzulassen. Jetzt aber, so redete er sich ein, war er ein anderer Mann und viel selbstbewusster – und darum auch besser vorbereitet auf Zufallsbekanntschaften. Er warf einen zweiten Blick zur Seite und nahm ein ermutigendes Lächeln wahr. Kurzentschlossen jedoch, wie ein Mann, der seine Entscheidung von einem Münzwurf abhängig macht und dann genau das Gegenteil tut, bog er zur Seite ab. Nach zehn Schritten bedauerte er seine Entsagung, nach fünfzehn war er wieder mit sich im Reinen, und nach zwanzig Schritten drehte er sich schließlich um, doch da war das Mädchen schon außer Sichtweite. Plötzlich überkam es ihn wie eine leuchtend helle Offenbarung, und er wusste, wonach ihm schon die ganze Zeit der Sinn gestanden hatte. Dies war ein Urlaubstag, es wimmelte von Beute, und er war jetzt auf der Jagd!

Kaum hatte er begonnen, tatsächlich nach Opfern Ausschau zu halten, wurde ihm klar, dass er soeben die beste Gelegenheit ausgelassen hatte und dass ihm keine zweite Frau über den Weg laufen würde, die so jung, attraktiv und zugänglich war. Mürrisch vor leicht übertriebener Verbitterung betrachtete er die vielen Unattraktiven, die bereits liierten Schönheiten, die lachend vereinten Trios und die begehrenswerten Unerreichbaren. Aber da man doch im Krieg war – musste es jetzt nicht einen Überschuss an Frauen geben? Leider nein; Männer – und zu allem Überfluss auch noch Männer auf der Suche – stellten fast schon die Mehrheit. Kaum vorstellbar, dass zur gleichen Zeit mehr als zwei Millionen potenzielle Mitbewerber in gut bewachten und abgelegenen klösterlichen Anlagen gedrillt und mit Brom ruhiggestellt wurden.

Eine gute Technik, so hatte man ihm berichtet, bestand offenbar darin, sich einem Paar zu nähern, denn die Furchtsam-Soliden schöpften zwar Kraft aus ihrer Zweisamkeit, waren aber angeblich unfähig, dem Angriff eines vermeintlich unterlegenen Gegners zu widerstehen. Leider sah Desmond sich außerstande, diesen Versuch zu wagen, denn er war zwar bereit, sich beim Anpirschen an eine erhoffte Beute lächerlich zu machen, mochte das aber nicht vor kichernden Zuschauern probieren. Er musste alles auf eine Karte setzen. Sämtliche Damen, die allein unterwegs waren, schienen ihm eher unbefriedigend. Diese hier war hässlich, jene auch. Die dort drüben schien ganz nett zu sein – aber auf den zweiten Blick war sie unerträglich albern und dazu vermutlich noch laut; und das bewundernswerte Exemplar vor jenem Baum wartete offensichtlich schon auf jemand anderen. «Was für ein Scheusal ich doch bin!», dachte er, während er jede Gestalt, die sich näherte, eingehend musterte. «Keine Frau ist sicher vor meinen Absichten; niemand dürfte seine Schwester mit meinen Gedanken allein lassen. Nur das Gesetz und mein guter Geschmack unterscheiden mich von Caligula.» Doch während er Angebot um Angebot verwarf, wusste er nur zu gut, dass es ihm in Wirklichkeit nicht um eine hochmütige Entscheidung ging, sondern dass Befangenheit und Überheblichkeit ihn leiteten.

Entschlossen rang er mit sich. Zurückweisung war keine Kränkung und freundliches Entgegenkommen keine Verpflichtung. Und das Kichern jener jungen Leute auf der Bank bedeutete einem Mann seines Formats wenig, denn er wusste, wie jeder Fachmann seit den Tagen Lord Chesterfields, dass selbst Frauen, die unerwünschte Avancen kalt zurückweisen, diese als Komplimente auffassen.

Alles vergebens. Ganz offensichtlich, so sagte er sich, während er sich resigniert auf dem Rasen niederließ, befand er sich hier nicht auf vertrautem Terrain; frische Luft und weite Räume bremsten ihn aus. Bedauernd betrachtete er eine hübsche und reservierte junge Dame – eine offensichtlich Unzugängliche –, und er beobachtete mit Schadenfreude, wie ein ungepflegter und schmieriger junger Kerl es wagte, sie anzusprechen. Während sie an ihm vorüberging, richtete dieser das Wort an sie.

«Hey, Baby», hörte Desmond ihn sagen, «gehen wir vielleicht den gleichen Weg?»

Desmond staunte entgeistert, als das Mädchen lächelte. «Oh, ich spreche eigentlich nicht mit Fremden.»

«Ach, komm mir doch nich so, Süße», grinste der Knabe mit leicht amerikanischem Akzent und blieb an ihrer Seite. Keine hundert Meter, und sie gingen Arm in Arm.

Desmond tobte innerlich. War er der einzige Aussätzige in diesem verdammten Park? War er das einzige Wesen mit Armen, Beinen, Zunge und Penis, das an diesem Feiertag nicht auf seine Kosten kam? Mit der Entschlossenheit des Heerführers Mettius, der sein eigenes Leben opferte und in den Abgrund sprang, schwor sich Desmond, die nächste Gelegenheit zu ergreifen oder fortan auf weitere Unternehmungen in Hampstead Heath zu verzichten. Mit festen Schritten stieg er die glitschige Böschung bis zur Spaniards Road hinauf und bezog dort oben Posten.

Zu seiner Linken ausschließlich Paare. Rechts Paare, Dreiergruppen und eine Single-Frau. Aber was für eine! Augen wie Monde, Pickel wie Sterne, und die Zähne wetteiferten miteinander um vordere Plätze ... und über allem thronte ein kleiner weißer Papierhut von jener Art, wie sie unten auf dem Jahrmarkt verkauft wurden, bedruckt mit der Aufforderung «Komm her und besuch mich mal». All das verströmte eine große Bereitwilligkeit, auf jede noch so zaghafte Annäherung einzugehen. Schwur hin oder her, dies hier ging einfach zu weit: Er würde nicht Augen und Nase ignorieren, nur um sein Wort zu halten. Rasch überquerte er die Straße und erblickte auf der anderen Seite jenes Mädchen in grünen Hosen, das ihm schon vor einiger Zeit aufgefallen war. Offenbar hatte das Schicksal sie füreinander bestimmt.

Er holte sie ein und geriet ein wenig aus der Fassung, als sie ihn mit einem aufmunternden Lächeln grüßte. Sie war doch nicht etwa ...?

«Entschuldigen Sie», begann er zögerlich, «wissen Sie zufällig die Uhrzeit?»

(Klar habe ich Zeit, wenn Sie Geld haben.)
«Ich denke, die sollten Sie wissen. Als ich Sie das letzte Mal sah, trugen Sie einen Wecker.»

Er war ein wenig überrascht.

«Ja richtig, ich hatte einen, aber Wecker erschrecken und beunruhigen, deshalb habe ich ihn weggeworfen.»

Sie lachte. «Ich glaube nicht, dass Sie sich an mich erinnern. Drüben beim Teich hätte ich Sie beinahe angesprochen, aber Sie wirkten so ernst, trotz des Weckers, deshalb habe ich mich nicht getraut.»

Glaubte sie wirklich, ihn zu kennen, oder war dies nur wieder eine Variante der uralten Technik? Während er sie anschaute, hatte er das unschöne Gefühl, ihr Gesicht irgendwoher zu kennen, so als wären sie einander schon einmal begegnet. Das bedurfte einer sofortigen Klärung.

«Ich fürchte, ich erinnere mich tatsächlich nicht an Sie», sagte er entschlossen. «Um die Wahrheit zu gestehen: Wann immer ich einem Menschen mit einem wirklich intelligenten Gesicht begegne *(Leute immer für Qualitäten loben, die sie nicht besitzen! Wie sie tatsächlich sind, wissen die Leute schon selbst, und entsprechende Hinweise nehmen sie nur als selbstverständliche und ihnen zustehende Komplimente entgegen.)*, muss ich ihn einfach ansprechen – solche Leute fallen aus dem Rahmen. So gern ich Ihnen schon früher begegnet wäre – dieses Glück ist mir bislang offenbar versagt geblieben.»

Sie schien erfreut, aber nicht überzeugt.

«Ich bin sicher, dass wir uns schon einmal begegnet sind; wir wurden letzten Monat auf der Party bei Howards einander vorgestellt, allerdings haben Sie mich dort kaum beachtet, trotz meines intelligenten Gesichts. Sind Sie nicht Desmond Thane?»

Nun fiel sie ihm wieder ein, eine reizende junge Person in Tiefschwarz, nur dass sie damals sehr viel älter und klüger gewirkt hatte als das Mädchen ohne Hut, das nun neben ihm herlief. Kurz dachte er daran, seine Identität preiszugeben, dann aber siegte seine Neigung zur Verschwiegenheit, verstärkt durch die Erfahrungen der vergangenen Woche.

«Oh, das erklärt alles», rief er mit gespielter Begeisterung. «Wissen Sie, ich bin Thanes Cousin, und Sie sind nicht die Erste, die mich mit ihm verwechselt – es besteht eine sehr starke Familienähnlichkeit, wegen der Genetik oder dergleichen. Steht alles bei Mendel, glaube ich, falls Sie Lust haben, ihn zu lesen. Aber es tut mir wirklich sehr leid, dass ich nicht Thane bin: Wäre ich er, hätte ich Sie gewiss nicht vergessen.»

Das Mädchen war enttäuscht.

«Ach, schade! Ich hatte so gehofft, Sie wären es. Es wäre so amüsant gewesen, wenn ich ihn gefunden hätte.»

«Gefunden?» fragte Desmond. «Was meinen Sie damit? Ist er denn verloren gegangen?»

«Aber haben Sie davon denn noch nichts gehört? Er hat sein Gedächtnis verloren und ist verschwunden.»

Desmond war ehrlich erschrocken. Hinter so etwas musste Mr. Poole stecken, der bestimmt nicht glauben wollte, dass jemand, der noch ganz bei Sinnen war, diesen Job aufgeben könnte.

«Um Himmels willen, ist das wirklich so? Wie hat man das herausgefunden?»

«Ja, er ist vor einer Woche verschwunden, die meisten Zeitungen haben darüber zumindest kurz berichtet. Als ich Sie auf dem Gelände sah, war ich mir sicher, dass Sie es sind, weil Sie so verloren umherstreiften, wie auf der Suche nach Ihren Erinnerungen. Sie *sind* sich doch sicher, dass Sie wissen, wer Sie sind, oder nicht? Ja nun ...» Sie seufzte bedauernd.

Bei längerem Nachdenken sah Desmond, dass die Lage durchaus ihre Vorteile haben mochte. Ein Gedächtnisverlust würde nicht nur sein Verschwinden erklären und ihn davon entbinden, seinen Aufenthaltsort während der Abwesenheit anzugeben; er lieferte zudem eine exzellente Begründung für einen Urlaub in Abgeschiedenheit, womöglich sogar bei voller Bezahlung, sollte ein Arzt ihm ein Attest ausstellen. Er könnte also in aller Ruhe irgendwo außerhalb von London auf die Wiederkehr seiner Erinnerungen warten, und aus medizinischen Gründen – etwa zur Vermeidung von Aufregung oder dergleichen – könnte er dem Aufenthalt in seiner Wohnung oder im Büro leicht aus dem Weg gehen, bis Foster das Interesse an ihm verloren hätte.

«Oh je, der gute alte Thane – ich hoffe nur, dass ihm nichts zugestoßen ist!» sagte er heiter. «Aber da wir ja jetzt praktisch alte Freunde sind – wie wäre es mit einem Tee?»

Ohne eine Antwort abzuwarten, fasste er sie am Arm und entfaltete seine Konversationskünste. Er war tatsächlich in Hochform.

Kurz nach sechs musste seine neue Bekannte ihn verlassen, und in sein Bedauern über ihren Aufbruch mischte sich Erleichterung darüber, dass er nun zumindest wieder allein war und seine Lage überdenken konnte.

Beim Tee war ihm zu seinem Schrecken der Anruf bei Shadwell wieder eingefallen; er war sich aber nicht mehr sicher, ob er der Frau am anderen Ende der Leitung seinen Namen genannt hatte. Shadwell verschlang täglich drei Zeitungen von der ersten bis zur letzten Seite, er hatte also mit Sicherheit von Desmonds Verschwinden gehört und sich sicherlich allerlei haarsträubende Theorien darüber zurechtgelegt; eine Nachricht des Verschollenen dürfte seine Neugierde also aufs Äußerste reizen. Wie die Dinge jetzt lagen, würde Shadwells Hilfe die Situation allerdings eher verkomplizieren, man musste davon also wieder Abstand nehmen. Sollte er aber mitbekommen haben, dass Desmond nach ihm gefragt hatte, musste man ihn unbedingt mit Vertraulichkeiten beschwichtigen, bevor er die Neuigkeit ausschmückte und in seinem weitläufigen Bekanntenkreis hinausposaunte.

Desmond blieb auf der Straße stehen und versuchte sich zu erinnern, ob er nun seinen Namen genannt hatte oder nicht. Zunächst entschied er, dass dies der Fall war; er öffnete die Tür einer Telefonzelle, um Shadwell anzurufen und ein paar eilige Erklärungen nachzureichen; dann aber kamen ihm Zweifel, er entfernte sich einige Schritte, nur um abermals kehrtzumachen, da er inzwischen zu seiner ursprünglichen Theorie zurückgeschwenkt war. Mittlerweile aber betrachteten Passanten ihn neugierig, und er bemerkte einen Mann, der sich hinter einer

Abendzeitung versteckt hielt und ihn mit einem Seitenblick musterte. Erschrocken registrierte Desmond, dass er sich bereits in der Nähe der Buchhandlung von March befand; er überquerte unverzüglich die Straße und entfernte sich hastig. An der nächsten Ecke blickte er sich um; der Mann, der ihn beobachtet hatte, folgte ihm wie beiläufig, immer noch dem Anschein nach in seine Zeitung vertieft; die Hände, mit denen er die Ränder der Zeitung umklammert hielt, hatten die kräftigen, haarigen Finger eines Ringkämpfers. Jetzt packte Desmond die Panik; erneut überquerte er die Straße, dann beschleunigte er den Schritt, bis er allmählich ins Laufen überging. Nach hundert Metern schaute er sich um, da war sein Verfolger, die Zeitung unter den Arm geklemmt, ihm immer noch auf den Fersen, aber der Abstand hatte sich verringert.

Desmonds Knie wurden weich, und er blickte sich verzweifelt nach einem Taxi um, sah aber keines. Ein Stück weiter geradeaus hing die blaue Lampe einer Polizeiwache; selbst Fosters Leute würden sich doch hoffentlich von dort fernhalten? Desmond verlangsamte seine Schritte und blieb vor den Stufen stehen, die Fäuste in den Taschen geballt, der Mund bereit zum Schreien. Auch sein Verfolger näherte sich nun langsamer und blieb vor ihm stehen.

«Ich bin Polizist», sagte er, «darf ich Ihren Ausweis sehen?» Desmond zögerte ungläubig, sein Herz raste, dann bemerkte er, wie zwei Polizisten durch die Pendeltür nach draußen traten und dem Kollegen im Vorbeigehen zunickten. Vor Erleichterung wurde Desmond beinahe übel, und zum Schein wühlte er in seinen Taschen.

«Ich fürchte, ich habe ihn nicht dabei.»

«Dann haben Sie vielleicht nichts dagegen, mit auf die Wache zu kommen.»

Mit immer noch unangenehm schwachen Knien und außer Atem folgte er dem Polizeibeamten die steilen weißen Stufen hinauf.

Drinnen bat man ihn, auf einer Bank Platz zu nehmen; von dort beobachtete er unruhig, wie der Zivilfahnder lange im

Flüsterton auf den diensthabenden Beamten einredete und dabei wiederholt auf etwas deutete, das auf dem Schreibtisch lag. Könnten Sie ihn womöglich wegen des Autodiebstahls verhaften? Doch der Besitzer war selbst ein Krimineller und würde es nicht wagen, ihn anzuzeigen. Oder ging es um die nicht bezahlte Rechnung in der Unterkunft? Aber von dort hätte man ihn niemals bis hierher verfolgen können. Oder handelte es sich um Anna? Er fühlte, wie kalter Schweiß in seine Achselhöhlen und Kniekehlen strömte.

Schließlich bat ihn der diensthabende Polizist zu sich.

«Wenn ich es richtig verstehe, haben Sie Ihren Ausweis nicht dabei. Würden Sie mir trotzdem bitte Ihren Namen und Ihre Adresse nennen?»

Desmond zögerte. Einen falschen Namen würden sie hier rasch durchschauen, aber wenn er Ihnen die Wahrheit sagte, schien es ihm, als gäbe er sein Geheimnis preis – oder war das absurd? Unfähig zu klaren Gedanken, versuchte er Zeit zu gewinnen.

«Muss ich Ihnen meinen Namen nennen? Ich meine, muss ich das von Gesetzes wegen, oder muss ich es nicht?»

Er stotterte und spürte, wie er sich zum Narren machte. Die beiden Polizisten betrachteten ihn ruhig. Der leitende Beamte sagte:

«Heißen Sie Thane?»

Oh Gott, also ging es um Anna!

«Nein», sagte er, «oh nein.»

Der Polizist – offenbar ein vielversprechendes Talent – ergriff die Vergil-Ausgabe, die ihm aus der Tasche herausschaute, öffnete sie und zeigte seinem Vorgesetzten den albernen Eintrag «D. Thane».

«Gute Arbeit, Robbins», sagte der Beamte. Der Zivilfahnder lächelte.

«Ich habe ihn sofort erkannt. Ich vergesse nie ein Gesicht.»

Desmond fuhr sich mit den Händen durchs Haar und sagte gar nichts. Der Polizeibeamte schob ihm ein Papier hin, das auf dem Tisch lag.

«Können Sie damit irgendetwas anfangen?»

Desmond blickte hinunter und sah ein kleines, aber gut erkennbares Foto von sich selbst. Darunter stand:

VERMISST

HAT VERMUTLICH SEIN GEDÄCHTNIS VERLOREN

Mr. Desmond Thane, Journalist bei International Features
Ltd., wurde letztmalig gesehen am Abend des …

Es folgte eine kurze und korrekte Beschreibung, bis hin zur
Kleidung. Bei Desmond machte sich Erleichterung breit. Nur
darum ging es also: Die Polizei, so wurde ihm plötzlich bewusst,
musste ihn schon seit Tagen gesucht haben. Und das war, so
erkannte er blitzartig, das Beste, was ihm hätte passieren können,
denn auf diese Weise konnte er seine Amnesie unter Beweis stellen, und er hätte die Möglichkeit, sein Gedächtnis unter medizinischer Aufsicht wiederzuerlangen statt einsam und allein in einem
entlegenen Dorf. Der leitende Beamte ergriff wieder das Wort.

«Falls Sie sich jetzt wieder daran erinnern, wer Sie sind, bringen
wir Sie sicher nach Hause. Es gibt keinen Grund zur Sorge.»

Tatsächlich? Unter Polizeischutz an den Ort geleitet zu werden,
an dem Foster vermutlich schon auf ihn lauerte, klang nach dra-
matischer Ironie – aber ansonsten sprach nicht allzu viel dafür.
Langsam hob er den Kopf und redete, als sei er ein wenig benommen.

«Dieses Foto und die Beschreibung scheinen auf mich zu passen, daher glaube ich, dass ich diese Person bin … ein hübscher
Name, Desmond Thane. Ich weiß aber trotzdem nicht, wer ich
bin oder woher ich komme; ich weiß nicht einmal, wo ich mich
jetzt befinde. Ich weiß, dass Sie ein Polizist sind und dass dieses
Land England heißt, aber das ist schon ungefähr alles. Ich bin
sehr müde.»

Er ließ sich auf eine Bank fallen und starrte seine Füße sorgen-
voll an. Dabei hörte er, wie der Beamten seinen Stuhl zurückschob und aus dem Raum eilte. Eine schwere Hand legte sich
auf seine Schulter.

«Wie wäre es mit einer hübschen Tasse Tee?» fragte der Polizist.

*

Zunächst empfand Desmond seine neue Rolle eher als Entlastung denn als Herausforderung. Unter der heiteren Oberfläche hatten ihn die Erfahrungen der vergangenen Woche nämlich keineswegs unberührt gelassen, und obwohl seine äußere Fassade den Anschein erweckte, als amüsiere er sich ungerührt über das eigene Unglück, war er in Wirklichkeit furchtsam und ängstlich und schrecklich müde. Die Konzentration abzusenken und die Aufmerksamkeit herabgleiten zu lassen gelang ihm mühelos, und der glasige Gesichtsausdruck und die einsilbigen Antworten, um die er sich zunächst noch bemühen musste, waren schon bald nicht mehr vorgetäuscht. In den letzten Tagen hatte er die Emotionen ganzer Jahre in sich aufgestaut, und das kühle, an öffentliche Toiletten gemahnende Dämmerlicht der Polizeiwache wirkte auf unwiderstehliche Weise beruhigend. Desmond erschrak, weil er beinahe eingeschlafen wäre – und weil er nicht einmal versucht hatte, das zu verbergen. Er fühlte sich wie ein im Krieg verwundeter General – insgeheim erleichtert darüber, nun aller weiteren Verantwortung ledig zu sein.

Die Vorgänge der nächsten Stunden verfolgte er mit dem distanzierten Interesse eines unbeteiligten Dritten. Die schüchterne Freundlichkeit der Polizisten, die zögerlichen Fragen des Inspektors. Die Durchsuchung seiner Taschen und der Pfiff des leitenden Beamten, als er das Bündel mit Geldscheinen entdeckte (an diesem Punkt besann Desmond sich immerhin noch so weit auf die Erfordernisse des Alltags, dass er mit benommener und gleichwohl fester Stimme um eine Quittung bat und auch darauf bestand, den Vergil und das Tagebuch zu behalten) – dies alles nahm geradezu literarische Züge an, denn es fehlten das Lärmen und die Schärfe aller Begebenheiten der wirklichen Welt. Als er endlich dem Polizeiarzt vorgeführt wurde, war er dem Koma so nahe, wie es sich nicht besser hätte fügen können; regungslos ließ er sich vor die Knie klopfen und in die Augen leuchten, und er ertrug die kleinen Knüffe und Schubser, die ansonsten eher der kriminellen Kundschaft zugemutet wurden. Auf sämtliche Fragen antwortete er bloß:

«Ich weiß nicht, wer ich bin. Ich bin kürzlich irgendwo auf der Straße zu mir gekommen und wusste nicht, wo ich war. Ich versuchte, diese Tatsache zu verschleiern, als die Polizisten mich befragten, weil ich einfach nur in Ruhe gelassen werden wollte, und ich wusste, dass es Ärger geben wird, sobald ich zugebe, dass ich nicht weiß, wer ich bin. Ich bin jetzt sehr müde, aber ich denke, morgen wird es mir schon viel besser gehen.»

Offenbar hatte er damit den rechten Ton getroffen, denn als der Arzt sich aufrichtete, ließ er sein Brillenetui mit jener Selbstsicherheit des Experten zuschnappen, der sein Urteil wieder einmal bestätigt sieht. Während er den Inspektor hinausgeleitete, hörte Desmond ihn sagen:

«Klarer Fall von Amnesie; ich lasse ihn sofort ins Krankenhaus bringen. Nach ein paar Tagen Ruhe dürfte er wieder in Ordnung sein, obwohl sich gelegentlich noch weitere Symptome einzustellen pflegen. Ach so», fügte er hinzu, «wie steht es um seine finanzielle Situation?»

Sie befanden sich schon vor der Tür, und Desmond schnappte nur noch auf: «… Journalist … beträchlicher Geldbetrag in Bar …»

«Hervorragend!» dröhnte die Stimme des Mediziners. «Ich verlege ihn auf die Privatstation.»

Die Tür fiel ins Schloss. Von der hübschen Tasse Tee war nur noch ein kalter Bodensatz übrig.

ZWÖLFTES KAPITEL

Die folgenden Stunden verflogen in traumartiger Verwirrung. Desmond hörte, wie der leitende Beamte der Wache in seiner Angelegenheit telefonierte, er verstand aber nicht, was gesagt wurde, und hielt es für ratsam, keine Neugierde zu zeigen. Ein zweiter Arzt befragte ihn oberflächlich, dann brachte ein Wagen ihn zum Krankenhaus, einem neogeorgianischen Backsteinbau etwa zehn Autominuten entfernt. Hier wurde er noch einmal untersucht, dieses Mal von einem munteren jungen Mann in weißer Kleidung, während zwei andere Herren sich an einem emaillierten Tisch langweilten und mit den Beinen wippten, die in grauen Flanellhosen steckten; ein vierter, in einer Ecke, verarztete sehr geschickt ein unschönes Geschwür, dass ein alter Mann ihm ängstlich präsentierte. Schließlich wurde Desmond einer Oberschwester übergeben, die ihn durch einen langen, bläulich schimmernden Flur zu einem kleinen weißen Zimmer mit hoher Decke und eigenem Bad geleitete.

«Mr. Thane», sagte die Schwester freundlich, «jetzt nehmen wir brav ein Bad, gehen anschließend direkt ins Bett und machen uns bis morgen früh keine Sorgen mehr!»

Sie eilte voran und drehte den Hahn auf; das Wasser war so heiß, dass der Dampf zur Decke emporstieg. Desmond, ein wenig erschrocken über die Zweideutigkeit ihrer Einladung und über die Tatsache, dass dieses Mittel gegen Sorgen vermutlich jeden Patienten in die Hysterie treiben müsste, ergab sich so widerstandslos in sein Schicksal wie ein kürzlich aufgenommener Sträfling. Ehe er sich zum Schlafen legte, fiel ihm Annas Notizbuch ein, und da ihn ein vager Instinkt zur Vorsicht mahnte, schob er es vorsichtig in den Bezug seines Kopfkissens. Dann schlief er ein.

Am Morgen erwachte er in bester Laune, und es kostete ihn Mühe, nicht gleich aufzustehen und sich anzukleiden. Er hatte sich vorgenommen, auch die Schwester, die ihn morgens um halb sieben zur Körperpflege anhielt, von seiner Amnesie zu überzeugen; er tat also, als habe er vergessen, wie man sich rasiert, und er fragte sie erstaunt, was es mit jenem seltsamen Ding auf sich habe, das an einer Kette im Waschbecken hing. Sie aber wirkte so frisch und vernünftig, dass er es sich anders überlegte und beschloss, seine Täuschungsmanöver so weit als möglich nur gegenüber den Männern der Wissenschaft zu inszenieren. Die Gelegenheit ergab sich einige Stunden später, als ihn ein kleiner bleicher Herr mit dem Gesicht eines Frettchens aufsuchte, der sich als Dr. Vescott vorstellte, der Krankenhauspsychologe.

Dr. Vescott, der zur harten und auf Schockeffekte setzenden Schule der Psychoanalyse zählte und nicht zur weichen, werbenden (eine Klassifizierung, die in der Praxis von größerer Bedeutung ist als die Unterschiede zwischen den Anhängern von Freud oder Jung), ging umgehend zum Angriff über.

«Sie haben also Ihr Gedächtnis verloren, Mr. Thane. Aber warum?»

Er wartete angespannt wie ein Kater, der einen heranflatternden Falter beobachtet. Desmond hatte mit dem geschwätzigen Ansatz gerechnet, den die Amateurpsychologen in seinem Bekanntenkreis bevorzugten, und reagierte verblüfft.

«Ich weiß es nicht.»

Der Arzt lehnte sich nach vorn und dozierte.

«Sie vergessen nur deshalb, weil Ihr Unbewusstes will, dass Sie vergessen. Also – was könnte es geben, dass Sie aus Ihrem Gedächtnis verdrängen wollten? Denken Sie nicht nach, antworten sie spontan, selbst wenn Ihre Antwort nicht plausibel erscheint.»

Desmond griff wahllos zu.

«Meinen Namen vermutlich.»

Dr. Vescott wirkte neugierig.

«Man hat Ihnen gesagt, dass Ihr Name Thane lautet?»

«Ja.»

«Glauben Sie das?»

«Vom Verstand her, ja. Aber ich habe das Gefühl, dass ich ebenso gut Sie oder irgendjemand sonst sein könnte.»

«Was macht der Name Thane mit Ihnen? Entspannen Sie sich einfach und sprechen Sie aus, was Ihnen in den Sinn kommt.»

Desmond kam nichts in den Sinn. Unter den aufmunternden Augen des Arztes glaubte er aber schließlich, nicht länger schweigen zu dürfen, und er verlegte sich aufs Bizarre.

«Nachttöpfe.»

Hin- und hergerissen zwischen seinen Lehrbüchern und seinem gesunden Menschenverstand, starrte der Arzt ihn misstrauisch an, und Desmond bemühte sein Bewusstsein, um die Fehler seines «Es» auszubügeln.

«Ich glaube, ich kann die Assoziation nachvollziehen», warf er ein. «Thane – angelsächsischer Prinz – großes Tier – großer Napf – Nachttopf. So muss es gewesen sein.»

Der Psychologe nickte skeptisch.

«Ja, das könnte zutreffen. Also, Mr. Thane, wie man mir sagt, reicht Ihr Gedächtnis nur bis zum gestrigen Nachmittag?»

«Ja. Ich stelle fest, dass ich einiges weiß – ich weiß zum Beispiel, dass ich Brite bin, und ich glaube zu wissen, welches die besten Londoner Restaurants sind. Trotzdem scheint mein Leben gestern begonnen zu haben; so weit ich mich entsinnen kann, ist dieses Bett das erste, in dem ich jemals geschlafen habe.»

«Haben Sie letzte Nacht geträumt?»

Diese Gelegenheit war unwiderstehlich, und Desmond erlag der Versuchung.

«Das habe ich tatsächlich, aber ich kann mir keinen Reim darauf machen. Ich erinnere mich nur, dass ich eine Freitreppe hinaufging und in einen Garten voller Lilien und Gurken gelangte. Als ich genauer hinschaute, waren das alles Messer mit juwelenbesetzten Griffen, die in seltsamen, keilförmigen Mustern angeordnet waren, wie die Zeichen einer Keilschrift. Plötzlich ertönte ein Fliegeralarm, ich schaute auf und sah einen riesigen Zeppelin über mir, daran hingen runde Bomben wie Weintrauben. Ich wusste, dass mein Onkel dort oben stand und dass ich ihn herunterschießen musste, weil er mich sonst köpfen oder aus seinem Testament streichen würde – keine Ahnung, welches von beiden.»

Der Analytiker blickte ihn argwöhnisch an, und Desmond fühlte, dass er zu weit gegangen war; deshalb beeilte er sich, seine Fantasien mit dem authentischen Unfug jenes verworrenen Albtraums abzumildern, den er tatsächlich erlebt hatte.

«Aber ja», fuhr er fort, «da war noch viel mehr, aber so durcheinander, dass ich mich kaum noch wirklich erinnern kann, etwa an eine schrecklich wichtige Bahnfahrt, bei der ich ständig versuchte, in Gloucester umzusteigen, egal mit welcher Linie ich anreiste. Ich schien aber nie darüber hinaus zu kommen.»

Dr. Vescott schwieg und trommelte abwesend mit den Fingern, bis Desmond fürchtete, er könne sich geschadet haben. Dann folgte die Frage:

«Mr. Thane, was verbinden Sie mit Gloucester?»

Die Frage sprang so plötzlich von den dünnen Lippen des Arztes, dass sie Desmond verwirrte.

«Also, das ist der Ort, an den Dr. Foster reiste.»

Während er noch sprach, rollte eine Welle tiefster Hoffnungslosigkeit über ihn hinweg, und er fühlte sich wie jemand, der aus einem glücklichen Traum erwacht – am eisigen Morgen seiner Hinrichtung. Seine spöttische Haltung gegenüber dem Arzt freute ihn jetzt nicht mehr; ihn beherrschten nun Unruhe und Selbstverachtung.

«Und was bedeutet Ihnen Dr. Foster?»

«Absolut nichts – bis auf den alten Kinderreim.»

Dr. Vescott betrachtete ihn eine ganze Weile, ohne noch ein Wort zu sagen, dann erhob er sich.

«Ich denke, das reicht für diesen Vormittag, Mr. Thane; ich werde morgen wieder vorbeischauen. Bis dahin aber», fügte er im Hinausgehen hinzu, «seien Sie wegen Dr. Foster ganz unbesorgt.»

Desmond hatte den unglücklichen Verdacht, die psychologischen Fertigkeiten des Dr. Vescott unterschätzt zu haben. Während er die verschlossene Tür betrachtete und das Patientengespräch noch einmal Revue passieren ließ, errötete er.

Als er sich ein wenig beruhigt hatte, beschloss er, endlich mit der Entschlüsselung des Tagebuchs zu beginnen, und er bat die Schwester um Schreibutensilien. Dieser Wunsch wirkte freilich so bemerkenswert wie die Bitte eines Mannes im Hungerstreik um ein Glas Wasser, denn sie verschwand sofort aus dem Zimmer und kehrte mit einem Arzt zurück.

«Sie wollen also etwas zum Schreiben, Mr. Thane? Was wollen Sie denn schreiben?»

«Ich kann das nicht wissen, bevor ich angefangen habe. Aber ich habe das Gefühl, dass ich Worte auf Papier festhalten muss.»

«Sie wissen nicht, was Sie sagen wollen?»

«Vielleicht doch. Ich habe das Gefühl, dass ich mit einem Stift in der Hand in der Lage sein werde, mehr über mich selbst herauszufinden, als ich im Augenblick weiß. Ich will versuchen, meine Lebenserinnerungen niederzuschreiben.»

«Eine ausgezeichnete Idee! Die Schwester wird Ihnen einen Schreibblock und einen Stift holen. Übrigens», warf er beim Hinausgehen beiläufig ein, «bewahren Sie bitte auch das, was Ihnen nicht gefällt, für Dr. Vescott auf; er wird sich alles sehr gern anschauen.»

Soso, Dr. Vescott würde sich also gern als Literaturkritiker betätigen, nicht wahr? Also gut, er sollte einen stilistisch reich gedeckten Tisch vorfinden, allemal gut genug für die meisten Rezensenten. Teils zur eigenen Erbauung und teils, um sein Verlangen nach Papier zu rechtfertigen, begann Desmond, kaum hatte die Schwester ihn alleingelassen, ein paar bizarre Erinnerungen niederzukritzeln.

«Ich wurde im Jahr 19… im Pfarrhaus zu N… geboren. Meine Mutter war einige Jahre vor meiner Geburt gestorben, und da mein Vater viel zu sehr mit seinen schriftlichen Darlegungen und seinen Pfarrkindern beschäftigt war, als dass er auf einen kleinen Jungen hätte achtgeben können, wurde ich der Obhut Hannahs anvertraut, der Haushälterin des Pfarrers. Ich erinnere mich an eine Frau mit mürrischem Gesichtsausdruck, deren Hauptbeschäftigung neben der Lektüre von Ruskin darin bestand, die Backpflaumen in der blauen Dose in der Küche zu zählen, um die dicke Martha, unsere Köchin, daran zu hindern, Pflaumen zu stehlen und

an ihre arbeitsscheue Verwandtschaft zu verteilen. Besuche meines Vaters im Kinderzimmer waren selten, aber erfreulich. Ich entsinne mich noch, dass er mich einmal dabei ertappte, wie ich seine in Kalbsleder gebundene Ausgabe der frühen Kirchenväter in meine Eisenbahn eingefügt hatte. Ich erwartete einen Rüffel, doch er zog den Band einfach nur hinter der Lokomotive hervor und schüttelte bedächtig den Kopf.

‹*Das ist der falsche Ort, mein Junge. Origenes stand nie auf Platz zwei, und zum Verkuppeln war er vollkommen unfähig.*›

An jenem Abend aber erfuhr ich, dass Hannah trank ...»

Unter diesen Unfug setzte er mit weit ausladender Schrift: «Sollte ich dieser Knabe gewesen sein? Wer weiß das schon?», dann nahm er sich ein neues Blatt vor.

«*Danny Thane lehnte sich gegen die Plakatwand an der Ecke der Corporation Street, finster blickte er den Straßenbahnen nach, die an ihm vorbeiratterten. Die Hand in der Hosentasche, ließ er fünf schmierige Halfpence-Münzen durch die Finger gleiten. Wären es sechs Pence, könnte er sich eine Nutte leisten, für fünf gäb's Methamphetamin in südafrikanischem Portwein; aber so oft er auch nachzählte, es blieben doch immer nur zweieinhalb Pence. Verächtlich ließ er Speichel zwischen seine aufgebrochenen Lederschuhe tropfen. Er kratzte sich einen gelben Pickel von der Oberlippe, und während er sich mit der Hand durchs Gesicht fuhr, spürte er die halb verheilte Narbe, die von Jamies zerbrochener Flasche stammte.*

‹*Ey, ich werd meinem Alten den Schädel einschlagen*›, *dachte er bitter, ‹und wenn ich sechzehn bin, will ich auch nicht mehr arbeiten. Ich warte, bis es dunkel ist, dann nehme ich mein neues Messer und schlitze Mister Macpherson die Fresse auf.*›»

Liebevoll strich er mit dem Finger über die Rasierklinge, die Annie ihm geschenkt hatte, und er erinnerte sich mit

Genugtuung an ihr Geschrei, als er Gerry unter dem Bett hervorgezerrt hatte und ihm mit dem Stahl durchs verzerrte Gesicht gefahren war. Das *war schön gewesen, das war ...»*

Voller Bewunderung begutachtete Desmond sein Werk. «Das dürfte Dr. Vescott eine Weile beschäftigen», dachte er. «Da haben sie genug Psychosen, um eine ganze Klinik zu füllen.» Er legte die Papiere demonstrativ auf den Seitentisch und wandte sich seiner ernsthaften Aufgabe zu.

Auf den ersten Blick erschien das Unterfangen geradezu furchteinflößend. Auf der Titelseite des Tagebuches stand einfach nur:

8. 26. 26. 26. 18. 8. 25. 7. 17. 14. 5. 18.

Der Rest des Blattes war vollkommen leer. Auf den folgenden Seiten befanden sich Unmengen an Zahlen, angefangen mit einem kleinen Block, einem einführenden Absatz gleich, daran reihten sich Zeilen mit normaler Länge, als handle es sich um Verse oder eine Art Inhaltsverzeichnis. Das gesamte Tagebuch bestand aus ähnlichen Listen, von den drei letzten Seiten abgesehen, auf denen die Zahlen fortlaufende Einheiten zu bilden schienen, einem längeren Prosatext vergleichbar. Nirgends stand auch nur ein einziger Buchstabe, und wie Desmond zuvor schon festgestellt hatte, gab es keine Zahl, die größer als sechsundzwanzig war.

Er blätterte zur Titelseite zurück – ja, es waren, wie er schon wusste, zwölf Zahlen, und als Arbeitshypothese wollte er zunächst einmal annehmen, dass sie für die zwölf Buchstaben von «Kontaktliste» standen. Aber wie wollte man auf diese Weise die 26. 26. 26. erklären?

Im Wort «Kontaktliste» gab es offensichtlich keinen Buchstaben, der gleich dreimal hintereinander wiederholt wurde. Klar war Desmond nur, dass dieser Code für ihn nicht zu entschlüsseln war, sofern er nicht auf einem anagrammatischen oder arithmetischen System beruhte; dann nämlich hätte er keine Chance, bestimmte Zahlen direkt durch bestimmte Buchstaben zu ersetzen. Jedenfalls konnte 26 unmöglich immer für das gleiche Zeichen stehen.

Aber nun zum zweiten Hinweis – «*mit einigen handschriftlichen Anmerkungen auf der ersten Seite der* Aeneis, *Buch II*». Ohne allzu große Erwartungen las Desmond die ersten der berühmten, aus seiner Sicht aber arg überschätzten Verse des Vergil:

> «Conticuere omnes, intentique ora tenebant.
> Inde toro pater Aeneas sic orsus ab alto:
> ‹Infandum, Regina, jubes renovare dolorem,
> Trojanas ut opes et lamentabile regnum
> Eruerint Danai; quaeque ipse miserrima vidi,
> Et quorum pars magna fui …›»

«Still schwieg alles ringsum mit gespannt aufmerkendem Antlitz, als vom erhabenen Pfühl so anhob Vater Aeneas.» Offensichtlich keine große Hilfe. Vielleicht, wenn er laut lesen würde?

«Conticuere omnes, intentique ora tenebant …»

Sofort hörte er es: Die ersten Laute des ersten Wortes ähnelten dem Beginn von «Kontaktliste», und drei davon wurden durch die Zahl 26 abgebildet. Plötzlich packte ihn die Aufregung, und es dauert ein wenig, bis er sich so weit beruhigt hatte, dass er über diesen bemerkenswerten Zufall nachdenken konnte. Da seiner Ansicht nach die Zahlen «Kontaktliste» bedeuteten und das Lateinische den Schlüssel für die Zahlen abgab, mussten die Zahlen das Verhältnis zwischen dem lateinischen und dem verborgenen englischen Text herstellen – und 8. 26. 26. 26. 18. 8. musste folglich den Hinweis darauf geben, wie CONTIC zu KONTAK werden konnte. Die Zahlen repräsentierten also offenbar nicht jeweils einen bestimmten Buchstaben, sondern die Position in einer speziellen Reihe – wie etwa, fiel ihm urplötzlich ein, dem Alphabet. Schrieb man das Alphabet in einen Kreis und zählte man von einem beliebigen Buchstaben aus aufwärts, waren ONT in «Kontaktliste» genau sechsundzwanzig Buchstaben vom lateinischen ONT entfernt. Dann müsste also die 18 bedeuten, dass man zum englischen A gelangte, wenn man vom lateinischen I aus achtzehn Schritte weiterzählte. Eifrig begann er das zu prüfen, musste aber vor lauter Aufregung die Finger zur Hilfe nehmen, bevor er zum richtigen Ergebnis kam. Ja, es stimmte: Vom I aus gerechnet war A der achtzehnte Buchstabe, und das abschließende T in «Kontakt» war der fünfundzwanzigste Buchstabe, wenn man vom U aus zählte. Jeder Buchstabe wurde also durch eine Zahl repräsentiert, welche die Differenz zwischen ihr selbst und dem entsprechenden Buchstaben in der lateinischen Vorlage anzeigte. Es handelte sich um einen recht einfachen, aber dennoch perfekten Schlüssel, denn ohne eine Kenntnis des Schlüsseltextes wäre jeder Experte, so viel er auch von Buchstabenfrequenzen und Rechentricks verstand, weitgehend hilflos. Ohne sich weiter um das Worte «Liste» zu kümmern, versuchte Desmond, seine Entdeckung auf die Präambel des Buches selbst anzuwenden, und nach kleineren Fehlern aus nervösem Übereifer beim Zählen las er schließlich: AGENTEN ERSTER ORDNUNG IM EINSATZGEBIET GROSSBRITANNIEN.

Er empfand ein nie zuvor erlebtes Triumphgefühl und hätte ohne zu zögern Weihrauch vor einer Statue seiner selbst entzündet. Stattdessen begnügte er sich damit, der Schwester, welche sein Mittagessen brachte, ein Lächeln von so himmlischer Güte zu schenken, dass diese Schwester – vermutlich nicht zum ersten Mal – den Eindruck gewann, dass soeben ein weiterer Patient Symptome einer Geisteskrankheit entwickelt hatte.

Drei Stunden später klappte er das Buch zu, die Augen erschöpft vom Entziffern der kleinen Zeichen von Annas Hand. Er versteckte es wieder sorgsam im Kopfkissenbezug und versuchte nun, seine unglaubliche Entdeckung richtig einzuordnen.

Zunächst hatte das Tagebuch nichts Aufregendes enthüllt. Es bestand, wie schon vermutet, vor allem aus Listen, und ein oder zwei Stunden lang hatte er sich durch langweilige und bedeutungslose Spalten mit Namen gekämpft, von denen die meisten ihm vollkommen unbekannt waren. In der Mehrzahl schien es sich um Geschäftsleute aus der Mittelschicht zu handeln, sie hatten wohlklingende Adressen in Industriestädten; daneben gab es eine beträchtliche Anzahl von Offizieren des Heeres oder der Luftwaffe, einige mit obskuren Titeln, und ein paar Namen brachte er mit Journalisten und zweitklassigen Schriftstellern in

Verbindung. Sie mochten Schirmherren von Wohlfahrtsveranstaltungen in den Midlands sein oder Aktionäre irgendwelcher leicht anrüchiger Jungunternehmen. Schließlich hatte er ungeduldig zu den letzten drei Textseiten am Ende vorgeblättert und dort einiges über die Grundzüge einer geradezu bizarren internationalen Verschwörung erfahren.

Aber warum sollte das alles eigentlich bizarr und zusammenfantasiert sein? Was sprach denn logisch dagegen, dass eine Vereinigung aller Oppositionskräfte das Ziel verfolgen könnte, ihre jeweiligen Regierungen auszutauschen? Die Interessen dieser Partner waren in der Tat vollkommen unvereinbar, aber das galt auch für die Vertreter der Achsenmächte. Allein die Tatsache, dass eine Vereinigung vielen schwachen Mitgliedern zu gemeinsamer Stärke verhelfen konnte, genügte schon als Grund für eine ansonsten recht unwahrscheinliche Partnerschaft. Lagen denn die Interessen der Hitler-Gegner und der Stalin-Gegner weniger weit auseinander als die der beiden Herren selbst? Und wäre jene Allianz aus amerikanischen Isolationisten und britischen Geschäftsleuten mit faschistischen Neigungen denn wirklich so abwegig und unerwartet? Überraschend war eigentlich weniger die vorübergehend identische Interessenlage dieser Gruppierungen, sondern dass sie so lange gebraucht hatten, dies zu erkennen. Die Pläne der I.O., wie sie sich so aufrichtig nannte, waren nicht größenwahnsinniger als jene der Faschistischen Internationale.

Und was die Aussichten eines erfolgreichen Putschversuchs in diesem Land betraf: Ereignisse in Norwegen und anderswo lieferten genügend Präzedenzfälle, und selbst diese unvollständige Liste mit den Namen englischer Agenten zeugte von einer Unterstützung durch prominente Mitglieder jener Fraktionen, die an den Hebeln der Macht saßen. All diese Menschen aber, darunter auch Foster, waren lediglich Mitglieder der Organisation ohne Führungskompetenz. Wer mochte bloß dem «Zentralkomitee» angehören, das so häufig und mit Respekt genannt wurde? Desmond trat plötzlich ein Schreckensbild vor Augen – überall Verrat, unsichtbar zugegen bei Kabinettssitzungen und in Gewerkschaftsversammlungen, im Vorstand großer Unternehmen und in den Werkhallen bedeutsamer technischer Betriebe. Denn heute wie nie seit den Tagen der Renaissance lebten wir im großen Zeitalter des Verrats, und Verräter jeglicher Couleur – zu schwach, um selbst zu herrschen, aber zu stark, um zu gehorchen – wühlten im Untergrund und nagten an den Fundamenten aller Regierungen dieser Welt. Allüberall waren die glänzenden Gebilde der autonomen Staaten insgeheim längst verrottet; hinter den Fassaden mächtiger Regierungsbauten hatten sich – unter ganz verschiedenen Namen – längst schleichender Rost und Totengräber-Käfer breitgemacht. Vermutlich lebte auch die I.O. in ständiger Furcht vor ihren Feinden in den eigenen Reihen. Niemand war mehr sicher, überhaupt niemand.

Da er jetzt genau wusste, wer ihm auf den Fersen war, empfand Desmond eine größere Besorgnis – und war gleichzeitig weniger ängstlich. Die albtraumhafte Gestalt war verschwunden; und verschwunden waren die winzigen, aber gleichwohl wachsenden Zweifel an seiner eigenen Geistesgesundheit, die in den letzten Tagen ganz langsam in ihm hochzukriechen schienen. Erst jetzt, da die Zweifel weggewischt waren, gestand er sich ein, dass er sie überhaupt empfunden hatte. Kein Wunder, dass die Organisation ihn verfolgte, denn mit diesem Buch in seinem Besitz – so wurde ihm allmählich bewusst – hielt er die Macht in Händen, einen großen Teil dieser Vereinigung zu zerstören und Hunderte ins Gefängnis zu schicken. Morgen also würde er sein Erinnerungsvermögen wiederfinden und sich auf direktem Wege zu Scotland Yard begeben.

Kaum hatte er diesen Entschluss gefasst, schwand seine Begeisterung aber wieder dahin. Was wäre auf diesem Weg denn zu gewinnen? Soweit er wusste, hatte die Organisation bislang keine Gesetze gebrochen, von seinem eigenen Fall abgesehen; er dagegen hatte einen Mord und einen Totschlag auf dem Gewissen, die er offenlegen müsste, um seine Geschichte zu untermauern. Und selbst wenn die Polizei ihn wegen seines freiwilligen Geständnisses laufen lassen sollte, was höchst unwahrscheinlich war, bliebe er weiterhin in großer Gefahr: Denn seine Feinde, geschwächt, aber nicht aus der Welt, würden ihn höchstwahrscheinlich trotzdem töten, schon zur Abschreckung weiterer Informanten. Sollten sie ihn aber tatsächlich in Ruhe lassen, könnte er sich trotzdem niemals sicher fühlen, sondern müsste sich für den Rest seines Lebens vor jedem Zufallstreffen mit Fremden fürchten. Was ging ihn denn überhaupt der Fortbestand der eigenen Regierung an? Ein Erfolg der Organisation war mehr als unwahrscheinlich, doch selbst wenn ihr der Putsch gelänge – ginge es ihm dann wirklich schlechter? Höchstwahrscheinlich nicht. Am allerbesten wäre es also, am ursprünglichen Plan festzuhalten, das Buch an Foster zurückzusenden und die Angelegenheit damit beizulegen.

Doch gefiel Desmond dieser zweite Plan eigentlich nicht viel besser als der erste. Für einen Augenblick besaß er jetzt tatsächlich Macht; nie wieder in seinem Leben würde er den Umwälzungen der Geschichte so nahe sein. Sollte er einknicken und seine Chance vergeben, würde er dies auf immer bedauern; das Geringste, was ihm diese Umstände einbringen müssten, wäre ein materieller Vorteil. Angenommen, er schickt Foster ein Blatt zum Beweis, dass er das Buch besitzt, und bietet den Rest zum Kauf an? Es sollte mindestens zehntausend Pfund wert sein – nein, zwanzig. Er könnte verlangen, dass das Geld bei seiner Bank eingezahlt wird; dann würde er sich verstecken, wie schon geplant, bis sie das Interesse an ihm verloren hatten. Für die Organisation wäre der Betrag vermutlich zu verschmerzen – eine ärgerliche, aber belanglose Ausgabe als Kompensation für Annas törichtes Verhalten. Natürlich bestand da ein Risiko, aber der mögliche Gewinn war es wert. Ergriffe er diese Gelegenheit, drohte ihm im schlimmsten Fall der Tod; verzichtete er, könnte man ihn trotzdem töten – aber ob sein Leben nun lang oder kurz währte, er würde die verbleibende Zeit mit vergeblichen Selbstanklagen zubringen. Sein Hirn war noch sehr damit beschäftigt, die Vor- und Nachteile gegeneinander abzuwägen, und doch wusste Desmond bereits, dass die Entscheidung gefallen war. Er war schon so weit vorgedrungen, dass er nicht mehr umkehren konnte; er stand an einem Abhang und musste hinunter bis zum Grund, und da war es besser, einen möglichst spektakulären Weg zu wählen. Während er immer noch zwischen Angst vor dem Tod und dem Traum vom Reichtum hin- und herschwankte, öffnete die Schwester die Tür.

«Hier haben Sie einen Besucher!» sagte sie, und Shadwell trat zögernd ein.

Desmond unterdrückte seinen Ärger und glotzte den Gast verständnislos an.

«Wer sind Sie?»

Shadwell legte seinen Hut und den hübsch zusammengerollten Schirm auf den Boden, nahm vorsichtig auf einem Stuhl direkt vor dem Patienten Platz, zog seine sorgsam gebügelten Hosen hoch und ignorierte Desmonds Frage.

«Man sagte mir, Sie hätten gestern nachmittag angerufen; tut mir leid, dass ich nicht zu Hause war. Ich bin so schnell gekommen, wie ich konnte. Wo haben Sie sich denn eigentlich in letzter Zeit herumgetrieben?»

Desmond, verwirrt und verdutzt angesichts der frechen Missachtung seiner ernsten Lage, bewahrte nur mühsam die Fassung.

«Ich weiß nicht, wovon Sie sprechen», entgegnete er mit gespieltem Erstaunen, «soweit ich weiß, sind wir uns nie begegnet.»

Shadwell betrachtete die Zimmerdecke, summte ein paar Takte eines unbekannten Musikstücks, antwortete aber nicht darauf.

Desmond war außerstande zu schweigen.

«Selbst wenn Sie ein Freund von mir sind, woher wussten Sie, dass ich hier bin?»

Shadwell lächelte.

«Heute morgen habe ich Mr. Poole angerufen und ihn gefragt, ob Sie zurück sind, und er verriet mir, wo ich Sie finden kann. Außerdem sagte er mir, dass er Sie heute nachmittag höchstpersönlich besuchen wird, obwohl ja morgen der Abgabetermin für Australien ansteht.»

«Was für ein Unsinn ...», tat Desmond entrüstet, dann hielt er verwirrt inne. «Ich meine, all diese Namen erscheinen mir wie kompletter Unsinn ...» Er verhaspelte sich hoffnungslos und gab den Versuch auf. Shadwell blickte auf seine Uhr.

«Eine wahrlich bemerkenswerte Genesung», rief er, «alle Fähigkeiten komplett wiederhergestellt in zwei Minuten und fünfundvierzig Sekunden! Ich muss ein geborener Heiler sein.»

«Ich bin all diesen Unsinn leid», brummte Desmond schwach, «ich werde nach der Schwester klingeln.»

«Aber nein, das werden Sie nicht, also hören Sie mir auf mit den Albernheiten. Ich weiß nur zu gut, dass Sie Ihr Gedächtnis nicht verloren haben, Sie sind auch nicht der Typ, dem das passiert; lassen wir also das Theater.» Seine Stimme verlor ihre Schärfe und klang jetzt werbend. «Wenn Sie mir erzählen, warum Sie das hier tun, werde ich Sie nicht verraten. Sie wissen, dass Sie mir vertrauen können.»

Er schwieg erwartungsvoll, und Desmond seufzte. Shadwell war zu scharfsinnig, um sich mit Ausreden abspeisen zu lassen, aber zu wenig verlässlich und sensationslüstern, um die Wahrheit erfahren zu dürfen – die er, so sah Desmond es voraus, vermutlich ohnehin nicht glauben würde. Man musste ihm einige Erklärungen geben und ihn in einige Geheimnisse einweihen, je haarsträubender und schlüpfriger, desto besser; andernfalls würde er die Geschichte von Desmonds Betrugsmanöver zweifellos ausplaudern und ihn in ein Netz aus Meineid und Falschbehauptungen verstricken, was vermutlich ein Verfahren wegen Irreführung der Öffentlichkeit und groben Unfugs zur Folge hätte. Es war sinnlos, auf einer Amnesie zu bestehen; er musste beichten, und zwar bereitwillig.

«Alle Achtung, Sie sind ein Schnelldenker, Shadwell», begann Desmond mit gespielter Bewunderung. «Ich wusste, dass Sie mich finden würden. Ich stecke tatsächlich tief in der Tinte, also versprechen Sie mir bitte, nichts von dem, was ich Ihnen erzählen werde, weiterzutragen, damit meine Lage nicht noch komplizierter wird.»

Shadwell, der Geistesvoyeur, leckte sich eifrig die Lippen.

«Ja, ja, ich verspreche es. Ich werde kein Wort verraten, was immer Sie mir erzählen.»

Desmond zögerte. Was *sollte* er ihm denn nun erzählen? Es half ihm jetzt nichts, aber Frauen, dachte er, hatten es leichter, denn wenn sie in der Klemme saßen, konnten sie alle Neugierigen mit dem Hinweis auf einen illegalen Eingriff abwimmeln. Er wollte beim Ende anfangen und dann schauen, wohin die Geschichte ihn trug.

«Also gut», begann er, «es ist eine absurde und beinahe unglaubliche Geschichte, und ich erwarte auch gar nicht, dass Sie mir glauben. Aber bedenken Sie bitte, dass Sie mich gerade unter befremdlichen und lächerlichen Umständen antreffen, und verblüffende Wirkungen haben eben oft verblüffende Ursachen.»

Die kleine Vorrede hatte ihm genug Zeit zum Nachdenken verschafft, und rasch geriet er in Schwung.

«Vor einer Weile hatte ich eine Affäre mit Mrs. Pink, der Ehefrau eines unserer Direktoren. Wenn man sie sich ganz nüchtern anschaut, ist sie vermutlich eine eher abstoßende Frau – fett, reich, verschwitzt, verliebt und beinahe fünfzig. Ich muss gestehen, dass ihre Gunst – vorausgesetzt, sie wurde in hinreichend großen Abständen gewährt – meiner Eitelkeit schmeichelte, ähnlich vielleicht wie eine Liaison mit einem Mitglied des Königshauses. Hinzu kam dann noch der eher sportliche Anreiz … jedenfalls vermittelten mir unsere Begegnungen, auch wenn man sie nach üblichen Maßstäben nicht wirklich genießen konnte, die aufregende Erfahrung eines Zerstörers, der sich in finsterer Nacht heranschleicht, um ein ruhendes Schlachtschiff mit seinem Torpedo abzuschießen.

Wie Sie sich vorstellen können, waren unsere Zusammenkünfte äußerst kompliziert, denn ihr Mann – ein schrecklicher glatzköpfiger Kapitalist der übelsten Sorte – war ziemlich eifersüchtig. Er wusste genug von der Wirkung des Geldes, um sich auszumalen, wie außerordentlich attraktiv seine Frau auf ganze Heerscharen unerwünschter junger Männer wirken musste. Trotzdem verbrachte er gelegentlich eine Nacht außerhalb Londons – ich vermute, um sich selbst ein wenig auszutoben –, und sobald er endlich fort war, bat mich Mrs. Pink zu sich, und wir erlebten eine sportliche Nacht unter Kronleuchtern in ihrem Haus auf Highgate Hill.

Vor etwa einer Woche erhielt ich nachmittags die gewohnte Botschaft, und am Abend schlich ich wie üblich durch eine unverschlossene Seitentür ins Haus. Mrs. Pink empfing mich mit mädchenhaftem Jauchzen im venezianischen Salon, in ihrem Louis-Quatorze-Boudoir servierte sie mir eine Flasche von Mr. Pinks bestem Margaux, anschließend schleppte sie mich in ihr Pompadour-Schlafzimmer, wie eine kräftige Nymphe, die einen unvorsichtigen Satyr fängt.

Nach Stunden in einem Albtraum der Ekstasen klopfte jemand an die Tür.

‹Ah madame›, flüsterte die Stimme des französischen Hausmädchens, ‹le maître est revenu; vite, vite! Ah, le pauvre jeune monsieur!›

Ich bemerkte ihre freundliche Besorgnis um meine Person und nahm mir vor, ihr demnächst angemessen zu danken. Sofort sprang ich aus der himmelblauen Seidenbettwäsche und verschwand in Mrs. P.s riesigem Kleiderschrank, während sie hektisch meine Kleidung aufsammelte und zu mir in den Schrank warf. Unterdessen hörte man schon die schweren Schritte ihres Gatten auf der Treppe. Ich kleidete mich im Dunkeln an, so gut es ging.

‹Oh Gott›, rief ich, ‹du hast meine Hose vergessen!›

Mit erstaunlicher Gewandtheit schoss Mrs. Pink quer durchs Zimmer, schnappte sich die Hose, die hinter dem Ankleidetisch lag, und warf sie geistesgegenwärtig in den Wäschepuff, während ihr Mann ins Zimmer trat.

‹Guten Abend, meine Liebe›, donnerte seine unangenehme Stimme, ‹du bist früh zu Bett gegangen?›

‹Oh Arthur, ich fühlte mich so einsam, als du weggefahren bist, und da habe ich mich ein wenig hingelegt, um über dich nachzudenken – und warum du mich nicht mitgenommen hast.›

Sofort klang die Stimme ihrs Mannes sehr viel sanfter.

‹Agnes›, sagte er, ‹ich bin ein Trottel. Kaum war ich aus dem Haus, hätte ich dich am liebsten mitgenommen. Auf halbem Weg zum Club fiel mir dann ein, dass heute unser Hochzeitstag ist, deshalb habe ich im Hotel angerufen, wo wir vor dreißig Jahren die erste Nacht unserer Flitterwochen verbracht haben, und ich habe genau das gleiche Zimmer reserviert. Also beeil dich, meine Liebe, und zieh dich an! Der Mercedes wartet draußen.›

‹Oh Süßer, wäre es nicht netter, wenn du zuerst hinfährst und ich dann im Rolls Royce folge, so als wären wir uns dort zufällig begegnet?›

‹Nein, wäre es nicht›, erwiderte Mr. Pink, und er sprach jetzt im Tonfall, mit dem er ansonsten Gehaltskürzungen ankündigte und ältere Angestellte entließ. ‹Du ziehst dich an und kommst sofort mit.›

Ich hörte das Bett knarren, als er seine neunzig Kilo darauf fallen ließ. Er muss sogar noch entschlossener ausgesehen haben, als die Stimme vermuten ließ, denn seine Frau wagte keinen weiteren Widerspruch, und kurz darauf verließen die beiden gemeinsam das Zimmer.

Sobald die Haustür ins Schloss gefallen war, schlüpfte ich aus dem Schrank, kehrte aber sogleich wieder um, als ich Schritte auf dem Flur vernahm. Eine kleine Ewigkeit lauschte ich einem Mädchen, das den Raum auf eine schrecklich gewissenhafte Weise in Ordnung brachte, bevor sie verschwand und ich mein Versteck wieder verlassen konnte. Vorsichtig schaltete ich die Nachttischlampe an, auf Zehenspitzen näherte ich mich dem Wäschepuff… um festzustellen, dass er verschwunden war; das Mädchen musste ihn mitgenommen haben.

Keine Ahnung, wie lange ich dort stand und verzweifelt an meinen Fingernägeln kaute …»

Shadwell hüstelte und hob die Hand.

«Entschuldigung», sagte er, «aber warum haben Sie nicht dem französischen Mädchen geläutet? Sie war doch offenbar eingeweiht und hätte Ihnen vermutlich geholfen.»

«Ich konnte mich nicht an das französische Wort für ‹Hosen› entsinnen und wollte nicht in neue Missverständnisse verwickelt werden. – Wo war ich doch gleich stehengeblieben?»

«Sie kauten an den Fingernägeln.»

«Oh ja – also ich weiß nicht, wie lange ich dort stand und verzweifelt meine Nägel kaute. Ich durchsuchte das Zimmer und fand bestätigt, was ich ohnehin wusste: Mrs. Pink war kein modernes Mädchen, das Hosen trägt; sie ritt nicht einmal. Ihr Mann besaß bestimmt siebzig Hosen, aber ich hatte keine Ahnung, wo sein Zimmer lag, und im Haus gab es zu viele Bedienstete und Sekretäre, als dass ich es in meinem gegenwärtigen Zustand hätte erkunden können. Während die Zeit verstrich, wurde ich immer ängstlicher. Die Pinks hatten eine Tochter und zwei Söhne, die hier im Haus wohnten, und alle drei konnten heimkehren, sobald die besseren Nachtclubs ihre Tore schlossen – oder sogar deutlich früher, sobald sie erfuhren, dass ihre Eltern verreist waren. Gelänge mir jetzt die Flucht, konnte ich womöglich noch ein Taxi erwischen, und bevor der Mond am Himmel stand, würde die Dunkelheit vielleicht meine ungewöhnliche Kleidung verbergen. Ich bedauerte nun sehr, ohne Mantel gekommen zu sein, schlüpfte aus dem Zimmer in den Flur, und nach mehreren aufregenden Situationen, die mein Leben um Jahre verkürzt haben dürften, gelangte ich durch den Seiteneingang auf die Straße, die hinter Heath Park verläuft.

Der Mond war schon aufgegangen und auf der Straße war es erschreckend hell. Kein Taxi in Sicht, aber aus beiden Richtungen hörte man in der Ferne Schritte. Trotz der Häuserschatten war es nahezu ausgeschlossen, sich hier zu verstecken. Verzweifelt überquerte ich die Straße und verbarg mich in einem Gestrüpp am Rande der Heath …»

«Entschuldigen Sie», grinste Shadwell, «aber nach meiner Erinnerung ist die Highgate-Seite des Heath Park durch ein Geländer abgetrennt. Wie sind Sie da herübergekommen?»

«Daran kann ich mich tatsächlich nicht mehr erinnern. Ich war in einer solchen Verwirrung, dass ein normales Nachdenken nicht möglich war. Aber ich muss ja irgendwie hinübergekommen sein, nicht wahr?»

«Selbstverständlich. Sie sind immer über die meisten Dinge hinweggekommen, oder nicht? Aber fahren Sie bitte fort.»

«Gern. Während ich also durchs Gesträuch kroch und mich fragte, wie es weitergehen sollte, ging dort ein Mann auf dem Weg nach Hampstead. Er war ganz allein und von kleiner Statur. Der Anblick seiner Hose wirkte stärker auf mich als meine Furcht und meine Moral. Gleich einem grässlichen Troll, der einem skandinavischen Wanderer folgt, lief ich ihm nach und packte ihn am Arm.

‹Hosen aus›, knurrte ich.

‹Aber mein Herr›, winselte er, ‹ich bin keiner von dieser Sorte!›

Ich lockerte meinen Griff, um ihn zu Boden zu werfen, doch plötzlich gelang es ihm, mich abzuschütteln, und er rannte davon. Ich raste hinterher, aber er nutzte seinen Vorsprung und verschwand in einem Wäldchen. Nun musste ich eine Verschnaufpause einlegen und wollte ihm gerade wieder nachsetzen, als ein Polizist neben mir auftauchte.

‹Moment mal›, sagte der, ‹was hat das alles zu bedeuten?›

‹Also›, keuchte ich, ‹was meinen Sie mit «das alles»?›

‹Ich meine diese unsittliche Entblößung, genau die meine ich›, antwortete der Polizist. Er lieh mir seinen Mantel und nahm mich mit auf die Wache.

Ich verbrachte dort eine Nacht in der Zelle und wurde am nächsten Morgen dem Richter vorgeführt, einem runzligen älteren Herrn, der aussah, als habe man ihn buchstäblich zusammengefaltet; offenbar besaß er sämtliche Eigenschaften einer Eule, bis auf Federn und Weisheit. Er war schlecht gelaunt, und nachdem er einen Taubstummen zu drei Monaten Zwangsarbeit verurteilt hatte, weil dieser den Türgriff eines abgestellten Wagens berührt hatte, machte ich mir ernsthafte Sorgen.

Nun kam ich an die Reihe; ich trug die Hose eines Polizisten, und in dieser Aufmachung stieß man mich auf die Anklagebank.

‹Ist Ihr Name John Smith?› krächzte es von der Richterbank. ‹Ohne festen Wohnsitz?›

‹Ich fürchte, so ist es.›

‹Sind Sie schuldig oder nicht?›

‹Nicht schuldig, Sir.›

‹Also schuldig? Ich bin froh, dass Sie Ihre Schuld gestehen, das ist mannhaft und erspart dem Gericht Zeit.› Er wandte sich an seinen Schreiber. ‹Gibt es weitere Vorstrafen wegen Exhibitionismus?›

‹Die Frage muss ich ablehnend bescheiden›, erwiderte der Schreiber humorvoll, woraufhin einer der Häftlinge, die dort ihre Anhörung erwarteten, in ein derart schallendes Gelächter ausbrach, dass man ihn wegen Missachtung des Gerichts zurück in seine Zelle verbannte.

Angespannt wie ein Wecker, der jeden Augenblick klingeln wird, verkündete der Richter nun sein Urteil.

‹Sie haben sich zu einer sehr schweren und ekelerregenden Straftat bekannt, für die man Sie, als ich ein junger Richter war, in die Verbannung geschickt hätte. Unter unseren heutigen degenierten Gesetzen freilich kann ich Sie bedauerlicherweise nur zu … ähm …› Es folgte ein geflüstertes Gespräch mit dem Schreiber, in dessen Verlauf ich glaubte, die Worte ‹Was, keine Tretmühle?› aufgefangen zu haben, dann hüstelte er wie ein Asthmatiker und fuhr fort.

‹Ich vermute, Sie führen Ihr Verhalten auf üble Gesellschaft und Kinofilme zurück, aber ich habe einige Erfahrung in beiden Bereichen und glaube, dass deren schlechter Einfluss maßlos überschätzt wird. Sie haben eine der Grünen Lungen Londons in eine Jauchegrube verwandelt, und das Mindeste, was ich dagegen tun kann, ist: Ich verurteile Sie zu zehn Pfund Strafe und zehn Pfund Verfahrenskosten. Der nächste Fall!›

‹In welchem Zeitraum muss ich zahlen?›

Der Richter blinzelte mich an.

‹Sie zahlen sofort oder gehen für einen Monat ins Gefängnis. Der nächste Fall!›

Man brachte mich wieder in den Zellentrakt, und ich hatte Zeit, über meine unglückselige Lage nachdenken. Ich trug weniger als ein Pfund bei mir und kein Scheckbuch; hätte ich mich einem Freund anvertraut, wäre womöglich die ganze vertrackte Geschichte ans Licht gekommen. Schließlich schrieb ich eine Notiz an Mrs. Pink, einfach nur den Hinweis ‹Schau in den Wäschepuff›, mit dem Absender der Polizeiwache, und ich brachte einen Polizisten dazu, den Brief für mich abzugeben. Dann verfrachtete man mich in einem Wagen nach Brixton.

Gestern morgen erzählte man mir, eine Dame habe meine Strafe bezahlt, und ich durfte gehen. Kaum war ich draußen, rief ich bei Mrs. Pink an, erfuhr aber nur, dass sie sofort wieder nach London zurückgefahren sei und dass ich angeblich mein Gedächtnis verloren hätte. Ich rief Sie an, um zu berichten, dass es mir wieder gut ging, aber dann hielt ich es für ratsam, meine Amnesie noch ein paar Tage lang fortzusetzen, damit sie glaubwürdiger erschien – für den Fall, dass im Büro jemand misstrauisch würde. Das ist alles.»

Shadwell seufzte und schüttelte den Kopf.

«Wie viel von diesen Fantastereien soll ich jetzt eigentlich glauben?»

Desmond grinste ihn an.

«Oh, nur hier und da ein paar Teile. Es ist eine offene Geschichte: Man kann Dinge glauben oder ablehnen, ganz wie es einem gefällt.»

Shadwell begann zu antworten, brach dann aber ab; Desmond sah, wie es in ihm arbeitete. Shadwells Gabe, die Ursachen einfacher Handlungen zu begreifen und die Lügen aufzudecken, die selbst ehrliche Geständnisse durchdringen, machten ihn, jedenfalls bis zu einem gewissen Punkt, zu einer Person, die man nur schwer täuschen konnte und die die üblichen gesellschaftlichen Ausflüchte durchschaute. Deshalb war Desmond gar nicht davon ausgegangen, Shadwell werde die alberne Geschichte auch nur ansatzweise für bare Münze nehmen; vielmehr sollte sie wie die glänzende Legierung einer schlüpfrigen Eskapade erscheinen, die der diskrete Desmond niemals offenlegen würde. ‹Desmond›, so glaubte er Shadwells Gedankengänge lesen zu können, ‹Desmond muss einen wirklich äußerst triftigen Grund dafür haben, einen derart albernen Mummenschanz aufzuführen. Wie es aussieht, ist die Geschichte, die er mir hier erzählt hat, offensichtlich reiner Blödsinn, und er hat sich auch keine Mühe gegeben, das zu verbergen, sondern diese Tatsache noch durch die Art des Erzählens unterstrichen. Dennoch steckt höchstwahrscheinlich etwas dahinter, und ein Mann meines Scharfsinns sollte keine Mühe haben, herauszufinden, worum genau es geht. Offensichtlich hat er sich in eine missliche Lage hineinmanövriert, die so peinlich und blamabel ist, dass er es nicht wagt, sich seinen Freunden oder seinem Arbeitgeber zu offenbaren. Möglich, dass er tatsächlich unter falschem Namen im Gefängnis saß; vielleicht will er andeuten, dass er wegen unsittlicher Handlungen in Hampstead Heath festgenommen wurde, nicht genug Bargeld bei sich hatte, um die Strafe zu bezahlen, und keinen Scheck ausstellen mochte, um seinen Namen nicht offenzulegen. Er ist so eitel in Bezug auf die eigene Würde, dass er lieber diesen grotesken Umweg wählen würde, als die Erniedrigung einzugestehen.›

Schließlich ergriff Shadwell das Wort; er tastete sich langsam vor.

«Ich glaube Ihnen einen großen Teil dieser Geschichte.»

Desmond spielte den Überraschten.

«Tatsächlich? Wie viel davon?»

«Ich habe meine Zweifel, was Mrs. Pink betrifft.»

(‹Er ist clever!› dachte Desmond.)

«Na sowas! Als Nächstes werden Sie noch an meiner Knechtschaft im Knast zweifeln!»

«Darüber bin ich mir nicht im Klaren. Wie es aussieht, glaube ich Ihnen die Geschichte in Grundzügen; ich habe nur den Verdacht, dass Sie mir alles durch ein rosarot gefärbtes Vergrößerungsglas zeigen. Haben Sie jemals Drehbücher für Historienfilme geschrieben?»

(‹Er ist clever!› dachte Desmond.)

«Nein, wieso? Oder ist das eine rhetorische Frage?»

«Eher rhetorisch.»

Desmond schwieg. Shadwell präsentierte das undurchsichtige halbe Lächeln, das er seit vielen Jahren einsetzte, er strich sich die Krawatte glatt und erhob sich gemächlich.

«Ich fürchte, ich muss jetzt gehen; ich werde Sie nicht verraten oder anderen berichten, was Sie mir erzählt haben.» Fast unmerklich betonte er das «erzählt». «Ich vermute, Sie sind in ein oder zwei Tagen wieder gesund? Ich schlage vor, wir treffen uns nächste Woche einmal zum Abendessen; wie passt Ihnen der Donnerstag? Hervorragend.»

Er vermerkte das Datum in einem grünen Notizbuch aus Saffianleder und öffnete die Tür.

«Übrigens, unten auf der Treppe wartet noch ein weiterer Besucher – ich bat den Arzt, mich als Erstes zu Ihnen zu lassen.»

«Vermutlich Mr. Poole?»

«Nein, Ihre Frau.»

Shadwell gelang wie immer ein unvergleichlicher Abgang.

DREIZEHNTES KAPITEL

Was für ein Ärgernis! Desmonds Gründe für die Ehe mit Vera ähnelten denen für die Besteigung einer steilen Felswand und schienen anfangs sonnenklar. Doch als der Aufstieg dann beschwerlicher geriet, das Ziel unerreichbar schien und die Hoffnung auf sichere Heimkehr immer ferner rückte, schwand sein anfänglicher Enthusiasmus, bis er jene Urlaubslaune verfluchte, die ihn verleitet hatte, die sicheren Gestade seiner einstigen Zufriedenheit zu verlassen. All das, was ihn zunächst an Vera begeistert hatte – die raffinierten Snacks, die sie in der Casserole zubereitete, ihre europäischen Parfümsorten und die amerikanischen Hautcremes – wirkte schon sehr bald nicht mehr angenehm feminin, sondern nur noch ärgerlich. Schlimmer noch, er hatte sich in Veras Charakter getäuscht und angenommen, als willensschwache und hochemotionale Frau lasse sie sich mühelos lenken. Das aber war ein großer Irrtum, wie er sehr bald feststellte. Ihre Einstellungen und Ideen erwiesen sich nämlich, wie man es nicht selten bei dümmlichen Menschen erlebt, als vollkommen unerschütterlich, denn sie gehörten bei ihr ins Reich der Gefühle und waren dem Zugriff der Vernunft entzogen. Vera wich zwar bereitwillig zurück, wenn er sie mit zornigen Argumenten bestürmte, doch sobald der Druck nachließ, tauchten die alten Vorstellungen sofort wieder auf, unzerstörbar wie Bojen im Meer.

Nach acht mühsam ertragenen Jahren fand Vera ihn unausstehlich. In einem Anfall von Gehässigkeit gegenüber seinem wohlhabenden und sonnengebräunten Nachfolger verweigerte ihr Desmond allerdings die Zustimmung zur Scheidung, solange sie sich nicht schuldig bekannte. Nach einer dreitägigen Szene, in welcher dreihundert Klischees durchdiskutiert wurden, willigte sie schließlich ein. Ihr neuer Liebhaber jedoch, dem seine Karriere bei Gericht mehr bedeutete als die Leidenschaft, zog sich kurzerhand zurück und verschwand spurlos aus ihrem Leben. Desmond freilich erhielt seine Strafe für diesen Akt bösartiger Eifersucht, denn Vera erkannte mit einem Mal die Vorteile einer Kombination aus Ehe und Unabhängigkeit: Sie weigerte sich schlicht und einfach, Hotelrechnungen zu begleichen, und unterschrieb stattdessen Zahlungsanweisungen, die er ihr empört zum Vorwurf machte, als er wieder zur Besinnung kam. Vergebens drohte er, sie von Detektiven beschatten zu lassen, und wusste doch gleichzeitig, wie sinnlos das war – denn er hatte sich selbst viel zu viele Fehltritte geleistet, als dass er damit vor Gericht durchgekommen wäre.

Nun aber, da Neugierde, Zuneigung oder welches Motiv auch immer sie hergeführt hatte, fühlte er sich unbehaglich. Nach ihrem letzten Beisammensein wegen eines Vorschusses auf die Unterhaltszahlung, das mit einem viertägigen Versöhnungsfest und einem Pfund mehr pro Woche endete, hatte er beschlossen, ihr künftig fernzubleiben, da weder seine Nerven noch sein Portemonnaie eine Wiederholung überstanden hätten. Deshalb war dies kein guter Zeitpunkt, das Gedächtnis wiederzufinden; denn sollten sie sich auch nur vorübergehend miteinander aussöhnen – was, wie er wusste, nicht völlig ausgeschlossen war –, würde sie gewiss all seine Pläne zunichtemachen, egal, wie vorsichtig er zu Werke ging. Dafür musste seine Erscheinung ins Bild einer abschreckenden Verwirrtheit passen; zum Schutz, wie er glaubte, gegen Veras Unberechenbarkeit brachte er sein Haar durcheinander, er knöpfte das Oberteil seines Pyjamas falsch und vergrub sich tief im Bett – als unerfreuliches Bildnis einer öden und abstoßenden Amnesie.

Vera verhielt sich genau wie immer, und Desmonds zarte Hoffnung, sie möge sich gleich Ophelia ihrem Hamlet nähern («Oh, welch ein edler Geist ist hier zerstört!»etc. etc.), wurde jäh zertreten.

«Hey, Des, was hast du da bloß angestellt? Erzähl mir nicht, du hast wirklich dein Gedächtnis verloren! Was für ein Spaß!»

«Ja, ich habe mein Gedächtnis verloren», sprach er mit großem Ernst, «und auch wenn man mir sagte, Sie seien meine Frau, kann ich mich doch nicht im geringsten an Sie erinnern. Woher wussten Sie denn, dass ich hier bin?» fügte er ein wenig ängstlich hinzu.

«Aber mein Lieber, du bist doch gerade der totale Wahnsinn! Hitler hat gestern Ruhe gegeben, deshalb hattest du einen kleinen Artikel in allen Zeitungen! Was *hattest* du nun eigentlich in Hampstead verloren? Aber egal – bist du *sicher*, dass du mich nicht erkennst?»

«Vollkommen sicher.»

«Also wirklich! Was hältst du denn jetzt so von mir, nachdem du mich kennengelernt hast?» Sie posierte wie ein Mannequin mitten im Zimmer und strich mit einer affektierten Geste über ihren kleinen Hut. Desmond, inzwischen von seiner wahrhaft ernsten Krankheit überzeugt, fand empörend, wie leicht sie darüber hinwegging, und bemühte sich, das Thema zu wechseln und gleichzeitig ruhig zu wirken.

«Charmant, charmant», sagte er, «aber da du offenbar wirklich meine Frau bist, kannst du mir vielleicht etwas über mich selbst erzählen?»

«Oh, du arbeitest bei einer fürchterlichen Presseagentur – ich vermute, du hast dein Gedächtnis verloren, um deinen Job zu vergessen. Und ob du es glaubst oder nicht, Liebling, ich lerne gerade Erste Hilfe, zusammen mit ganz *schrecklich* vielen anderen Frauen! Die plappern immerzu von ihren entsetzlichen Liebhabern und wollen sich Druckverbände am Nacken anlegen gegen das Nasenbluten! Liebling, ich weiß nicht, was für eine Art Krankenhaus das hier ist, sie waren so furchtbar unfreundlich, als ich sie angerufen habe. Sie sagten …»

Angewidert von ihrer notorischen Selbstverliebtheit und beunruhigt über die Tatsache, dass Vera ihre Trennung bislang mit keinem Wort erwähnt hatte, fand Desmond es ratsam, den Grund ihres Besuches zu ermitteln.

«Es bringt nichts, wenn du herkommst», knurrte er, «ich erinnere mich überhaupt nicht an dich. Ich muss allein bleiben, bis die Erinnerung wiederkehrt.»

«Keine Sorge, Des», strahlte sie, «wir sind bisher nicht immer gut miteinander ausgekommen, auch wenn du dich daran nicht erinnern wirst, aber ich werde mich jetzt um dich kümmern und die Ärzte bitten, dass ich dich mit nach Hause nehmen darf!» Sie blickte auf ihn herab und lächelte freundlich-entschlossen.

Desmond zuckte zurück; dies war schlimmer, als er befürchtet hatte. Ihren Standpunkt erriet er mühelos: An einen quicklebendigen Ehemann gekettet zu sein, der einem zuwider war, war das eine; aber einen interessanten Pflegefall wieder ins Leben zurückzuführen, etwas ganz anderes. Denn zumindest eine Zeitlang bereitete es ihr gewiss ein großes Vergnügen, ihre psychotherapeutischen Bemühungen an ihm auszuprobieren und diesen ihren ganz besonderen Liebling im großen Kreis ihrer Bekannten zur Schau zu stellen. Sollte er ganz plötzlich sein Gedächtnis wiederfinden und sie fortschicken, würde sie den Betrug ahnen und dem Krankenhaus melden; andererseits konnte er den Umzug aufgrund seiner fragilen Gesundheit kaum ablehnen, ohne seine Täuschung länger als geplant aufrechtzuerhalten. Die einfachste Methode, ihr zu entkommen, bestand also wohl darin, unangenehme Symptome zu entwickeln, und da sie sehr heikel war, konnte dies nicht allzu schwer werden.

Mit anzüglichem Seitenblick lehnte er sich vor und murmelte ihr mit heiserer Stimme ins Ohr:

«Du bist also meine Frau, nicht wahr? Wir sind miteinander verheiratet? Okay, wenn wir ein ehrenwertes Ehepaar sind, wäre es doch in Ordnung, wenn …»

Er kicherte zweideutig und kniff sie lüstern in den Oberschenkel. Sie sprang auf und trat zurück.

«Also wirklich, Des, das ist jetzt wohl kaum der richtige Ort und der richtige Zeitpunkt für ein solches Benehmen! Um Himmels willen, sei doch vernünftig!»

Mit einem Lachen, das ekelhaft klingen sollte, wiederholte er seinen Vorstoß.

«Komm schon, Liebling, sei doch nicht so spröde. Das Krankenhaus hat achthundert Betten – da können wir doch eins davon für etwas anderes benutzen, als darin zu sterben.»

«Sei nicht so abscheulich! Außerdem könnte jemand hereinkommen.»

Sie ließ sich auf dem Fußende des Bettes nieder, knapp außer Reichweite. Zu seinem Schrecken begriff er, dass sie die Situation genoss, ja, sogar ein wenig aufgeregt war, weil er sie begehrte. Von ihrem vertrauten und ehrbaren Gatten auf eine Weise behandelt zu werden, auf die sie sich als wohlerzogenes Mädchen niemals einlassen würde, weckte offenbar ganz neue Gefühle in ihr; statt empört davonzulaufen, wäre sie imstande, seinen Zudringlichkeiten nachzugeben. Blitzschnell wechselte er seine Haltung.

«Wehe!» rief er theatralisch. «Lockt Ihr mich gar, auf dass ich mein geliebtes Weib betrüge? Geht in ein Kloster ... nicht zu den Nonnen, zu den Mönchen, da dürftet Ihr richtiger liegen ...»

Vera starrte ihn wütend an.

«Was um alles in der Welt faselst du da?»

«Das ist doch so klar wie Kloßbrühe! Du behauptest, ich sei verheiratet, und doch spüre ich ein Verlangen nach dir, die mir vollkommen fremd ist. Von Rechts wegen mögen wir verheiratet sein, aber ich erinnere mich nicht daran und sehe in dir nicht meine Ehefrau. Sollte ich also zu dir ziehen, wäre das geistiger Ehebruch. Aber jetzt wird mir alles klar! Meine Frau möchte mich verlassen und hat Sie geschickt, um mich zu verführen, damit sie ihre Scheidung bekommt. Aber ich tappe nicht in diese Falle, oh nein, nein, nein, nein, nein!»

Er wackelte mit dem Kopf wie eine mechanische Puppe und blickte sie dabei so wild an, dass Sie aufsprang und zurücktrat.

«Du bist verrückt!» sagte sie.

Er seufzte resigniert. «Alles die Schuld von Rasse und Erziehung. Je weniger Grad ein Winkel hat, desto spitzer ist er. Ich habe mehr als neunzig, du kannst dir also ausmalen, wie stumpf ich sein muss!»

«Du bist verrückt!» wiederholte sie.

Er stöhnte, dann begann er zu lachen.

«In meinem Verstand sind mehr Risse als Läuseeier auf dem Kopf eines blinden Bettlers», kicherte er. «Wie sollen wir armen Menschen bloß verhindern, dass der Kopf sich dreht, wenn die ganze Welt so schnell umherwirbelt?»

Er hielt inne, weil die Tür sich öffnete und die Schwester einen grau gekleideten und irritierten Mr. Poole ins Zimmer bat.

«Hier ist noch ein Besucher für Sie, Mr. Thane.» Sie strahlte Mr. Poole an. «Aber bitte denken Sie daran, Sie dürfen nicht lange bleiben; ich habe Sie nur heraufgelassen, weil Sie es so dringlich machten. Regen Sie den Patienten bitte nicht auf.»

Sie verließ das Zimmer, und Mr. Poole schaute Vera unsicher an.

«Ähm, ich glaube, ich bin Ihrer Frau noch nie begegnet.»

«Sie behauptet, meine Frau zu sein, aber ich glaube das nicht», warf Desmond mürrisch ein. «Das ist alles Teil einer großen internationalen Verschwörungsgeschichte. Und ich bin Geschichten verdammt noch mal leid», rief er jetzt wild, «selbst der schlichteste Bauer hätte gern seine eigene.»

Vera hatte genug.

«Du bist verrückt!» sagte sie bissig. «Ich wusste schon immer, dass du eines Tages durchdrehst.» Sie rauschte an Mr. Poole vorbei wie ein Sportwagen, der eine Familienlimousine überholt, und schlug die Tür hinter sich zu. Mr. Poole schaute so jämmerlich drein wie ein besorgter Anwalt, den man in der Umkleidekabine der Tänzerinnen eingesperrt hat, sodass Desmond etwas sagen musste, um sein eigenes Lachen zu unterdrücken. Er wählte die dramatische Geste.

«Ich weiß, wer du bist! Du bist mein Vater. Hallo, Dad, schön, dich zu sehen!» Er streckte seine Hand in jener männlichen und anrührenden Art aus, wie sie aus amerikanischen Filmen bekannt ist, und bemühte sich – vergebens –, seine Augen mit Tränen zu füllen. Mr. Poole fuhr zurück, als habe ihn eine Wespe gestochen.

«Also wirklich, Thane, reißen Sie sich zusammen. Ich bin nicht Ihr Vater!»

«Was? Sie sind wirklich nicht mein Vater?»

«Nein, ich bin selbstverständlich nichts in dieser Art», erläuterte Mr. Poole, peinlich berührt. «Ich stehe in keiner Verbindung mit Ihnen, außer einer beruflichen.»

Desmond warf sich ins Bett zurück und bedeckte sein Gesicht mit den Händen.

«Oh Mutter, Mutter», stöhnte er, «warum hast du es mir nicht gebeichtet? Ich hätte es verstanden und dir deine verzeihliche Schwäche vergeben. Wie käme denn gerade ich dazu, den ersten Stein zu werfen?»

Mr. Pooles Stimme erhob sich zu einem verzweifelten Quieken. «Thane! Beruhigen Sie sich doch! Ich bin kein Verwandter von Ihnen und ich habe auch nichts mit Ihrer Frau Mutter zu schaffen. Also, hören Sie zu. Ich bin Poole von *International Features* und Sie sind Desmond Thane, mein Assistent. Verstehen Sie das?»

Desmond richtete sich langsam auf.

«Poole ... der Name klingt vertraut ... Ja», rief er freudig aus, «ich habe von Ihnen gehört und ich glaube, ich bin Ihnen schon begegnet, aber das war vor zehn Jahren, und Sie waren damals ein Hotel an der Küste. Damals waren Sie wellig und sandig, jetzt sind Sie dunkel und flach. Was ist denn bloß mit Ihnen passiert?»

Er keckerte albern, und Mr. Poole musterte ihn misstrauisch.

«Es geht Ihnen nicht gut, Thane», sagte er schließlich, «aber ich ahne, dass ein verborgener Sinn dahintersteckt. Sind Sie ganz sicher, dass Sie sich nicht an mich erinnern?»

«Ich weiß es nicht, ich weiß es wirklich nicht. Manchmal rate ich, aber ich liege immer falsch. Vor ein paar Minuten dachte ich zum Beispiel, ich sei Desmond Thane!»

Wieder brach er in ein Gelächter aus, das allmählich in ein leises, schmerzhaftes Glucksen überging. Mr. Poole griff zum Hut und konstatierte:

«Ich glaube nicht, dass Sie hier richtig behandelt werden; ich werde mit meinem eigenen Arzt über Ihren Fall sprechen. Ich muss jetzt gehen, aber sollte ich irgendetwas für Sie tun können, werde ich alles versuchen, um Ihnen zu helfen. Oder vielleicht gibt es jemanden, den ich bitten soll, Sie zu besuchen?»

Plötzlich schämte Desmond sich dafür, diesen einfältigen und warmherzigen kleinen Herrn verspottet zu haben, der es so gut meinte und der so töricht handelte; er unterdrückte den Impuls, sich zu entschuldigen und seine Geschichte zu erzählen. Stattdessen sagte er:

«Es heißt, ich sei Ihr Assistent in einer Presseagentur, deshalb vermute ich, dass meine Erkankung Ihnen einige Unannehmlichkeiten bereitet hat. Es tut mir leid.»

Mr. Poole strahlte wie ein Kind über unerwartetes Lob, und er lächelte Desmond an.

«Machen Sie sich darüber keine Gedanken, Thane; wir schlagen uns schon irgendwie durch, bis Sie zurück sind. Sind Sie sicher, dass es nichts gibt, was ich für Sie tun kann?»

«Nichts – oder, wenn Sie so wollen, alles.»

Darauf fand Mr. Poole keine Antwort. Stattdessen streckte er Desmond seine Hand hin, zog sie zurück, hielt sie wieder hin, hüstelte, griff zum Gehstock, hüstelte abermals, öffnete die Tür, murmelte etwas, tappte vorwärts, tastete sich vor und verschwand schließlich mit einem Achselzucken. Das Ganze war eine schmeichelhafte Vorstellung, so als habe er sich von seinen Vorgesetzten verabschiedet.

Nachdem sein Besucher ihn verlassen hatte, blickte Desmond mit einiger Sorge auf sein eigenes Benehmen. Natürlich hatte er sein Ziel erreicht und Vera verscheucht – was aber, wenn sie und Mr. Poole, wie zu erwarten stand, dem Arzt von einer ernsthaften Störung berichteten? Jedenfalls dürfte es ihm nun deutlich schwerer fallen, glaubwürdig eine schnelle Genesung zu inszenieren. Also beschloss er, beim nächsten Besuch von Dr. Vescott eine sichtliche Besserung vorzuführen, auf alberne Scherze zu verzichten und am folgenden Morgen eine vollkommene Genesung zu demonstrieren. Um gleich damit anzufangen, zerriss er seine autobiografischen Notizen und warf sie in den Papierkorb, und vorsichtshalber verschonte er auch seine Transkriptionen aus dem Notizbuch nicht. Nur das Tagebuch selbst ließ er weiterhin gut versteckt im Kissen. Mehr als zwei Stunden blieb er ungestört im Bett liegen, und er genoss bereits mit froher Erwartung die Essensgerüche von der Nachbarstation, als die Tür sich öffnete und Arzt und Schwester eintraten. Letztere trug seine Kleidung über dem Arm, und beide agierten mit der großen Ernsthaftigkeit einer amtlichen Delegation.

«Nun, Mr. Thane», ergriff der Arzt das Wort, «ich habe mit Ihrem Bruder gesprochen, und er hat Ihre Überführung in ein privates Pflegeheim arrangiert, wo Sie von Ihrem eigenen Arzt betreut werden. Wenn Sie sich jetzt ankleiden, können Sie noch heute abend dort sein.»

Desmond blickte ihn misstrauisch an und fürchtete eine Falle. Hatte Shadwell etwa geredet? Er musterte ihre Gesichter, bemerkte aber keine Täuschungsabsicht.

«Ich habe keinen Bruder», sagte er schließlich. «Ich weiß nicht, wovon Sie reden. Ich habe auch keinen eigenen Arzt» – und zum ersten Mal sagte er jetzt die Wahrheit.

Die Oberschwester beschwichtigte.

«Machen Sie sich darüber keine Gedanken, Mr. Thane, wir wissen ja, dass Sie sich noch nicht erinnern können. Ziehen Sie sich einfach an und seien Sie unbesorgt.»

Desmond wurde es unbehaglich.

«Aber ich fühle mich hier sehr wohl, vielen Dank; ich möchte in kein Pflegeheim. Um ehrlich zu sein: Ich fühle mich auch schon bedeutend besser.»

«Mr. Thane», beharrte der diensthabende Arzt, «seien Sie vernünftig und ziehen Sie sich an.»

Seine Stimme klang ein wenig anders als beim ersten Gespräch, und Desmond erschrak.

«Vielen Dank, ich fühle mich hier sehr wohl, und wenn es Ihnen nichts ausmacht, bleibe ich gern, wo ich bin. Falls Sie mein Bett benötigen oder etwas in dieser Art, können Sie mich jederzeit gern entlassen. Meine Erinnerung kehrt allmählich wieder zurück, und ich bin mir recht sicher, dass ich keinen Bruder habe.»

Der Doktor zuckte mit den Achseln und blickte durch die halb geöffnete Tür.

«Vielleicht möchten Sie lieber hereinkommen, Dr. Wain-wright», rief er, zur Seite tretend, sodass ein Mediziner in schwarzem Mantel mit leisen Schritt ins Zimmer trat.

«Hallo Desmond, erkennst Du mich nicht?» sagte Foster.

Mit einem unterdrückten Schrei sprang Desmond aus dem Bett und ergriff den Arm des diensthabenden Arztes.

«Das ist kein Arzt!» rief er. «Das ist kein Arzt! Ich kenne ihn! Das ist ein Betrüger, ein Krimineller, der mich entführen möchte!»

Erschreckenderweise reagierte niemand überrascht auf diesen Ausbruch, und Foster näherte sich ihm freundlich.

«Aber Desmond», redete er begütigend, «wir wollen doch nicht schon wieder damit anfangen? Wir haben das doch schon vor Jahren geklärt? Du kommst einfach für eine kleine Ruhepause zu mir nach Hause, und ich sorge dafür, dass niemand dich entführt. Du weißt doch, dass du mir vertrauen kannst; ich bin dein alter Freund, Dr. Wainwright, und ich stehe dafür ein, dass niemand dir etwas zuleide tut. Du darfst dich nicht aufregen, sonst dauert es länger, bis du wieder gesund wirst.»

Er sprach sanft und langsam, wie man einem nervösen Pferd zuredet. Desmond wandte sich zur Tür und versuchte, seiner Stimme Festigkeit beizumischen.

«Um Gottes willen, glauben Sie mir doch!» sagte er. «Ich habe meinen Gedächtnisverlust nur vorgetäuscht; ich weiß nur zu gut, wer ich bin, und ich kann Ihnen versichern, dass ich keinen Bruder habe. Dieser Mann gehört zu einer Gangsterbande, die mich aus Gründen, die ich hier nicht ausführen kann, beseitigen möchte, und die ganze Geschichte ist ein Trick, um mich aus dem Haus zu schaffen. Lassen Sie sich seine Papiere zeigen, dann wissen Sie, dass ich die Wahrheit sage.»

Foster seufzte und wandte sich an den Arzt.

«Wie Sie sehen, Herr Kollege, ein Fall im fortgeschrittenen Stadium. Ich glaube, Sir Frederick hat Ihnen in seinem Schreiben mitgeteilt, dass mein Patient 1933 nach einer Tätlichkeit für unzurechnungsfähig erklärt wurde. Sein Bruder und ich waren stets der Ansicht, dass es sich um rein psychische Probleme handelte, und nach einer längeren Therapie konnte ich vor zwei Jahren seine Freilassung erwirken. Damals hielt ich persönlich ihn für vollständig auskuriert, auch wenn ich fairerweise gestehen muss, dass Sir Frederick mit seiner größeren Erfahrung gewisse Zweifel geltend machte … aber als sein Bruder mir von dieser Amnesie berichtete, erkannte ich darin sofort eines der damaligen Symptome und befürchtete das Schlimmste. Nun …»

Eine Geste des Bedauerns; dann fuhr er lebhaft fort.

«Wie lange befindet er sich schon in diesem Zustand?»

Der Arzt überlegte.

«Abgesehen von der Amnesie war er bei der Aufnahme relativ normal, seine Ehefrau und sein Arbeitgeber, die ihn heute nachmittag besucht haben, berichteten von großer Erregtheit und Wahnvorstellungen.»

Foster nickte wissend.

«Ganz wie erwartet. Bei den früheren Vorfällen simulierte er zunächst einen Gedächtnisverlust, um den Ausbruch der Wahnvorstellungen zu überspielen.»

«Womöglich auch als bewusster Versuch, den unbewussten Drang zur Persönlichkeitsspaltung zu erklären?»

Foster nickte zustimmend.

«Eine interessante Annahme. Ich glaube, Sir Frederick vertritt eine ähnliche Auffassung.»

Desmond hatte das kleine Gespräch wie gelähmt mit angehört und schritt nun wütend ein.

«Lassen Sie sich von diesem Mann nicht einwickeln! Ich sage Ihnen doch, er ist ein Betrüger und ein Krimineller! Ich sage Ihnen ...»

Der Krankenhausarzt antwortete geduldig.

«Mr. Thane, so beruhigen Sie sich doch! Mich halten Sie ja nicht für einen Kriminellen, oder? Nun, ich kann Ihnen versichern, dass Dr. Wainwright ein hochangesehener Arzt ist, mit den allerbesten Empfehlungen von Sir Frederick Jameson, einem meiner alten Freunde – und gleichzeitig einer der Direktoren dieser Klinik.» Er wies auf einen zusammengefalteten Brief in seiner Hand.

«Wenn er Ihnen irgendein Schreiben überreicht hat, ist das eine Fälschung!» rief Desmond verzweifelt. «Ich versichere Ihnen, dass ich so gesund bin wie Sie selbst; Sie können gern jeden beliebigen Test durchführen.»

Der Krankenhausarzt zuckte die Achseln und wandte sich an Foster.

«Sie haben ganz recht, Dr. Wainwright; einen Fall dieser Art können wir hier nicht angemessen therapieren. Ganz offensichtlich ist er in einer Privatklinik und unter spezieller Aufsicht am besten aufgehoben.»

Da dies seine letzte Chance war, unternahm Desmond einen neuen Anlauf.

«Wenn Sie mir nicht glauben», bat er, «rufen Sie um Himmels willen Dr. Vescott und lassen Sie mich mit ihm reden. Wenn er mich für wahnsinnig erklärt, gehe ich ohne weitere Umstände mit, aber ich bitte Sie, ihn sprechen zu dürfen, und sei es nur für fünf Minuten.»

Der Krankenhausarzt reagierte einsilbig.

«Falls Sie eine medizinische Begutachtung wünschen, bin ich kompetent genug, mir selbst ein Urteil zu bilden.»

«Das weiß ich doch, Herr Doktor, das weiß ich alles, aber Dr. Vescott ist Spezialist und für meinen Fall verantwortlich. Sie können mich nicht ohne seine Zustimmung entlassen.»

Die Züge seines Gegenübers wurden noch finsterer.

«Ich fürchte, dass jegliche Verantwortung bei mir allein liegt. Ich sehe keine Veranlassung, den Rat von Dr. Vescott in dieser Angelegenheit einzuholen.»

Er entfernte sich, und Foster trat vor.

«Es hat keinen Sinn, sich so aufzuführen, Desmond», sagte er freundlich, aber ein wenig scharf. «Du verschwendest nur Zeit. Du hast nichts zu befürchten, wenn du mit mir kommst, und du erinnerst dich doch, wie gut du es beim letzten Mal hattest.» Er legte Desmond die Hand väterlich auf die Schulter, und seine Lippen zuckten fast unmerklich. Desmond stieß ihn heftig zur Seite und zog sich in eine Ecke zurück.

«Einen Schritt näher», rief er, «und ich …»

In diesem Moment schleuderten der Arzt und die Oberin ihn aufs Bett und hielten ihn mit fachkundigen Griffen so fest, dass er sich nicht zu rühren vermochte. Foster beugte sich über ihn und fühlte ihm den Puls.

«Subkutan?» fragte er in den Raum.

«Wenn Sie ihn einen Moment festhalten wollen, Herr Doktor …»

Foster ergriff Desmonds Arm, und die Oberin eilte von dannen und kehrte einige Minuten später mit einer Schale und medizinischem Besteck zurück.

«Sie begehen einen schweren Fehler», protestierte Desmond schwach, aber er leistete keinen weiteren Widerstand, als die Nadel in seinen Arm drang. Ein oder zwei Minuten hielten sie ihn noch fest, dann erhoben sie sich.

Während Desmond dort lag, kroch ihm eine betäubende Wärme durch den Leib, und er betrachtete die Szene wie aus großer Entfernung. Die Oberin beäugte ihn neugierig, der junge Arzt flüsterte Foster unterwürfig etwas zu, und dieser stand lächelnd und gewinnend da wie der souveräne Fachmann auf den Werbeplakaten der U-Bahn. Dann zwängte ihn die Oberin flink und geschickt in seine Kleidung, und in seinem träumerischen Zustand fiel ihm ein, dass er ja womöglich tatsächlich verrückt geworden war und dass seine Erlebnisse der vergangenen Tage (wie harmlos erschienen sie ihm jetzt!) nichts weiter waren als ein nervöser Albtraum. Er fragte sich immer noch, wer wohl Recht hatte, als Foster und der Arzt ihn aufrichteten und aus dem Zimmer führten, unendliche Flure entlang, bis sie an die frische Luft gelangten, wo ein großer dunkler Wagen, innen wie ein Krankenwagen ausstaffiert, sie erwartete. Erfreut ließ Desmond sich auf eine der beiden Liegen befördern, denn inzwischen war er wirklich sehr schläfrig; kaum hörte er noch, wie Foster und der Krankenhausarzt professionelle Höflichkeiten austauschten. Dann schloss sich die Tür, und er spürte, wie der Wagen Fahrt aufnahm. Mit letzter Kraft öffnete er die Augen und sah, wie Foster sich über ihn beugte. Langsam und vielsagend zwinkerte Foster ihm zu.

VIERZEHNTES KAPITEL

Dunkelheit, Lärm, Stimmengewirr und Menschen. Der Jude läuft unablässig am Rande eines beleuchteten Abgrunds entlang. Anna hockt in einem kleinen, engen Zimmer und stellt eine Frage nach der anderen, und ihr Tagebuch wird zu einem riesigen, sperrigen Paket, das unbedingt zu einem hochwichtigen Zug gebracht werden muss – aber der hält an entlegenen und dauernd wechselnden Bahnhöfen. Die lange, staubige Straße, die man wohl ein Dutzend Mal entlangfährt, und jedes Mal legt man das Paket am falschen Ort ab; die Straßensperre, die falsche Abzweigung, das vergessene Ziel und Füße, die nicht laufen wollen, Hände, die nichts mehr halten, dazu das immer monströsere Tagebuch – all das entgleitet am Ende sanft. Dann der letzte Lauf über den Bahnsteig, mühelos, als glitte man auf Schlittschuhen, und die Tür eines Erster-Klasse-Abteils öffnet sich bei Berührung. Sofort Hitze und Dunkelheit und Foster vor jedem Fenster, Foster eilt hinter ihm her, aus dem Bahnhof hinaus, den Hügel hinab, durch die Gluthitze der Straße bis in eine kleine Gasse, schmal wie ein Sarg. Ein Geschiebe, um Platz zu bekommen, dann ein großer Wind, der die Häuser durcheinanderweht und Foster, das Tagebuch und eine Wolke von Ziegeln auf- und davonwirbelt, wie ein Sturm die Blätter vom Strauch reißt. Inmitten dieses Durcheinanders stand er als einziger fest verwurzelt, bis der Ziegel-Sturm auch ihn packte und mit dem Rest davonwehte, weit fort ins Nichts ...

Vorsichtig öffnete Desmond die Augen und blickte auf eine glatte weiße Zimmerdecke; gleichgültig versuchte er, die Bruchstücke seines Albtraums zusammenzufügen, und er fragte sich, warum ihn der Traum so sehr bedrückt hatte. Heute oder morgen, dachte er noch, würde er aus dem Krankenhaus entlassen, und ...

«Nun», hörte er Fosters Stimme direkt hinter sich, «wo haben Sie es versteckt?»

Unvermittelt, doch ohne Schrecken kehrte die Erinnerung zurück. Einen Augenblick lang schien sich ihm der Magen zu drehen, als stünde er in einem Aufzug, der in die Tiefe rauscht. Dann verließen ihn alle Empfindungen, und eine unnatürliche Ruhe breitete sich aus. Ohne seinen Kopf zu bewegen, stellte er die Frage, die ihm Zeit verschaffen sollte, auch wenn er wusste, das dies sinnlos war.

«Was meinen Sie?»

«Die Kontaktliste.»

«Ich habe sie nicht mehr – ich habe sie weggeworfen.»

Foster stöhnte.

«Wollen Sie sich immer noch widersetzen? Sie wissen, was ich in diesem Fall zu tun habe?»

Desmond wusste es.

«In Ordnung», sagte er, «sie steckt in meinem Kissen im Krankenhaus; ich vermute, da liegt sie immer noch, wenn Sie vorbeischauen, um sie abzuholen. Sie hat mir nicht viel eingebracht; hoffentlich nützt sie Ihnen mehr als mir.»

«Danke. Ich werde morgen früh jemanden schicken. Ich hoffe um Ihretwillen, dass Sie die Wahrheit sagen.»

Ein Stuhl knarrte, als Foster sich erhob, dann durchquerte er mit seinen leisen Schritten das Zimmer, die Tür öffnete sich und fiel wieder ins Schloss. Es dauerte noch einige Minuten, bis Desmond die Willenskraft aufbrachte, sich aufzurichten und umzuschauen. Es überraschte ihn kaum, dass er sich wieder in genau jenem Zimmer befand, aus dem er vor drei Tagen entflohen war. Das Bett war dasselbe, der Stuhl und das grelle Licht, neu war nur die Verkleidung des Fensters, das er zerbrochen hatte. Er legte sich wieder hin und zählte die langsam verstreichenden Minuten. Nach einiger Zeit wurde die Tür wieder geöffnet und jemand schob sich ins Zimmer.

«Da wären wir also wieder», sagte der Dicke.

Alles war wie vorher.

Eine Zeitlang herrschte eine Stille, in der nur die nervösen Bewegungen des Dicken zu vernehmen waren, dann aber brach es plötzlich aus ihm heraus, ganz abrupt, wie bei einem schüchternen Mann, den die Sehnsucht nach einem Gespräch überwältigt.

«Ich bin froh, dass Sie den Juden umgelegt haben!»

Desmond, viel zu niedergeschlagen, um Anteil zu nehmen, antwortete mit einer mechanischen Höflichkeitsfloskel:

«Oh, tatsächlich, warum denn?»

«War immer am rummachen. Immer so: Tu das oder geh dahin oder mach das … gab nie Ruhe, auch wenn gar keine Arbeit zu tun war. Immer am rummachen, immer: Rumkommandieren oder Mr. Foster in den Arsch kriechen. Aber Mr. Foster hat ihn durchschaut, der hätte das nicht viel länger mitgemacht. War Zeit, dass er aus dem Weg kam. Wie haben Sie das geschafft, Mr. Thane? Hat er noch einen Pieps gesagt?»

Er wandt sich auf dem Stuhl und lehnte sich erwartungsvoll vor, die dicken Hände auf den Knien, und die kleinen Äuglein funkelten. Desmond wollte eigentlich nur seine Ruhe haben, deshalb ließ er den Mann weiterplappern.

«Oh, das war nicht der Rede wert. Erzählen *Sie* mir doch etwas mehr von ihm. Haben Sie seine Leiche geholt?»

Nachdem die Mauern der Schüchternheit einmal überwunden waren, wurde der Dicke redselig:

«Sie werden kaum glauben, welche Mühe wir mit ihm hatten, Sie werden es kaum glauben! Ich fuhr hin und fand ihn, als Sie Mr. Foster angerufen hatten, und bei Dunkelheit sind wir alle rausgefahren und haben ihn abgeholt. Er war ganz mit Wasser vollgelaufen und so schwer, dass wir echt Mühe hatten, ihn ins Auto zu schleppen, und als er drin war, hat er uns ordentlich die Polster versaut. Auf dem Rückweg haben uns ein paar Soldaten angehalten, und Frank wollte schon schießen, aber Mr. Foster hat ihn daran gehindert und mit den Leuten geredet, dann war alles gut. Wir haben ihn in den alten Brunnen im Garten geworfen, und als wir ihn gerade über den Rand schubsen wollten, sprang ihm ein Frosch aus dem Mund, und Frank hat geschrien und Mr. Foster hat ihm eine runtergehauen. Ich hätte ja gelacht, wenn ich mich getraut hätte, aber ich habe Mr. Foster noch nie so wütend gesehen. Irgendwas muss ihn aufgeregt haben.»

Er kicherte leise in sich hinein und schaukelte vor und zurück. Desmond hatte anfangs kaum hingehört, wurde aber neugieriger, und da die Wirkung der Spritze nachließ, hoffte er, die unerwartete Freundlichkeit seines Wärters nutzen zu können.

«Das muss lustig gewesen sein», sagte er warmherzig. «Ich wäre zu gern dabei gewesen»; damit stand er beiläufig auf.

Die Bewegung kam zu früh. Sofort hielt der Dicke sein Messer in der Hand, und sein Lächeln war weggewischt, als habe ihm eine unsichtbare Hand ins Gesicht geschlagen.

«Mr. Thane!» sagte er und balancierte das Messer geschickt zwischen Daumen und Zeigefinger, bis die Klinge wie ein silberner Zylinder erschien. Demonstrativ dehnte Desmond die Arme, gähnte, kratzte sich im Nacken und nahm wieder Platz, wobei er den übereilten Versuch bereute. Nach einer Weile ließ der Dicke die Waffe wieder in seiner Brusttasche verschwinden, die Hände baumelten wieder neben dem Stuhl, aber er hielt die Augen starr auf Desmond gerichtet und schien nicht mehr an einer Fortsetzung seiner Berichte interessiert. Die Atmosphäre hatte sich abgekühlt.

Desmond versuchte, die Spannung zu lösen, und tastete nach einem Gesprächsfaden.

«Ich vermute, Ihre Arbeit ist normalerweise ganz interessant?»

Keine Antwort. Er bemühte sich weiter.

«Ich denke, Mr. Foster ist kein einfacher Boss. Ist er denn oft anwesend?»

Keine Antwort. Er nahm einen dritten Anlauf.

«Glauben Sie eigentlich nicht, dass ein Mann, der so klug ist wie Mr. Foster, ins Zentralkomitee gehört?»

Der Dicke erstarrte.

«Was wissen Sie über das Zentralkomitee?»

«Eine ganze Menge. Tatsächlich stand ich mit denen sogar in einem sehr engen Kontakt.»

Er sah, wie der Mann ihn mit einer seltsamen Mischung aus Bosheit, Misstrauen und Hochachtung musterte. Es lag auf der Hand, dass diese grobe, grausame kleine Kreatur keinen bedeutenden Platz in der Organisation innehatte und kaum oder gar nicht in die Aktivitäten des Zentralkomitees eingeweiht war; offensichtlich war er dem Juden unterstellt gewesen, der selbst nicht mehr war als einer von Fosters Agenten – und doch wusste der Mann von diesem Komitee und schien allem Anschein nach großen Respekt davor zu haben.

«Um die Wahrheit zu sagen, habe ich einen Freund im Komitee. Jemand wird Ärger bekommen, wenn bekannt wird, wie ich hier behandelt wurde.»

Der Dicke kniff seine Augen zusammen, bis die Pupillen fast unsichtbar waren, und kratzte sich mit einem seiner dicken Finger mit den schwarzen Nägeln an den Lippen. Desmond betrachtete ihn jetzt genauer und erkannte, dass hinter der Fassade aus kleinen Gehässigkeiten und seltsamen Angewohnheiten ein wirklich bösartiges, gefährliches Wesen steckte, vollkommen gnadenlos und vermutlich ein wenig wahnsinnig. Beim Juden und sogar bei Foster hatte Desmond sich auf vertrautem Terrain befunden, denn er spürte, dass deren Gehirne grundsätzlich auf die gleiche Weise arbeiteten wie sein eigenes. Bei diesem Mann jedoch war das ganz anders, und er bekam es allmählich mit der Angst zu tun. Dann sprach der Dicke und war jetzt wieder nichts als ein gefährlicher, aber dümmlicher kleiner Mann.

«Warum haben Sie denn Mr. Foster neulich nichts davon erzählt?»

«Weil er mich sofort getötet hätte, wenn er erfahren hätte, wer ich bin. Sehen Sie, er und das Komitee kommen nicht immer so gut miteinander aus. Aber», fügte er rasch hinzu, «natürlich wissen Sie davon nichts – fast niemand weiß das.»

«Oh doch, ich schon», kicherte der Dicke durchtrieben. «Ich weiß sehr viel mehr, als die Leute ahnen!» Er zögerte, aber dann siegte die Eitelkeit. «Ich weiß, dass Mr. Foster dem Komitee nicht immer die Wahrheit sagt. Ich habe gehört, wie er ihnen am Telefon erzählt hat, Sie hätten den Iren getötet.» Er wackelte heftig mit dem Kopf.

Desmond spürte, dass sich hier eine Gelegenheit bot, nur wusste er nicht, wie er sie ergreifen sollte. Jeder andere mit klarem Kopf und ein wenig Logik hätte seine Geschichte von der

Verbindung zum geheimnisvollen Komitee mühelos entlarvt, doch dieser dicke Mann – ein halb wahnsinniges Geschöpf, das in einer Welt voller grausamer Intrigen lebte, von denen sein umnebeltes Hirn vermutlich kaum die Umrisse zu deuten verstand – war zur kühlen Analyse nicht fähig. Grausamkeit und Täuschung waren die einzige Wirklichkeit, die er kannte; er war Fosters Kettenhund, den es gelegentlich drängte, seinen Herrn zu beißen. Warf man einen Zweifel in dieses Hirn, dürften seine Wellen bis an die äußersten Ränder schwappen und ihre Wirkung tun, wenn dieser Stein schon längst versunken war. Im Bewusstsein, dass nichts, was er jetzt tat, seine Lage noch verschlimmern konnte, fuhr Desmond fort:

«Oh ja, er belügt sie ständig. Man wird ihm eines Tages auf die Schliche kommen; wenn mir etwas zustößt, wird man ihm auf die Schliche kommen. Das Komitee verschont niemanden, und es vergibt niemals.»

Stille.

«Das Komitee weiß, was Mr. Foster tut», sagte der Dicke schließlich, «sie lassen Mr. Foster freie Hand.»

«Das ist seine Version. Doch wenn mir etwas zustößt, wird jemand dafür zur Rechenschaft gezogen werden, daran besteht kein Zweifel.»

«Sie können Mr. Foster nichts antun», sagte der Dicke entschlossen, «niemand kann ihm etwas antun.»

«Nein, vermutlich verschonen sie … *ihn.*»

Er schwieg, legte sich wieder hin und betrachtete die Zimmerdecke. Er war entschlossen, wenigstens dieses Mal nichts zu verderben, indem er zu schnell vorpreschte oder zu weit ging. Der Dicke rutschte nicht länger auf dem Stuhl hin und her, sondern verharrte bewegungslos. Dann sprach er:

«Mr. Foster wird Sie umbringen lassen, wenn er das Buch bekommt, das er haben will. Er hat es mir erzählt.»

Desmond wurde ein wenig übel; mit Mühe hielt er seine Stimme ruhig.

«Ich weiß; und sobald das Komitee davon erfährt, wird jemand anderes sterben.»

«Sie werden Mr. Foster nicht anrühren.»

«Vielleicht nicht, aber er ist ja nicht als Einziger an dieser Sache beteiligt.» Er wartete. «Der Jude ist schon beseitigt.»

«Sie werden es nicht wagen, Mr. Foster anzurühren», wiederholte der Dicke zum dritten Mal, «sie lassen ihm freie Hand. Und er fährt noch heute abend dorthin, um zu berichten.»

«Jemand anderes wird sterben», wiederholte Desmond, «jemand anderes wird sterben.»

Das Schweigen währte jetzt länger als zuvor, dann verließ der kleine Mann den Raum und verschloss die Tür hinter sich.

Desmond blieb ganz ruhig liegen, er versuchte, die möglichen Konsequenzen seiner Worte zu ergründen. In der grotesken Unterwelt Fosters und seiner Kumpane musste ein Verdacht wachsen wie ein Pilz im Keller, er musste sich ausbreiten und wuchern, bis jede gesunde Vernunft in seinem Schatten erstickt war. Der dicke Mann, da war Desmond sich sicher, würde seine Äußerungen Foster gegenüber nicht wiederholen (vielmehr würde er ihm, Desmond, Sätze unterschieben, die er nie gesagt hatte), allerdings würde der Dicke Desmonds Worte, verzerrt und entstellt vom Wahnsinn, sehr wohl im Gedächtnis behalten, für irgendeine künftige und nicht vorhersehbare Abrechnung. Jedenfalls betrog Foster selbst, wie es schien, seine Vorgesetzten – sofern die Lüge über O'Briens Tod nicht auf eine Erfindung oder ein Missverständnis des Dicken zurückging. Vielleicht widersetzte Foster sich tatsächlich den Anweisungen des Komitees; und vielleicht besiegelte er, Desmond, auch nur seine eigene Vernichtung durch den Versuch, Zwietracht unter seinen Gegnern zu säen. Und so verzichtete er auf weitere Spekulationen und bemühte sich, an etwas anderes zu denken als an seine gegenwärtige Lage. Immer wieder aber hallte in endloser Wiederholung dieser Satz durch seine Gedanken: «Jemand anderes wird sterben, jemand anderes wird sterben.»

*

… und als er das Bewusstsein wiedererlangte, teilte er mir mit, er habe die Kontaktliste in seinem Krankenzimmer versteckt. Ich bin überzeugt davon, dass er die Wahrheit sagt, und habe bereits Vorkehrungen getroffen, die Liste morgen früh abzuholen.

Damit endet Mr. Fosters Bericht.

Vorsitzender: Vielen Dank! Ich bin mir sicher, Ihnen im Namen des gesamten Komitees für die ausgezeichnete Arbeit bei der Wiederbeschaffung der Liste danken zu dürfen.

Mr. Foster: Ich freue mich darüber, dass meine Bemühungen Ihren Beifall fanden, und hoffe, sie mögen ihn auch in Zukunft verdienen.

G: Ich vermute, Thane befindet sich noch in Ihrem Haus?

Mr. Foster: Ja. Ich behalte ihn dort, bis sich die Liste tatsächlich in meinen Händen befindet, für den Fall, dass er mich belogen hat, auch wenn ich, wie gesagt, überzeugt bin, dass dies nicht geschehen ist.

G: Und dann?

Mr. Foster: Dann muss er natürlich entsorgt werden. Er weiß einfach zu viel, um wieder frei herumzulaufen, und könnte unserer Organisation sogar schaden, auch wenn ich keinen Hinweis darauf finden konnte, dass er gut über uns informiert ist. Die Details der Beseitigung können Sie mir überlassen. Und nun, meine Herren, werde ich mich mit Ihrer Erlaubnis zurückziehen. Wie Sie ja wissen, habe ich noch einige andere Angelegenheiten für Sie zu erledigen.

E: Einen Augenblick noch. Wir haben so viel von diesem Thane gehört, und man hat uns so viel von seiner Raffinesse und Hartnäckigkeit berichtet, dass ich ihn gern einmal persönlich befragen würde. Vielleicht könnten Sie ihn zunächst nach London bringen, bevor Sie ihn beseitigen, wie Sie es ausdrücken, glaube ich.

Mr. Foster: Ich kann nicht erkennen, welchem Zweck ein solches Verhör dienen sollte. Ich habe Ihnen ja bereits alles berichtet, was über ihn bekannt ist, und ich glaube nicht, dass dem noch etwas Wichtiges hinzuzufügen wäre. Je schneller er aus dem Weg geschafft wird, desto besser. Darf ich erfahren, was genau Sie von ihm zu erfahren hoffen?

E: Ich würde beispielsweise gern von ihm hören, wie er O'Brien getötet hat.

Mr. Foster: Was wollen Sie damit andeuten?

E: Ich deute gar nichts an; ich bringe nur eine Ratlosigkeit zum Ausdruck, die ich mit anderen teile. Deshalb möchte ich, und ich wiederhole das, gern aus seinem Mund etwas über die Umstände von O'Briens bedauerlichem Ableben erfahren.

F: Wir würden auch gern aus seinem eigenen Mund weitere Einzelheiten über seine Beziehung zu Mrs. Raven hören.

B: Und über die Umstände seiner Flucht aus Ihrem Haus.

Mr. Foster: Wollen Sie damit unterstellen, dass ich Sie belogen habe?

E: Aber nein, Ihre Berichte waren vielleicht stellenweise nur ein wenig unvollständig.

Mr. Foster: Wenn Sie unzufrieden mit mir sind, steht es Ihnen frei, mich zum Rücktritt aufzufordern.

E: Ich glaube nicht, dass es uns darum geht. Sie sind ein Mann, dessen Entlassung wir sehr bereuen müssten.

Mr. Foster: Ich bestätige Ihre Versicherung in jeder Hinsicht.

Vorsitzender: Ich bitte Sie, Mr. Foster, meinen Kollegen nicht misszuverstehen: Wir alle hier – und ich selbst ganz besonders – bringen Ihnen das allergrößte Vertrauen entgegen und verlassen uns voll und ganz auf Ihre Berichte. Ich darf Sie allerdings daran erinnern, dass die Versammlung den Wunsch geäußert hat, Ihren Gefangenen in Augenschein zu nehmen, und muss Sie deshalb bitten, alle diesbezüglichen Vorkehrungen zu treffen, damit er uns morgen vorgeführt wird. Sie verstehen auch sicherlich, dass unsere Bitte keinerlei Kritik beinhaltet.

Mr. Foster: In der Tat verstehe ich Ihre Gefühle, und selbstverständlich folge ich all Ihren Anregungen, Herr Vorsitzender. Wenn Sie wollen, rufe ich sofort meinen Agenten an und lasse Thane nach London bringen.

Vorsitzender: Vielen Dank, ich denke, das wird das Beste sein. Sie können von nebenan telefonieren.

Mr. Foster verlässt die Versammlung.

E: Entschuldigen Sie, meine Herren, auch ich habe zu telefonieren.

E verlässt ebenfalls den Raum.

F: Es liegt auf der Hand, dass Foster seine Kompetenzen über-schreitet. Ich denke ...
Vorsitzender: Ich denke, wir schieben unsere Beratungen über diesen Punkt ans Ende der Tagesordnung.

Ein wenig später kehrt E zurück, kurz darauf auch Mr. Foster.

Mr. Foster: Ich habe mit meinem Assistenten gesprochen, und er wird Thane morgen herbringen. Ich habe ihn gebeten, äußerst wachsam zu sein und jeden weiteren Fluchtversuch zu unterbinden.
E: Eine wahrlich kluge Anweisung!
Vorsitzender: Gut; wir werden Sie jetzt nicht weiter aufhalten. Selbstverständlich werden Sie morgen zugegen sein.

Mr. Foster verlässt den Raum.

Vorsitzender: Nun?
E: Ich war in der Lobby, ohne dass Foster mich sehen konnte, und habe sein Gespräch von der Nebenstelle aus mitgehört. Hier die wörtliche Niederschrift:

«Hier Foster. Erledigen Sie unseren Gast unverzüglich und beseitigen Sie ihn auf die übliche Weise. Aber achten Sie darauf, dass er keine Spuren hinterlässt. Sollte man Sie befragen, sagen Sie, dass Sie das wegen Ihrer eigenen Sicherheit tun mussten. Haben Sie mich verstanden?
Wer wird mich denn befragen, Mr. Foster?
Das geht Sie nichts an; gehorchen Sie einfach meinen Befehlen. Aber denken Sie daran, selbst wenn das Komitee

Sie befragt, dass *Sie* es getan haben, um ihn an der Flucht zu hindern.

Aber, Mr. Foster ...

Sie haben mich verstanden. Und keine Fehler! Guten Abend.»

Das ist alles. Ich denke, das ist eindeutig.

Vorsitzender: Das ist es wohl.

B: Das ist eindeutig Verrat. Wir müssen Foster sofort aus dem Weg schaffen.

Vorsitzender: Ich muss Sie allerdings darauf hinweisen, dass immer noch Vorsicht geboten ist. Wir können Foster nicht endgültig beseitigen, ehe wir seine Aufgaben selbst übernommen und uns seine Assistenten vorgeknöpft haben. Er mag noch ein paar Tage gefährlich sein, und während dieser Zeit können wir keine unwiderruflichen Fakten schaffen.

G: Und was ist mit Thane?

Vorsitzender: Wir müssen unbedingt mit ihm sprechen und herausfinden, warum Foster um jeden Preis dieses Verhör verhindern will. E, Sie sollten diesen Agenten am besten sofort anrufen und ihm befehlen, den Gefangenen morgen herzubringen. Drücken Sie sich bitte unmissverständlich aus und warnen Sie ihn, dass er bei einem Zwischenfall persönlich haftet. Sie können ihn auch anweisen, Foster diesen Anruf zu verschweigen.

B: Der arme Kerl dürfte in einem hübschen Dilemma stecken!

E: Ich werde ihm schon klarmachen, auf welche Seite er sich schlagen sollte.

E verlässt den Raum.

G: Aber was wird Foster denken, wenn Thane wohlbehalten hier eintrifft? Wird er nicht äußerst wachsam sein?

Vorsitzender: Er ist sich ja schon über unsere Gefühlslage im Klaren, aber ich vermute, dass er unsere Möglichkeiten in Bezug auf seine Person ziemlich gering einschätzt. Thanes unerwarteter Auftritt dürfte ihm deutlich machen, dass wir mehr wissen, als er ahnt, und dass selbst seine eigenen Leute eher uns als ihm gehorchen. Das dürfte ihn erheblich einschüchtern, und sobald er sich fürchtet, könnte er unvorsichtig werden, und das macht uns die Sache am Ende leichter.

E kehrt zurück.

E: Ich habe versucht, in Standon anzurufen, aber dort herrscht gerade Fliegeralarm, und die Vermittlung weigert sich, Ferngespräche durchzustellen; ich bat sie um Rückruf, sobald die Verbindung wieder frei ist.
F: Falls Sie nicht schnell genug durchkommen, könnte es leider zu spät sein.
E: Das befürchte ich auch …

*

Das Läuten des Telefons in den leeren Tiefen des Hauses weckte Desmond aus einem unerquicklichen Dösen, und er vernahm eilige Schritte auf dem Flur, weil der Dicke hinunter zum Apparat rannte. Es war nur ein kurzes Gespräch, denn schon eine knappe Minute nach Ende des Läutens erkannte Desmond den leisen Klingelton beim Auflegen des Hörers, dann verrieten ihm Schritte, jetzt langsam und bedächtig, dass sein Gefängniswärter die Treppe hinaufkam. Schließlich stand der Dicke in der Tür, ohne das Zimmer zu betreten, und wies mit dem Kopf in Desmonds Richtung.

«Kommen Sie herunter», sagte er, und Desmond wusste so sicher wie beim Anblick eines frisch ausgehobenen Grabes, dass er nun getötet würde.

Ihm war kalt, und er war schwach wie nach überstandener Krankheit. Während der vergangenen Tage hatte er sich mehrmals eine solche Situation ausgemalt – immer in dem Glauben, er werde sich ganz zum Schluss, wenn alles ohnehin verloren war, in heldenhafter Verteidigung des eigenen Lebens auf seinen Henker stürzen. Stattdessen war ihm alle Lebensenergie entwichen, er war ganz unfähig zum Widerstand und begriff nun zum ersten Mal, warum unheilbar Kranke nie auf ihre Feinde losgehen oder zum Tode Verurteilte sich nie ins Feuer der Hinrichtungskommandos stürzen. Nur *ein* Impuls wirkte noch in ihm, nämlich der Wunsch, ein wenig Zeit zu gewinnen, und er war entschlossen, teils aus Stolz und teils, weil er die Psyche des Dicken durchschaut hatte, sich keine Furcht anmerken zu lassen. Also richtete er sich im Bett auf, den Rücken gegen die Wand gelehnt und mit gefalteten Händen, um ein Zittern zu verbergen, dann sprach er so lässig wie möglich, wobei er jedes Wort so sorgfältig artikulierte, als bediene er sich einer fremden Sprache.

«Das bedeutet also, Sie haben den Befehl, mich zu töten?»

Der Mann trat von einem Fuß auf den anderen.

«Sie kommen mit mir runter.»

(Ich bin ihm vermutlich zu schwer, um die Treppe heruntergetragen zu werden. Und sie möchten wohl auch keine Schweinerei im Zimmer haben.)

«Wenn Sie das tun, werden Sie selbst nicht sehr viel länger leben. Ich hoffe, das ist Ihnen klar?»

Der Dicke schien einen Moment zu zögern, dann entgegnete er scharf:

«Kommen Sie mit runter.»

(Ich darf ihn nicht reizen, dachte Desmond; wenn ich ihn provoziere, erledigt er mich auf der Stelle und betrügt mich um weitere fünf Minuten Lebenszeit.)

«In Ordnung, wie Sie wollen.»

Er stand auf und schritt vorsichtig in Richtung Tür. Er erinnerte sich an die Worte eines weisen Chinesen, wonach wir beim Gehen zwar nur den Boden nutzen, den die Sohlen unserer Füße tatsächlich bedecken, in Wirklichkeit aber keinen einzigen Schritt tun könnten, wäre der nicht genutzte Grund um uns herum einfach weggeschnitten. Während Desmond nun den Raum durchquerte, war ihm, als setzte er seine Füße auf einzelne Steine inmitten einer unendlichen Leere und als genügte ein einziger Fehltritt, um in den Abgrund zu stürzen. Mit übertriebener

Sorgfalt zwängte er sich am Dicken vorbei und schritt langsam den Flur entlang bis zur Treppe.

Wie ein Messerstich durchfuhr plötzlich ein Fliegeralarm das Haus. Die Sirene musste sich ganz in der Nähe befinden, denn am Höhepunkt eines jeden Heultons schien die Luft förmlich zu beben, und das Abklingen des Tons, wie ein Atemholen vor dem nächsten Schrei, wühlte sich tief in den Magen hinein. Es klang wie das Klagen eines großen, verwundeten Tieres, und Desmond vergaß für einen Augenblick seine eigene Lage und sagte sich, hier handle es sich um den verzweifelten Todesschrei des Wirtschaftssystems eines ganzen Kontinents im Angesicht der herannahenden Geier, die man selbst aufgezogen hatte. Seine Vision wurde jäh unterbrochen, als der Dicke ihn am Arm zerrte.

«Das ist die Sirene!» rief er, unnötigerweise. «Kommen Sie schnell, es gibt einen Luftangriff.»

Er fasste seinen Gefangenen heftig am Ellbogen und schob ihn die Treppe hinunter. Mit freudigem Erstaunen registrierte Desmond, dass der Mann wirklich verängstigt schien.

«Hatten Sie hier schon viele Luftangriffe?» fragte er, während sie dem Treppenabsatz entgegenstolperten.

«Nein, nein, dies ist der erste. Machen Sie schnell und bleiben Sie vom Fenster weg.»

Ohne weitere Worte zu verschwenden, zog er Desmond in die Diele hinunter, dann hielt er kurz inne; schließlich schaltete er das Licht aus, öffnete die Haustür und führte ihn in den Garten.

Desmond zögerte.

«Wohin gehen wir?»

Es war eine klare Nacht; unzählige Scheinwerfer, einige ganz in der Nähe, tauchten den Himmel in so grelles Licht, dass Desmond sehen konnte, wie dem anderen die Züge entglitten.

«Sie gehen dorthin, wo der Jude liegt: in den Brunnen.»

Mit krachenden Dopppelschlägen, dem Knallen von Türen gleich, die in schneller Folge zugeschlagen werden, eröffnete eine Flakbatterie jenseits des Hügels das Feuer.

Der Dicke riss Desmond in die Dunkelheit der Diele zurück und schlug die Tür hinter sich zu.

«Bomben!» sagte er, «große Bomben!»

«Ja», antwortete Desmond, während weitere Geschütze das Feuer eröffneten, «eine ganze Menge!»

«Kommen Sie hier herein, da sind wir sicherer vor den Explosionen», drängte der Dicke und schob ihn in eine kleine Kammer unterhalb der Treppe. Hoch über ihren Köpfen hörten sie den Lärm der Flieger.

Allmählich begriff Desmond die übersteigerte Angst des Mannes. Jahrelang hatte man die Öffentlichkeit und insbesondere die Leser von Boulevardblättern mit Geschichten über schreckliche Verheerungen durch Luftangriffe gefüttert; in Wochenschau-Filmen konnte man brennende Häuser in Barcelona sehen und Fotos von Lastwagen voller Leichen in den Straßen von Shanghai – mit dem Ergebnis, dass die Menschen in furchtbare Angst versetzt waren wie nie zuvor seit den Angriffen der Tartaren. Männer wie der Dicke – mit blühender Fantasie und wenig Verstand – hatten deshalb klare Bilder von umherfliegenden Metallsplittern vor Augen, die Arme und Beine vom Körper schnitten, sie sahen Köpfe, die von fallenden Mauern zu Brei gequetscht wurden, aber es kam ihnen nie in den Sinn, wie klein die tatsächlichen Opferzahlen waren, sie bedachten nicht, wie wenig Bomben bei einem Luftangriff abgeworfen werden konnten und wie gering letztlich die tödliche Wirkung selbst der größten Sprengsätze war. Aber wie sollten sie auch, wenn doch alle Experten, angefangen bei den Ministern, stets in lautes Wehklagen ausbrachen, in dessen Lärm die leisen Stimmen der Vernunft und Statistik erstickten? Hatten sie aber einmal ein paar echte Luftangriffe erlebt, beruhigten sich selbst die größten Pessimisten, auch wenn ihre unmittelbare Furcht wachsen mochte – denn der wahre Grund ihrer Panik lag nicht so sehr in der realen Bedrohung, sondern im allgemeinen Respekt vor einer neuartigen und vieldiskutierten Art der Kriegsführung. Deshalb erlebten viele ihren ersten wirklichen Luftangriff beinahe als eine Befreiung.

Im Fall des Dicken war eine solche Haltung sogar ganz besonders ausgeprägt. Da ihm das innere Gleichgewicht fehlte, war er im Kern feige, eingeschüchtert von allem, das er noch nicht kannte oder nicht verstand. Dabei war er wahrscheinlich in vielerlei Hinsicht tapfer und auf Fosters Befehl hin imstande, große Widrigkeiten zu ertragen. Doch ein Luftangriff war etwas ganz anderes; den kannte er bisher nur aus raffiniert komponierten Horrorgeschichten der Vorkriegszeit. Wieder ratterte die Flak, und Desmond hörte, wie der andere tief Luft holte. Und doch hatte dieser Mann keine Bedenken, gemeinsam mit einem Gefangenen, der doppelt so stark war wie er selbst und der wusste, dass er ermordet werden sollte, in einem dunklen Winkel zu kauern. Desmond betete zwar darum, dass eine Bombe das Haus in Schutt und Asche legen möge, doch aus Angst vor einem Messer im Bauch wagte er es nicht, sich auf den feigen kleinen Mörder zu stürzen, der zitternd neben ihm hockte. Allenfalls konnte er die Angst des Dicken weiter schüren.

«Das war knapp!» flüsterte Desmond, als alle Flakbatterien zusammen feuerten. «Vermutlich haben sie es auf die Waffenfabrik an der Bahnlinie abgesehen.»

«Waffenfabrik? Ich habe noch nie von einer Waffenfabrik gehört.»

«Oh doch, ein paar Meilen von hier gibt es eine Munitionsfabrik, aber man sieht sie nicht, wenn man es nicht weiß, sie ist gut getarnt. Wenn sie die treffen, ist das ganze Dorf hin.»

«Es ist weit weg», murmelte der Dicke, «hier sind wir sicher.»

«Aber nein, das sind wir nicht, dafür habe ich zu viele Luftangriffe mitgemacht. Ich war in Spanien im Bürgerkrieg und habe gesehen, was Bomben anrichten können. Ich habe dort mitgeholfen, Leute in einem Café auszugraben, das einen Volltreffer abbekommen hat. Der Teekessel hatte sich mitten durch einen Mann gebohrt, und Tee und Blut und Dreck waren ineinandergelaufen und tropften mir in den Nacken, als ich mich über ein Bein beugte. Es war schrecklich ...»

Wieder zogen Flugzeuge übers Haus, und die Geschosse feuerten. Im Schutz des Lärms versuchte Desmond, seine Position zu wechseln, aber da leuchtete ihm auch schon ein grelles Licht ins Gesicht.

«Nicht bewegen», knurrte die Stimme in der Finsternis hinter der Taschenlampe. «Wagen Sie bloß nicht, auf mich loszugehen.»

Die Explosionen wurden wieder heftiger, und das Licht zitterte ein wenig, aber die Stimme fuhr fort: «Ich weiß, was Sie vorhaben, aber probieren Sie es lieber nicht.»

Die Taschenlampe wurde ausgeschaltet. Desmond begann zu reden, seufzte dann und gab es auf. Es gab hier nichts mehr zu sagen. Also schwiegen sie, während das Feuern der Flaks allmählich nachließ. Apathisch spürte Desmond einen Krampf im Bein; der andere schniefte leise vor sich hin. Nach einer Weile klingelte das Telefon, und der Dicke kletterte eilig hinaus, verriegelte die Tür hinter sich und ließ seinen Gefangenen in der Dunkelheit zurück. Dieses Mal dauerte das Telefonat länger, denn erst nach einer Viertelstunde öffnete er die Tür und richtete die Taschenlampe auf Desmond.

«Ihr Freund muss von Ihnen gehört haben, Mr. Thane», gestand er, «das Komitee hat angeordnet, dass ich Sie morgen zu ihnen bringe. Ich hoffe ...»

Ein gewaltiger Lärm dröhnte los und übertönte die restlichen Worte. Es war die Entwarnung.

FÜNFZEHNTES KAPITEL

Und wieder der Wagen mit den verdunkelten Scheiben und die rasende Fahrt hin zu einem unbekannten Ziel. Trotz seiner gewinnenden Grimassen und einer neu entdeckten Beflissenheit hatte der Dicke, bevor er sich auf den Fahrersitz zwängte, Desmonds Hände mit der Kunstfertigkeit eines Pfadfinders aneinandergebunden; dann überließ er den gefesselten Desmond auf dem Rücksitz seinen eigenen Gedanken.

Nach der unerwarteten Galgenfrist hatte sich die Haltung des Dicken gegenüber seinem Opfer sichtlich gewandelt, denn der Agent nahm jetzt an, die Anweisung habe mit Desmonds geheimnisvollem Freund zu tun, und er sah mit Sorge, dass der Gefangene in diesem Fall nicht nur einflussreich genug sein mochte, freizukommen, sondern dass er auch für erlittenes Unrecht Rache nehmen könnte. Kaum hatte Desmond sich vom ersten Schrecken der Erleichterung erholt, lenkte er die Ängste seines Wächters in genau diese Richtung, und während der vierundzwanzig Stunden zwischen Fliegeralarm und der Abfahrt hatte er noch ein paar Hinweise auf das erhalten, was ihm bevorstand.

Es schien so, als habe Foster nicht nur Desmonds unmittelbare Ermordung befohlen, sondern seinen Mitarbeiter auch aufgefordert, diesen Sachverhalt gegenüber dem Komitee zu verschleiern; das Komitee jedoch hatte ihn nicht nur verschont, sondern seinen Fahrer auch gebeten, Foster genau diesen Umstand zu verschweigen. Somit lag auf der Hand, dass ein Riss durch die Organisation ging; seine eigene Rolle in diesem Spiel auszumachen fiel Desmond allerdings nicht ganz leicht. War das Komitee einfach nur neugierig auf den Urheber all dieser Verwicklungen, oder stammte die Nachricht am Ende von einer konkurrierenden Gruppe, die ihn immer noch im Besitz der Kontaktliste wähnte, oder wollten sie ihn einfach nur an einem anderen Ort beseitigen, weil die

Umstände seiner ersten Haft – mit dem Besuch des Polizisten und der Schießerei auf den Gleisen – es nicht ratsam erscheinen ließen, seine Leiche in Standon zu hinterlassen? Entschlossen verwarf Desmond weitere Spekulationen, denn er fühlte sich bereits einem Zusammenbruch nahe, und er wusste, dass er seine Selbstbeherrschung verlöre, falls seine Gedanken jetzt wieder und wieder um die gleiche Stelle kreisten. Also machte er es sich in einer Ecke so bequem, wie es die Fesseln eben gestatteten, und beruhigte sich bis zu jenem Stadium geistiger und physischer Taubheit, die beim Furchtsamen an die Stelle der Leidensfähigkeit tritt.

Der Wagen nahm eine Kurve, verlangsamte seine Fahrt und hielt an; hinter ihnen rasselte eine Schiebetür. Am Benzingeruch erkannte Desmond, dass sie sich in einer Garage befanden, und als der Dicke die Autotür öffnete und ihn herauswinkte, bemerkte er im Dämmerlicht einer einzigen bläulichen Glühbirne die Umrisse eines zweiten Fahrzeugs, das in militärischer Tarnfarbe lackiert war.

Er folgte dem Mann ein weiß gestrichenes Treppenhaus hinauf, durch einen kurzen Flur und in einen kleinen, karg möblierten Anbau. Hier löste der Dicke ihm die Fesseln, forderte ihn mit einer Kopfbewegung auf, Platz zu nehmen, und blieb selbst ein wenig unsicher an die Wand gelehnt stehen, die Hände in den Hosentaschen. Desmond begriff, dass dieser Termin für den Dicken ein außergewöhnliches Ereignis darstellte, denn anstelle seines etwas schäbigen blauen Anzugs trug er jetzt eine gestreifte Hose zum schwarzen Jackett, und er hatte sich so reichlich Pomade ins füllige Haar gerieben, dass sein Kopf dunkle Fettflecken auf der bleichen Wand hinterließ. Beide verharrten ungewöhnlich still und angespannt, sie lauschten auf Geräusche aus Nebenräumen wie Patienten im Wartezimmer eines Arztes. Dann öffnete sich eine Tür, die Desmond gar nicht aufgefallen war, um wenige Zentimeter.

«Guten Abend, Cartwright», hörte man eine trockene, präzise, ein wenig näselnde Stimme. «Ich freue mich, dass Sie pünktlich zur Stelle sind. Irgendwelche Schwierigkeiten?»

Der Dicke sprang auf.

«Aber nein, Sir, vielen Dank. Alles gut gelaufen! Ich habe alles getan, wie Sie es mir aufgetragen haben, Sir. Ich habe auch nichts von Mr. Foster gehört, Sir, und wenn, sage ich ihm genau das, was Sie mir gesagt haben. Ich werde …»

«Das genügt», unterbrach ihn die Stimme scharf, «darüber sprechen wir später. Als Nächstes verbinden Sie dem Herrn bitte die Augen und bleiben bei ihm, bis wir ihn holen lassen. Anschließend begeben Sie sich bitte zur üblichen Adresse und warten dort, bis wir Kontakt mit Ihnen aufnehmen.»

Leise schloss sich die Tür wieder, der Dicke wühlte in seinen Taschen und zog ein buntes Seidentaschentuch hervor. Während er es Desmond über die Augen schob, fiel dessen Blick auf eine elektrische Uhr über dem Kamin; es war halb neun. Desmond spürte den schweren Atem des Dicken in seinem Nacken, als dieser ihm sehr fest die Augen verband, bevor er auf einen Stuhl an Desmonds Seite sank. Sie warteten.

Die Tür musste sich wieder geöffnet haben, ohne dass Desmond etwas gehört hatte, denn plötzlich ertönte die gleiche trockene Stimme hinter ihm.

«Cartwright», sagte die Stimme, «bringen Sie ihn bis vor die Tür des Sitzungssaals und lassen Sie ihn dort stehen. Sofort.»

Der Dicke sprang auf und fasste Desmond am Handgelenk.

«Kommen Sie», flüsterte er flehend, «bewegen Sie sich schon», und er zog ihn hinter sich her. Desmond versuchte sich den Weg einzuprägen, verlor aber schnell sein Ortsgefühl bei all den Abzweigungen, Treppen und Fluren.

Plötzlich blieb sein Wächter regungslos stehen, sodass Desmond ihm in den Rücken stolperte, und man vernahm Fosters wutentbrannte Stimme:

«Was tun Sie hier! Warum haben Sie nicht …»

Sofort hatte der Sprecher sich wieder in der Gewalt, und alles war still, bis auf die Schritte des Dicken, der sich eilig über einen Teppich davonmachte. Desmond stand hilflos mit seinen verbundenen Augen, bis eine Hand ihm sanft auf die Schulter klopfte.

«Hierher bitte», sagte eine ruhige Stimme, «das Komitee ist bereit, mit Ihnen zu sprechen.»

Desmond ließ sich führen und vorsichtig auf einen hölzernen Lehnstuhl setzen. Er spürte, dass er sich in einem Saal befand, und das unausgesetzte Flüstern von vorn und von den Seiten deutete auf eine große Versammlung hin. Und so gewann er den Eindruck, bereits ein wenig über die Versammlung zu wissen, mit der er es zu tun hatte. Der dicke weiche Teppich, der leichte, warme Duft des Zigarrenrauchs, das seidenweiche Gefühl der Armlehne unter seinen Händen – dies alles deutete auf Wohlstand hin, und die stumme Aufmerksamkeit der Gruppe, die ihn offenbar betrachtete, ließ Entschlossenheit ahnen.

Desmond fuhr sich mit der Zunge über die Lippen und wartete, bis Fosters Stimme von der Seite zu ihm drang.

«In Ordnung, Thane», sagte die Stimme, «jetzt können Sie die Augenbinde abnehmen.»

Sein Ton klang beinahe leutselig, doch während Desmond bereits nach dem Knoten an seinem Hinterkopf tastete, überfielen ihn Zweifel. Schlagartig spürte er jetzt nämlich eine Veränderung im Raum: Das leise Geraschel war verstummt, und es herrschte eine unnatürliche Stille. Plötzlich begriff Desmond und legte die Hände wieder nach vorn.

«Danke, Mr. Foster, aber ich ziehe es vor, hier mit verbundenen Augen zu sitzen. Ich habe bereits genug über Ihre Organisation erfahren, um den Wert der Unwissenheit zu schätzen. Wenn ich dem Komitee in die Gesichter geschaut habe, muss man mich sicherlich töten; wenn nicht, können sie mir Glauben schenken und mich gehen lassen.»

Er schwieg, und nach einem Augenblick setzte das Rascheln wieder ein. Sein Herzschlag beruhigte sich, und der Atem ging ihm leichter, da er – mit der besonderen Sensibilität, wie man sie im langen Umgang mit schwierigen Vorgesetzten erwirbt – nun mit Sicherheit wusste, dass er einen hervorragenden ersten Eindruck hinterlassen hatte. Mit einem Hüsteln zum Auftakt ergriff eine ältliche, pedantische und ein wenig asthmatische Stimme das Wort; sie kam direkt von vorn aus der Mitte.

«Sie haben vollkommen recht, was den ersten Teil Ihrer Erklärung betrifft, aber ich fürchte, Sie könnten sich im zweiten Punkt irren.» Aus einer entfernten Ecke des Raumes hörte man ein prustendes Lachen, doch die Stimme fuhr ungerührt fort. «Man hat Sie nicht wegen Ihrer Aktionen gegen unsere Organisation hergebracht, denn in dieser Hinsicht haben sich Ihre Bemühungen als gänzlich untauglich erwiesen, sondern damit Sie uns Ihre Motive und Ihr Verhalten noch ausführlicher erläutern, als Sie das ja schon gegenüber Mr. Foster getan haben. Deshalb werden Sie uns sehr detailliert Ihre Beziehungen zu Anna Raven darlegen, Ihre Gründe für Ravens Ermordung und für die Entwendung der Kontaktliste und ...» – hier unterbrach er seine Rede für einen Augenblick, als liege im Folgenden etwas von besonderer Wichtigkeit – «Ihre Erfahrungen, seit Sie sich in den Händen von Mr. Foster befanden.»

Noch bevor Desmond antworten konnte, intervenierte Foster scharf.

«Herr Vorsitzender, ich protestiere energisch gegen diese lächerliche Zeitverschwendung zu Lasten des Komitees. Der Herr hat mir gegenüber seine Aktivitäten bereits vollständig offengelegt, und ich habe Ihnen alles genau so vorgetragen, wie ich es erfahren habe. Ich empfehle, dass er umgehend entfernt wird und dass wir uns ernsthaften Angelegenheiten zuwenden.»

Die nasale Stimme, die Desmond zur Versammlung gerufen hatte, lachte kurz auf.

«Sie machen einen solchen Vorschlag doch nicht zum ersten Mal, nicht wahr, Mr. Foster? Nur geschah das in der Vergangenheit nicht vor einem so großen Plenum?»

Mit einem Mal herrschte ein drückendes Schweigen. Foster brachte seine Erwiderung mit einer ungewöhnlich rauen Stimme heraus, er klang bei weitem nicht so selbstsicher, wie Desmond es von ihm gewohnt war.

«Ich weise Ihre Unterstellungen zurück, auch wenn ich sie nicht ganz nachvollziehen kann. Wenn Sie darauf bestehen, mich durch eine erneute Befragung dieses Herrn zu desavouieren, dessen Worte ich Ihnen doch bereits vorgetragen habe, werde ich diese Versammlung verlassen müssen.»

Eine weitere Stimme mischte sich ein, lispelnd und mit ausländischem Akzent.

«Bevor Sie den Saal verlassen, Mr. Foster, möchte ich unserem Häftling eine Frage in Ihrer Gegenwart stellen. Thane», fuhr die Stimme sanft fort, «warum haben Sie O'Brien getötet?»

Angefeuert vom Hass, den er im Laufe der letzten Woche in sich gesammelt hatte, antwortete Desmond auf möglichst beiläufige Weise.

«Oh, ich habe ihn nicht angerührt. Das hat Foster getan. Er hat den dicken Herrn angewiesen, den Iren mit dem Messer zu erledigen; der Jude hat noch versucht, ihn daran zu hindern, und in diesem Durcheinander konnte ich fliehen. Ich weiß nicht, warum er das getan hat; aber wäre das nicht geschehen, hätte ich niemals entkommen können.»

«Das ist eine Lüge!» protestierte Foster wütend, und Desmond hörte, wie ein Stuhl zurückgeschoben wurde und jemand aufsprang. Die ältliche Stimme, wohl die des Vorsitzenden, griff begütigend ein.

«Nehmen Sie Ihre Hand aus der Tasche, Foster, und setzen Sie sich bitte. Diese Angelegenheit wird gründlich untersucht und nicht mit den Fäusten entschieden. Ich muss Sie bitten, die Regeln dieser Versammlung zu respektieren.»

Als Foster antwortete, klang seine Stimme wieder gefasst und arrogant.

«Es tut mir leid, meine Herren, dass ich mich habe gehen lassen angesichts der Lügen dieser Person, aber ich habe in den letzten Tagen einfach so viele aus seinem Mund gehört, dass ich die Geduld mit ihm verloren habe. Ich bitte um Verzeihung, falls ich es an Respekt der Versammlung gegenüber habe fehlen lassen, allerdings muss ich wiederholen, dass ich den Saal verlassen werde, falls diese öffentliche Befragung fortgesetzt wird.» Er hielt fragend inne und fuhr dann entschlossen fort: «In Ordnung, meine Herren, dann soll es so sein. Falls nötig, werden Sie mich problemlos finden. Guten Abend.» Feste Schritte durchquerten den Raum, verharrten noch einmal fragend vor der Tür, bevor sie draußen verhallten.

Sein Abgang schien einen Druck von der Versammlung genommen zu haben, Papiere wurden sortiert und Stühle gerückt, bevor der harte Schlag eines Hammers erneut zur Ordnung rief.

«Also gut, meine Herren», sagte der Vorsitzende, «ich denke, das weitere Vorgehen liegt auf der Hand. Ich werde in den nächsten Tagen alles Nötige veranlassen; bis dahin können wir uns anderen Geschäften zuwenden. Was Thane betrifft», fuhr er in einem anderen Tonfall fort, als sei ihm dessen Anwesenheit plötzlich wieder bewusst geworden, «hören wir uns wohl am besten seine Geschichte an. Also beginnen Sie bitte.»

Desmond hatte das nachlassende Interesse zunächst irritiert hingenommen; nun begann er mit einer einfachen, direkten und nahezu vollkommen ehrlichen Schilderung seiner Erlebnisse. Außer einer gewissen Übertreibung seines eigenen Scharfsinns und einer sehr verzerrten Darstellung, was die Umstände des Todes von O'Brien betraf, hielt er sich an die Wahrheit und empfand ein erstaunliches Vergnügen daran, die vielen Lügen einmal beiseitezulassen. Als er zum Schluss kam, spürte er, dass die Zuhörer ihm glaubten, und er lehnte sich in der zufriedenen Gewissheit zurück, endlich alles überstanden zu haben.

Der Vorsitzende hüstelte.

«Danke, das ist alles.»

Eine Hand legte sich auf seine Schulter und forderte ihn stumm auf, sich zu erheben. Nach zwei Schritten jedoch blieb er stehen und wandte sich um, denn erst jetzt begriff er entsetzt, was die Worte des Mannes bedeuteten. Zum allerersten Mal, seit er mit dieser Bande zu tun hatte, hatte man ihn weder befragt noch bedroht, sondern einfach entlassen – mit der höflichen Endgültigkeit, mit welcher eine Prüfungskommission einen durchgefallenen Kandidaten davonschickt. Sie hatten ihn angehört, ihm geglaubt und ihn durchgestrichen; jenseits der Tür, durch welche sie ihn höflich geleiteten, wartete der schnelle und unausweichliche Tod.

«Schauen Sie», rief er verzweifelt, «Sie haben noch nicht mit mir abgeschlossen, oder? Sie werden mich gehen lassen, nicht wahr?» Er wartete hoffnungsvoll.

«Bringen Sie ihn hinaus», befahl der Vorsitzende knapp. «Nächster Punkt auf der Tagesordnung.»

Der Griff auf seinen Arm wurde fester, doch Desmond schüttelte die Hand ab.

«Herr Vorsitzender», rief er, «es besteht kein Anlass, mich auf diese Weise umzubringen! Ich weiß nichts und ich werde nichts preisgeben; ich könnte Ihnen gar nicht schaden, selbst wenn ich es wollte.» Jemand näherte sich eilig von hinten, packte Desmonds Arme im Ringergriff und zog ihn fort. «Hören Sie doch», rief Desmond, «Sie machen einen Fehler, wenn Sie mich töten, ich könnte Ihnen noch sehr nützlich sein!»

Ganz hinten im Saal erklang eine Frauenstimme.

«Ich denke, wir sollten ihn noch einen Moment anhören, Herr Vorsitzender. Vielleicht kann er uns ja wirklich nützen.»

«Ganz wie Sie wünschen.» Der Vorsitzende sprach jetzt ein wenig lauter:

«Lassen Sie ihn los, aber warten Sie bitte draußen in Rufweite; vielleicht werden Sie später noch benötigt.»

Die Hände lösten ihren Griff, und jemand geleitete ihn zum Stuhl zurück. Desmond war zu erregt, um sitzen zu bleiben, er sprang wieder auf und stützte sich gegen die Rückenlehne, während er sprach, wobei er teils in Richtung des Vorsitzenden und teils in Richtung der Frauenstimme blickte. Dabei versuchte er gar nicht erst, seine Angst zu verbergen, denn instinktiv ahnte er, dass es in einer solchen Organisation nicht unklug war, seinen Vorgesetzten mit Furcht zu begegnen.

«Hören Sie», begann er eifrig, «mein Tod liegt nicht in Ihrem Interesse. Natürlich könnten Sie meinen Leichnam ohne Zweifel problemlos verschwinden lassen, aber damit wäre die Angelegenheit ja nicht aus der Welt. Schon einmal wurde öffentlich darüber berichtet, dass ich wegen eines Gedächtnisverlusts verschwunden sei; mein erneutes Verschwinden aus dem Krankenhaus wäre selbst in Kriegszeiten ein Thema für die landesweiten Titelseiten. Denken Sie einfach einmal daran, wie die Angelegenheit sich für die Öffentlichkeit darstellt: Desmond Thane, ein angesehener Journalist mit bestem Leumund, verschwindet plötzlich und wird ein paar Tage später mit Gedächtnisverlust wieder aufgefunden. Er wird in ein Krankenhaus eingeliefert, dort besuchen ihn eine Reihe von Freunden, doch am nächsten Tag wird er von einem unbekannten Arzt abgeholt, der, wie er vorgibt, vom Bruder des

Patienten beauftragt wurde. Nach ein oder zwei Tagen werden sich weitere Freunde Thanes einfinden, sie erfahren, was geschehen ist, und man nennt ihnen die Adresse des Pflegeheims, wohin er gebracht wurde. Bei Nachforschungen stellt sich heraus, dass dieses Heim gar nicht existiert; und es kommt ans Licht, dass er gar keinen Bruder hat, dass er nie zuvor in psychiatrischer Behandlung war und dass der Arzt, der ihn entführt hat, nicht im Ärzteregister verzeichnet steht. Jetzt ist die Sensation perfekt! Großformatige Fotos von Thane und eine Beschreibung von Foster, wie sie das Krankenhaus geben wird, erscheinen in allen Boulevardblättern, Millionen Menschen überall im Land werden sie sehen. Sie werden das vielleicht nicht erfahren haben, aber nach meiner Flucht aus Standon habe ich die Nacht bei zwei Personen verbracht, die ganz in der Nähe wohnen; die würden mich mit Sicherheit wiedererkennen, und damit rückte Fosters unmittelbare Nachbarschaft sofort in den Blick. Er dürfte dort gut bekannt sein, und seine Erscheinung ist so markant, dass eine polizeiliche Personenbeschreibung ausreichen wird. Übrigens hat mich sogar ein Polizist in seinem Haus gesehen, und zwar unter so ungewöhnlichen Umständen, dass mein Auftritt bestimmt mehrere Tage lang für Gesprächsstoff im Dorf gesorgt hat. Ohne Zweifel würde man Foster oder einige seiner Leute relativ schnell ins Visier nehmen, und glauben Sie ernsthaft, einer von denen würde den Mund halten? Nein, die würden sofort alles gestehen, was sie wissen, und Ihr Spiel wäre gründlich ruiniert. Sie hätten mich töten müssen, als Sie mich zum ersten Mal in der Hand hatten; jetzt ist es zu spät, und der einzig sichere Weg liegt darin, mich gehen zu lassen, bevor eine polizeiliche Untersuchung beginnt.»

Er schwieg, um Atem zu holen; die Stille im Raum verriet ihm, dass er seine Zuhörer im Bann hielt. Dadurch ermutigt, fuhr er werbend fort:

«Das ist die eine Seite der Angelegenheit; nun bedenken Sie bitte die andere. Wenn Sie mich gehen lassen, kann ich wahrscheinlich sehr wertvoll für Sie sein. Ich habe keine Ahnung von der Art Ihrer Aktivitäten, aber ich bin mir sicher, dass ich

Fähigkeiten besitze, die Ihnen nützen können. Ich habe einen tadellosen Ruf und bin gesellschaftlich in einer angesehenen Position. Ich lebe allein und schon seit Jahren weiß kein Mensch etwas über mein Privatleben; ich bin von rascher Auffassungsgabe und bereit zu fast allem; und ich glaube, dass ich weder persönlich noch gesellschaftlich durch so etwas wie ein Gewissen behindert werde. Überdies bin ich ein Mörder – und da außer Ihnen niemand etwas über meine Beziehung zu Anna Raven weiß, haben Sie mich vollkommen in der Hand. Einen besseren und für Sie ungefährlicheren Angestellten können Sie also gar nicht bekommen, und ich bin gern bereit, mich auf Ihre Seite zu schlagen. Natürlich werden Sie mir nicht trauen, aber ich könnte es niemals wagen, gegen Sie vorzugehen, solange ich lebe. Nur im Tod wäre ich für Sie gefährlich.»

Vorsichtig ertastete er seinen Weg nach vorn, er nahm wieder auf dem Stuhl Platz und verschränkte die Arme. Einige Minuten lang wurde so leise geflüstert, dass Desmond nichts auffangen konnte, dann ergriff der Vorsitzende das Wort.

«Ich pflichte Ihnen im Wesentlichen bei. Allerdings gibt es in Ihrer Argumentation eine Schwachstelle, die Ihnen vermutlich sehr wohl bewusst ist. Denn obwohl wir ja wissen, dass Sie Raven getötet haben, liegt uns dafür kein verwertbarer Beweis vor, denn das Telegramm als einzige Verbindung zu Ihnen wurde in der Nacht ihres Todes aus der Wohnung entfernt, und die Polizei kennt es nicht. Wir haben Sie also keineswegs in der Hand.»

Er schwieg, und Desmond fragte sich nach den Gründen für diese ungewöhnliche Offenheit. Langsam und freundlich fuhr der Vorsitzende fort:

«Wir stimmen Ihrem Vorschlag zu und werden Sie in unseren Dienst nehmen – unter der Bedingung, dass Sie uns mit genügend Beweismaterial versehen, das vor Gericht für eine Verurteilung im Mordfall Anna Raven ausreicht.»

«Aber wie könnte ich das? Was meinen Sie?»

«Sie werden noch heute abend eine Reihe von Briefen an Raven schreiben, datiert vom Beginn Ihrer Bekanntschaft bis zu einem Tag kurz vor ihrem Tod. Darin soll Ihre wilde Leidenschaft zum Ausdruck kommen, dann wachsendes Misstrauen und Eifersucht, Sie werden ihr Untreue vorwerfen und ihr am Ende unverblümt mit Mord drohen. Sie werden in einfachen Worten schreiben, damit selbst der stumpfsinnigste Geschworene erfasst, worum es geht. Was weder Sie noch die Polizei wissen: Raven besaß ein Wochenendhaus unter falschem Namen, das sie häufig besucht hat und das seit ihrem Tod verschlossen ist. Wenn Sie die Briefe fertig haben, werden wir das Bündel zusammen mit anderen persönlichen Unterlagen der Raven im Schreibtisch des Hauses hinterlegen. Sollten Ihre Dienste also irgendwann zu wünschen übrig lassen, können wir jederzeit bewirken, dass mögliche Käufer sich wegen des Hauses erkundigen, dass der wahre Name der verstorbenen Eigentümerin aufgedeckt wird, dass man sich Eintritt verschafft, ihre Papiere und die Briefe liest und all diese Beweisstücke an die Polizei weiterleitet. Ich bin mir sicher, dass kein noch so bestechendes Argument und keine noch so eindrucksvolle Anschuldigung Sie vor dem Urteil retten würde. So lautet die Entscheidung des Komitees.»

«Aber was soll ich schreiben? Wie soll ich …»

Eine andere Stimme fuhr schneidend dazwischen.

«Sie sind Journalist, Sie benötigen von uns keinen Rat in solchen Fragen. Tun Sie, was man Ihnen aufträgt, und tun Sie es schnell – oder jammern Sie nicht über die Konsequenzen.»

Ein Hammer schlug auf den Tisch.

«Führen Sie ihn hinaus», sagte der Vorsitzende, «und versorgen Sie ihn mit Schreibutensilien. Nächster Tagesordnungspunkt.»

Man fasste Desmond am Arm, schob ihn aus der Tür und in einen anderen Raum. Eine Hand löste das Tuch von seinen Augen, und als diese sich an das Licht gewöhnt hatten, sah er, dass er sich in einem kleinen Zimmer befand, ausgestattet mit Stuhl, Tisch und Mahagoni-Schreibtisch, auf welchem sich Tinte, Löschblätter und ein Füllfederhalter befanden. Kurz darauf wurde die Tür einige Zentimeter weit geöffnet, und jemand warf ein kleines Päckchen auf den Tisch. Aus der Dunkelheit vor der Tür sprach eine Stimme.

«In dem Päckchen finden Sie unterschiedliche Schreibpapiere; achten Sie auf einen Wechsel. Schreiben Sie insgesamt ein Dutzend Briefe, und datieren Sie sie in unterschiedlichen Abständen. Sie beginnen eine Woche nach ihrem ersten Treffen mit Raven und enden drei Tage vor ihrem Tod. Als Absender wählen Sie immer Ihre Londoner Adresse, und abgesehen von den ersten dreien unterzeichnen Sie alle bitte nur mit Ihrem Vornamen. Die ersten beiden sollten freundlich, aber trotzdem ein wenig förmlich formuliert sein, die nächsten sechs bitte verliebt, die restlichen vier zunehmend eifersüchtig und am Ende drohend. Der letzte Brief muss auf jeden Fall den Wunsch enthalten, Anna Raven zu töten – Sie können von mir aus gern aufs Erwürgen anspielen, aber erwähnen Sie ruhig, dass Sie eine Pistole besitzen. Der genaue Wortlaut bleibt Ihnen überlassen, aber bitte keine Tricks! Vielleicht denken Sie gerade daran, eine verschlüsselte Botschaft einzubauen, oder Sie denken daran, Ihre Handschrift zu verstellen – aber das alles versuchen Sie besser gar nicht erst! Sollten wir einen mit Absicht eingebauten Fehler entdecken, lassen wir Sie fortbringen und zu Tode prügeln. Haben Sie mich verstanden?»

«Ich habe verstanden.»

«In Ordnung; gehen Sie an die Arbeit und achten Sie darauf, dass es gut wird. Wir geben Ihnen vier Stunden, dann komme ich zurück und hole, was Sie verfasst haben. Und denken Sie daran: keine Tricks, keine versteckten Botschaften, keine Stümperei – ob nun echt oder vorgetäuscht. Los jetzt!»

Und so blieb Desmond allein zurück, um sein eigenes Urteil zu vollstrecken. Groteskerweise war er beinahe glücklich, und die Drohungen seines Wärters vermochten seiner Zuversicht nichts anzuhaben. Parodien waren seine besondere Stärke, und da aufrichtige Briefe hier fehl am Platz schienen, war er sich sicher, einige Meisterleistungen dieses Genres abliefern zu können. Er holte sich das Päckchen und musterte die Papiersorten; geschickt wählte er das beste Papier für die Ouvertüre und hielt ein billiges grelles Blau für den drohend hingekritzelten Höhepunkt zurück. Schließlich setzte er sich mit jener geschäftsmäßigen Zufriedenheit an den Schreibtisch, wie sie ein Prüfling empfindet, der eine Aufgabe aus seinem Lieblingsfach bearbeiten darf. Er war überzeugt davon, eine ausgezeichnete Arbeit vorzulegen.

Stunden später erhob er sich, reckte und streckte sich und ging im Zimmer auf und ab. Seine Finger waren verkampft, sein Hirn erschöpft, und doch erfüllte ihn die reine Freude des erfolgreichen Künstlers. Anfangs hatte er tatsächlich mit dem Gedanken gespielt, die Briefe zu entwerten und das Komitee zu täuschen, indem er beispielsweise den Namen eines Bekannten durchgehend falsch schrieb oder indem er sich auf politische Ereignisse bezog – und zwar eine Woche bevor sie tatsächlich stattgefunden hatten. Dann aber hatte er solche Ideen als viel zu riskant verworfen. Stattdessen hatte er sich auf die einzig mögliche Weise abgesichert, nämlich indem er sich selbst auf eine derart übersteigerte Art präsentierte, dass niemand unter seinen Bekannten glauben konnte, er habe dies ernst gemeint. Bedachte er allerdings, welche Art von Briefen vor Gericht üblicherweise verlesen wurden, und stellte er sich vor, mit welcher Hingabe seine Freunde derart lächerliche Einsichten in sein stets so abgeklärtes Inneres bejubeln würden, dämmerte ihm schließlich, dass keine Übertreibung, die er hier riskieren konnte, einem Richter, einem Geschworenen oder sogar seinen engen Freunden tatsächlich absurd erscheinen würde. Er konnte einfach nichts tun und musste vor seiner eigenen Kreativität kapitulieren.

Die Ergebnisse waren jedenfalls eindrucksvoll. In ihrer durchaus unangenehmen Art waren seine BRIEFE AN ANNA (er sah sie bereits in Großbuchstaben vor sich) geradezu vollendet; sollte es je zu einem Verfahren kommen, würden die Sonntagszeitungen Tausende dafür bieten. Die Briefe präsentierten von allem etwas: Warmherzigkeit, süße Empfindungen, heiße Leidenschaft, religiöse Skrupel, schmerzliche Zärtlichkeit und abgedroschene Phrasen von Mord und Totschlag – all das aufgebunden in einem bunten Strauß aus Plattitüden. Vom gesamten übelriechenden Strauß erotischer Pseudo-Emotionen fehlte nicht eine einzige ekelhafte Blüte.

Eine Zeitlang ging Desmond auf und ab und ließ sich seine schönsten Sätze auf der Zunge zergehen, bis die Tür sich wieder knarrend öffnete und die vertraute Stimme zu ihm sprach:

«Sie sind fertig? Gut. Geben Sie mir die Briefe und warten Sie.» Er legte den Stapel in eine ausgestreckte Hand, und die Tür schloss sich wieder. Die Zeit verstrich langsam – es mochten Stunden oder nur ein paar Minuten vergangen sein, bis die Tür sich erneut öffnete.

«Drehen Sie sich zur Wand um; wir verbinden Ihnen die Augen.»

Gehorsam wandte Desmond sich zur Wand, während man ihm ein Taschentuch über die Augen zog. Ein Stuhl schabte über den Boden, und der unsichtbare Sprecher nahm am Tisch Platz.

«Ich werde Ihnen jetzt ein paar Fragen stellen; antworten Sie kurz und korrekt. Wie lautet Ihr vollständiger Name und Ihr Geburtsdatum?»

«Warum wollen Sie das wissen?»

«Beantworten Sie meine Fragen und verschwenden Sie keine Zeit.»

«Mein vollständiger Name lautet Desmond Andrew Thane. Geboren wurde ich am 14. August 1908.»

«Wie genau verhält es sich mit Ihrer gegenwärtigen beruflichen Stellung? Wie viel verdienen Sie; sind Sie vor der Einberufung zum Militärdienst geschützt? Wie lange sind Sie schon in dieser Position?»

Erschöpft antwortete Desmond, doch die Befragung zog sich hin. Der Name seiner Bank und sein genauer Kontostand, Namen und Anschriften seiner Verwandten und seiner engsten Freunde, alle Stationen seiner Ausbildung, die geschätzte Anzahl von Fotos, auf denen er zu sehen war, die Orte, in denen er gewohnt und solche, die er besucht hatte – das alles wurde Gegenstand einer langen und gründlichen Befragung, und damit war das Verhör immer noch nicht beendet. Desmond log, soweit er es wagte – er bestritt zum Beispiel die Zugehörigkeit zu einem Club oder verschwieg die Existenz einiger entfernter Verwandter –, die meisten Fragen waren jedoch zu konkret, um ihnen ausweichen zu können. Als die trockene Stimme schließlich schwieg und der Fragesteller seinen Stuhl zurückschob, wusste Desmond, dass er der Organisation gezwungenermaßen ein nahezu vollständiges Dossier über alle Aspekte seines Lebens geliefert hatte und dass ein Untertauchen fortan nahezu unmöglich wäre. Er war sehr erschöpft, und es dauerte eine Weile, bis er bemerkte, dass er gerade angesprochen wurde.

«Die Briefe und Ihre Antworten auf meine Fragen scheinen zufriedenstellend», sagte der Mann, «deshalb hat man beschlossen, Sie gegenwärtig auf freien Fuß zu setzen. Sie werden umgehend an Ihren vorherigen Arbeitsplatz zurückkehren, und wir werden das Krankenhaus darüber informieren, dass Sie vollständig genesen sind. Ich bedaure, dass Ihre Brieftasche und Ihre übrigen persönlichen Dinge, die man Ihnen in Standon abgenommen hat, nicht unverzüglich zurückerstattet werden können; wir werden sie Ihnen schnellstmöglich zukommen lassen. Deshalb hier zunächst ein Pfund, das wir Ihnen vom Betrag in Ihrer Geldbörse abziehen.»

Eine kalte Hand schob ihm einen zusammengefalteten Geldschein zwischen die Finger. Der Sprecher fuhr fort:

«Selbstverständlich werden Sie nichts von Ihren Erlebnissen der vergangenen Woche gegenüber Dritten preisgeben, auch werden Sie Ihre Adresse nicht ändern und London nicht verlassen. Sie könnten unter Beobachtung stehen, und ein verdächtiges Benehmen Ihrerseits würde unverzüglich zu Konsequenzen führen, die Sie sich ausmalen können. Das wäre alles.»

«Aber, wenn ich das fragen darf», sagte Desmond, «haben Sie nichts vergessen? Soll ich denn nichts für Sie erledigen?»

«Wenn wir Anweisungen für Sie haben, werden Sie sie empfangen; Sie können unbesorgt sein, wir vergessen Sie nicht. Die Mitgliedschaft in der Organisation besteht normalerweise lebenslänglich. Nun folgen Sie mir.»

Er fasste Desmond am Handgelenk und führte ihn durch ein Labyrinth aus Treppen und Gängen in ein Treppenhaus, das jenem ähnelte, das zur Garage führte. Unten angekommen, schob man ihn in ein Auto, die Tür wurde zugeschlagen und der Wagen brauste davon. Vorsichtig tastete Desmond den Rücksitz ab und stellte fest, dass er, wie erwartet, allein dort saß; er wagte es aber nicht, die Augenbinde abzunehmen. Nach etwa zwanzig Minuten hielt der Wagen an, und jemand öffnete die Tür.

«Steigen Sie aus», sagte der Jemand und wartete noch, bis Desmond mit seinen Füßen den Boden berührte.

«Jetzt können Sie das Taschentuch abnehmen und nach Hause gehen», sagte die Stimme, «Sie werden von uns hören.» Der Motor sprang wieder an, und der Wagen fuhr davon. Als Desmond die Binde abzog, stand er vor der eigenen Haustür.

Es war kurz nach Anbruch der Morgendämmerung, und obwohl das Pflaster noch ins Dunkle getaucht war, leuchteten die Spitzen der höchsten Gebäude schon im Frühlicht. Als er nach den Schlüsseln greifen wollte, fiel ihm ein, dass diese ja immer noch in Standon lagen – ein willkommener Anlass für einen kleinen Spaziergang und ein zeitiges Frühstück. Also schlenderte Desmond durch die stillen Straßen mit ihren verschlossenen Türen. Zumindest war er jetzt in Sicherheit, ihm drohte nicht unmittelbar der Tod – aber eine Erleichterung verspürte er nicht. So sehr er auch darüber nachgrübelte, sah er doch keinen Ausweg. Er fand die Idee zwar einleuchtend, dass man ihn lediglich einschüchtern wollte und dass er womöglich nie wieder etwas von diesem Komitee hören würde. Und er redete sich ein, dass die Arbeit, die man eventuell doch für ihn hätte, leicht und einträglich wäre; vergeblich versuchte er allerdings, die Erinnerung an jene fatalen Briefe auszulöschen. Es half nichts. Obwohl er, Lazarus gleich, auf wundersame Weise in seine eigene vertraute Welt heimkehrte, spürte er doch auf bedrohliche Weise, dass er dort nur noch geduldet war; in jedem Augenblick, und sei es im allerglücklichsten, konnte man ihn zurück in jene finstere und gnadenlose Unterwelt zerren.

Mittlerweile war es schon recht hell geworden, und als er die lange Gower Street entlangblickte, bemerkte er bereits das Grün auf den Hügelkuppen von Hampstead. Vom Russell Square her erfasste ihn ein kalter Windstoß, fröstelnd beschleunigte er seine Schritte. Seine Gedanken aber begleiteten ihn und ließen sich nicht abschütteln. Die Pförtner, die die Stufen vor ihren Häusern reinigten, trugen plötzlich die Gesichter von Spionen, die weiten Straßen erschienen wie ein Gefängnis, die Häuser waren Fallen. Was immer auch geschah, irgendetwas war vollkommen verloren; nie wieder, das wusste er, würde er sich fühlen wie zuvor.

SECHZEHNTES KAPITEL

Nichts geschah. Desmond registrierte überrascht und beinahe verärgert, dass nur wenige seiner Bekannten von seiner Amnesie gehört oder seine Abwesenheit auch nur bemerkt hatten. Diese wenigen akzeptierten ganz bereitwillig Desmonds dürftige Erklärung, wonach Mr. Poole die ganze Geschichte sehr voreilig in die Welt posaunt hatte, nachdem er einmal nicht zur Arbeit erschienen war; man lachte herzlich über dieses bemerkenswerte Missgeschick, bevor die Zuhörer nur allzu bereitwillig zu ihrer Lieblingsbeschäftigung zurückkehrten: Sie plapperten über ihre eigenen Angelegenheiten. Shadwell ließ gelegentlich ein paar geheimnisvolle Andeutungen fallen, aber so etwas gehörte ohnehin zu seiner Konversation, sodass niemand darauf achtete. Selbst Desmonds Rückkehr zu *International Features* vollzog sich unkomplizierter als erwartet. Mr. Poole begrüßte ihn ungewohnt herzlich und tauchte anfangs recht oft und wie zufällig in Desmonds Büro auf, doch abgesehen davon hatte er seine Haltung gegenüber seinem Angestellten nicht verändert, und es dauerte gar nicht lange, bis er in kleinen Scherzen auf Desmonds Neigung zu Geistesabwesenheiten anspielte. In Wahrheit nämlich, so ging es Desmond allmählich auf, erwies sich die so überaus ärgerliche Unfähigkeit des Vorgesetzten, die Worte und Taten seiner Mitarbeiter zu würdigen, als hilfreich. Gerade weil der Mann Desmonds Vorschläge stets durch eine trübe Linse betrachtete, hatte er auch deren exzentrischen Charakter niemals wahrgenommen. Und da Mr. Poole nach dem Prinzip lebte, dass nicht vorhanden war, was er nicht begriff, hatte er bereits vergessen, was genau sein Assistent im Krankenhaus zu ihm gesagt hatte. Also verlief Desmonds Leben auf exakt die gleiche Weise wie zuvor. Nichts deutete äußerlich auf irgendeinen Zwischenfall hin.

Für Desmond selbst freilich hatte die Welt sich auf entsetzliche Weise verändert. Während die Zeit dahinging, klang seine Angst nicht ab, sie griff weiter um sich. Die Gefahren, denen er entronnen war, drangen immer tiefer in sein Hirn, bis ihm vollkommen unverständlich wurde, wie er sie jemals auf die leichte Schulter hatte nehmen können. Psychologisch gesehen stand er noch unter den Nachwirkungen eines Schocks, bei welchem auf die Abgebrühtheit angesichts tatsächlicher Gefahren ein Zusammenbruch folgt; davon hätte er sich unter normalen Umständen rasch erholt. Nun aber wusste er ja leider, dass die drohende Gefahr noch keineswegs gebannt war, und so ängstigte er sich vor jedem Klopfen an der Haustür und jedem Klingeln des Telefons. Ein einfacher Urlaub hätte sein Gleichgewicht vermutlich wiederhergestellt, aber sein Versprechen gegenüber dem Komitee hinderte ihn daran, und er wagte keinen Versuch. Stattdessen überkam ihn ein Gefühl des Beobachtetwerdens, und jeden Morgen blickte er stundenlang aus dem Fenster und suchte die Straße nach versteckten Spionen ab. Immer wieder sagte er sich, seine Ängste seien pure Einbildungen, und selbst wenn sie berechtigt wären, könne er ja nichts daran ändern; das alles blieb ohne Wirkung. Gegen Ende der Woche erreichte die Krise ihren Höhepunkt; jetzt musste er diese Obsession abschütteln und darüber lachen – oder daran zerbrechen.

An jenem Abend ging er zum Essen in den Radical Club. Seit er nämlich bei der Befragung durchs Komitee behauptet hatte, keinem Club anzugehören, empfand er dessen palladianische Säle als einzig sicheren Zufluchtsort, als den einzigen Raum, an dem seine Feinde ihn nicht ins Visier nehmen konnten; und wann immer seine Besessenheit unerträglich drückte, war er – mit äußerster Vorsicht und auf Umwegen – dorthin gegangen, um ein paar kostbare Stunden unbeschwerter Normalität zu genießen. Natürlich wusste er stets, dass das Komitee seine Mitgliedschaft jederzeit aufdecken konnte, falls man das ernsthaft beabsichtigte, und dass man ihn dort so gut wie an jedem anderen Ort erreichen würde. Doch dieses Wissen änderte nichts an seinen Empfindungen – denn während der Arbeit oder daheim hatte der Verstand keine Gewalt über ihn, im Club hingegen blieb er von seinen Neurosen verschont. So hatte er sich sein eigenes Irrsinnsuniversum geschaffen, an dem der gesunde Menschenverstand keinen Anteil besaß.

Auch an diesem Abend entfalteten die düsteren Salons des Clubs ihre beruhigende Wirkung. Entspannt genoss er den Anblick glatzköpfiger Grüppchen vor den Kaminen des Raucherzimmers; andere hockten in den Nischen des Kuppelsaals beisammen und tauschten wichtige Neuigkeiten aus. Er liebte die kleinen Merkwürdigkeiten dieses Ortes: den strengen Beamten, der sich in den *Daily Mirror* vertiefte; den weißhaarigen Greis, der sich ungeniert gleich fünf Zeitungen gesichert hatte, damit andere Mitglieder ihm nicht beim Lesen zuvorkamen. Gut versteckt saß Desmond an einem Ecktisch des Speisesaals und genoss sein Abendessen mit größerem Appetit als das Mittagsmahl – und obwohl seine Ängste nicht gänzlich verschwunden waren, hatten sie ihn zumindest nicht mehr in ihrer Gewalt. Plötzlich durchdrang eine bekannte Stimme das allgemeine Getuschel.

«Nein, das ändert nichts. Nehmen Sie es fort und bringen Sie mir etwas anderes.»

Es war die heisere und unverkennbare Stimme des Vorsitzenden jenes Komitees.

Desmond ließ die Gabel fallen, er unterdrückte nur mit Mühe den Impuls, aufzuspringen. Schnell und vorsichtig wie ein aufgescheuchter Igel spähte er durch den Saal, um den Sprecher ausfindig zu machen, er entdeckte aber kein einziges vertrautes Gesicht. Dann erst fiel ihm ein, dass er den Vorsitzenden ja nie gesehen hatte; er blickte also wieder auf den Teller und versuchte, die ominöse Stimme noch einmal aufzufangen. Ja, da war sie wieder:

«… immer wieder Fehler. Man sollte dagegen einschreiten.»

Die Stimme des älteren Herrn dozierte im gereizten Ton weiter, und Desmonds Blick glitt seitwärts von Tisch zu Tisch auf der Suche nach dem Sprecher. Dieser aber saß zu Desmonds Schrecken nur wenige Meter von ihm selbst entfernt, kehrte ihm aber den Rücken zu. Desmond erhob sich vorsichtig und ohne mit dem Geschirr zu klappern, er entfernte sich zur anderen Seite hin und ließ sein angefangenes Essen zurück. Erst von der Tür her wagte er den Blick durch den Saal zum Schuldigen an dieser missglückten Mahlzeit – einem runzligen kleinen alten Herrn mit geierhaften Umrissen, spärlichem grauem Haar auf dem großen Schädel und einer knittrigen, faltigen Haut, der beim Reden mit den Fingern nervös auf die Tischplatte trommelte. Die Worte konnte Desmond nicht mehr verstehen, doch bemerkte er, dass die Kopfbewegungen zwar auf eine wütende Tirade hindeuteten, das Gesicht dabei aber stets ein gewinnendes Lächeln zeigte.

Desmond winkte einen Kellner herbei.

«Wer ist der Herr dort drüben am Ecktisch? Sehen Sie, dort am Fenster rechts, der mit dem weißhaarigen Herrn redet?»

«Das ist Sir Joseph Harton, Sir.»

«Ist er ein Mitglied? Und wer ist der Herr neben ihm?»

«Oh ja, Sir Joseph ist eines unserer ältesten Mitglieder, allerdings beehrt er uns abends nur sehr selten. Der andere Herr ist ein Gast, ich kenne seinen Namen nicht, könnte ihn aber sicherlich in Erfahrung bringen, wenn Sie das wünschen.»

«Nein, nein, vergessen Sie es bitte. Und vielen Dank!» Desmond verabschiedete sich und eilte hinaus.

Draußen auf der Straße packte ihn die Wut. Dieser Vorsitzende (der ihm jetzt viel größer und wichtiger erschien als Foster) war in sein beschauliches Leben eingebrochen, hatte ihn gefangen und gefoltert, sich in seinem Kopf eingenistet und ihn fast in den Wahnsinn getrieben – und war nun sogar in seinen letzten und einzigen privaten Bezirk eingebrochen. In seinem Zorn vergaß Desmond vollkommen, dass er sich sein Unglück zuallererst selbst mit seiner Tat eingebrockt hatte; blind vor Hass schob er alles Elend auf den Vorsitzenden – der ja in gewisser Hinsicht nichts anderes war als ein Vollstrecker einer verdienten Rache. Ohne genau zu wissen, was er dort wollte, eilte Desmond zurück zum Club.

Drinnen zögerte er; dann kam er wieder zur Besinnung und ging hinauf in die Bibliothek, um sich die aktuelle Ausgabe des *Who's Who* anzuschauen.

Sir Joseph Harton, Baron, besaß einen recht imponierenden Eintrag.

1921–1929 und seit 1931 Abgeordneter für South Trenton; 1927–1928 Staatssekretär für Indien; 1935–1936 stellvertretender Vorsitzender verschiedener Ausschüsse; 1935–1937 Präsident der Konservativen Vereinigung von Midland – das deutete auf eine aktive politische Laufbahn hin, während *Direktor Harton, Ware and Trustlove Ltd., Direktor der Malayischen Bleilieferanten, Direktor der Dampfschifffahrtsgesellschaft, Direktor der Simpson Andrews Bank* beträchtlichen Wohlstand vermuten ließen. Neben seinen übrigen Tätigkeiten hatte Sir Joseph offenbar auch noch Zeit gefunden für die Ämter als *Präsident der Gesellschaft nordenglischer Bergwerksbesitzer, Präsident und Gründer der Britischen Liga, Vizepräsident der Antiquitätenhändlervereinigung von Wiltshire und Mitglied im Förderverein des Josephskrankenhauses, East Hartlepools.*

Oberflächlich betrachtet, sinnierte Desmond, ist das eine ausgefüllte und erfolgreiche Karriere – und doch das Verzeichnis eines relativen Scheiterns. Sir Joseph war Baron in achter Generation, erzogen und ausgebildet in Winchester, Trinity, Dresden und an der Sorbonne, sein Geld hatte er vermutlich geerbt. Trotz aller Lebenschancen, die ein so vorteilhafter Start eröffnet, hatte der Mann eigentlich nichts Bedeutendes erreicht, und eine kurze Zeit im Amt eines Staatssekretärs war auch schon der höchste Lohn seiner Mühen. Die Stimme jedoch, die Desmond vor dem Komitee vernommen hatte, und das Gesicht, das er in jenem Saal beobachten konnte, gehörten einem Mann, der sich nicht mit Kleinigkeiten abspeisen ließ; sie verrieten vielmehr einen Drang zur Herrschaft, wie man sie von Männern kennt, denen nur der höchste Preis etwas gilt. – Am Ende des Eintrags war Sir Joseph auch als Autor eines Buches vermerkt: *Der Weg des Philosophenkönigs* (1927).

Beeindruckt, aber auch ein wenig verärgert und eifersüchtig, weil sein Gegner sich nicht nur in Politik und Wirtschaft, sondern auch auf dem Gebiet der Kultur tummelte, blätterte Desmond – wenn auch ohne große Erwartung – im Katalog der Bibliothek

236

und stellte überrascht fest, dass tatsächlich ein Exemplar dieses Buches vorhanden war. Es stand, wie er schnell herausfand, ganz oben auf einem hohen, verstaubten Regal; ein schmales Bändchen, ein Privatdruck, mit einer Widmung in kleiner, eckiger Handschrift: «Vom Verfasser mit dankbarem Gruß an den Radical Club». Dass bislang keine einzige Seite aufgeschnitten war, erfüllte Desmond mit boshafter Freude. Rücksichtslos trennte er die Seiten also jetzt mit dem Daumen, dann nahm er Platz und begann zu lesen.

Natürlich hatte er sich auf ein eher stümperhaftes Werk gefreut, ein so schlechtes Buch hatte er dann aber doch nicht erwartet. Was er vorfand, waren Phrasendrescherei, flache Plattitüden voller Klischees – also sämtliche Fehlleistungen des Boulevardjournalismus, doch ohne dessen Klarheit, es war nichts als eine furchtbare Ansammlung inhaltlicher und stilistischer Irrtümer und damit ganz unabhängig vom Thema vollkommen unlesbar. Und trotz der unerträglichen Darstellungsweise war es um den Gegenstand des Buches noch viel schlimmer bestellt, denn die Unverständlichkeit der Formulierungen konnte die geistige Leere nicht verschleiern. Ein halb verdauter Platon, ein missverstandener Hobbes, eine simplifizierte Nietzsche-Deutung und eine fehlerhafte Darstellung zweitrangiger Freud-Adepten ergaben zusammen ein paar dürftige Grundzüge einer Anthropologie und Weltgeschichte, aus denen sich dann ableiten lassen sollte, dass jede Gesellschaft auf eine aufgeklärte Aristokratie hinstrebte und dass jeglicher Fortschritt der Menschheit in einer Apotheose des vernünftigen Tyrannen ihren Gipfelpunkt fand. Wie der Aufstieg dieses Philosophenkönigs vonstatten gehen könnte, verriet das Buch nicht wirklich, doch ein paar hintersinnige Anspielungen auf aktuelle Begebenheiten und einige kokette Andeutungen der notwendigen Charakterzüge dieses Herrschers ließen ahnen, dass möglicherweise der Verfasser selbst für dieses Amt berufen war.

Desmond lehnte sich im Stuhl zurück und lachte. Das Ungeheuer, vor dem er sich so sehr gefürchtet hatte, war nichts weiter als ein größenwahnsinniger Esel – ebenso harmlos wie all die dümmlichen Adeligen, die sich in ihren Zirkeln in Bloomsbury, in dubiosen politischen Clubs oder in der einsamen Stille ihrer Apartments in Kensington ihren albernen Selbsttäuschungen hingaben. Sir Joseph Harton war nicht mehr als ein leerer Windhauch, der hierhin und dorthin wehte und nichts bedeutete. Kurz vergewisserte Desmond sich noch, dass er allein in der Bibliothek war, dann schleuderte er das Büchlein quer durch den Raum zum Kamin.

Nach einer Weile kehrten die Zweifel zurück. Harton war eine intellektuelle Null, aber war er damit auch schon erledigt? Mehr als einmal hatte Desmond Menschen als Narren verachtet, denen Abstraktionsvermögen und die Fähigkeiten zur Selbsterkenntnis fehlten, die sich aber dennoch als bemerkenswert intelligent entpuppten. Auch der Lauf der Geschichte hielt entsprechende Warnungen bereit. Was hielten kritische Rezensenten von der Erstausgabe von *Mein Kampf*? Oder, um ein bedeutenderes Beispiel zu wählen: Wie beurteilten gebildete Byzantiner damals den Koran? Menschen aus der Kulturszene vergessen oft, dass die Macht in den Händen eines ganz anderen Menschenschlags liegt und dass Leute, denen es sichtlich an Verstand mangelt, durchaus in der Praxis reüssieren können, während es gerade nicht die Wirtschaftsprofessoren sind, die beim Aktienhandel ein Vermögen verdienen. Sir Joseph war verrückt vor Eitelkeit – und dabei außerordentlich gefährlich, auch wenn seine Art von Klugheit sich nicht in Worten auszudrücken verstand. Desmond wusste, dass er den Vorsitzenden auf jeder Seite dieses Buches widerlegen und in die Enge treiben konnte, und doch hatte er sich vor ihm gefürchtet, nur weil dieser Mann sich im gleichen Gebäude befand. Und er dachte zurück an seine Schülertage, als sein überlegener Verstand ihn niemals vollständig vor den Raufbolden schützte. Wissen ist Macht – das galt nur in sehr begrenztem Maße.

Desmond erhob sich, er holte das Buch vom Kamin und stellte es zurück ins Regal. Sein Spott über den Vorsitzenden hatte sich verbraucht; seine Wut, die er damit überdeckt hatte, schwoll wieder an. Mit schweren Schritten stieg er die Treppe hinab und setzte sich an einer Seite des Foyers in den Schatten, um zu warten – worauf, wusste er selbst nicht genau.

Nach etwa einer halben Stunde öffnete sich die Tür des Raucherzimmers, und in jenem leuchtend hellen Rechteck erkannte Desmond die Gestalt Sir Joseph Hartons. Harton bewegte sich wie ein Greis, sehr umsichtig, um auf dem glatt polierten Boden nicht auszurutschen, und plötzlich fiel Desmond ein, dass das *Who's Who* sein Geburtsdatum nicht verzeichnet hatte. Sir Joseph blieb beinahe direkt vor Desmond stehen, ohne aber den Kopf umzuwenden, und tappte dann die Treppe hinab zu den Toiletten. Nach ein oder zwei Minuten folgte ihm Desmond.

In der Tür blieb Desmond stehen und schaute hinein. Sir Joseph wusch sich die Hände sehr langsam und gründlich, er seifte sie immer wieder ein und bürstete jeden seiner makellosen Fingernägel. Anschließend trocknete er die Hände sorgsam ab und benutzte dafür zwei Handtücher; ebenso sorgfältig kämmte er sich sein spärliches Haar. Dann wandte er sich zum Gehen und erblickte Desmond vor sich.

Desmond hatte mit einer dramatischen Auflösung gerechnet, aber der Vorsitzende erkannte ihn überhaupt nicht; Furcht und die Augenbinde mussten ihn vor dem Komitee stärker verändert haben, als ihm selbst bewusst war.

«Entschuldigen Sie, Sir», sagte der andere und wollte an ihm vorbeigehen. Desmond aber streckte beide Arme aus und versperrte ihm den Weg.

«Guten Abend, Sir Joseph», antwortete er atemlos. «Erkennen Sie mich nicht?»

Einen Augenblick lang schien der andere verdutzt, dann schlug das Erstaunen in Erkenntnis um und die Erkenntnis in Furcht. Er öffnete den Mund, um zu reden oder um Hilfe zu schreien, und Desmond, der sich keinen Plan zurechtgelegt hatte, sprang vor, packte ihn an der Gurgel und schob ihn in eines der Bäder abseits der Lobby. Jetzt wusste er, dass er ihn töten wollte.

Nachdem er die Tür hinter sich verriegelt hatte, presste er den Vorsitzenden gegen die Wand.

«Also», flüsterte er, «was nun?»

Der Vorsitzende sagte kein Wort, sondern starrte Desmond aus weit geöffneten hellblauen Augen an. Ohne Zweifel spürte er gerade zum allerersten Mal in seinem Leben körperliche Gewalt. Seine Organisation tötete und zermalmte Menschen, aber das alles ereignete sich außer Sichtweite und bedeutete dem Komitee nicht mehr als dem Grubenbesitzer der Abbau von Kohle. Desmond ahnte, wie sein Gegenüber unter der neuen Erfahrung physischer Kraft litt. Während der Alte dort an die Wand gelehnt stand, fühlte er breite Hände um seinen Hals, und er sah die kleinen dunklen Borsten auf Desmonds Kinn. Einen kurzen Moment lang empfand er plötzlich, dass der Mensch ein Tier ist und dass all das distanzierte Gerede von «Beseitigung», «Säuberung» und «unvermeidlichen Kollateralschäden» tatsächlich bedeutete, dass Knochen zersplitterten, Fleisch zu Brei zerging und Organe in Stücke gerissen wurden. Der Griff um seinen Hals wurde fester, und jetzt verstand er, dass im Angesicht des Todes Macht und Ehrgeiz ohne Bedeutung sind.

Desmond wartete auf einen Widerspruch, und gleichzeitig war ihm bewusst, dass ein erstes Wort des Gegners seine Wut befeuern würde; dann würde er die dünne, zitternde Kehle zusammenpressen, und der Vorsitzende und Baron und Abgeordnete und Fabrikdirektor wäre nicht mehr als eine leblose Masse aus Kohlenstoff, Kalzium und Wasser. Noch tiefer bohrte er seine Daumen in die Kehle, doch Sir Joseph leistete keinen Widerstand, sondern keuchte nur kurz und schloss die Augen.

«Also», wiederholte Desmond drohend, «was nun?»

Der Vorsitzende sagte kein Wort, sondern stand einfach nur angelehnt da, die Augen geschlossen, den Mund geöffnet, gleich der albernen Parodie eines kleinen Kindes, das ein Bonbon erwartet. Sein Körper fühlte sich so zerbrechlich an wie eine Mumie, und Desmond stellte fest, dass nicht mit Schwierigkeiten zu rechnen war. ‹Also los›, dachte er, ‹eins, zwei, drei und weg mit ihm!› Er trat ein wenig zurück, um eine bessere Hebelwirkung zu erzielen; die Hände des Vorsitzenden hingen steif herab, mit offenen Handflächen, als wäre er bereits tot. ‹Also los›, feuerte Desmond sich noch einmal an, doch er rührte sich nicht. ‹Bring es hinter dich›, befahl ihm sein Wille, doch seine Hände lockerten ihren Griff. Erleichtert, als sei er selbst begnadigt worden, wusste er jetzt, dass er seinen Gegner laufen lassen würde. Plötzlich gab er Sir Joseph einen kleinen kräftigen Handschlag auf die Wange.

«In Ordnung, Herr Vorsitzender», sagte er gereizt, während er auf der Ecke der Badewanne Platz nahm, «jetzt können Sie sich entspannen – ich werde Sie gehen lassen.»

Langsam und vorsichtig, wie eine alte Schildkröte, die aus ihrem Panzer herauslugt, öffnete Sir Joseph die Augen und betrachtete seinen Widersacher. Eine Zeitlang sprach keiner ein Wort; schließlich sagte der Vorsitzende:

«Ich glaube, wir haben neulich vergessen, über Ihre Entlohnung zu sprechen. Wenn es Ihnen hilft, könnte ich Ihnen einen Vorschuss geben, bis die Sache entschieden ist.»

Seine Hand tastete unsicher zur Westentasche, dabei wandte er den Blick nicht von Desmond.

In einem plötzlichen Anfall von Stolz, der ihn selbst überraschte, antwortete Desmond harsch:

«Tun Sie, was Ihnen beliebt; ich will Ihr Geld nicht, deshalb brauchen Sie nicht nach Ihrem Scheckbuch zu suchen. Wenn Sie hier lebendig herauskommen, dann nicht, weil Sie sich freikaufen können.»

Wieder schwieg der Vorsitzende, und Desmond regte sich nicht, er genoss die überspielte und doch offenkundige Angst seines Gegenübers. Schließlich nahm Sir Joseph einen zweiten Anlauf.

«Foster wurde versetzt», sagte er besänftigend, «im Wesentlichen trug er die Verantwortung für Ihre unglückselige Behandlung, aber er spielt jetzt keine Rolle mehr und wird Sie nicht mehr belästigen.»

Desmond horchte auf.

«Haben Sie ihn denn getötet?»

Diese Offenheit bereitete dem anderen sichtlich Unbehagen.

«Ich habe heute nachmittag angeordnet, dass er an weiteren Fehlern gehindert werden muss, und ich denke, meine Anweisungen werden entsprechend umgesetzt. Aber da Foster ja nun beseitigt ist», fuhr er hastig fort, «benötigen wir Ihre Dienste gar nicht mehr, und ich werde Ihnen Ihre Briefe unverzüglich zurückerstatten lassen. Die gesamte Angelegenheit geht auf Fosters Fehlverhalten zurück, ich hatte kaum etwas damit zu schaffen.»

Er schaute hoffnungsvoll zur Tür hinüber, und Desmond lachte.

«Sie verlieren soeben die Übersicht; vor ein paar Minuten haben Sie mir noch einen Gehaltsvorschuss angeboten.» Dann aber packte ihn plötzlich die Wut. «Sie dumme, halb senile Bestie», schrie er, «man hätte Sie schon längst totschlagen sollen! Sie und Ihresgleichen sind alle von einer Sorte, Sie alle verstecken Ihre Laster hinter Worten und Ihre Verbrechen hinter Klischees. Wenn ich höchstpersönlich einen Gegner töte, ist es Mord; tun Sie das Gleiche, haben Sie ihn ‹entfernt›; wenn eine Gangsterbande wie die Ihre einen Staat kontrolliert und sich mit einer anderen Gangsterbande überwirft, ist das ein Krieg oder gar ein Kreuzzug! Sie glauben, Sie könnten jeden kaufen oder schikanieren. Erst foltern Sie mich und wollen mich töten lassen, dann bieten Sie mir Geld, um Ihr eigenes Leben zu retten. Ich bin zu gutherzig, um Sie jetzt zu erledigen, obwohl ich weiß, dass Sie morgen hinter mir her sein werden. Verschwinden Sie um Gottes willen, bevor ich es mir anders überlege und Ihnen den Hals breche!»

Sir Joseph hatte sich während dieser Tirade klug zurückgehalten, dann stürzte er nach kurzem Zögern aus dem Raum. Am Fuß der Treppe holte Desmond ihn ein und fasste ihn am Kragen.

«Und noch etwas», sagte er, «ich habe Ihr Buch gelesen, und es ist grottenschlecht. Habe lange nicht mehr so gelacht. Ich weiß, für Ihre fehlende Bildung können Sie nichts, aber Sie sollten das nicht so zur Schau stellen!»

Er stieß den Vorsitzenden zur Seite und verließ den Club. Während er unbekümmert durch die stockfinsteren Seitenstraßen hinter Pall Mall eilte, führte er ein zorniges Selbstgespräch.

«Was bin ich doch für ein Idiot! Habe diesen Mann in der Hand, und was tue ich? Ich töte ihn nicht, ich drücke ihm nicht einmal die Augen aus, und ich weise sein Geld zurück. Alles, was mir einfällt, sind ein paar Grobheiten wegen seines Buches!»

Dann lachte er plötzlich so hemmungslos, dass er über einen Bordstein stolperte und gestürzt wäre, hätte er nicht noch rasch nach einem Laternenpfahl gegriffen. Während er sich also dort in der Finsternis an den Pfahl klammerte, den gedämpften Verkehrslärm von Piccadilly als Begleitmusik, lachte und lachte er, bis ihn der Magen schmerzte und er fürchten musste, kein Ende mehr zu finden.

Zwei Stunden später saß er in seinem Lieblingssessel unter dem wohltuenden Licht der Leselampe und gestand sich ein, dass er verloren hatte. Wie sehr er die Sache auch von allen Seiten bedachte, musste er doch einräumen, dass er das Komitee rücksichtslos bedroht hatte, dass keine noch so geistreich konstruierte Geschichte ihm Polizeischutz verschaffen und dass es seine Nerven ruinieren würde, sollte er einfach bleiben und die Rache des Vorsitzenden erwarten. In einem kurzen Aufflackern seiner alten anarchischen Bosheit hatte er Foster ein Telegramm nach Standon geschickt, mit einer schlichten Botschaft: SIR JOSEPH HAT IHNEN EINEN URLAUB IN HEISSEM KLIMA GEBUCHT VERSCHAFFEN SIE IHM VORHER DOCH AUCH EINEN, aber mittlerweile war es ihm gleichgültig, ob die Nachricht dort eintraf oder nicht. Vielleicht war Foster schon tot, vielleicht bekäme er das Telegramm nie zu sehen oder falls doch, würde er es womöglich falsch deuten. Eigentlich aber, und das hielt Desmond für höchst wahrscheinlich, dürfte er die Warnung verstehen, seinem Schicksal entkommen und auf irgendeine Weise Rache nehmen.

Was ihn selbst betraf, wusste Desmond genau, welchen Weg er zu gehen hatte.

EPILOG

Eine Flucht gelingt oft überraschend gut, wenn man sie ernsthaft angeht. Eine erlogene Erklärung gegenüber Mr. Poole über einen unstillbaren Drang zum Kampf für die Menschenrechte; die Bitte um eine Bescheinigung, wonach man beruflich nicht unabkömmlich war, die mit einer beinahe beleidigenden Bereitwilligkeit ausgestellt wurde; die Abreise zur Mittagszeit, ohne eine Anschrift zu hinterlassen. Die Rekrutierungsstelle, Kriegsfreiwilligen gegenüber stets aufgeschlossen, hatte ihn gemustert, für tauglich befunden und an einen Standort abkommandiert, und zwar mit einer Geschwindigkeit und Effizienz, die im Rückblick geradezu unglaublich erschien. Und obwohl einige seiner Freunde von seinem überraschenden Entschluss wussten, hatte er nicht nur seine künftige Einheit, sondern auch die Waffengattung verschwiegen. Das gesamte Verfahren hatte nicht mehr als zwei Tage in Anspruch genommen, und da er von niemandem hörte und mit niemandem korrespondierte, war sein gesamtes bisheriges Leben mit einem Male wie ausgelöscht, als sei er tot. Nur mit einer Nummer versehen und als einer unter Zehntausenden irgendwo in einem namenlosen Lager in einem abgeschiedenen und fernen Land fühlte er sich vor dem Komitee so sicher, als steckte er im Gefängnis oder inmitten der Kalahari.

Nur gelegentlich vernahm er ein Echo aus der Welt da draußen. Einmal, etwa sechs Wochen nach der Ankunft im Camp, las er in einer zerknitterten zwei Tage alten Zeitung, dass Sir Joseph Harton, siebzehn Jahre lang konservativer Abgeordneter für South Trenton, beim Verlassen seines Hauses zusammengebrochen und einige Stunden später in seinem Haus am Eaton Square verstorben sei. Als Desmond gegen Ende der Woche seinen Sold erhielt, rief er Fosters Nummer in Standon an, erfuhr aber von der Vermittlungsstelle, dass der Anschluss seit fast sechs

Wochen nicht mehr existierte. Ein paar Tage lang dachte er darüber nach – sofern man in einer kleinen Holzbaracke unter vierzig anderen Männern tatsächlich nachdenken kann –, ob Sir Joseph Foster getötet hatte und anschließend eines natürlichen Todes gestorben war oder ob Foster rechtzeitig entkommen war und Sir Joseph ausgeschaltet hatte; und mitunter fragte er sich auch, ob das Komitee womöglich den Tod seines Vorsitzenden nicht überlebt hatte. Aber dann musste wieder Messing poliert werden, es gab ermüdende Arbeiten, man spielte mit Wurfpfeilen, und Desmond kümmerte sich nicht übermäßig um diese Angelegenheit.

Allmählich gewann er die Überzeugung, dass, ganz gleich, was geschehen war oder noch geschehen würde, das Schicksal des Komitees und seiner legalen wie illegalen Organisationen besiegelt war. Machtausübung durch einige wenige, also ein System, in welchem bedeutende Einzelne die Herrschaft über Millionen unter sich ausmachen konnten, war vermutlich auf ewig überwunden, zumindest aber im Niedergang begriffen, wie lange auch immer der Krieg noch dauern mochte und wie immer er ausginge. Das Komitee mit seinen Gangstern und Folterknechten, die von Oligarchen beherrschten Regierungen mit ihren schalldichten Kellern und den weitläufigen Gefängnissen – dies alles zeigte bereits Risse und zerbröselte, auch dort, wo man das noch nicht bemerkte. Der Krieg nämlich, der unzählige alte Institutionen erschütterte und niederriss, würde diesen Anachronismen ein Ende setzen.

Desmond selbst vergaß ganz allmählich sein altes Ich, und da er wusste, dass seine Zukunft vollkommen anders verlaufen würde als seine Vergangenheit, schickte er sein Inneres in eine Art Winterstarre, bis der eisige Bann gebrochen war. Nur gelegentlich dachte er an Anna, häufiger seltsamerweise an den Juden, doch berührten diese Erinnerungen seine Gefühle immer weniger. Denn was waren schließlich zwei kleine Morde inmitten eines unermesslichen Schlachtens?

Es gibt nur ein paar Monate, die ein Leben bestimmen.
Manchmal nur einen.
Dann ist es vorbei.

Robert Penn Warren (*All the King's Men*, 1946)

DER VERGESSENE KLASSIKER

Nachwort von Martin Compart

John Mairs Roman *Never Come Back* ist noch immer eines der bestgehüteten Geheimnisse der Thriller-Literatur – nur bekannt den Aficionados des Genres.

Die Rezeption war und ist erbärmlich: In keinem der sekundärliterarischen Werke zur Geschichte des Spionageromans oder des Polit-Thrillers wird der Roman erwähnt.

Dass er nicht völlig in Vergessenheit geraten ist, verdanken wir dem großen Kriminalliteraten, Genre-Historiker und Orwell-Freund Julian Symons (1912–1994), der das Buch 1986 in der Oxford University Twentieth Century Classics-Reihe wieder einem größeren Leserkreis zugänglich machte.

Symons nahm den Roman bereits 1957 in seine Liste der «100 Best Crime & Mystery Books» für die *Sunday Times* auf. 1972 wies er in seiner großartigen Geschichte der Kriminalliteratur *Bloody Murder* auf die Einzigartigkeit und Bedeutung des Werkes für die Thriller-Literatur hin. Symons war es auch, der feststellte, dass der Protagonist von *Never Come Back* der erste Anti-Held des Thriller-Genres ist.

Symons' Recherche verdankt dieses Nachwort viel.[1] Denn für Mair-Nachforschungen leistet das vielgerühmte Internet überraschend wenig.

---

1 Julian Symons: «Introduction» in John Mair: *Never Come Back*. Oxford University Press, 1986.

So bemerkenswert wie das Werk ist auch das intensive kurze Leben seines Autors. Er schrieb nur einen einzigen Roman, eben diesen Meilenstein des Thrillers.

Leben

John Mair wurde 1913 in London geboren. Er war der einzige Sohn des Autors und Journalisten G. H. Mair und der Schauspielerin Maire O'Neill; beide hatten auch eine Tochter. Der Vater war bereits in jungen Jahren ein einflussreicher politischer Korrespondent des *Manchester Guardian* und arbeitete während des Ersten Weltkriegs für die Regierung. Er starb 1926 im Alter von nur neununddreißig Jahren. Die beiden Kinder wuchsen bei der Mutter auf, die als instabil und launisch galt. Sie hat sicherlich das exzentrische Verhalten von John Mair beeinflusst, das Weggefährten häufig beschrieben.

Nach der Schule von Westminster (in der ihn sein einflussreicher Vater untergebracht hatte) studierte John am University College London und trat früh in die Fußstapfen des Vaters: Er redigierte das Universitätsmagazin *Review* und studierte zeitgenössische Lyriker wie T. S. Eliot und W. H. Auden. Sein bevorzugter Romancier war Aldous Huxley.

Obwohl er leicht stotterte, galt er als beeindruckender Debattierer, der ohne große Vorbereitungen mit brillanter Rhetorik literarische Diskussionen führen konnte. Auf der Schule hatte er Boxen gelernt, aber an der Universität gab er sich als Dandy, der Sport verspottete und das Haar länger als damals üblich trug. Er galt als charismatisch, gab sich gerne geheimnisvoll und sammelte um sich herum einen Kreis kritikloser Bewunderer.

Politisch war er ein Linker, den aber die Tagespolitik wenig interessierte. Er war ein scharfer Gegner des Faschismus und unterstützte nach Ausbruch des spanischen Bürgerkrieges die Waffenlieferungen an die Republik.

1934 beobachtete er als Berichterstatter eine Demonstration der Faschisten um Oswald Mosley. Als ein Kollege angegriffen wurde, verteidigte ihn Mair und bekam ein blaues Auge geschlagen, das er anschließend wie eine Ehrenauszeichnung präsentierte.

Nach der Universität wurde er Mitherausgeber des kurzlebigen Magazins *Janus*, das nach nur zwei Ausgaben eingestellt wurde.

1938 erschien sein Buch *The Fourth Forger* über den Autor des Pseudo-Shakespeare-Theaterstücks *Vortigern*, William Ireland. Es sorgte für weitere Reputation.

1939 schrieb er für die Anthologie junger Nachwuchsautoren *Major Road Ahead* den Essay «A Young Man's Ultimatum» (an Hitler gerichtet). In ihm gibt er sich beeindruckt vom deutschen Volk, da es nach Versailles so lange gewartet habe, bis es sich der «Rachepartei» zuwandte.

Wie Julian Symons in seinem Vorwort zu *Never Come Back* schrieb: «Mair war der geborene Buchkritiker. Bereits mit Anfang zwanzig schrieb er seine ersten Rezensionen.» Er verfasste Besprechungen für die *News Chronicle* und ab 1938 für den *New Statesman*. Neben seiner Tätigkeit für den *New Statesman* arbeitete er noch für das literarische Wochenblatt *John o'London's Weekly*.

Mit gerade einmal fünfundzwanzig Jahren war er in den Olymp der Literaturkritik aufgestiegen.

Während er die Tage mit Schreiben oder Lektüre im Lesesaal des British Museum verbrachte, führte er nachts ein ganz anderes Leben: Er war ein leidenschaftlicher Spieler. Poker, Pferderennen und besonders Hunderennen hatten es ihm angetan. Er behauptete, er habe ein System für Hunderennen entwickelt, das ihm ein regelmäßiges Einkommen beschere. Seine Besuche der Rennbahnen von White City und Harringay nannte er «zur Arbeit gehen».

Das London der 1930er Jahre hatte viele Ähnlichkeiten mit dem Swinging London der 1960er: Eine junge Generation, die von den direkten Schrecken des Weltkrieges verschont geblieben war, meldete sich lautstark zu Wort und stellte die etablierte Ordnung des Establishments in Frage. Junge Schriftsteller und andere Intellektuelle wandten sich gegen die koloniale Ausbeutung, Waffenproduzenten, Kapitalismus (die Auswirkungen der Weltwirtschaftskrise waren noch spürbar), konservative Kleiderordnung (mit entsprechender Haarschnittverordnung) und das englische Klassensystem. Sie traten ein für eine freiere Sexualität, Pazifismus, Antiimperialismus und Sozialismus.

Es waren Schriftsteller wie Stephen Spender, Graham Greene, J. B. Priestley, Angus Wilson, Christopher Isherwood, W. H. Auden, Cecil Day Lewis und natürlich George Orwell, die für dieses progressive Bewusstsein standen und auch nach neuen ästhetischen Konzepten suchten. Alle waren mehr oder weniger marxistisch geprägt.

Sie erkannten die Möglichkeiten neuer Medien und Genres (auch als Einkommensquellen), die sie für ihre Ideen zu nutzen wussten. Cecil Day Lewis etwa wandte sich ab 1935 unter dem Pseudonym Nicholas Blake dem Genre des klassischen Detektivromans zu, um ihn aus seinem erstarrten reaktionären Korsett zu lösen. Eric Ambler begann ab 1936, mehr noch als Graham Greene, den Polit-Thriller und Spionageroman für aufklärerische Inhalte einzusetzen.

In diesem Ideenklima fühlte sich John Mair wohl.

1940 heiratete er. Das Ehepaar mietete ein Cottage in Hertfordshire. Die Mairs waren begeisterte Landbewohner und genossen lange Spaziergänge und Wanderungen. Während John ununterbrochen redete, marschierten sie manchmal die ganze Nacht hindurch.

Im Cottage schrieb John den größten Teil seines Thrillers, an dem er seit 1939 arbeitete. Er hatte das halbfertige Manuskript an den Gollancz-Verlag geschickt, und dieser nahm den Autor umgehend unter Vertrag.

Während dieser auf seine Einberufung wartete, edierte er außerdem eine Ausgabe mit drei Romanen von Thomas Love Peacock, den er in der Einführung mit Aldous Huxley verglich.

Angeblich entschied er sich bei der Wahl der Waffengattung (auch das zeigt seine privilegierte gesellschaftliche Position) für die Royal Air Force, weil ihm die Uniform am besten gefiel. Einer anderen Aussage nach, weil «es die einzige Waffengattung war, in der alle in der Truppe Krawatten trugen». Beides passt zu seiner dandyhaften Exzentrik.

Jedenfalls ging John Mair begeistert seiner Ausbildung zum Piloten nach.

Im April 1942 verunglückte er bei einem Trainingsflug vor der Küste Yorkshires tödlich durch einen Zusammenstoß mit einem anderen Flugzeug.

Aus einer Notiz seines Agenten vom 1. September 1941 ist ersichtlich, dass Mair einen zweiten Thriller plante, der im Milieu der Luftwaffe spielen sollte. Diese Idee wurde von einem anderen RAF-Piloten realisiert, dem späteren Bestsellerautor Richard Mason (1919–1997). Der Autor von *The World of Suzie Wong* hatte seinen Erstling 1943 unter dem schönen Titel *The Body Fell on Berlin* veröffentlicht. (Die Idee ist so abstrus wie brillant: Bei einem Bombenangriff auf Berlin entsorgt der Mörder sein Opfer, indem er es über der angegriffenen Stadt aus dem Flugzeug wirft. Ein Plot, der ganz nach Mair klingt.)

Thriller

Als John Mairs Roman *Never Come Back* erschien, stand der britische Spionageroman schon in erster Blüte. Ausgehend von den *Invasion*-Romanen eines William Le Queux, Rudyard Kiplings «Great Game»-Roman *Kim* und Erskine Childers *Riddle of the Sands* entwickelte sich im und nach dem Ersten Weltkrieg ein Genre mit breitem Spektrum.

Den prägendsten Einfluss übte der Schotte John Buchan aus, der mit dem Klassiker *The 39 Steps* (seit 1915 in Britannien ununterbrochen lieferbar) eine Art Blaupause für viele Thriller lieferte (die auch in *Never Come Back* nachschwingt: Ein Zivilist wird in eine Verschwörung verwickelt, muss vor Sicherheitskräften und Konspirateuren fliehen und während dieser atemberaubenden Jagd die Konspiration aufklären und verhindern).

In den 1920er Jahren entstanden neben diesen politisch konservativen Thrillern auch faschistoide, wenn nicht faschistische Thriller. Zum Synonym für diese brutale Spielart des Politthrillers wurde «Sapper» mit seiner *Bulldog Drummond*-Serie, die vor

Antisemitismus und Rassismus nur so strotzt. In diesen Spionage-
thrillern tobte die Paranoia des britischen Empires. Es fühlte sich
von allen Seiten bedroht, von anderen Mächten und politischen
Systemen. In Britannien verschärfte sich der Klassenkampf und
in den Kolonien kam es zu Aufständen. Dahinter – so suggerier-
ten nicht nur Sapper & Co. – standen Kommunisten, unterstützt
von der Sowjetunion, Anarchisten, eifersüchtige Imperialmächte
wie Frankreich oder die USA oder das Finanzjudentum.

Bulldog Drummond und Richard Hannay hatten alle Hände
voll zu tun, feindliche Sabotage- und Spionageringe aufzuspüren
und unschädlich zu machen. Die Populärkultur feierte nach wie
vor Britanniens imperiale Allüren.

Beginnend mit Somerset Maughams Kurzgeschichtenzyklus
Ashenden (1928) begann eine Tendenz zu bis dahin nicht gekann-
tem Realismus im britischen Spionageroman. Autoren wie Eric
Ambler oder Graham Greene verfestigten diese literarische Stra-
tegie. Danach unterscheidet man zwei Schulen des Spy Thrillers:
die romantische und die realistische (mit vielen Überschneidun-
gen im Laufe der Jahrzehnte).

1939, in dem Jahr, als Mair seinen Roman angeblich begann,
erschienen drei Meilensteine des Genres, die er wahrscheinlich
gelesen hatte: *The Mask of Dimitrios* von Eric Ambler, *The Confi-
dential Agent* von Graham Greene und *Rogue Male* von Geoffrey
Household. Mit Eric Ambler verbindet Mair auch die linkslibe-
rale politische Orientierung.[1]

Aber vielleicht hatte Mair auch später Graham Greene beeinflusst: Man weiß nicht, ob Graham Greene Mairs Roman gelesen hat. Aber in *Ministry of Fear* (1943) weist einiges darauf hin,
besonders die atmosphärischen Beschreibungen Englands während des Krieges (und Greene schrieb den Roman bekanntlich
während seiner Zeit in Sierra Leone als Mitarbeiter des Geheim-
dienstes). In beiden Romanen finden die Aktionen in «Echtzeit»
statt, genau in diesem Moment, nach dem sogenannten «Phoney

---

1   In den sechs Romanen, die Eric Ambler vor dem Zweiten Weltkrieg
    geschrieben hatte, sympathisiert der Autor mit dem Kommunismus und
    auch der Sowjetunion.

War» oder «Sitzkrieg», in dem die Deutschen soeben die Kapitulation Frankreichs erzwungen und begonnen hatten, die Inseln zu bombardieren. Allerdings spürten die britischen Bürger die Auswirkungen des Konflikts noch nicht so intensiv wie ab September 1940 *(The Blitz)*, als die deutsche Luftwaffe auch die Städte angriff. Man schien sich durch die Insellage noch sicher zu fühlen und war eher optimistisch. Was würde als Nächstes passieren? Niemand wusste es so recht und die meisten waren nicht allzu beunruhigt.

Mair kannte das Genre und hatte sich bewusst für die Form des Thrillers als Romandebüt entschieden. Julian Symons berichtet, dass Mair häufig Thriller rezensiert hatte, darunter eine Symons beeindruckende Besprechung von James Hadley Chases Roman *No Orchids for Miss Blandish*, der ebenfalls 1939 erschienen war. In dieser Rezension, die Symons in *Bloody Murder* zitiert, führte Mair akribisch alle Straftaten auf, die in Chases Roman begangen werden.[1]

Ich vermute, dass auch G. K. Chestertons «philosophischer Thriller» *The Man Who Was Thursday* einen gewissen Einfluss auf Mairs Roman hatte: Das dort beschriebene Anarchisten-Zentralkomitee ist ebenso surreal wie Mairs Oppositions-Internationale.

Der Antiheld

Mit seinem Antihelden bricht der Roman durch eine literarische Straßensperre nach der anderen. Nie zuvor wurde mit den etablierten Klischees des Spionageromans konsequenter gebrochen. In *Never Come Back* gibt es weder einen Clubland-Hero noch eine patriotische Mission – und nicht mal eine «damsel in distress».

1 Julian Symons: *Bloody Murder. From the Detective Story to the Crime Novel: A History.* London: Faber & Faber, 1972. Deutsche Auagaben: *Am Anfang war der Mord. Eine Geschichte des Kriminalromans.* München: Goldmann, 1982 (Nachdruck der Ausgabe München 1972).

Symons stellt fest, dass Desmond Thane ganz bewusst als Gegenentwurf zu den angstfreien Helden von John Buchan oder Sapper konzipiert worden war (und dass Mair einige Merkmale seiner eigenen egozentrischen Persönlichkeit hat einfließen lassen).

Der Protagonist Desmond Thane ist eine überraschend dreidimensionale Figur, wie es sie damals im Thriller kaum gab. Er gehört wahrlich nicht zu den «Clubland Heroes» à la Richard Hannay, Jonah Mansel oder Bulldog Drummond, die mit ihrem Patriotismus den britischen Spy Thriller dominierten.[1]

Thane ist – wie Julian Symons bemerkt – der erste Antiheld des Genres.

Er ist ein pathologischer Lügner, beherrscht von eigenem Vorteilsstreben. Er ist eitel, sexbesessen, feige und egozentrisch. Nichts interessiert ihn weniger als kosmische Harmonie, denn er behauptet sich in der scheinbaren Sicherheit von Spekulationen.

Es zeigt John Mairs Fähigkeiten als Schriftsteller, dass er für ihn trotzdem Empathie beim Leser erzeugt. Denn Thane ist auch clever und schlagfertig wie ein amerikanischer Private Eye, der jedes Dilemma, in das er gerät, annimmt und sich herauszuwinden versteht. Ob wir wollen oder nicht: Seine derbe, überschäumende Vitalität und Cleverness nötigen uns Respekt ab.

In gewisser Hinsicht greift er mit seinem sexuellen Appetit auf spätere Thriller-Helden wie James Bond voraus. Mit Bond verbindet ihn auch seine Neigung zum Hedonismus. Dabei unterscheidet er sich aber doch von Bond durch seinen Egoismus, dem patriotische Motive fremd sind. Als echter Antiheld interessiert ihn keinesfalls das Wohl des Vaterlandes. Ihm geht es nur um

---

1 Der Begriff «Clubland Heroes» wurde geprägt von Richard Usborne in seinem gleichnamigen Buch (London: Constable, 1953), in dem er die Charaktere in den Werken von Dornford Yates, John Buchan und Sapper untersucht. «*I call this book Clubland Heroes because the heroes of the books I am examining were essentially West End clubmen, and their clubland status was a factor in their behaviour as individuals and groups … In Buchan, Sapper and Yates men of action were recruited from the leisured class.*»

den eigenen Vorteil: Nachdem er herausgefunden hat, was seine Gegenspieler wollen, denkt er daran, es ihnen teuer zu verkaufen und mit dem Erlös ein Leben in Wohlstand zu führen. Dafür allein hätte Bond ihn erschossen.

Und seine physischen Fähigkeiten scheuen ebenfalls jeden Vergleich mit 007.

Anders als die Amateure in den frühen Ambler-Romanen, die zufällig in eine Konspiration geraten, treibt Thane sich selbst durch sein sexuelles Verlangen in die düstere Welt von Anna Raven. Für ihn sind Verbrechen nicht Ursachen *für*, sondern Konsequenzen *von* Entwicklungen.

Thane sieht sich als erfolgreicher Frauenheld, beladen mit einem antiquierten Frauenbild. Das wird ihm zum Verhängnis, als er Raven trifft und Besitzansprüche stellt.

Sie aber ist eine selbstbewusste moderne Frau, ebenfalls ziemlich ungewöhnlich für die Thriller der damaligen Zeit. Sie bestimmt über ihre Sexualität – sehr zu Thanes Missfallen.

Verärgert muss er feststellen, dass sie ihn dominiert und so behandelt, wie Männer Frauen «gewöhnlich» behandeln. Für sie ist der Sex mit ihm ein rein episodisches Vergnügen ohne emotionale Einlassung. Sie unterwirft sich nicht seiner göttlichen Männlichkeit. Thane kann damit nicht umgehen, wird immer verunsicherter (eine Situation, die auch heute noch bei Männern zu Komplikationen oder Gewaltausbrüchen führt).

Ungewöhnlich für das Genre sind auch Thanes Neigungen zum Philosophieren:

«Selig der Mensch, so dachte er, ohne geistige oder körperliche Leidenschaften, der mit gleicher Verachtung an Buchhandlungen, Bordellen und Reisebüros vorbeizugehen vermochte. Eigentlich schade, dass man sich heutzutage nicht mehr dem Teufel verschreiben konnte; der allgemeine Niedergang des Glaubens hatte diesen Markt ruiniert und den Verderbten lediglich die Rolle des verachteten Proletariats zugewiesen; zu verkaufen blieb denen nichts als ihre ohnehin verlorenen Seelen.

Faust hatte Juristerei, Medizin, Logik und Philosophie immerhin noch gegen vierundzwanzig Jahre voller Macht und Herrlichkeit eingetauscht; inzwischen steckten alle Hauptstädte randvoll mit Gelehrten, die diese vier Disziplinen und allerlei weiteres Wissen liebend gern für ein paar Schillinge und gelegentliche Vortragsreisen hingegeben hätten. Laster unterlagen einer Überproduktion, wie anderes auch.»

Mairs Prosa ist stets raffiniert. Und wann haben wir je von einem Bösewicht gelesen, der die Konsequenzen seiner Missetaten im Lichte philosophischer Lehren analysiert?

Man muss Julian Symons wohl zustimmen, dass Mair in Thane auch ein Selbstporträt anlegte, eine Innenschau des damals achtundzwanzigjährigen Autors. Kein besonders schmeichelhaftes Selbstbild, aber vielleicht treffend angesichts der ihm nachgesagten Egozentrik. Jedenfalls ist Thane ein runder Charakter, wie er in der damaligen Thriller-Literatur selten oder eher gar nicht präsent war. Ein Typ, an dem Patricia Highsmith sicherlich Vergnügen gefunden hätte.

John Mair und George Orwell

Es ist wahrscheinlich, dass sich John Mair und George Orwell gekannt haben. Wohl eher oberflächlich als gut. Vielleicht durch soziale Anlässe beim *New Statesman* oder im Gollancz-Verlag, für die beide tätig waren. Aber das ist reine Spekulation, denn in keiner mir bekannten Orwell-Biografie gibt es Hinweise auf eine Bekanntschaft.

Der Ruhm von George Orwell als Romancier – u. a. von Jahrhundertromanen wie *Animal Farm* oder *1984* – überschattet sein essayistisches Werk. Dabei war er einer der ersten Intellektuellen, die sich mit Themen der populären Kultur auseinandergesetzt haben. Ähnliches gilt für seine Arbeiten als Rezensent. In Anthologien tauchen diese Essays über imperiale Jugendmagazine *(Boy's*

Own) oder Kriminalliteratur aber in schöner Regelmäßigkeit bis heute auf. Sein Essay «Raffles and Miss Blandish» (1944) gilt gar als Klassiker der Sekundärliteratur zum Thema.

Orwell hatte als Jugendlicher Conan Doyle, Richard A. Freeman und Ernest Bramah verschlungen. Besonders Freeman las und liebte er ein Leben lang. Alle drei genannten Autoren bewertete er als den «neuen» Stars des «Golden Age» wie Sayers und Christie weit überlegen. Später stand er allerdings den meisten Werken des Genres äußerst kritisch gegenüber, und weder Dorothy L. Sayers noch Edgar Wallace, um Eckpunkte des Genres aus den 1930er und 1940er Jahren zu nennen, fanden Gnade vor seinem analytischen Blick:

«Die Memoiren des Sherlock Holmes *und die* Abenteuer des Sherlock Holmes, Max Carrados *und* The Eyes of Max Carrados *von Bramah,* The Eye of Osiris *und* The Singing Bone *von Freeman zählen zusammen mit zwei oder drei Kurzgeschichten von Edgar Allan Poe, die ihnen als Inspiration dienten, zu den Klassikern des englischen Kriminalromans. In jedem dieser Werke begegnet uns eine stilistische Qualität und vor allem eine Atmosphäre, wie wir sie bei zeitgenössischen Autoren (etwa Dorothy Sayers, Agatha Christie oder Freeman Wills Crofts) nicht finden.»*

George Orwell mit einem Katana (Samurai-Langschwert)

Umso bedeutungsvoller ist Orwells Rezension zu Mairs *Never Come Back* vom 4. Januar 1941 im *New Statesman* (er besprach den Thriller zusammen

mit Arthur Koestlers *Darkness at Noon (Sonnenfinsternis)* und
W. A. Darlingtons *Alf's New Button*):

«Tatsächlich erzählt Mair von der gleichen Welt wie
Koestler, allerdings im Geist der Burleske. Dieses Buch –
man könnte es durchaus einen ‹linken Thriller› nennen – beweist, dass jener furchtbare politische Dschungel
mit seinen Gruppierungen im Untergrund, mit Folter,
Losungsworten, Denunziationen, gefälschten Pässen,
kodierten Nachrichten etc. mittlerweile so sehr zum allgemeinen Wissensschatz gehört, dass er zum Stoff für
‹leichte› Literatur tauglich erscheint. Das ist ein Gewinn,
denn die üblichen Inhalte von Thrillern sind, was Politik
und Gesellschaft betrifft, noch antiquierter als die Leser-
briefseiten des *Daily Telegraph* oder die Witze im *Punch*.
In Mairs Roman begegnet der Held nicht den gängigen
Monokel tragenden Geheimdienstleuten und ‹internationalen Anarchisten› (die meisten Thriller machen keinen
Unterschied zwischen ‹Anarchist› und ‹Kommunist›),
sondern er gerät in Konflikt mit einer Geheimorganisa-
tion, die zwar fiktiv ist, aber durchaus existieren könnte.
Sie nennt sich Internationale Opposition und versammelt
die Unzufriedenen aller Länder. Linke Nazis, russische
Trotzkisten und erzreaktionäre britische Tories haben sich
zusammengeschlossen, denn trotz unterschiedlicher Ziele
eint sie das Interesse an einer Beseitigung der bestehenden
Institutionen.
Der Held, ein Journalist, fällt ihnen in die Hände, nachdem er seine Geliebte ermordet hat, die zufällig eine ihrer
wichtigsten Agentinnen war. Seine Abenteuer ergeben
eine angenehm fantasievolle Geschichte, die von Dingen
handelt, die Journalisten im wirklichen Leben eher selten
tun – von telefonischen Erpressungsversuchen zum Beispiel oder der Ermordung von Leuten, deren Leichnam
man anschließend ausplündert. Hier wirken noch einige
der üblichen Mechanismen eines Thrillers, insgesamt aber

ist das Buch sehr viel anspruchsvoller; sämtliche Verbrechen bleiben ungesühnt, nirgends ist eine schöne Jungfrau zu retten, und niemand handelt aus Patriotismus. Dies ist ein unterhaltsames Buch. Ich hoffe, es erweist sich als Beginn einer ganz neuen Art von Thrillern, in denen die politischen Ereignisse aus der Zeit nach 1920 ihren Niederschlag finden.»

Leider verpuffte Orwells Rezension – vorläufig. Denn bei ihrem Erscheinen war das Buch nicht lieferbar. Die Version des Romans, die Orwell gelesen und rezensiert hatte, wurde noch vor der Veröffentlichung vom Markt genommen und eine überarbeitete erschien erst vier Monate später, im April 1941.

Streitigkeiten

Der Gollancz-Verlag, bei dem auch Orwell unter Vertrag war, hatte im Dezember 1940 damit begonnen, erste Leseexemplare zu verschicken, um den Rezensenten die Möglichkeit zu geben, zum Start der Veröffentlichung Anfang 1941 ihre Kritiken vorzulegen.

Ein Exemplar geriet auch in die Hände von Frank Whitaker, dem damaligen Herausgeber von *Country Life* und *John o'London's Weekly*. Der schaltete seine Anwälte ein, die sich bei Gollancz darüber beschwerten, dass einer der Charaktere, ein Mr. Whitby, offenbar auf ihn anspiele und wenig schmeichelhaft gezeichnet sei. In dem Brief der Kanzlei Smith, Rundell, Dods & Beckett vom 20. Dezember 1940 an Victor Gollancz heißt es, Whitaker sei von einem Dritten – einem «Gentleman mit literarischer Erfahrung» – alarmiert worden, der irgendwann in diesem Monat ein Rezensionsexemplar des Buches gesehen hatte. Und dass dieser in der Figur namens Mr. Whitby eine offensichtliche Karikatur von Mr. Whitaker erkannt habe.

Die Passagen, gegen die sich Whitaker am meisten verwahrt, seien auf den Seiten 21, 22, 49 und 50 zu finden. In ihrem Schreiben drohen die Anwälte an, dass bei einer «Veröffentlichung des Romans juristische Maßnahmen dagegen ergriffen würden, um ihren Mandanten zu schützen». Whitaker forderte nicht nur Änderungen am Buch, sondern auch, dass Mair 10 Dollar aus seinen Tantiemen an das Versorgungswerk der Presse (falls es so etwas damals schon gab; im Text heißt es: «Newspaper Press») zahlen müsse.

Es ist vermutet worden, dass hinter der Reaktion von Frank Whitaker auch eine politische Motivation gestanden hätte: Whitaker war ein konservativer Liberaler (das Magazin *John o'London* war gegründet worden, um die Liberal Party zu unterstützen; und *Country Life* war – wie der Name erahnen lässt – nicht mal liberal, sondern konservativ). Mair war nun als angesehener Rezensent des *New Statesman* ganz klar ein Mann der Linken (der Whitaker als prominenten Vertreter der reaktionären Kräfte bewusst karikiert hatte). Hinzu kam noch sein hervorragend aufgenommenes Sachbuch über den eventuellen Shakespeare-Fälscher William Ireland. Für konservative Literati und Historiker ein geradezu frevlerischer Einbruch in ihre Forschungsdomäne.

Es ist leicht vorstellbar, dass Mair in seiner Zeit als Rezensent für *John o'London* mit Whitaker aneinandergeraten war. Die Lebensführung eines linksintellektuellen Bohemiens (von seinen politischen Ansichten einmal abgesehen) und eines konservativen Liberalen werden nicht sonderlich kompatibel gewesen sein.

In seinem Brief an Victor Gollancz vom 13. Januar 1941 gab Mair zu, dass er den Charakter von Whitby auf Whitaker gestützt und tatsächlich einige seiner Weisheiten zitiert habe. Er hielt dies jedoch aus rechtlicher Sicht für durchaus akzeptabel.

Gollancz bestand aber auf Änderungen, bevor die neue Auflage in den Handel kommen sollte – und so wurde aus «Mr. Whitby» ein «Mr. Poole».

Die Verzögerung der Veröffentlichung führte zu einem Zerwürfnis zwischen Autor und Verleger. Im Mai 1941 warf Mair dem Verleger in einem Brief vor, er habe ihn und sein Buch nicht genügend unterstützt. Gollancz platzte der Kragen, und er beschwerte sich in seiner Antwort vom 30. Mai darüber, dass Mair äußerst undankbar sei und ihm eine Menge Unannehmlichkeiten bereitet habe. Gollancz schloss seinen Brief mit den Worten: *«Ich*

habe siebzehn Jahre Erfahrung – und ich freue mich zu sagen:
Freundschaften – mit Autoren: Und während der gesamten Zeit ist
diese gegenwärtige Erfahrung mit Ihnen einzigartig».[1]

Die Akte Gollancz-Mair wurde geschlossen mit einer Entschuldigung von Mair am 10. Juni: *«Ich weiß nicht, ob ich erstaunter oder beunruhigter darüber bin, wie sehr mein Brief Sie beleidigt hat, was meiner Absicht sehr zuwiderläuft.»* Er schließt den Brief mit den Worten: *«... mein erster Roman erweist sich als sehr unglücklich, obwohl nur ich selbst dafür verantwortlich bin.»*[2]

Insgesamt erhielt das Buch – trotz des Ärgers, der in der «kleinen Welt» des Londoner Journalismus nicht unbemerkt geblieben sein dürfte, und der verspäteten Veröffentlichung – positive Rezensionen:

«Don't on any account miss *Never Come Back* – lively, exciting, and intelligent» – *The Observer*

«Vigour and imagination, and humour as well as nastiness: a drink with a kick in it» – *Sunday Times*

«Mr Mair's first-rate thriller ... is a story of much ingenuity» – *The Scotsman*

Adaptionen

Das Buch wurde nicht der große Erfolg, den man sich erhofft hatte. Dafür gab es viele Gründe. Der wahrscheinlich entscheidende war, dass die deutschen Luftangriffe auf England 1941 zunahmen und das Interesse der Leser an Thrillern abnahm. In derartigen Krisenzeiten ist es umso schwerer, einen neuen,

---

1 Victor Gollancz war als Verleger bester Crime Fiction schon zu Lebzeiten eine Legende. Einer seiner ganz großen Autoren, der Ex-Geheimdienstler John Bingham (der auch le Carrés Vorbild für Smiley war), nutzte ihn sogar als reale Figur und baute ihn namentlich in seinen Roman *Murder Plan Six*, 1958, ein.

2 Die meisten hier genannten Informationen durch: Richard Young: «The Difficult Birth of ‹Never Come Back›» (16th June 2019 by Orwell Society). https://orwellsociety.com/the-difficult-birth-of-never-come-back/

unbekannten Autor am Markt durchzusetzen.

Von *Never Come Back* kam es noch zu einer zweiten Auflage im Juni, und im Oktober 1941 erschien auch eine amerikanische Ausgabe beim Verlag Little Brown. Eine Taschenbuchausgabe folgte 1944 bei Penguin. Doch dann verschwand dieser Klassiker vom Markt und auch aus dem Bewusstsein der Aficionados, bis er von Julian Symons wiederentdeckt wurde.

Erstaunlicherweise wurde der Roman aber für den Film entdeckt!

Unter dem Titel *Tiger by the Tail* kam 1955 eine mehr als mäßige Verfilmung des Romans in die britischen Kinos. Regisseur John Gilling, der auch am Drehbuch mitgearbeitet hatte, veränderte die Vorlage dieses *low-budget movie* bis zur Unkenntlichkeit: Aus dem zwiespältigen bis amoralischen «Helden» Thane war nun ein aufrechter amerikanischer Journalist geworden, der in London eine Fälscherbande zur Strecke bringt.

Gespielt wurde er von Larry Parks (*Die Al Jolson Story*), der sich in den USA mit dem Ausschuss gegen unamerikanische Umtriebe, bekannt und berüchtigt durch seinen Vorsitzenden Senator McCarthy, angelegt hatte und nicht mehr beschäftigt wurde. Der in England gedrehte Film war seine erste Arbeit seit vier Jahren. Die weibliche Hauptrolle spielte Constance Smith, deren erfolglose Filme dafür verantwortlich waren, dass die Twentieth Century-Fox ihren Studio-Vertrag gekündigt hatte.

Gilling hatte das Drehbuch zusammen mit Robert B. Baker geschrieben, der den Film zusammen mit Monty Berman für ihre gemeinsame Firma Tempean Films produzierte. Beide Produzenten-Autoren wurden später erfolgreich im Fernsehen tätig, nachdem sie sich die TV-Rechte an Leslie Charteris Figur *The Saint* (*Simon Templar*) gesichert hatten. Der Erfolg der Serie mit

Roger Moore schuf die Grundlage für weitere TV-Produktionen. Bei uns wurden sie auch bekannt durch Serien wie *Der Baron, Die Zwei, Department S, Jason King*.

Der Film jedenfalls war ein wohlverdienter Misserfolg und sicherlich nicht dazu geeignet, Interesse an der literarischen Vorlage zu wecken.

Als Nächstes gab es eine Adaption von *Never Come Back* für das Radio. Angeregt von der Wiederveröffentlichung durch Julian Symons, produzierte die BBC ein 90-minütiges Hörspiel mit Gareth Armstrong als Thane, Natasha Pyne als Raven und Michael Deacon als Mr. Foster. Regie führte Gerry Jones und erstausgestrahlt wurde es im Rahmen des *Saturday-Night Theatre* am 11. Oktober 1986.[1]

Die bisher überzeugendste Version ist die recht gefällige audiovisuelle Umsetzung für das Fernsehen: Der BBC-Dreiteiler *Never Come Back* von 1989 mit insgesamt 150 Minuten Laufzeit.

Diese TV-Adaption war sehr düster und nutzte Stilelemente des Film Noir. Leider ist diese Fassung von *Never Come Back* so gut wie unzugänglich (es existierte eine Kaufvideo-Version). Eine Zeitlang war sie auf Youtube gepostet, und es soll eine DVD aus dem Jahr 2000 geben (Entertainment & Multimedia).

Regie führte Ben Bolt nach einem Drehbuch von David Pine. Der Cast war eindrucksvoll: Nathaniel Parker (Desmond Thane); James Fox (Foster); Suzanna Hamilton (Anna Raven); Jonathan Coy (Marcus).

Und seit 2016 gibt es eine Book-on-Demand-Ausgabe des Romans von Prepare to Publish Ltd. für den englischsprachigen Leser.

---

1 Während ich diese Zeilen schreibe, ist das Radio-Play der BBC im Internet abrufbar unter dem Link: https://lbry.tv/@radiodrama:e/never-come-back-1941-by-john-mair-radio:1

AUSWAHLBIBLIOGRAPHIE ZUM SPIONAGEROMAN

Auch wenn in ihnen John Mair nicht vorkommt, geben folgende Bücher einen guten Überblick zur Geschichte des Spionageromans:

Ambler, Eric: *To Catch a Spy*. London: The Bodley Head, 1964/66. Deutsche Ausgabe: *Mehr Spionagegeschichten*. Zürich: Diogenes Verlag, 1984.

Atkins, John: *The British Spy Novel*. London: Calder & Boyars, 1984.

Becker, Jens-Peter: *Der englische Spionageroman: Historische Entwicklung, Thematik, literarische Form*. München: Goldmann, 1973.

Bloom, Clive (Hrsg.): *Spy Thrillers: From Buchan to le Carré*. UK: Palgrave Macmillan,1990.

Buckton, Oliver: *Espionage in British Fiction and Film since 1900*. Lanham, London: Lexington Books, 2015.

Britton, Wesley. *Beyond Bond: Spies in Fiction and Film*. Westport, CT und London: Praeger, 2005.

Compart, Martin: https://martincompart.wordpress.com/category/geschichte-des-polit-thrillers/
https://martincompart.wordpress.com/category/klassiker-des-polit-thrillers/
https://martincompart.wordpress.com/2012/11/14/spythriller-zur-geschichte-des-spionageromans-1/

Greene, Graham und Hugh: *The Spy's Bedside Book*. London: Rupert Hart-Davis, 1957. Deutsche Ausgabe: *Spionagegeschichten*. Zürich: Diogenes Verlag, 1975 und 1984.

Panek, Leroy L.: *The Special Branch: The British Spy Novel, 1890–1980*. University of Wisconsin Press, 1981.

Schwarz, Hans-Peter: *Phantastische Wirklichkeit. Das 20.Jahrhundert im Spiegel des Polit-Thrillers*. München: Deutsche Verlags-Anstalt, 2006.